台风心事

舒虞 著

【上 册】

天津出版传媒集团
百花文艺出版社

图书在版编目（CIP）数据

台风心事 / 舒虞著. -- 天津 ： 百花文艺出版社, 2023. 11

ISBN 978-7-5306-8629-4

Ⅰ. ①台… Ⅱ. ①舒… Ⅲ. ①长篇小说－中国－当代 Ⅳ. ①I247. 5

中国国家版本馆CIP数据核字（2023）第188244号

台风心事

TAIFENG XINSHI

舒虞　著

出 版 人： 薛印胜
选题策划： 胡晓童
特约策划： 崔　悦
责任编辑： 胡晓童
装帧设计： 蒋　晴
出版发行： 百花文艺出版社
地址： 天津市和平区西康路35号　　**邮编：** 300051
电话传真： +86-22-23332651（发行部）
+86-22-23332656（总编室）
+86-22-23332478（邮购部）
网址： http://www.baihuawenyi.com
印刷： 北京润田金辉印刷有限公司
开本： 880毫米×1230毫米　1/32
字数： 300千字
印张： 14
版次： 2023年11月第1版
印次： 2023年11月第1次印刷
定价： 59.80元（全二册）

如有印装质量问题，请与西藏悦读纪文化传媒有限公司联系调换
地址：北京市朝阳区高碑店乡高井文化园路8号
邮箱：yueduji@girlbook.cn

目录

㊤册

目

录

㊦
㊥册

第一章
青　梅

炎炎夏日，炽热的太阳在海面上洒了一层碎金，海水晃晃荡荡的。

细软的沙滩被晒得发烫，仿佛火舌，灼得人眼睛生疼。

明廉中学是一所私立学校，位于海边。学生透过窗户，能看见外面那一大片蔚蓝的海。

初三（7）班全班总共三十个人，人数不多，所以班里都是单人单桌，没有同桌的学生。

夏枕坐在靠窗第二排的座位上。外头的光线刺得她微眯了眯眼。

她把目光从窗外收回，低头看向自己桌面上的物理试卷。

在这种天气里，讲台上老师讲话的声音像一团黏稠的雾气在教室里弥漫开来：“你们都给我看看试卷！我说过多少遍了，你们在试卷上用铅笔画电路图时别忘了用黑水笔再描一遍！这次月考还是有一大堆同学没用黑水笔画电路图，我都扣分了！”

老师话音刚落，教室里响起一片哀号声。

炎热的天气也没磨灭物理老师的热情，他讲话的声音依旧高亢：“别把中考当儿戏！这都初三下学期了，不扣分你们不长记性！看你们下次还会不会把我的话当耳边风？！”

夏枕的睫毛黑又翘，在脸上投下一道模糊的阴影，目光落在试卷上，她就是那一大堆把老师的话当耳边风的人之一……

这时，坐在夏枕后边的许洛洛伸手探了探她的后背，低声问：“枕枕，你想过考哪所学校吗？是直接读我们学校，还是其他学校？”

屿城明廉私立中学设立了初中部和高中部，这两个学部位于不同的校区，离得有点儿远。高中部的学长、学姐和初中部的学妹、学弟基本上碰不到面。

近几年，明廉中学的师资团队日益优秀，教学质量好，学生考上优秀的大学的概率越来越高。

而且明廉的校服是屿城众多学校里最好看的。很多女生只因为校服好看，就交钱进了明廉上学。这在很大程度上增加了学校的生源。

明廉的女生校服，下身是黑色的百褶裙，上身是白色的短袖衬衫，还有一件绲着黑色细边的米白色针织马甲作为外搭。

“我直接读我们学校的高一。”夏枕想都没想便回答道。

“为什么？”

夏枕低着头用尺子和黑水笔在试卷上的铅笔电路图上涂上黑色，颊侧的短发被绾到耳后，露出白嫩的耳郭，整张小脸透着股认真劲儿。

“因为哥哥在这里。”她说。

夏枕从小就跟隔壁家的哥哥玩儿得很好，像哥哥的小尾巴似的。

“对。”许洛洛恍然大悟，抬手拍了一下自己的脑袋，“我把这事忘了。你直升高一以后，要是有点儿什么事，你的哥哥就方便罩着你了。”

夏枕的哥哥一直是学校里的风云人物。

“不是的。”夏枕用黑色的水笔描上最后一根电路线，“没想让他罩着我。”

她想他陪着自己。

许洛洛听完夏枕的话，“扑哧”一笑，坐直身子：“枕枕你好可爱。”

夏枕不太明白为什么大家都喜欢说她可爱。

她想了一会儿后还是没想出原因，微微皱眉。

教室外天空湛蓝。正午的太阳炽热，海面波光粼粼。

距离最后一节课下课还有一分钟，许洛洛迅速地坐直了身子，“啪嗒”一声盖上了笔盖。

“中午一起去食堂吃饭吗，小枕枕？”

夏枕还握着笔抄黑板上物理老师写的解题步骤：“一起啊。”

“那你赶紧收东西，待会儿铃声一响，姐姐就带你朝食堂百米冲刺。”

夏枕闻言握紧笔，让笔尖动得快了一些。但她平时习惯了慢慢地写字，速度一快，白纸上的字迹不再清秀，有些凌乱。

夏枕盯着刚写好的几个字，略微嫌弃，自己的字有点儿丑。

下课铃声响起，只听后面的椅子发出巨响，许洛洛站了起来，绕到前面一把抓起夏枕的手把她拉了起来。

“走啦！没什么比去食堂更重要的事。挡我吃饭者，死！黑板不会有人擦，你回来再抄！”

中午的食堂简直就是重灾区，人挤人，温度高得跟蒸包子似的，她们连落地玻璃窗外的海景都无暇欣赏。

二人吃完饭从食堂里挤出来的时候，许洛洛已经热出了一身汗，整个后背都湿透了。夏枕还行，不太容易出汗，只是额头上渗出了一点儿薄汗，双颊微红。

许洛洛热得直嚷，拉着夏枕一起到小卖部买饮料。夏枕午饭后习惯吃水果，但到小卖部的时候盒装水果正好卖完了，便和许洛洛一起买了奶茶。

许洛洛是住宿生，午休时间回宿舍休息。夏枕不是住宿生，直接回了教室。

教室里没有开空调，窗外时不时传来海浪的涌动声。

早上老师发下来不少试卷，夏枕花了四十分钟，把错题认认真真地整理好了。把任务完成后，夏枕拿出手机，看见屏幕上有好几个未接来电。

夏枕上学，手机开静音模式。刚才有电话打进来，她根本不知道，正想着回电话，屏幕上方就有消息跳了出来。

"你在哪儿？"

夏枕弯起唇角，手指在键盘上按了按。

"哥哥，我在教室里。"

几秒后，她收到一条消息。

"你中午吃水果了没？"

夏枕看到"水果"两个字，拧了拧眉，诚实地回了消息过去。

"没，小卖部的水果卖完了。"

那边的人立刻回了消息。

"你等我过来。"

屿城南君街上，车水马龙，人来人往，柏油路被太阳晒得滚烫。

几个少年，此刻正挤成一团，说说笑笑。

几个人都穿着明廉的校服——白色的短袖衬衫和黑色的西裤。有三四个人还长得挺俊的。

其中一个男生倚在墙上，正低头懒散地把玩手里的手机。

他的五官好看到极致，纵使这人再低调，那长相也完全无法让旁人忽视他的存在。

围在他身边的少年在打闹，只有他旁若无人般地把玩手机。

“今天把屏幕对面的那群傻子‘虐’得真爽啊！”林希芋长得浓眉大眼，把手搭在旁边兄弟的肩上，得意得嘴角快翘到天上去了，“他们以为盗个 QQ 号和邮箱就厉害得上天了，我马上就能收拾得他们找不着家！厉害吧？”

旁边的沈辰跟林希芋一起长大，沉稳地说：“林希芋，戒骄戒躁，小心下次别人从网络那端摸过来把你揍哭了。”

这几个人因为对编程有着一份冲动与热爱，所以经常聚在一起。成为一个关系牢不可破的小团体。

“好，我戒骄戒躁。”林希芋吊儿郎当地搂着沈辰的肩，装可怜，“那我下次被人揍哭了，你帮我报仇好不好？你不帮我把别人揍哭，我会哭得更厉害的。”

大家笑着说：“林希芋，你这个傻子，有没有点儿志气？”

林希芋比较好相处，大家怎么跟他开玩笑都没事。

他瞅了一眼倚在墙上一言不发玩儿手机的江炽：“炽哥，你干啥呢？跟枕妹聊天儿？”

江炽“嗯”了一声，收起手机，在墙边站直身体。

江炽留着一头干净利落的黑色短发，一双眼睛黑且深沉，肤色白皙。

他抬起骨节分明的手，按了按脖子，懒散地转了转头：“走吧，我去趟水果店。”

“去水果店干吗？”旁边有人没反应过来。

林希芋“啧”了一声，敲了那个人的脑袋一下：“这还用问吗？难不成他去给自己买水果吃？当然是去给我们枕妹买水果。”

江炽没搭理林希芋，揉完脖子，懒散地垂下手。

林希芋：“炽哥可是个实力宠妹的‘妹控’，待会儿买了水果还要绕半片海去给枕妹送水果。”

“‘妹控’？”旁边的人不敢相信地看着江炽。

江炽这个脾气看起来不太好惹的人，居然是个“妹控”！

这也太奇怪了。

“是。”林希芋笑着说，“你没听错。他是个‘妹控’，正在给我们用实力做示范如何讨好隔壁家的‘小青梅’。”

“我估计以后我们可爱的枕妹会恍然大悟：我把你当哥哥，你却对我‘放长线’！”

林希芋话音刚落，旁边的哄笑声顿起。

江炽走到林希芋的旁边，抬臂卡住他的脖子，唇边噙着一抹懒散的笑：“林希芋，你今天是不是皮痒想找打？”

“没有没有。”林希芋向沈辰求助：“沈辰救我，炽哥要打我。”

江炽：“沈辰，过来一起揍他。”

沈辰走了过来：“我觉得这个建议不错。”

“你们丧尽天良！”林希芋号叫：“炽哥，我要找枕妹告状！”

“正好。”江炽笑了笑，“我巴不得被她管着。”

从初三(7)班的窗口看出去，天空湛蓝，白云仿佛被扯开的棉絮，慵懒又随意。

不远处的海浪声有规律地荡了过来，一阵漫过一阵。

夏枕习惯午睡。周遭的空气令人昏昏欲睡，耳边是让人舒心的海浪声，她还没撑到江炽过来，就趴在书桌上睡着了。

江炽进门时看到的就是这副景象：初三(7)班靠里边窗的第二排，夏枕歪着头枕在手臂上，白皙的小脸被压得有点儿变形，安安静静的，表情柔和，其背后就是窗外的蓝天白云。

江炽一手插兜，倚在教室门边上，盯着夏枕。

他从她细软的头发看到她柔和舒展的眉心，又看到她闭上的眼睛、小巧漂亮的鼻子，最后看到她红红的唇。

看着看着，江炽抑制不住地笑了。

江炽笑着低下脑袋，抬手摸摸鼻子，笑够了才直起身子朝里面走去。

他用骨节明晰的长指勾着装着水果的塑料袋，晃晃悠悠地绕过讲台，朝夏枕走过去。

窗外的海风拂过没有被关上的窗户，吹起了夏枕那柔软的短发，她黑色的裙摆也跟着动了动。

夏枕的座位在第二排。江炽正面朝向夏枕，拉开她前面一排的椅子，伸开腿，坐了下来。

江炽不想叫醒她，抬手将水果盒搁到书桌上。他坐下来，只是想多看她几眼。

他刚把水果盒放在课桌上，透明塑料袋便发出一阵“哗啦”的响声。

江炽眉心微皱。

夏枕午睡时一般睡不深——一点儿声响就会吵醒她。

果不其然，趴在桌面上的她动了动，像只在被窝儿里的小猫，软绵绵地动了几下，慢悠悠地抬起了头。

虽然不想吵醒她，但江炽看到她做出这一系列动作，实在忍不住了，眉心舒展开来，无声地笑了笑。

上一秒还处于迷糊状态的夏枕在看到江炽的那一刻清醒了过来。

她趴在书桌上，乖乖地喊了江炽一声，声音还因为刚睡醒含含糊糊的：“哥哥！”

这声“哥哥”明显让江炽很受用。

江炽的手臂横过夏枕的课桌，懒懒地搭在桌面上，下一秒，他突然朝已经坐直身子的夏枕靠近。

夏枕一向对江炽没有防备，愣愣地看着他靠了过来。

江炽突然停住了动作，黑漆漆的眼睛直直地盯着夏枕：“再叫声‘哥哥’，我挺想听的。”

江炽鼻梁高挺，眼睛呈弧形，眼尾有一道深深的痕迹。

夏枕看着江炽那双好看的眼睛，很快上钩，弯了弯眼睛，听话地开口："哥哥。"

江炽得逞，声音似有似无地笑了一声，抬手揉了揉夏枕的头发。

夏枕被江炽揉得缩了缩脖子。

她的短发长到下巴处，头顶的头发被江炽揉得翘了起来。

江炽将桌上的水果盒朝夏枕那边轻推了一下："我挑了几种你喜欢吃的水果。"

夏枕刚才只顾着跟江炽说话，没注意到旁边有水果盒，想到江炽一个小时前给她发的消息，这才恍然大悟。

"啊……"夏枕说话的声音让人觉得很舒服，跟晚风似的，"你是去给我买水果了吗？"

"你猜。"江炽伸手帮夏枕揭开了水果盒的盖子。

夏枕是被江炽惯大的——江炽有好吃的、好玩儿的东西都会给她。

答案想都不用想，她从塑料袋里拿出竹签，笑着说："我猜是。"

她用竹签插着一块沾着梅汁的西瓜往嘴里送。红红的西瓜肉和她的嘴唇相触，她用贝齿轻咬西瓜肉。

江炽的目光定在了她的红唇上。

下一秒他移开了目光，不自然地轻咳了声。

夏枕的眼里像装了水似的，干净清澈。

"你的喉咙不舒服吗？"

江炽没说话。

因从小生活的环境太单纯，以至夏枕这个人也单纯得过分。

但她这副样子也是他惯出来的，他能怎么办？

"我的嗓子没有不舒服。"江炽抬手懒懒地搔了下颈处，"我渴了。"

夏枕刚好吃完了自己的那块西瓜："你渴了就吃西瓜，它可解渴了。"

说完，她要从塑料袋里拿出另一根竹签给江炽。

夏枕疑惑地说："怎么只有一根竹签？水果店平时不是会放

三四根竹签吗？”

袋子里一根竹签都没有了。

江炽面不改色地说：“可能老板忘了放。”

他俨然忘了刚才是谁在楼下把袋子里的其他竹签扔进了垃圾桶。

他朝夏枕手里的竹签抬了下下巴，慵懒地勾起唇角：“用你的竹签插一块西瓜给我。”

夏枕也没有想太多，拿起手里的竹签插了块西瓜，递给江炽。

江炽翘起嘴唇，吊儿郎当地凑了过去，就着夏枕的手咬下那块西瓜。

与此同时，倚在走廊边上等江炽的林希芋、沈辰和卢冉连连发出感叹声。

“你们看看，看看。”林希芋嘴里叼着根棒棒糖，胳膊搭在旁边默默地看手机的沈辰肩膀上，“炽哥平时打架凶神恶煞的，一遇上枕妹就温柔得要命。”

“他哪儿只是温柔？简直连魂都丢了。咱们跟炽哥认识时，那时他就挺喜欢人家的。”站林希芋旁边的卢冉仰头灌了一口汽水，“都几年了？”

林希芋的腮帮子被嘴里的棒棒糖顶得鼓起一小块，他否定了卢冉的说法：“你懂什么，人家这是青梅竹马。炽哥估计早就倾心枕妹了，我猜得有十几年了。”

卢冉“啧”了一声：“刚认识炽哥那会儿，我还以为他长得帅，心怡他的女生那么多，他一定是个社交高手，结果他跟张白纸一样……”

“炽哥从小就栽在枕妹手上了呗。”林希芋将手搭在旁边的沈辰身上。他突然转过头去瞅沈辰，控诉道：“咱俩也是从小一起长大的。你看炽哥对枕妹多好，嘘寒问暖。你学学炽哥呗，少训点儿我，对我好点儿。”

沈辰终于停下玩儿手机，抬头对上林希芋的目光：“哦，你想得美。”

林希芋推开沈辰："滚滚滚，我还是多看看炽哥吧。别人的'竹马'从来不会让我失望。"

这会儿午休时间快要结束了，有人陆陆续续从教室门口进去。他们好奇地朝夏枕那边望去。

江炽准备离开，用单手撑在夏枕的桌面上，又用另一只手用力地揉了揉她的头发："等放学了我再来和你一起回家。"

夏枕仰头，对他笑了笑："好。"

江炽走出门，外头的林希芋朝教室里的夏枕喊："枕妹，拜拜啦！下午哥哥们再来找你玩儿！"

夏枕刚才没注意到林希芋在外面，抬手朝哥哥们挥了挥手。

江炽走过去踢了林希芋一脚，"谁是你妹？"

林希芋："为什么我被你打，你还要附赠'狗粮'？"

旁边的卢冉和沈辰在那儿幸灾乐祸地笑："活该。"

"走了。"江炽把手插兜里往楼梯间走去。

"下午第一节课是不是数学课？"林希芋突然发问。

"嗯。"沈辰应道。

林希芋骂了一声："灭绝师太的课，你们还这么淡定！高中部的学生要骑半个多小时的车！"

林希芋拽着沈辰撒腿就跑。

"为什么我们要冒着被灭绝师太炸成灰的危险来吃'狗粮'啊？傻子！"卢冉也叫着跟了上去。

下午高二（8）班的最后一节课是自习，没有老师坐镇，班里的纪律比平常松散了不少。但班里的说话声不大，同学们不敢大吵大闹。

因为教室最后一排的江炽在睡觉。

同学们胆子再大，也不想去招惹江炽。

全班大部分同学两个人共用一张课桌，只有坐最后一排的江炽用的是单人桌，林希芋和沈辰就坐在江炽前排。

“这灭绝师太也太狠了。”林希芋埋头奋笔疾书，嘴上还不忘嘀咕，“我不就迟到了吗？她居然罚我做两张数学试卷。”

林希芋长着一张可爱的脸，浓眉大眼。他装模作样地撇着嘴，仿佛受了极大的委屈，然后说：“她简直丧心病狂。”

旁边的沈辰也正低头做数学老师罚他们做的卷子，被林希芋吵得受不了，空出左手，捂住了林希芋那聒噪的嘴：“炽哥都把试卷做完给你抄了，这还不能堵住你的嘴？你不用动脑做试卷，直接抄就行，知足吧。”

林希芋伸手拿开了沈辰的手，解放自己的嘴巴后，“嘿嘿”一笑。

“炽哥是真的很厉害，用一节半课的时间就把两张数学试卷都做好了。”

沈辰侧头瞧了林希芋一眼，又抬手敲了一下林希芋的脑袋：“快写。”

“知道啦。”林希芋挠挠头，“放学了找卢冉一起打游戏去？”

卢冉跟江炽玩儿得好，但是不同班。

两个人说话时把声音压得低，怕吵醒后头的江炽。

就在林希芋埋头抄试卷的时候，教室前面突然有人发出一声暴喝。

“你是不是找死？”

随着这个声音响起，教室里人人噤声。

教室最前面的一排处，一个剃了板儿寸头的男生拽着另一个男生的西服衬衫领子，凶狠地骂骂咧咧：“你把自己当什么了？我不给你点儿颜色看，你就敢蹬鼻子上脸！”

靠窗最后一排趴在桌子上睡觉的江炽显然被打扰到了，抬手不耐烦地揉了揉头发，从唇齿间缓慢低沉地吐出一个字——

“啧。”

他的语气懒散又带着一丝烦躁之意。

前头的人还在吵，推搡中，桌椅在地面上摩擦，发出一道尖锐的声音。

江炽皱起眉头，直起了身子，抬腿蹬了一下书桌。

“有完没完？”

江炽的声音一出，全班同学皆是一怔，大气儿也不敢出，连那个带头大声吵闹的男生都噤声了。

“维持课堂纪律，人人有责。”林希芋朝前面的那个男生喊，“同学，你在自习课上公然打扰大家学习，有点儿说不过去啊。

“还有，你干吗欺负你的同桌啊？”

林希芋抬臂指了指被拎住衣领的那个男生。

那个男生长得很清秀，安安静静的。

坐林希芋前面的男生闻言往后仰了下身子，凑近林希芋道：“不就是看人家好欺负吗？他天天让别人给他抄作业，给他带吃的。谁不照做，他就欺负谁呗。”

林希芋转了下手中的笔，吊儿郎当地勾起嘴角：“哇，他这么霸道啊。”

江炽倚在椅背上。被吵醒后，他心情很糟糕。

前面那个板儿寸头见吵醒了江炽，心里发怵，只想离开这个是非之地，拽着同桌的领子就要往教室外走。

“等等。”

一道好听的嗓音突然从教室后方传过来。

同学们齐刷刷地往后看。

板儿寸头男生仿佛没听到这个声音，加快脚步，想从这个教室里逃出去。

江炽把右手臂闲散地搭在桌面上，垂着骨节分明的手指，用指尖在书桌上有一下没一下地敲打着。

“我叫你站住，听见没？”

他的声音既戏谑又带着不容抗拒的威慑力。

板儿寸头男生顿时停下脚步。

林希芋吹了声口哨儿，按理来说江炽平时不会去主动管这种事，但谁叫这个男生刚好把江炽吵醒了呢。

江炽收回叉开的双腿，站了起来。

江炽把手插在裤兜里，漫不经心地朝教室前头走去。

前排的林希芋跟江炽混熟了，知道他要做什么，扔了手中的笔，跟了上去。

沈辰知道江炽和林希芋两个人能应付板儿寸头，没当回事，继续低头写作业。

绕过一排排课桌，江炽来到那个板儿寸头的前面。他足足比板儿寸头高半个头儿。

他往那儿一站，不说气质，身高已经给了对方压迫感。

江炽抬手指了指那个板儿寸头抓着别人衣领的手，淡定地说："松手。"

林希芋也跑了过来："他让你松手，你听没听见啊？"

大家正是年轻气盛的年纪，心里都有一股不服输的劲儿。板儿寸头心里发怵，但也不认输地动了下脖子："不关你们的事。"

江炽嗤笑一声。

他只轻轻地笑了一声，便把对方击败了。

下一秒，江炽唇边的笑消失了。他突然伸手搂住那个被板儿寸头擒住的男生的脖子，指了一下："这人是我哥们儿。你说，这关不关我的事？"

这板儿寸头平时在学校里的名声就不好，总逮着那些好欺负的同学欺负，欺软怕硬，蛮不讲理，人品很差。

江炽一伙人平时虽然爱捣蛋，但不给无辜的人添麻烦。

这就是江炽他们与板儿寸头这种人的区别。

班里安静得连针掉地上都听得到，所有人被镇住了。

"你们干什么呢？不好好自习，站在这里干什么？"

教导主任的声音突然在门口响起，打破了教室里的一片肃静。

同学们纷纷低头，装模作样地开始做作业。

“江炽、林希芋，你们又在搞什么鬼？”教导主任从门口走了进来，“三天两头儿给我找事，你们早上旷课这事我还没跟你们算账！”

班里的人都很忌惮教导主任。教导主任一出现，大家都自觉遵守纪律，只有江炽和林希芋还站在讲台边上。他们平常被教导主任“请喝茶”都习惯了，特别是林希芋，一遇见主任就插科打诨。

“主任，我们今天哪儿有给你找麻烦啊？我们今天可是三好学生，特别是炽哥。他不仅没打架，还给你解决了麻烦，为民除害。”林希芋说着拉了拉江炽的手臂，“来来来，给我们炽哥颁发一张奖状！”

江炽成功地被逗笑了：“滚。”

林希芋的这张脸长得实在太有优势了，一看就让人发不起脾气，本来要教训他的教导主任也差点儿被他的话气笑。

昨晚江炽玩儿了很久电脑，现在颈椎不太舒服，便用手按摩脖子，漫不经心地转了转头。

江炽不会故意招惹教导主任。只要教导主任不管他，他就能跟主任相安无事。

现在他也不准备站在这儿碍主任的眼了，边转着发酸的脖子边走回了座位。

教导主任了解完事情的来龙去脉后，斥责了那个惹事的板儿寸头一顿，还把他叫到办公室里去写检讨书，顺便让刚才那个差点儿被欺负的男生把桌椅搬到了江炽的旁边。

男生很斯文，浑身透着股安静的气质，丝毫没有戾气，莫名让人感到很舒服。就连刚才被不讲理的人抓着不放的时候他也没有生气，很冷静，一点儿不慌乱。

“谢谢。”男生收拾了一下书桌，对江炽道，声音淡淡的。

江炽正在打手机游戏，闻言抬眸看着身边的这个男生，忽然感到有点儿恍惚，小时候那个火光冲天的夜晚掠过他的脑海。

一秒后他低下头继续打游戏：“不用。”

林希芋侧过身子跟江炽的同桌打招呼：“你好啊，同学。”

男生回：“你好。”

林希芋知道江炽平时不爱管闲事，江炽也不喜欢别人当他的同桌——今天这个成了江炽同桌的男生简直要打破林希芋对江炽的认知了。

“你叫什么啊？”

男生话不多，但仍回应了林希芋：“苏岸。”

天空湛蓝，白云像是不小心掉进了海里，跟着海浪晃。海水一层一层地涌过来，打湿了海滩。

大海就在明廉的对面，学生出了校门过条马路就能到海滩上。

下了体育课后，夏枕直接背着书包从学校里出来，等江炽一起回家。

夏枕跟江炽从小一起长大，青梅竹马，两小无猜。夏枕比江炽小三岁，江炽喜欢把她带在身边。一起上学后，不管是天朗气清还是刮风下雨，只要不出意外，江炽每天都会准时接她上学、放学。

明廉的一个校区不在热闹的市区里，周围环境安静，没有灯光璀璨的店铺和繁忙的交通，只有让人感觉到安宁的生活气息。

夏枕背着书包站在校门外。许洛洛买的柠檬水还没喝完，她含着吸管，把目光落在马路对面的海面上。

沙滩上柔软细腻的沙子很厚，有几个背着书包的小学生在沙滩上打打闹闹。

夏枕上身穿着白色的短袖衬衫和马甲。她不像别人那么怕热，没有把马甲脱下来。海风吹过她黑色的裙摆，齐颈的细柔短发也被风轻轻地拨弄着。

“枕妹！”

林希芋这一声彻底把夏枕的思绪拉了回来。

穿着白色短袖衬衫和黑色西裤的少年们骑着单车在马路上驰骋，

海风吹得他们的衣角翻飞。他们肆无忌惮地打闹着、笑骂着。

夏枕侧头，看见他们朝自己骑过来，笑了笑。

林希芋这个懒人一直喜欢赖着沈辰，跨坐在沈辰单车的后座上，被沈辰载着。

“哎，炽哥你看枕妹的笑，是不是要被甜到融化了？”林希芋侧过头看旁边的江炽，调侃道。

江炽没说话，勾起了唇角。

他的目光一刻不离前方背着书包等他的夏枕。

他突然脚下一使力，蹿了出去。

旁边有人看江炽脱离了队伍，问：“炽哥还跟我们去游泳吗？”

林希芋看着那人，说：“废话。”

沈辰接过林希芋的话，说：“炽哥肯定不去啊。”

“为什么？”旁边的人一脸蒙。

林希芋朝前方抬了下下巴：“炽哥要陪妹妹，还去什么？！”

前面的江炽飞速蹿到夏枕的面前，停下自行车。

夏枕还握着柠檬水，看着江炽朝这边过来。

对上江炽的目光，她立刻一弯眼睛，笑了起来。

江炽笑了一声，抬手揉了揉夏枕的头发。

从后头跟上来的男生们从自行车上下来了，有人直接甩下书包就穿过马路跑到海边游泳去了。

江炽的目光掠过她唇边的柠檬水吸管，他突然说：“我渴了。”

话音刚落，他抬手指向夏枕手中的柠檬水：“还喝吗？你不喝让我喝一口，我挺渴的。”

夏枕顺着他指的方向低下头，明白了他的意思。刚好她也喝不下了，直接把柠檬水递了出去。

“哥哥你喝吧，我喝不下了。”

江炽没接过杯子，低头就含住了那根刚才还留在夏枕唇边的吸管。

他吸了一口柠檬水，直起身子。

这时刚好夏枕的同学从校门出来，看到她，跟她打招呼："夏枕，你还没回家啊？"

夏枕闻声回头跟同学说话。

刚才那根吸管是她含过的，江炽的唇上还沾着夏枕的气味。

他低下脑袋，有些无奈地笑了笑。

夏枕跟江炽一起回家后，就回到房间里做作业去了。

做完数学、物理作业后，夏枕才开始做英语作业。

夏枕的理科成绩比较好，但她对英语就不太擅长了。女孩子一般英语成绩不会很差，但夏枕就是个例外。读英语课文对她来说简直跟读天书一样。

笔尖在英语试卷的阅读理解题目上一个单词一个单词地标过，夏枕每标过一个单词，神情便茫然一分。

半个小时后，夏枕往桌上一趴，叹气："英语好难啊。"

她觉得英语好难，比数学、物理、生物难一百倍。

她就偷懒了这么一会儿，目光就被桌上的手机吸引了。

与多数人喜欢玩儿手游的爱好不同，夏枕对益智类小游戏比较感兴趣，而且是个高手。只要玩儿上手的小游戏，她就几乎没有通不了关的。

夏枕一看到手机，被英语折磨到发散的思绪立马收拢了回来。

但与此同时，她又在脑海里挣扎：玩儿会儿小游戏吗？可是还有作业。作业今晚再写应该……也没事吧？就玩儿一小会儿，打通关一个游戏就写作业。

在挣扎了几秒钟之后，玩儿游戏的冲动毫无悬念地打败了写作业的冲动，夏枕刚想去拿手机。

"枕枕。"

房门突然被夏母推开。

夏枕被吓了一跳，手条件反射性地收了回来，回头看夏母：“妈妈。”

夏母毕竟是把夏枕从小养到大的。夏枕的每个表情、每个动作背后藏着什么目的，夏母都知道。这孩子，太实诚了。

“想玩儿游戏了啊？”夏母走了进来。

夏枕不会说谎，十分心虚地抬手摸了摸耳朵。

夏母停在桌边，笑着抬手摸了摸夏枕的脑袋：“玩儿吧玩儿吧，学习要劳逸结合，刚好你也做了挺久的作业了，玩儿几把游戏放放松。妈妈把晚饭做好了。爸爸今天出差了，不回来吃晚饭。我们先去把晚饭吃了。”

夏枕说：“好。”

夏母为人处世很宽容，这个优点也毫无保留地遗传给了夏枕。正是因为这个家非常温馨，才能养出夏枕这样单纯可爱的小姑娘。

“那行，你去隔壁叫一下你的江炽哥哥，让他过来一起吃饭。”

“好。”

江炽就住在夏枕家隔壁。两家的房子独立成栋，都是复式的小别墅，中间隔着一条不是很宽的绿化带。

这一片是居民区，建筑物大多是带着小院子的复式小别墅，邻里关系不错。这一带近海，夏枕站在阳台上就能看到屿城的那片海，风景、环境都不错。

夏枕家朝南，面向大海。夏枕房间的窗开在东面，书桌就贴在窗边——她一抬头就能看见江炽房间的窗户，两个人的房间离得很近。

从小，他们就喜欢隔着窗户向对方喊话。

夏枕也不知道江炽送她回来后干吗去了。江炽房间的窗户没关，里头没人。夏枕从楼上下来，想到隔壁去看看江炽有没有在家里。

江炽家的院子门没关，一人高的黑色栅栏门没锁，夏枕推门走了进去。

院子里的地砖是大气的象牙白方格砖，墙边放着几盆盆栽，它们是夏枕的妈妈特意买来送给江炽家的。

江炽小时候，母亲在一场火灾中去世了，父亲又有了自己的新家庭。江炽和江炽的姐姐从小相依为命。好在邻居对他们都很好，特别是夏家，夏父、夏母对江汐和江炽格外照顾。

江炽的姐姐——江汐现在在上大学，回家的次数屈指可数，江炽的家里便只剩他一个人了。想到男孩子不太懂得照顾自己，夏母便经常叫江炽到家里吃饭。

夏枕看着实木大门紧闭着，便直接走到窗台边，踮起脚往里看。

“哥哥！”

无人应答。

夏枕又喊了一声。

房子里静静的，还是无人回应。

夏枕这才确定屋里没人，把手从窗台上收回来：“还没回来啊。”

外头的天已经黑了大半，夏枕把江家的院子门关好，回家。

夏母正端着菜从厨房里出来，看到夏枕进来，问：“怎么只有你一个人回来？江炽哥哥在家吗？”

“不在。”

夏枕蹲下来脱掉鞋子，换上室内鞋，再认认真真地把换下的小白鞋摆放进鞋柜里。

“这小子估计又出去玩儿了。”夏母把菜放上餐桌，“你去洗手吧，洗好就可以吃饭了。待会儿你哥哥回来，我再把饭菜热一下就行。”

最近这个海滨城市白天炎热，到了晚上才凉爽了一些。

夏枕吃完饭后洗了澡，穿了条无袖睡裙坐在二楼客厅的阳台上吹海风，感觉清清凉凉的。

夏枕的头发还湿着，她正低头回许洛洛给她发的 QQ 消息。

许洛洛很关注班里的一个男生。夏枕平时很少去关注谁，但因为许洛洛经常在她耳边念叨这个男生，所以对这个男生有点儿印象。

许洛洛喜欢的男生是他们班的化学课代表，长得好看，性格活泼开朗，平常也乐于助人。

“枕枕，你知道吗？放学后他跟我聊天儿了。”

年少时候的喜欢十分干净、纯粹，女生之间关系一好便会彼此分享秘密，每次跟朋友谈起喜欢的人和喜欢的事，眼里瞬间会亮起星星。

夏枕一向善于倾听。她话不是很多，虽然被从小宠到大，但完全没有那种大小姐脾气，跟一杯温牛奶一样。

看着许洛洛发过来的消息，夏枕认认真真地打了几个字，发送了过去。

“然后呢？”

几秒钟后，许洛洛的消息就过来了。

“然后我们就聊了很多，从今天的化学试卷聊到他家晚饭吃什么。”

许洛洛知道夏枕一直在听自己说话，连续发了几条消息过来。

“我的消息他都认真回了，我真的很高兴。

“他说他喜欢吃糖醋排骨，我刚才让我妈今晚做这个菜给我吃了，同款的糖醋排骨有了。”

夏枕虽然不知道喜欢一个人是什么感觉，但看许洛洛这么开心，自己心里也跟着舒服起来。

阳台没开灯，月光朦胧，从不远处传来一阵一阵的海浪声。

手机屏幕的亮光打在夏枕的脸上，衬得她的皮肤跟玉似的。此刻她正盯着屏幕，感受着许洛洛的情绪变化，有点儿费解。

夏枕在想，她一会儿开心，一会儿难过，这就是一个女生心生悸动时的内心活动吗？

没琢磨几秒，夏枕放弃了思考。

喜怒哀乐跟某个人有关，这种感觉她没感受过。

“炽哥，你今晚洗澡时记得手别沾水啊。”林希芋的声音从听筒那边传来，他不像平常一样嘻嘻哈哈，而是低落又内疚地说，“要不是你今晚帮我挡了一下，我就危险了。”

江炽下午刚把夏枕送回家，就直接被朋友的一通电话叫了出去。

江炽他们以前跟一伙人结下了梁子，最近这伙人又开始找碴儿，下午直接堵住了林希芋和沈辰。

林希芋知道要不是江炽帮自己挡了一棒，自己现在估计要躺在医院里了。

“你记得今晚别让手沾水啊，医生刚才跟你说过，等两天还得去换药。”

江炽走在路上，路灯下的影子被拉得老长。他有点儿心不在焉地说：“知道了，你今天怎么跟个老妈子似的？”

“老妈子就老妈子，现在你就是我的神，你想叫我啥就叫啥。”

江炽知道林希芋很内疚，转了转有点儿酸痛的右手臂，笑了一声。

“没事，我死不了。”江炽抬眸，发现马上就要到夏家了，“先这样，挂了。”

这时夏母刚好出来扔垃圾，一抬头就看见朝这边走来的江炽。

江炽收了手机，叫了一声：“夏姨。”

夏母一眼就看到江炽裹了一小截纱布的手臂：“你这手怎么了？怎么弄成这样了？”

她立马放下手中的垃圾袋走了过去。

江炽抬起右手，吊儿郎当地轻挥了一下给夏母看：“没事。”

夏母抬手敲了一下江炽的脑袋：“你是不是又去打架了？”

江炽瞎扯：“打架有益于身体健康，我当成运动。”

“真能扯。”夏母白了江炽一眼，而后拿起江炽的手看了一下，“伤得严不严重？”

“没事，过几天就能好。”江炽忽然问，“夏枕呢？”

夏母笑道：“你这小子从小就喜欢找妹妹，十多年过去了，还真是一点儿也没变。”说完，她朝楼上抬了下下巴，“妹妹在楼上呢。”

“那我先上去找她。”

“你吃饭了没？你没吃的话就先把饭吃了，阿姨去给你热一下饭。”

江炽已经走了出去，回过头朝夏母笑道：“我下来再吃。”

江炽上楼的时候，夏枕正低头点开屏幕上的语音消息，跟同学聊天儿。

江炽盯着她看了会儿，笑了笑，正想朝她走过去。

海风一阵一阵地吹过来，夏枕的短发不一会儿就干了，刚才她一直在和许洛洛聊天儿，这会儿许洛洛又发了一条语音消息过来。

夏枕用指尖在语音消息上一点，许洛洛的声音从手机里传了出来。

“枕枕，你有关注的人吗？就像我对化学课代表的那种关注。我好像都没听你讲起过。”

走到半路的江炽听到这句话，略微挑眉，目光似一湾深潭，落在了夏枕的背后。

他有预感接下来会听到答案。就在这短短的一秒钟内，他想了好几次他是站在这里被她“捅一刀”，还是迅速地下楼，假装什么事情都没发生。

夏枕及颈长的短发很软，在风里微微飘起。

“那种关注吗？”夏枕歪了下头，拧眉认真地想了一下。

江炽停在原地，空气寂静了几秒。

下一秒，夏枕的声音落进了江炽的耳朵里——“没有，我没有关注的人。”

随着夏枕最后一个音节落下，江炽微垂下脑袋，唇角扯出一丝嘲弄的笑。

一大早，阳光便强烈得跟着了火一般，大海已经落潮，风平浪静。

居民区里的小别墅仿佛被镀上了一层黄金，打鱼回来的人经过夏家，跟正在院子里浇花的夏母打招呼："早上怎么没去买菜？"

夏母把一头长发别在耳后，停下了浇花的动作："枕枕在学校里吃午饭。不用做午饭，我中午刚好得空跟朋友出去一趟，早上就没起来买菜。"

邻居"哈哈"一笑："早上我给你留了条鱼，待会儿给你拎来，肉嫩又新鲜。你将鱼放锅里蒸一下再淋点儿酱，可好吃了。"

夏母笑着回道："谢谢你啊。"

"我还得去给我那上小学的小子做早饭，先走了啊。"

"行。"

说到这儿，夏母才想起来夏枕现在还在屋里吃早饭，放下手中的东西洗完手，进屋了。

"枕枕，早饭吃好了没？"

夏枕正站在沙发边，低头整理身上的校服，听到夏母问她，停下动作，回头对夏母道："不仅吃好了，我今天还多喝了半碗粥。"

夏枕话音刚落，门口就传来了一道懒洋洋的声音。

"喝了半碗粥？那剩下的半碗粥给我呗。"

夏母一听这个声音，就笑了："这浑小子。"

夏枕从夏母身后探出头："哥哥。"

江炽手长腿长，没几步就到了她们身边："夏姨，早上好啊。"

他明显刚醒，头发蓬松，睡眼惺忪。

话音刚落，他便低头看向夏枕，抬手揉了揉她的脑袋："你也早上好啊。"

夏枕被江炽揉得微眯了眯眼。

这时，夏母放在客厅茶几上的手机响了起来。夏母经过江炽身边的时候笑着叮嘱："快去吃早餐，要不然来不及上课了。"

江炽应了一声"好"。

夏枕昨晚没有见到江炽，这才注意到他的右手手臂被裹上了一小圈纱布，问："你的手臂怎么了？"

江炽顺着她的目光低头瞥了一眼自己的手臂，胡扯道："摔的。"

夏枕眨巴眼睛认真地看着江炽，一本正经道："你长得这么高，摔下去应该会骨折。"

江炽没说话。虽然他从小把夏枕保护得很好，但毕竟有些事是瞒不住她的，例如打架。他有时打架，夏枕都知道。

他无奈地笑了声："你还挺细心啊。"

夏枕知道自己拆了江炽的台，但没不好意思，问："痛吗？"

江炽的唇角挂着一抹无赖的笑意，他说："痛啊，痛死了。"

夏枕轻叹了一声："那怎么办啊？"

江炽知道她是真的担心自己——她真好骗。

"怎么办啊……"江炽轻飘飘地抛出这一句。

下一秒他忽然弯下腰，一下子抓过夏枕的手，扣住了她的手腕，而后直起腰身，唇角勾着懒散的笑："这样就不痛了。"

说完不等她思考，他牵着她的手就走："走，去学校了。"

夏枕果然没有细想，跟着江炽走了。

他牵着她的手往餐桌那边走，直接顺走一片面包叼在嘴里。两个人一起跟夏母打了声招呼后，就出门了。

江炽的手受伤，他不能骑车，带夏枕去坐公交车，把她送到了学校里。

阳光灿烂，海面湛蓝。明廉校门口清一色的白衬衫、黑西裤、黑裙子，学生们来来往往。

有女生结伴经过。

"天啊，好帅，这是谁啊？"

"啊？你不知道吗？这就是我们学长江炽啊，上次小周给我看过他的照片。"另一个女生道。

"他旁边的人是他的……？"

“啊……不是吧。我没听说过啊，不过那个女生长得好可爱。”

“以前傅岚学姐不是对这个学长仰慕得死去活来吗？”

“不知道，不过傅岚学姐长得是真漂亮，那脸蛋儿在我们明廉的女生里简直数一数二，按理来说学长十有八九会注意到。”

“谁不喜欢好看的人啊？”

江炽这个长相不凡的学长往那儿一站，简直鹤立鸡群，吸引了不少目光。

然而站在树下的两个当事人一点儿也没察觉到。江炽对周围的人漠不关心，夏枕压根儿没注意到别人的目光。

从出门到现在，江炽还没梳头，干净利落的短发有些蓬乱。夏枕认真地盯了他两秒。他还没反应过来的时候，她已经踮起脚去碰他的头发了。

但她发现一个问题，跟江炽相比，自己好像有点儿矮。

夏枕望着江炽的头顶，意识到这个问题后，脚后跟回到了地面。

江炽就安安静静地站在夏枕对面，看着她做出这一系列小动作。

只要她做一个小动作，他就知道她要干吗。

江炽突然就笑了，逗她：“你要干吗？来，跟我说说。”

夏枕微仰头看着江炽，眨了一下眼睛后，朝江炽招手：“哥哥，头低下来一点儿。”

江炽看了夏枕一会儿后，弯下脊背，无条件地纵容她。他的眼睛被阳光刺得微眯了眯，他把脸凑到夏枕跟前。

她往上伸出手，用白皙细嫩的十指帮江炽理顺有些许蓬乱的头发。

她专注的小脸映在江炽的眼睛里。江炽盯着盯着，唇边情不自禁地溢出一丝浅笑。

夏枕听到江炽笑了，思绪立马转移到江炽的身上，她的声音轻轻的，问：“你在笑什么啊？”

江炽没回答，继续笑，直起腰，轻轻拍了拍她的头：“你快进去上课。”

“哦。”夏枕双手攥了下书包带，转身走了，“再见。”

江炽把手插在兜里立在原地，看着她。她走了一步后，又停了下来。

夏枕回过身子，大眼睛看着江炽：“哥哥。”

江炽倚在树干上：“嗯？”

夏枕认真地看着他，思虑了几秒后，开口说：“少打点儿架。”

她的声音挺好听的。

江炽紧紧地盯着她，没说话。

夏枕知道江炽从小就不喜欢被人管着，还以为自己的话让他不高兴了，就解释了一下。

她一急就喜欢抓耳朵：“打架会痛的。”

她话音刚落，江炽的心都软了。他控制了自己一下，才压抑住自己想抱她的冲动。

即使他昨晚听她说出那样的话，心里还有点儿不好受，但那又怎样？他见到她，觉得什么都不重要了。

几秒钟后，江炽使了一下力，站起身，朝夏枕走去。

夏枕再次攥紧书包带，看着江炽朝她靠近。

阳光透过树叶的缝隙在水泥地上落下斑驳的光点。

江炽的身影挡住了照在夏枕脸上的阳光，细碎的光斑落在他蓬松的短发上。

下一刻，江炽懒懒地抬起手，用宽大的掌心在夏枕的发顶揉了揉：“行。”他说话的嗓音很好听，将平时的慵懒都收敛了起来，“我都听你的。”

生活依旧不紧不慢地过着，一个星期一晃而过。高二的学生没有高一时对高中生活感到新鲜的情绪，也没有高三学生的紧张感，班里的整体氛围有几分松散。

下课时间，高二（8）班的教室后头，江炽和林希芋无聊地在打牌，何以解忧，唯有“摸鱼”。

林希芋跨坐在椅子上，面对江炽坐着，看着自己手里的牌，得意地挑衅江炽：“炽哥，我跟你讲，我这局赢定了，抓了一手好牌。这局我要是再赢不了你，跟你姓。”

“可别。”江炽歪靠在椅背上，单脚踩在课桌的横杆上，“你跟我姓，这种折寿的大礼我不收。我想多活几年，不想英年早逝。”

他看着自己手里的烂牌，有点儿无奈，自己要翻身，还真是有点儿难。

过了一会儿，出去上厕所、打水的沈辰回到教室里，一坐下就见旁边的林希芋愁眉苦脸——他一脸生无可恋的表情。

沈辰瞥了一眼林希芋手中的牌，顿时挑了下眉。他记得自己离开前林希芋拿的是一手好牌。

这傻孩子肯定又被炽哥“虐”了。

果然，下一秒林希芋就朝他求救：“沈辰，救我，快救我！”

沈辰凑过去：“你是怎么把一手好牌打成这个样子的？”

林希芋转过头看他，一脸委屈的表情：“我不知道啊，我的牌都被炽哥打散了。”

沈辰无语。

“患难见真情，沈辰，我就靠你了。我会不会跟炽哥姓，就看你了。”

沈辰再次无语。

最后，林希芋和沈辰都被江炽“虐”得体无完肤。

对面的江炽看着他们：“你们服吗？”

林希芋：“服服服，大哥，我跟你姓，给你端茶。”

“跟我姓就不用了。”江炽倚在椅背上，忽然抬了一下搭在书桌桌面上的手臂，用骨节分明的长指懒懒地指了一下沈辰，“你跟沈辰姓。”

林希芋和沈辰的脸上同时冒出了问号。

一秒钟后，坐林希芋前面一直在看他们打牌的男生开口了："怎么回事，我怎么感觉'沈希芋'这个名字有点儿好听？"

沈辰："滚。"

江炽胡闹够了，掏出手机瞥了一眼屏幕。

几分钟前，夏枕给他发过短信。

"哥哥，我没游戏玩儿了。"

看着这条短信，他都能想象出她的表情。刚想了一秒，江炽便忍不住笑了。

下面还有两条她发的短信。

"好无聊。

"来聊天儿吧。"

这几条消息她是连在一起发的，江炽看了消息之后有点儿想笑。

"炽哥，你怎么一脸春心荡漾的表情？"林希芋闲着无聊又来找江炽玩儿，"我一看就知道是枕妹给你发短信了，是不是？"

江炽用手指飞快地在二十六键的键盘上打字，给夏枕回消息，并回复林希芋："嗯。"

林希芋像是突然想到什么，身子往前，凑近江炽，"八卦"地问："哦，炽哥，你准备啥时候跟枕妹坦白心事啊？"

江炽这才舍得将目光从手机屏幕上移开，抽空瞥了林希芋一眼。

半晌后，他有些无奈，叹了口气。

"再说吧。"

林希芋听他这么回答，一下子有点儿急："话不是这么说的，炽哥。我跟你讲，虽然你近水楼台先得月，但是你也要小心后来者居上。

"枕妹今年就要上高中了，你得赶在她开窍之前，要不然哪天她被别人抢走了，你就真的得闹心了。"

江炽听完林希芋的一段话，没说什么，脸上也没什么表情。

过了一秒钟后，他从椅子上站起身。

林希芋看他往教室外走，问："干啥去呢？"

江炽懒懒地抬手，揉了一把头发："透透气。"

放学后的教室里闹哄哄的，夏枕有点儿渴，握着水杯穿过走道去教室前面的饮水机处打水。

她快要走到饮水机边的时候，班主任突然出现在教室门口，朝教室里喊了一下她的名字："夏枕！"

初三（7）班的班主任齐老师是位女老师，教数学。

齐老师没看到夏枕站在饮水机边："夏枕呢？夏枕在哪儿？"

夏枕闻声，举起了手朝老师示意："老师，我在这儿。"

夏枕的声音比较小，还好教室门口离饮水机只隔着个讲台，齐老师听到了她的回答。

齐老师笑着朝夏枕招招手："来，夏枕过来，跟老师去趟办公室。"

"好。"

夏枕将杯盖扣到杯口上，小心翼翼地旋紧杯盖，跟着班主任离开了教室。

齐老师带着夏枕去办公室，推门进去："省里昨天组织了一个数学奥赛，高中部和初中部都得参加。我们这边每个年级要选两个人参加培训，最后一起到市里去比赛。"

夏枕静静地听着。

齐老师在自己的办公桌后坐下，翻出一张通知递给夏枕，然后拉开一张椅子："来，坐。"

"谢谢老师。"夏枕把手伸到后头，抚顺自己的裙子，在椅子上坐下来。

"你先看一下这张通知。是这样的，数学组看了你入学的数学成绩，表示很满意，想把这个名额给你。"齐老师说，"然后，你还是回家问一下你的爸爸和妈妈，问问他们同不同意。毕竟现在你读初三了，要备战中考，这个训练要到明廉中学另一个校区参加，由袁老师培训你们。”

齐老师一提到另一个校区，夏枕第一时间便想起江炽，江炽在那里。

齐老师问她：“你自己呢，想去参加这个比赛吗？”

夏枕的确很喜欢做一些有挑战性的习题，就是不知道夏父和夏母会不会同意。

夏枕如实回答：“我自己想参赛，但不知道我爸爸和妈妈同不同意。”

“也是，毕竟初三是很重要的阶段。你记得回家跟你爸妈商量商量，这是一个很好的锻炼机会。而且你的哥哥在那里，你去那边上课也有个照应。”

齐老师知道江炽就是夏枕的哥哥。因为江炽读初三那会儿，齐老师也是他的班主任。

不过那会儿江炽还没有天天把这个小姑娘带在身边，因为夏枕跳级了——她入学时直接上了初二。

现在齐老师几乎每个星期都会碰见江炽来找夏枕一起回家。

“你们在说我什么坏话？”突然，一道慵懒的声音在后头响起。

夏枕和齐老师闻声，回头看向办公室门口。

江炽双手插兜，倚在门框上，在夏枕回过头来看他的时候，直直地对上了她的目光。

“哦。”齐老师说，“你来接你妹妹回家啦？”

“是啊。”江炽笑道，“我来您这儿领人了。”

他用肩膀在门框上轻顶了一下，站直身子后朝办公室内走去。

夏枕看着江炽走进来。

江炽停在她的身边，说：“回家了。”

夏枕回过头去看齐老师：“老师，你还有事跟我说吗？”

“没啦。”齐老师不准备耽误这两个小孩回家，对夏枕说，“记得回家问问你爸爸妈妈的意见啊。”

“问什么？”江炽问。

“问他们要不要我参加一个比赛。”夏枕回道。

夏枕从椅子上起来，回教室里收东西准备回家。

江炽跟齐老师很熟。齐老师很好相处——江炽上学的时候，班上一群少年都很调皮，但齐老师没有因此讨厌他们，还多加引导，跟他们相处得很好。

江炽也吊儿郎当地跟齐老师道别：“老师，下次见。”

刚准备跟在夏枕后面离开，江炽突然停住脚步，往后退了一步，十分欠揍地跟齐老师调侃道：“感谢老师对我的家属的培养。”

齐老师拿他没办法，指了指他，笑：“别贫嘴啊。”

“行，我不贫嘴了啊，听您的。”

“这还差不多。”齐老师笑。

江炽笑了声：“那我先走了。”

“有空来老师办公室坐坐，好不容易现在来办公室都不是因为违反纪律了。”

“行。”江炽背对着老师往外走，漫不经心地抬臂，挥了下手。

夏枕整理着今晚回家要做的作业。

江炽就倚在旁边的墙上等她，看她收东西。

“你回家带那么多作业干什么？”江炽问。

“有一些是买的练习册。”夏枕说。

“这么多，你写得完？”

夏枕拉上笔袋的拉链：“今晚没游戏玩儿了，我做点儿习题，不然很无聊。”

江炽朝她抬了下下巴：“今晚我给你安装几个新的游戏，你等着。”

夏枕一听这话就眼睛发亮：“真的？”

夏枕对游戏比对他还感兴趣。

江炽笑了下，有点儿无奈地说：“真的。”

海面平静，太阳未落，他们从窗口望出去，只见沙滩上稀稀拉拉的人如小蝼蚁一般。

放学后，教室里的空调已经关了，有点儿闷热。江炽抬手，随意地扒拉了下衬衫的领子。

兜里的手机振动起来，江炽伸手把手机拿了出来，看了眼屏幕。

江炽看向夏枕："我去接个电话，你把东西收拾好了出来找我。"

夏枕点头："好。"

江炽前脚刚走，班里立马有两个女生凑了过来，来到夏枕的桌边。

"夏枕，我们可以问你个问题吗？"

夏枕听到有人叫她，侧过身子。这两个女生她都认识，也就没想太多，回道："可以啊。"

那两个女生看着夏枕的眼睛，满脸"八卦"的表情，互换了一下眼神。其中一个女生突然问："夏枕，江炽学长和你很亲密吗？"

夏枕闻言，停住了正在拉书包链的动作。

几秒钟后，她茫然地抬起了头："啊？你们在说什么啊？"

那两个女生没想到夏枕是这个反应，还以为夏枕听到这个问题的时候会立即表示肯定或者否认，所以她们也愣了一秒。

反应过来后，那个叫傅晓的女生连忙接着问："江炽学长不是很在意你吗？"

夏枕更蒙了："他是我哥哥啊。"

这两个女生是夏枕班里的，傅晓还长得挺漂亮的。傅晓旁边的那个女生拉了拉傅晓，小声说："这是江炽学长和她关系正常的意思吗？"

傅晓皱眉："我哪儿知道？真不知道我姐要我来问这个干吗？她知道自己在意的男生在意别人，心里很好受吗？"

她旁边的女生又道："傅岚学姐很在意 江炽学长吗？"

傅晓："不撞南墙不回头，她自己去撞一撞南墙，清醒清醒。"

她们的说话声太小，夏枕听不清她们在说什么，也没兴趣去探究她们说话的内容。

书包已经收好，她要走了，便问：“你们还有事吗？”

“没事了。”傅晓朝夏枕笑道，“你要回家了，是吗？”

“嗯，对。”

“那我们就不打扰你了，拜拜。”

夏枕跟这两个女生不熟，也没怎么把这事放在心上，背起书包离开了教室。

刚出教室门，她差点儿和从走廊那边走过来的男生迎面撞上。

夏枕及时刹住脚步，担心自己一头撞上去，上身由于惯性往前稍微倾了一点儿。

她没有跟人撞上，松了口气。

江炽低头看着这样的夏枕，顿时起了捉弄她的心思。

在夏枕一口气还没完全呼出来的时候，手插着兜的江炽一迈腿，往前慢悠悠地跨了一步。

夏枕只觉眼前一暗，脸颊直接撞上了来人的胸膛。

夏枕一阵无语。

看着她的鼻尖在自己的胸口上，江炽情不自禁地勾了勾唇角。

夏枕蒙了一秒钟，反应过来后，立马要往后退。男生长得太高了，她刚才根本来不及看对方是谁。

江炽手疾眼快，立马伸手搂住了夏枕的后颈。

夏枕一急，用双手抵住前面的胸膛挣扎，说：“放开我。”

即使她又焦急又气愤，声音却还是软软的。

江炽不逗她了，用骨节分明的长指轻抚了一下她的脖颈儿：“是你哥。”

江炽慵懒的声音带着一丝不羁的笑意，飘进夏枕的耳朵里。

夏枕闻言安静，紧绷的身体瞬间松懈了下来。

她这个表现让江炽心里一阵舒坦。夏枕从小到大都是这样，对他毫无防备，格外信任、依赖。

只是他不知道，以后当她知道自己对她的那点儿心思，她会不会被吓跑？

想到这儿，江炽无声地叹了口气。

江炽揉了一把她的后脑勺儿："吓到你了？"

夏枕点头，但想到是江炽，又摇了下头。

江炽见她这个样子，笑了下："那你以后多让我抱，行吗？"

夏枕从江炽的胸口上抬起头来，对上了江炽的目光。

"为什么你要抱我啊？"

江炽说不出话来。

今天林希芋给他讲的话，其实他都明白。他肯定是要向夏枕坦白心事的，只是现在不是时候——指不定哪天她就被他吓跑了。

他倒是挺想现在就把她拐走的。

最终江炽只能胡诌道："因为我是你哥。"说完他就放开了夏枕，往前走，"好了，回家。"

夏枕立马转身跟了上去："我想吃冰激凌。"

这天气真的很热，海风燥热，蝉声聒噪。

江炽侧头看她："你想吃冰激凌啊？"

夏枕点头。

"可以啊。"江炽逗她，"叫我一声'哥哥'，换一盒冰激凌。"

还有这等好事？她动动嘴皮子就能有一盒冰激凌。

夏枕想都不想，叫得十分没骨气："哥哥。"

"就叫一声？"江炽有点儿讶异，"你冰激凌不要了？"

"要啊。"夏枕说，"剩下的我留着明天叫。"

江炽哼了一声，长手一伸，圈住她的脖子："走，哥哥给你买冰激凌去。"

晚上一回家夏枕就把要参加数学竞赛的事跟夏父、夏母说了。夏父、夏母倒是没阻拦，觉得孩子想去就行。

夏枕成绩一直很稳定，在学习方面倒是个挺让人省心的小孩。所以夏父、夏母不用在她参加考试这件事上多操心。再说，这次数学奥赛要是她帮学校拿奖了，就可以直接免费升学。

跟夏枕一起参加奥赛的是隔壁班的一个男生，数学成绩和夏枕不相上下。而且他是个全能的人才，不像夏枕，有偏科现象。

这个男生每一科的成绩都很好。

男生叫岑灿杨，成绩好，在一众“学霸”中算长得好看的人。他比较好相处，在学校里人缘很好。

当许洛洛拉着夏枕跟夏枕“科普”这个“学霸”帅哥——岑灿杨的时候，夏枕一脸蒙。

“枕枕，跟一个帅哥一起去培训，开心吗？”

夏枕不明就里，老实地道：“我是去做奥赛题的。”

趴在桌上的许洛洛拨了拨夏枕的短发，说：“学习也是需要一点儿消遣的嘛，你能看着帅哥养眼，多爽啊。”

夏枕仔细想了想许洛洛这句话，觉得这话似乎有那么一点儿道理，忽然来了些兴致，问：“他帅吗？”

许洛洛把下巴搁在手上，连连点头：“帅啊，他这颜值算是‘学霸’中的‘战斗机’了。”

夏枕安静了几秒钟，微微动了动唇，想说些什么。几秒钟后，她认真地看着许洛洛的眼睛，十分诚恳地问：“他有我哥哥帅吗？”

许洛洛顿时觉得自己低估了夏枕的审美能力：“枕枕，我知道了，你审美是以你哥哥为标准的。好了，你可以不用问我这个男生帅不帅了。跟江炽学长比，我等皆凡人。”

夏枕有点儿不好意思。她的确从小就觉得江炽很好看。虽然拿别人跟哥哥比较不好，但她还是觉得迄今为止，江炽是她见过的最好看的男生。

通知刚下来两天，学校就安排他们去培训了。旧校区参加培训的总共有六个人，每个年级有两个人。

校车在他们午休过后就将他们送了过去。

工作日的路上，人和车要比节假日少很多，柏油路面被晒得发烫，海浪涌动着，一下一下地冲刷着堤坝。

夏枕把书包放在腿上，乖乖地抱着书包坐在车窗边，目光落在远处的海平线上。

突然，一道清亮的少年音在旁边响起。

“同学，给你水。”

夏枕闻言转过头，一只拿着矿泉水的手进入了她的视野。

夏枕抬头，只见递给她矿泉水的是个小麦色皮肤的男生，留着细碎的刘海儿，露出大半个额头。

夏枕伸手将水接了过来：“谢谢。”

“不用谢。”男生朝夏枕笑了下，牙齿很白，“我叫岑灿杨，你好。”

“你好。”夏枕不太会和人攀谈，点了下头。

一秒钟后，她觉得“岑灿杨”这个名字有点儿熟悉，这才想起来，他就是许洛洛说的那个“学霸”帅哥。

“你叫夏枕是吗？我们同级。我经常听到你的名字。”岑灿杨说。

“啊。”夏枕应了声，“是。”

“很高兴认识你。”岑灿杨说着就往前面的车座走去，“矿泉水是学校给我们准备的，我去前面给其他学弟、学妹发矿泉水。”

夏枕点头：“好。”

车窗外的海，海浪涌动着，细碎的阳光照在上面，像撒了满海的金箔。

江炽本来中午要过去接夏枕，但被夏枕拒绝了。江炽知道她不希望自己为了她旷课。

于是江炽就这样乖乖地在教室里从午休时坐到现在。

连给他们上英语课的老师进来都被吓了一跳：“今天太阳打西边出来了。”

江炽没说话。

林希芋接话道："对啊，老师。我们准备好好学习，发愤图强了，为明廉之崛起而读书。"

班上的人全笑了。

英语老师指了指后面的林希芋："来来来，林希芋，就你话多对吧，上讲台来默写单词，我给你个为明廉崛起而读书的机会。"

"啊？"

班上的同学再次哄笑。

江炽没理周围的噪声，靠在椅背上，把单臂搭在桌面上，懒懒地把玩着手机，侧头看着窗外。

天空湛蓝，阳光炽热。

几分钟前，他给夏枕发了消息，问她到了没。

手机突然振动了下，江炽立马把目光从窗外收了回来，点开了消息。

"我到啦。"

看完消息，江炽扫了眼讲台。

老师背对他们，粉笔"唰唰"不停，滔滔不绝地灌输语法知识。

江炽趁老师没注意离开座位，青涩而挺拔的少年很快溜出教室。通过教学楼的走廊就能看到学校大门，江炽直接走到走廊边，双手撑在上头，往下望。

高二（8）班教室位于二楼，在走廊的尾部。

他看到一辆黄色的校车停在了楼下，有几个人影在车厢里走动，看样子正准备下车。

江炽一眼就看到了夏枕，她从车上下来了。

阳光有点儿烈，照得夏枕睁不开眼。

就在江炽想吹声口哨儿跟夏枕打招呼的时候，突然看到旁边一个撑着伞的男生往前走了一步。

下一秒钟，男生将夏枕遮在了伞下，帮她挡住了阳光。

沉默了几秒钟后，江炽微微皱起眉头。

旧校区学生培训的教室在五楼上。一行人收了伞，一起上楼。

夏枕跟旁边的岑灿杨说："谢谢。"

"不用。"岑灿杨对夏枕笑道，"下次记得带伞，小心晒伤。"

"关你什么事？"就在这时，旁边传来一道散漫中带着冷漠的声音。

本来正闲聊着往楼上走的众人顿时停住了脚步。

大家都能感觉到这声音的主人心情不好。

夏枕一抬头就看见倚在楼梯口墙上的江炽。

"你怎么在这里？"夏枕诧异地问。

江炽把目光落在岑灿杨的身上，听到夏枕的问题，才把目光从岑灿杨的身上离开，看向了站在旁边的夏枕。

他垂下眸子，冷冷地说："过来。"

夏枕毕竟从小跟江炽一起长大——江炽一不高兴她就察觉出来了。她当即愣了一下，忘了走过去。

"你……怎么了？"

江炽没说话，还是静静地看着她。

夏枕反应过来江炽刚才说了什么，朝江炽那边走了过去。

江炽的面色这才缓和了一分，但他依旧冷得可怕。

这时候负责培训的袁老师突然出现在楼梯口，问道："你们怎么都站在这儿？我说怎么半天还等不到人，以为你们找不到教室呢。快去教室里上课。"

听到老师这样说，其他几个同学跟了上去。

岑灿杨毕竟是个智商、情商都高的人，一下子就能看出江炽是什么意思，也明白了江炽对夏枕有什么心思。

岑灿杨并没有打算留下，在这种情况下留下来只会感到尴尬。他笑着对夏枕说："那我先走了。"

“嗯。”夏枕点头。

等到人走光了之后，江炽侧头问夏枕：“你认识他？”

“啊？”夏枕用眼神询问了一下江炽。

江炽直截了当地说：“就是刚才那个男的。”

“他是和我一起参加奥赛的。”夏枕如实回答。

江炽顿时不知道说什么了。这个男生是和她一起参加竞赛的，他还能说些什么？说你不要跟他走太近？凭什么？

“哥哥，”夏枕叫了江炽一声，问，“你是生气了吗？”

江炽侧过头，盯了她一会儿。

有那么一瞬间，他突然有点儿不想那么顺着她、惯着她了。还没考虑清楚，他已经把话说出口了。

“对，我生气了。”

江炽话音刚落，夏枕便是一怔。

江炽缓慢地转过身，低头看着夏枕的眼睛。

夏枕仰着头，望着江炽的眼睛，感觉自己像是被吸进了深渊里，脚踏不着实处。

她微蹙眉。

江炽见她这个样子，叹了口气。

他抬手，拍了拍她的头：“逗你呢，我没生气。”

夏枕在这一刻变得比任何人都谨慎，她完全没有因为江炽的这句话而松一口气。

在江炽面前，她可以很放松。但在某种程度上，在江炽面前，她也会变得很警惕。她跟江炽一起长大，两个人越是熟悉，越能感觉到对方喜怒哀乐的情绪，这是直觉。即使夏枕再怎么“粗神经”，还是能感受到江炽现在是真的不开心。

江炽跟她说：“去吧，去上课了。”

夏枕望着江炽没说话。

江炽看着她：“你去上课，等你放学我去找你，一起回家。”

听到江炽说放学等她一起回家，夏枕才安心了点儿，在原地犹豫了几秒钟后，道："那我上去了。"

"嗯。"江炽又靠回墙上。

夏枕走出了两步，又停了下来。

江炽盯着她的后脑勺儿，夏枕留着很乖巧的短发，整个人看起来很纯净。

夏枕在原地静止了几秒钟，似乎在想什么。

过了一会儿，她转过身来，及膝黑色短裙下露出一双白皙笔直的小腿。她似乎在害怕什么，表情里写满担心。

"哥哥。"夏枕沉思了一会儿后开口，"你不要不理我。"

江炽靠在墙上，姿势有几分慵懒。他将她焦急的表情尽收眼底。

他突然间就想要无赖了。

江炽怎么想就怎么说，他的笑淡淡的，让人捉摸不透。

"不要不理你啊。"

夏枕的眉毛快拧到一起去了，她听完他的话，点点头。

"行啊。"江炽一副吊儿郎当的模样，说，"你以后别让那个男生给你撑伞，我就理你。"

夏枕很少能猜到他的真实想法。当他说出这个要求的时候，她并没发现有哪儿不对劲儿，甚至还觉得自己很容易做到。

江炽看着似乎还在思考的夏枕，以为她在犹豫，觉得这个要求很过分。

"怎么？你觉得我提的要求过分？"他声音比方才沉了一分。

夏枕这才回过神来："没有呀。"

江炽的语气有点儿难以掩饰的兴奋感，他问："你答应我了？"

夏枕果然被江炽哄住了："嗯。"

江炽回教室的时候，心情明显好了不少。

林希芋侧着身子，一只手搭在自己的桌面上，另一只手搭在江炽的书桌上。他看着从后门进来的江炽，调侃道：“哎，我们枕妹果然是灵丹妙药，炽哥这春心荡漾的样子——刚才炽哥下去的时候还杀气腾腾的呢。”

沈辰在做题，闻言往后瞥了一眼坐下来的江炽，观察了一下江炽的神情后，十分赞同地点了下头：“炽哥生气哪儿需要看诊？灵丹妙药就是小夏枕。”

旁边的林希芋听到沈辰这句话，欠揍地说：“沈辰，你看，你跟我久了，也成‘段子手’了，孺子可教也。”

沈辰一巴掌打了过去：“滚。”

江炽任他们调侃，靠在椅背上，用指尖悠闲地转着黑水笔：“够了啊。”

“嘿嘿。”林希芋凑了过来，依旧是满脸“八卦”的表情，“炽哥，枕妹刚才做啥了，你这么开心？”

“想听？”

“是啊。”

江炽说话的声音带着一丝散漫之意：“无可奉告。”

林希芋：“炽哥，你真不够兄弟，我刚才被沈辰了一巴掌，正伤心呢，你不应该说点儿开心的事让我开心一下吗？”

“开心的事啊，有。”江炽说，“你被沈辰打了。”

林希芋假装生气：“这天儿聊不下去了。”

夏枕的奥数课有两节，她下课的时候高中部还没下课。夏枕倒是知道江炽什么时候下课，但不准备打扰他。

校车得将他们送回明廉。除了夏枕要留下来，其他人坐校车回去了。

做了一下午奥赛题，夏枕虽然享受这个过程，但也有点儿累，于是便收了东西下楼，准备去走走。

她很少到这边来。平常是江炽去找她，跟她一起上学、放学。

校道上的人稀稀拉拉的。高中部和初中部的校服款式相同，夏枕走在当中毫不违和。

夏枕绕着绕着就绕到了学校的小卖部，准备买盒冰激凌。

夏枕一向喜欢甜食，对甜的东西没有抵抗力，一到夏天，就格外喜欢吃冰激凌。

但等快要走进小卖部的时候，她才想起来自己今天忘了带钱包。

夏枕有丢三落四的毛病。她已经习惯了自己这坏毛病，没带钱包，无可奈何，转身准备离开小卖部。

“学妹，要吃冰激凌吗？”

面前突然出现一只递过来一盒冰激凌的手，夏枕茫然地抬头，就看见一个女生站在自己面前。

这个女生的头发又黑又长又直，鹅蛋脸，大眼睛，长得挺好看的。

女生比夏枕高了一点儿。夏枕不认识这位学姐，不知道她为什么突然跟自己说话。

再次瞥到女生手中的冰激凌，夏枕礼貌地回道：“不用了，谢谢你。”

面前的学姐是个很会攀谈的女生，被她拒绝了也没有懊恼，微笑着说：“学姐看你这么可爱，想送你一盒冰激凌。学妹连这个机会都不给学姐吗？”

夏枕有点儿纠结，几秒后诚实道：“可我不认识你啊。”

夏枕低头瞥了一眼自己身上跟学长、学姐款式相同的校服，想：这个学姐怎么知道我是学妹？

学姐没想到夏枕这么直接，也就没有强求她了：“你不要，我就自己吃了。我还要去上体育课，就先这样啦。”

学姐唇角挂着很礼貌的微笑：“再见，小学妹。”

夏枕也礼貌地回应：“再见。”

刚走出两步，那个学姐突然停了下来，回头道：“对了。”

夏枕疑惑地转头看去。

学姐弯起唇角道：“很高兴认识你，我叫傅岚。”

夏枕在学校里逛了会儿，逛累了，高中的学生还没有下课。

最后夏枕就近找了个花坛，在边上坐了下来。

前天晚上江炽又给她下载了几个游戏，她从书包里拿出手机，玩儿小游戏。

昨天晚上她打通关了三个游戏，还剩两个游戏。

她一玩儿游戏，时间总会过得特别快。

在夏枕将最后一个小游戏打通关的时候，下课铃声恰好响起。

夏枕看着黑掉的屏幕，一脸郁闷。

半晌，她抬手，指尖轻戳了一下屏幕。

她又没有游戏玩儿了……

校道上的人渐渐地多了起来，骑着自行车的人从她面前驶过，她这才一激灵，想起自己还得去找江炽。

江炽没有给她发短信。夏枕手忙脚乱地收好东西，逆着人流往教学楼走去。

她来过江炽的教室，知道他的教室在二楼。她顺着楼梯一路走上去，找到了高二（8）班。

走廊里有学长、学姐经过。夏枕穿着跟他们一样的校服，背着同样款式的双肩包，看起来跟他们无异。不过因为她可爱、好看的长相，还是有人频频地看她。

夏枕茫然地站在高二（8）班教室后门——江炽没在班里。

她卸下书包，准备拿手机给江炽打个电话。

正当夏枕把手机拿出来的时候，教室后门刚好有人出来。那个男生看到夏枕这张陌生的面孔，问了一句：“同学，你找谁啊？”

夏枕抬头，回：“我找江炽。”

“啊，江炽啊。”男生回头看了一下班内，突然想起了什么，转过头来看夏枕，“他不是跟傅岚一起走了吗？”

夏枕愣住了。“傅岚”这个名字跟方才她在小卖部遇到的那位学姐的脸重合起来。

刚才学姐告诉过她自己的名字。

想到这里，夏枕抿抿唇，然后不确定地问：“傅岚？”

“啊？你不认识啊？”男生说，“她是高二(2)班的班花，还是‘学霸’。刚才还没放学的时候她就来找江炽了。”

刚才夏枕在小卖部里遇到的那个学姐的确长得挺漂亮的。

夏枕还是第一次遇见这种情况，江炽从来没丢下她不管。

她问：“他们是一起走的吗？”

“嗯，是。”

江炽下楼的时候没带手机，事情解决后直接蹿上五楼，想直接去找夏枕。但夏枕具体在哪间教室里上课他也不清楚，只好一间一间地找过去。

整个五楼都找遍了，他却连个人影都没看到找不到夏枕，江炽回了自己的教室，弯腰去掏桌肚里的手机，找到手机后打开屏幕看了一眼。

夏枕没有给他打电话。

她不会跟那个男生一起回去了吧？

江炽顿时感到一阵烦躁。

就在这时，班里打扫卫生的男生看到江炽，“咦”了一声。

“江炽，你还没走？我刚才不是看你跟傅岚走了吗？”

江炽似乎有点儿抗拒这句话，微皱了下眉：“没有。”

那个男生蒙了一秒，难道刚才傅岚不是来找江炽一起回家的？

“啊，对了。”男生突然想起之前来教室找江炽的那个女生，忙道，“刚才有个女孩子来找你了，但我以为你跟傅岚一起走了，就……”

看着江炽那越来越阴沉的眼神，男生吓得不敢再说下去。

“她呢？”江炽问。

他声音低低的，没什么情绪，却让男生发怵。

“我……我跟她说完，她就走了。”

下一秒，江炽转身冲出了教室。

明廉的高中部与初中部一样，学生在学校里也能看到海。但明廉的一个校区离市里近一点儿，周围环境比明廉的另一个校区要热闹一些。但这个校区也不是位于特别热闹的地方，所以环境不会特别嘈杂。

学校外有个公交车站，朝着大海，绿色的站牌在夕阳下仿佛被镀上了一层黄金。

夏枕站在公交车站台上等公交车，一批人来，又一批人去。

夏枕乘坐的直达家里的公交车是246路，这辆车迟迟未到。

海风还带着燥热的温度，夏枕被闷得有点儿难受，用手提着毛衣马甲的衣领，扇了扇风。

又过了十分钟，随着尖锐的刹车声，一辆自行车猛地停在了夏枕面前。

夏枕本来微垂着脑袋看脚尖，听到这阵声响，抬起了头。

一抬头，她就见岑灿杨骑在自行车上，对着她笑道：“你怎么还没回家？”

夏枕有点儿讶异地问：“你不是回去了吗？”

“我家住在这边，刚才回学校骑车。”岑灿杨笑着说。

“哦。”夏枕今天下午才认识岑灿杨，跟他不熟，一时也不知道说什么。

岑灿杨却不觉得气氛尴尬，问：“你在等人？”

不远处有一辆公交车开过来，引擎声由远及近。

见不是自己要乘坐的班车，夏枕把探出去的头收了回来。

听到岑灿杨问她的话后，她点了一下头，然后意识到江炽已经回去了，又摇了摇头：“没有。”

她的声音有点儿落寞，岑灿杨一下子便看出她有点儿低落，也不追问，直接问道：“需要我送你回家吗？”

从小到大，除了爸爸、妈妈和江炽，夏枕还从没被其他人送过。

况且她和岑灿杨不熟。

夏枕站在公交车站台上，与岑灿杨平视：“不用了，谢谢你。”

说完她怕自己这样不太礼貌，解释道：“我自己坐车回家。”

她的声音细细软软的，岑灿杨听完笑了笑：“那行吧。不过，”他调侃道，“我在这里陪你等车总可以吧？”

夏枕问：“你不用回家吗？”

岑灿杨将车往旁边一停，从车上下来：“我不急。”

“哦。”

岑灿杨上了台阶，比夏枕高了一大截。他侧头看了下夏枕：“你想喝水吗？”

夏枕轻摇了下头：“不渴。”

岑灿杨探头看了看不远处开过来的公交车：“你回家要坐几路车？”

“246。”

岑灿杨扒拉了一下头发：“还没到。”

江炽追出校门的时候，看到的就是这样一幕。

夏枕已经上公交车了。岑灿杨站在公交车旁边，隔着车窗对夏枕招了招手，跟她说“再见”。

公交车已经发动了，引擎声越来越远。

江炽的脚步渐渐地慢了下来。

夏枕回家的时候，天色已经暗了一些。

路过江家的时候，她还往里看了一眼。

江炽没在家。

她进屋的时候，夏母正在打扫卫生，看到她探头探脑的样子，就问：“你哥哥呢？今天你们怎么没一起回来？”

“嗯。”夏枕弯腰换好鞋，走了进来。

从小到大，夏枕的每一种情绪都逃不过夏母的眼睛。

这会儿一看夏枕那张闷闷不乐的脸，夏母停下了手中的动作：“怎么了？”

夏枕准备回房间，背着书包往楼上走，回夏母道：“没。”

夏母见她这副模样，放下了手中的抹布，走了过来：“怎么跟丢了魂似的？”

夏母看夏枕这副样子，她应该不想讲话，也就没追问她。

夏母摸了摸女儿的头：“你上去吧，妈妈去给你煮点儿绿豆汤解解暑。”

“好。”夏枕点头。

回房间后，夏枕卸下书包在书桌前坐了下来，准备写作业。

手机被她放在了桌角。

夏枕从书包里抽出一本物理练习册。物理练习册上每一道题的空白处都被她工工整整地写了清秀的小字，每个解题步骤都逻辑清晰。

夏枕翻到今天讲的那一部分内容对应的习题，又拿出一本草稿本。做了半页习题后，她忽然停下笔，抬头看了一眼对面江炽家空荡荡的房间。突然，她的眉心就微皱了起来，几秒后，她把目光落在了桌角的手机上。

没有过多犹豫，夏枕便将手机拿了过来，打开手机，直截了当地给许洛洛发了条消息。

“洛洛，你哥哥会不会有不跟你玩儿或觉得你烦的时候？”

许洛洛是手机不离身的人，立刻回复了夏枕的消息。

“我恨不得天天不和我哥见面。”

许洛洛有个哥哥。夏枕找她说话，除了因为她是自己最好的朋友，还因为她也有个哥哥，两个人有共同话题。

许洛洛又发了条消息过来。

“我跟你说，小枕枕，我觉得我哥和你哥哥完全不是同一种生物。我跟我哥每天待在一起只想打架。”

夏枕“扑哧”一声笑了出来。

江炽确实跟别人家的哥哥不太一样。江炽不会跟她打架，什么东西都会让给她。

还没等夏枕回消息，许洛洛又发了条消息过来。

“怎么了？你怎么突然问我这个问题？不过我们长大了以后，就连父母都有不再陪伴我们的一天，更何况哥哥呢？他也有自己重要的事要处理，每天忙得很，哪儿能一直陪着我们呢？”

夏枕盯着屏幕，一副若有所思的样子。

许洛洛这个话痨，一说话就停不下来。

“哥哥们以后都是要成家立业的。以后他们就陪妻子、孩子去了，哪里还有闲心管我们？”

看到这句话，夏枕像是突然找到了一个豁口发泄下午郁闷的心情，顿觉豁然开朗。

她下午一直在疑惑江炽为什么没跟自己说一声就先走了，那个猜想在此刻突然清晰地浮现在她的心头上。

哥哥，是不是有心怡的人了？

第二章

纸　破

明廉附近有一条街。这条街已经有点儿年岁了，是一条铺着石板的小巷，巷道两旁簇拥着许多小店。吃的、穿的、住的、娱乐的……街边的店铺种类齐全。

这条街上有一家酒吧，装潢是原木风格，店主在门口挂着个小木牌，上头写着几个英文字母。

这会儿有点儿晚了，街上行人稀少，街灯照着路面，吉他声和清冷的歌声隐隐约约从酒吧里传出来。

街上，两个人倚着墙。一个穿着明廉的衬衫、西裤，另一个穿着隔壁学校的校服。

这两个人一个是明廉中学的校园“扛把子”，一个是屿城第二中学的“扛把子”，今天凑到一起了。

江炽和陆南渡在屿城学生中几乎无人不识。他俩是出名的帅哥，而且还是朋友。

陆南渡的小臂肌肉线条流畅，倚靠墙壁，嗤笑一声：“你家那个小姑娘不喜欢你到这种烟味重的地方吧？”

江炽没搭理他。

“你再憋下去要变成‘良家妇男’了，烟酒不沾。”陆南渡“啧”了一声，“哥们儿，你这一身酒味，小心回家后小姑娘嫌弃你。”

江炽冷冷地看了他一眼。

陆南渡“哈哈”一笑：“江炽，我发现你特别好玩儿。我平时刺激你几句，你都不理我。提到某些问题，我说你一句话你就急了。”

陆南渡说完，又拉长了声音补充道：“特别是说到你那‘小青梅’的时候。”

江炽胃里有点儿难受。他没说话，只是眼神带着点儿戾气。

陆南渡被他看得心里发毛：“你别这样看我。我下午不就找你出来帮个忙吗？你回去后接不到小姑娘，至于这样看我吗？”

陆南渡发现江炽此刻是真的很幼稚。

江炽倚在墙上，带着丝颓废的气质。

他微垂脑袋，低声说了一句：“别人送她回家了。”

“什么？你在嘀咕什么呢？”陆南渡没听清江炽说什么，皱着眉头凑了过去。

江炽觉得不耐烦，伸手按住陆南渡的头，把他一把推开了。

被推开的陆南渡有点儿无语，然后说：“不是，你在这儿难过什么劲儿？对我脾气挺大的，怎么你一遇上人家小姑娘就温柔得不行？”陆南渡怂恿江炽，“你有种这话打电话跟她说去。”

陆南渡话音刚落，江炽突然朝他懒懒地伸出手：“手机给我。”

“啊？”陆南渡震惊地说，“你还真的要打电话？”

夏家吃晚饭的时候，江家的姐姐——江汐突然回来了。

江汐的学校因为要搞一些活动而停课。江汐这学期专业课不多，请两天假再加上假期可以回家休息一个星期，于是便回家了。

夏家对江汐和江炽都很好，特别照顾他们。

江汐跟江炽一样从小就很喜欢夏枕，江汐对夏枕是单纯的姐妹情，但江炽则不一样。

江汐在夏家吃了晚饭，又待了一会儿，就回家洗漱去了。

晚上十点的时候，夏枕躺在床上睡不着。她平常这个点早就睡了，今天明显超时了。

江炽从下午开始就没给她打电话。平常江炽不会这样，一有空就会过来找她。现在整个晚上她都不见他人，连个电话也没有。

在床上翻来覆去始终睡不着的夏枕最后从床上坐了起来，下床。

她知道江汐是个夜猫子，想过去找江汐。

夏父、夏母应该去朋友家了，都不在家。

夏枕过去的时候，江汐正瘫在沙发上玩儿游戏机。平常江炽总给夏枕找各种各样的游戏机玩儿，方才江汐闲着无聊，就拿起一台玩儿。

看到夏枕进来，江汐立马朝她招了招手："夏枕，快过来，帮我通个关。这关我死活过不去。"

"好。"夏枕走了过去，接过江汐递过来的游戏机，在沙发上坐下。

"我去洗个苹果。"江汐说着从沙发上蹦了起来，赤着脚往厨房走去。

回来的时候江汐拿着两个被洗好的苹果，在夏枕的身边坐下。她往自己嘴里塞了一个苹果，把给夏枕的那个苹果放在了茶几上。

江汐咬了口苹果，侧头瞥了眼夏枕认真的侧脸："你是不是跟江炽吵架了？"

江汐今天回来就没有见到江炽的影子。按理来说，这小子一有空，就陪在夏枕的身边。一看这情景，江汐想：他俩肯定出问题了。

“你是不是跟江炽吵架了？”

夏枕听到这个问题，一不小心分神了，游戏机传出游戏失败的提示音。

能让夏枕在玩儿游戏的时候分神的事一定不简单。

“天，还真让我猜对了？你们真吵架了？”江汐震惊得连手中的苹果都忘了咬。这简直是江汐十几年来从没见过的事，江炽居然会跟夏枕吵架。

江汐也不让夏枕继续玩儿游戏了，将游戏机抢了过来放在一边：“来，先跟姐姐说一下你们发生了什么矛盾？”

夏枕今晚其实一直在等江炽，但是他一个电话都不给她打。

夏枕告诉江汐：“哥哥好像有心怡的对象了。”

“啊？”江汐再次受到了惊吓，心里的话下意识地脱口而出，“你们……，是你吗枕枕？”

听到这句话的夏枕一脸茫然，不解地看着江汐。

江汐这才反应过来自己嘴快了，不自然地咳了一声，问：“那他……心怡的是谁？”

夏枕沉默了几秒后说：“一个长得很漂亮的学姐。”

江汐：“那是谁？”

不会吧，江汐才离开家两个月，一回来，江炽就移情别恋了？

江汐还是不太相信弟弟是这种人：“等等，夏枕，你们之间是不是有什么误会？”

夏枕微垂脑袋。江炽有情感的转移她是同意的。可是江炽一有情感寄托，明显就不怎么理她了。

她摇了摇头。

这时江汐放在旁边的手机振动了起来。江汐将手机拿了过来，看了眼屏幕，电话是林希芋打来的。

江汐回来一直没见到江炽，给江炽打电话又打不通，于是十几分钟前给林希芋打了个电话，问他们在哪儿。林希芋今晚刚好没跟江炽待在一块儿。

这会儿林希芋应该帮她问到了江炽现在在哪儿。

江汐接听了电话，林希芋的声音就传了过来。

“汐姐，炽哥现在在城西街那边，他居然在酒吧街附近游荡。”

江汐皱眉道，“他又不喝酒，心里没点儿数吗？”

江炽和陆南渡都在一个包间里。

江炽倚在沙发里，一言不发。

包间里头还有别人。今天来这里的多是其他学校的人，其中还有几个女生。

傅岚也来了。

傅岚跟陆南渡认识。明廉中学管得比较严，不让外人进入，下午就是傅岚帮陆南渡到教室里叫江炽的。

有一个女生坐在陆南渡的旁边，正在跟陆南渡搭讪。她是其他学校的女生。

包间里有个五音不全的人在唱歌，声音震得江炽脑仁疼。他不耐烦地“啧”了一声，微仰着头，让后脖颈儿靠在沙发背上，懒散地抬臂，用手背覆上了额头。

坐在旁边的傅岚注意力都放在江炽这边。她把长发拨在脑后，微勾起唇角，朝江炽靠了过去。

“你要不要先回家？这里太吵了。”

江炽闻言，缓缓地睁开眼睛，那双眼好看得令人移不开目光。

他瞥了下来人，一秒后淡淡地闭上了眼睛，明显对傅岚一点儿兴趣也没有。

傅岚可不介意他这副样子，她都不知道被他冷淡地拒绝过多少次了。

她再次凑近了江炽，说：“要不要我陪你回去？”

江炽平时就不太爱搭理傅岚，这会儿更懒得理她了，仍旧没说话。

这反而使得傅岚更大胆了。

她伸手拿下了江炽搭在额头上的手："江炽，你多看看我，好不好啊？"

江炽明显被打扰到了，蹙起眉头。

下一秒，他微转了下靠在沙发背上的脖颈儿，看向了旁边的傅岚。

他的眼神不像以往那么冷漠。

对面的陆南渡一见江炽的表情，就被惊到了。

完了，这个人一颓废，傻成三岁。

果然，下一刻，陆南渡就见江炽抬起手，一把挥掉了傅岚的手。然后江炽低下了头，微动薄唇，低沉的声音竟然有那么一丝委屈："我不看你。"

陆南渡下意识地就想掏出手机把江炽的样子录下来，下次好取笑他。

不知道什么时候开始，包间里已经安静了下来，谁都没有注意到出现在门口的人。

"我不看你。"江炽又落寞地重复了一声，"你不是夏枕。"

他自嘲般地笑了笑，也不知道是在跟谁说："你说我对她的那点儿意思就差放在嘴上了，她怎么就看不出来？"

可是，她如果知道了他的想法，觉得他可怕，就这么跑了，怎么办？

陆南渡心想：真完了，江炽这人此刻真的跟平常太不一样了，平常他哪儿会这样直白地袒露心思。

陆南渡震惊地问："你就这么喜欢她？"

就在这时，没关门的包间外突然响起一道声音——

"江炽，你给我滚回家。"

江炽一愣。

听到这道声音，陆南渡也怔住了，瞬间把放在江炽身上的注意力收了回来，转头望了过去。

江汐站在门口处，直直地看着江炽，没看陆南渡一眼。

陆南渡觉得心头一跳，像个做了坏事的孩子。

江炽一回头，就看见了站在江汐旁边的夏枕。

平时总是乖巧的她，此刻满脸不敢相信的表情，大眼睛里全是迷茫和震惊之色。

方才他的那些话她都听到了。

江炽瞬间清醒了。

两个人的目光在半空中对上。

两秒后，夏枕慌乱地移开了目光。

江炽立马从沙发上站了起来，想朝她走过去。

夏枕突然像只受惊的兔子一样，往后退了一步。

见她这个反应，江炽一怔，顿住脚步。

夏枕惊慌地看着江炽，下一刻，转身跑了。

江炽心里一紧，完了。

他立马追了出去。

江炽已经追了出去，与江汐擦肩而过。

坐在沙发上的陆南渡一见江汐要走，条件反射般地站了起来，微张了张唇，却愣是找不到一句能说出口的话。

一向深不可测且顽皮的陆南渡，此时像极了一个手足无措的小孩子。

情急之下，他用目光在桌上搜寻，看到了江炽的手机，眼睛顿时一亮。

他连忙抓过桌上的手机，冲到门边："江炽没拿手机！"

门口直对着走廊。听到后头的声音，江汐停下了脚步。

她面不改色，从容地回过身，走向了陆南渡，仿佛这个人只是一个陌生人。

陆南渡见江汐这样冷漠，有点儿闪躲。

江汐停在陆南渡面前，朝陆南渡伸出手："给我手机。"

陆南渡抓着手机的右手垂在身侧。

江汐动了一下摊开的掌心，重复道：“手机给我，你别耍什么花招儿。”

陆南渡犹豫了几秒，终于抬手将手机递了过去。

江汐接过手机：“谢谢。”

说完，她转身就要走。

陆南渡终于忍不住了，一把抓住了江汐的手。

江汐正准备往前走，身体被他扯得往后歪了一下。她微皱眉心，没回头：“我给你三秒，你马上放手。”

就在这一刻，包间里的人都惊呆了。

他们看到侧身站在门口处的陆南渡——那个硬气的陆南渡竟然撇了撇嘴，像个受尽了委屈的小孩。

“姐……”

江汐的眉心抽了抽。

就是这样，从以前开始，陆南渡就披着这样一张无害的皮，骗得她一步一步地沉迷。

江汐想到以前的事，忍无可忍地说：“别叫我。”

陆南渡闭嘴了。

一秒、两秒……他终于慢慢地松开了她的手。

“我不看你。

“你不是夏枕。

“你说我对她的那点儿意思就差放在嘴上了，她怎么就看不出来？”

“你就这么喜欢她啊？”

这几句话让当时站在门口处的夏枕蒙了。江炽带着一丝委屈感的声音穿过包间钻进她的耳朵里，犹如小爪子一把攥紧她的心脏。

江炽不是单纯地把她当妹妹。

这个事实从来没在夏枕的认知里存在过。

事情怎么会是这样？哥哥怎么可能喜欢她？

到这一刻，夏枕多么希望自己刚才没有跟着江汐一起过来找江炽啊。要是自己不来，就什么都不知道了。

这硬生生地闯入她世界里的陌生的关系让夏枕登时只想落荒而逃。

夏枕埋头往前跑，晚风吹得她的脑仁疼，吸到肺里一阵难受。

她这会儿像后头有什么在追赶着自己似的，拼命地往前跑。

江炽虽然惊醒了大半，但脑袋还是难受。

晚上海边风大，这条街又正对着海，海浪声“哗啦啦”的。

夏枕在前面跑着，两条又细又直的小腿被路灯灯光衬得越发白皙。

那双腿晃得江炽微眯了眯眼睛。

这是江炽第一次见夏枕对自己唯恐避之不及，顿时有点儿懊恼。

看着她的背影，江炽只有一个想法：他无论如何都不能让她跑了。

以前他一直担心她知道自己的心意后会被吓跑。果然，撞破他喜欢她这件事之后，她立马转身就跑了。

江炽扯了下嘴角，自己还真的是了解她啊。

江炽浑身发热，精神有些游离，理智渐渐地在脑子里瓦解。

既然这罐子他都摔了，那就破罐子破摔吧。

江炽看着前面她的身影，戏谑地问：“还跑？”

夏枕本来体力就不行，已经气喘吁吁了，后头突然响起江炽的声音，她的心跳顿时慢了一拍。

她已经累得不行了，还想往前跑。

江炽长手长腿，两三步追上来，一下抓住了她的手腕：“别跑了。”

夏枕低着头，薄薄的鼻翼微微地翕动，累得胸口起伏，不抬头去看江炽。

路灯的灯光打下来，在她的眼下投下了一片阴影。

现在心意被放在她的面前，江炽反而没有顾虑了，不用再因为担心她知道后会躲开自己而束手束脚。

江炽知道自己本来就不是什么好学生，也毫不掩饰自己。

冲动之下，他胆子更大了。

他俯身。

头顶上一暗，夏枕像受惊了一般，惊慌地抬头，往后退了一步。

江炽微弯腰，看进她的眼睛里，也没有再往前。

“果然我吓吓你，你才会抬头看我。”下一秒他微微勾唇。

夏枕闻言微恼，脸瞬间一红：“你！”

她即使是生气了，声音也像在给江炽挠痒痒似的。

江炽轻声一笑。

“我什么？”他再次逼近她，“你把话说出来我听听。”

夏枕惊得又往后退了一步，手腕转动，想挣开他拽着自己的手。

江炽抓得越发紧了：“你觉得自己跑得了？”

夏枕甩不开他的手，有点儿委屈：“你放开我。”

“能耐了啊。”江炽说，低沉、富有磁性的声音尾音微扬，“都不叫哥哥了。”

平时的江炽什么都让着她。此刻他不让着她了，夏枕瞬间就什么话都说不出来了。

夏枕的小脸憋得通红，她懊恼地又往后缩了缩身子，试图挣脱江炽的束缚。

他懒散地笑了一声：“想跑啊？”

夏枕低着头不说话。

这会儿她倒是反应不迟钝了。她知道，江炽不会轻易地放过她。

谁知下一秒江炽圈着她手腕的长指松开，手臂懒散地垂下了。

他说：“跑吧。”

听到江炽的这句话，夏枕觉得很惊讶，抬起头看江炽。

江炽垂眸瞧着她，往街口那边抬了下下巴，示意她走。

夏枕一双大眼睛里满是疑惑之意，竟看着江炽问出一句：“真的？”

江炽被她逗笑了，说："我给你一秒。"

夏枕心里紧张，没仔细思考这句话的意思，拔腿就要逃。

下一刻，江炽淡定地抬臂，圈住她的肩膀。

"一。"

接着他瞬间倾身将她拦在了路灯杆前。

海风吹过，两人的衣角翩飞。

夏枕今晚换上了一件刚洗好的及膝无袖的白色连衣裙。裙角微飞，落在江炽的西裤上。

江炽固定住她的肩膀，将她圈在自己和路灯中间。

夏枕心跳不稳，一抬眸，就对上了江炽的目光。

江炽微微弯腰，看着夏枕，眼尾不自然地泛红。

他声音低沉、有磁性，问她："你就这么怕我？"

夏枕把背拼命地往路灯上靠，试图拉开两个人之间的距离。

江炽见她这样子，莫名想笑："看来你是真的怕我啊。"

夏枕茫然得不知如何是好，别开头，小声地说了句："我没有。"

她的皮肤在路灯下白得晃眼。

"没有？"江炽歪了下头，追逐着她别开的目光，"那你叫我一声'哥哥'。"

夏枕以前一直把江炽当哥哥。江炽对她好，她也从来没想歪过。但现在她什么都知道了，一听江炽这话，感觉就跟以前不一样了。

夏枕低下头，睫毛微颤，薄唇紧抿着，一声不吭。

他想都没想就问出口："你不怕我，让我抱一下行吗？"

猜不出他是开玩笑还是认真的。

他话音刚落，夏枕顿时被吓了一跳，惊讶之色在眼睛里一闪而过。两秒后，她说："不好。"

这会儿江汐看到他们，走了过来，敲了下江炽的脑袋："你又欺负夏枕？以前不是挺惯着她吗？说句重话都舍不得。"

夏枕看到江汐，一脸委屈的表情，说："姐。"

江炽回头去看江汐："我倒是想惯着她，她不让。"

江汐一向不反对江炽对夏枕的情感。她拍了拍江炽拦着夏枕的手臂："行了啊，把小夏枕放开。一上头你就傻了，什么话都敢说，平时那么屃。"

江炽就是逗夏枕玩儿，闻言懒懒地垂下手臂，松开了对夏枕的束缚。

夏枕低着头没说话。

江汐将江炽的手机递了过来："你的手机，拿好。"

江炽接了过来揣进兜里。

"行了行了，我们回家了。这都几点了？我今天奔波了一天才回到家，大半夜还得出来折腾，就为了找你。"她说着将挂在臂弯里的外套塞到江炽手里，"这是夏枕刚才出来给你带的外套。"

说完，她打了个哈欠，自己先走了。

夏枕见江汐走了，想跟上去。

江炽低头瞧着江汐塞过来的外套，抬手一把抓住了夏枕的手腕。

夏枕被他扯得迈不开脚，想伸手掰开他圈着自己手腕的手。

江炽哪儿会让她如愿？他稍微使了下力，将她拽了过来。

下一刻，夏枕整个人往后靠，肩膀一下子撞上了江炽的胸膛。

夏枕一急，想躲开江炽，小脸憋得通红："放开我。"

她虽然从小反应迟钝，但此时此刻很清楚江炽对她是什么感觉。

江炽弯腰凑到了她的脸颊边。

他掂了掂手中的外套，声音里带着笑："你很关心我啊，还给我带外套。"

夏枕听了这话，急得脸更红了："我没有。"

江炽不理她，十分顽劣地轻捏了下她的脸颊。

"你说谎，脸红了。"

夏枕猝不及防地被他捏了一下，试图躲开他："没有！"

江炽就是逗她玩儿，捏了她一下就赶忙收回了手。

见夏枕这副急得想钻洞的样子，江炽又忍不住笑了一声，也不逗她了，松开牵着她的手。

夏枕很机灵，一见他放开自己，就立马跑了，头也不回。

江炽站在原地，瞧着她的背影，半晌，“啧”了声。

教室里，空调吐出丝丝冷气。

即使窗门紧闭，但外头聒噪的蝉声还是隐隐地传了进来。

夏枕耷拉着脑袋，趴在桌上，连游戏都没玩儿。

许洛洛见她这副生无可恋的样子，伸手碰了碰她的后背：“你怎么了？枕枕，怎么这几天都无精打采的？”

夏枕把下巴搁在手背上，一脸苦恼的表情。

这几天她躲着江炽，但每次都被他逮到。

夏枕发现江炽一点儿都没有放过她的意思。

自从知道江炽对她的感情后，现在她一回想以前相处的点点滴滴，顿觉每个瞬间都变了味。

她皱眉：“好烦啊。”

后头的许洛洛听到她这难得抱怨的软糯的声音，感到惊讶。

许洛洛立马从座位上起来，绕到夏枕前面的位置坐下，面对着夏枕，用手拨了拨夏枕的刘海儿：“怎么啦？愁眉苦脸的，谁欺负你了？姐姐帮你去揍他。”

夏枕还是趴在桌上，抬眼看着许洛洛。

过了半晌，她很认真地挤出了一句：“你是打不过他的。”

许洛洛没说话。

夏枕又落寞地低下头。

“行吧行吧，打不过就打不过吧。但我打不过他，你有话也可以跟我说啊。你憋着多难受啊。”许洛洛说，“再不济，你可以找你哥哥啊。你哥哥肯定打得过他，对吧？”

许洛洛这么一说，夏枕更难过了。

这时，教室窗边突然有人喊了夏枕一声："夏枕，有人叫你！"

夏枕起身就看见岑灿杨拿着两张试卷走了进来。

岑灿杨身上有股阳光的气质。他走过来笑着将试卷放到夏枕桌上："这是袁老师让我发给你们的试卷，今晚有空先做一下，明天到那边上课要用。"

夏枕接过试卷："好。"她朝岑灿杨笑了下，"谢谢。"

"不用谢。"

台球室外，太阳火辣辣地烤着柏油路面。

陆南渡一脚踩在花坛边上，拎着校服的衣领扇了扇风："这天气要热死我了。"

江炽靠在旁边的树干上，没说话。

"陆哥！"旁边有人喊了陆南渡一声，指向对面那片海，"下去游个泳呗！"

陆南渡笑道："你要想脱层皮就自己去，别拉上我。"

江炽和林希芋待了一会儿后，和陆南渡一起去了趟台球室。这会儿江炽要去找夏枕，就不打台球了。一帮人刚从台球室里出来，在等伙伴买水过来。

过了一会儿，旁边的陆南渡叫了江炽一声。

"那个……"陆南渡犹豫了一会儿，道，"江汐回学校了吗？"

今天距离陆南渡上次和江汐见面，已经过了好几天了。

正低头玩儿手机的江炽闻言，懒懒地抬起头，冷冷地看了眼陆南渡："你想干什么？"

陆南渡见江炽这副样子，赶忙说："你别这样看我。"

江炽以前因为江汐的事跟陆南渡打过架，闹得很不愉快。他们是后来才和好的。

陆南渡再也不想跟江炽打架了，伤感情。

江炽又低下了头玩儿手机去了，冷冷地抛出一句："你别再招惹她。”

陆南渡突然有点儿无奈，正经起来：“好。”

他又沉默了一会儿，说：“我不招惹她。”

可是有时候他想忍也忍不了。

最后一节课是自习课，夏枕做了一张奥数题试卷。

放学的时候，她将东西收拾好放进书包里，背起书包和许洛洛一起下楼。

许洛洛是住校生，到教学楼下面的时候跟夏枕分开，去食堂吃饭，晚上还得到教室上自习。

夏枕自己背着书包出了校门。

学校最近管得严，严查校风校纪，学生进出校门都需要佩戴校卡。

夏枕刚才在楼上忘了把校卡戴上，这会儿停了下来，卸下一边的书包带。

学校的书包是黑色的小方包，夏枕一般将校卡放在夹层里。

夏枕把手伸进夹层里，想把校卡拿出来，然而指尖触及之处，什么东西都没有。

她蒙了一秒，低下头，但是翻来翻去也没找到，夹层里什么都没有。

难道她在刚才来的路上把校卡丢了？她记不清自己是把校卡拿在手里还是放在书包里。

夏枕转身往教学楼那边走，一边走一边低头找校卡。

走着走着，夏枕突然被一个人堵住了去路。

夏枕被迫停下，茫然地抬头，对上江炽的目光。

她这几天在跟他生气，不说话，低下头准备绕过他。

江炽抬臂，一下子就拦住了她，歪头看着她：“跟我说说，你在干吗？”

夏枕抿着唇，不说话。

她低下身子，从江炽的胳膊下钻了过去。

江炽无语了一瞬间，又觉得好笑。

江炽以前一直担心夏枕知道自己的心意后会被吓跑，这种情况果然发生了。

现在少了这种担忧，他反而不束手束脚了。

他把手往后一伸，拉住了她的手腕。

“这都几天了，还和我闹脾气？”

夏枕小声地嘀咕：“我不想跟你说话。”

江炽被她逗笑了，松开了她的手：“行，你忙你的事情。”

夏枕埋头往前走，继续找校卡。

然而，她走了一个来回，什么都没看到。

回到原处的时候，她一抬头，就看见江炽倚在旁边的一棵树上。

他似笑非笑地看着她。

夏枕站在原地，看着他朝自己走过来。

江炽来到夏枕面前的时候，突然低下身子，凑近了她，与此同时摊开了掌心。

“你在找这个？”

她的校卡就躺在他的掌心里。

夏枕微皱鼻子：“你刚才为什么不告诉我校卡在你这里呀？”

江炽直起身子，无奈地轻耸了下肩，一副“欠揍”的模样：“你不让我跟你说话啊。”

夏枕张了张唇，却不知道说什么，被他的话噎住了。

的确是她不让他跟自己说话的。

她懊恼地抬手去拿江炽手中的校卡。

这时江炽把手往上一伸——夏枕够不着。

江炽低下头，朝她挑了下眉。

夏枕仰着头，抿紧了唇。

江炽问她：“想拿吗？”

几秒后，夏枕没点头，说：“我要校卡。”

江炽瞬间咧嘴一笑，那副样子欠欠的。

“行啊。让我牵一下，校卡就还你。”

夏枕仰头看着江炽，也把手伸到了半空中，听到这句话的时候，瞬间一愣。

她即使再迟钝，也能发现自从他的心意被自己知道后，江炽对自己的态度转变了。

两个人这种相处模式的变化，让夏枕一时反应不过来。

江炽以前是不会这样的，就算要逗她，也不会这么明目张胆。

江炽低头瞧着她。

夏枕用水灵灵的大眼睛看着江炽，忽然有点儿委屈地叫：“哥哥。”

她的声音软软的。

江炽瞬间一愣。

他觉得心仿佛被她抓了一下。

江炽到底是疼夏枕的，从小就对她百般纵容。一见她这个样子，他克制住了自己对她的感情。

他终于缓慢地把高举起来的右手放了下来，揉了一下她的脑袋。

“行了，我不逗你了，校卡还你。”他说着将校卡递到她的面前。

夏枕犹豫了一下，伸手拿走江炽手中的卡牌，低头将校卡别在了毛衣马甲上。

江炽看着她的一举一动。

夏枕伸手在校卡上轻拍了两下，抬头就发现江炽的白衬衫前没有别校卡。

明廉中学的学生可以在高中部和初中部之间任意来往，只要有明廉中学的校卡，就能自由出入。

但江炽没佩戴校卡。

夏枕轻眨了两下眼睛，抬眸问：“你是怎么进来的？”

这几天夏枕一直躲着江炽，不跟江炽说话。见这会儿夏枕像以前一样跟自己说话，江炽松了口气。

想到这里，江炽微垂下了脑袋，唇角微翘。

她还真是容易满足啊。

见他没回答，夏枕又问了一声：“你没戴校卡，是怎么进来的啊？”

江炽这才抬眸看她，笑着说：“翻墙啊。”

夏枕一脸蒙。

江炽弯腰凑近她：“我翻墙进来见你啊。”

没有校卡，我也要翻墙进来见你。

江炽话音一落，夏枕的睫毛就是一颤。

她低着头，又不看江炽了，也不说话。

江炽拿她没办法——现在她对他有警惕心了。

不过没事，他都关注她十多年了，再多几年有什么关系？

江炽直起身子，抬手揉了揉夏枕的头：“走吧，我们回家。”

说完，他把手插兜里，转身就走。

夏枕在江炽走后，犹豫了一下，几秒后，还是跟了上去。

江家的布置有点儿欧式风格。江炽懒散地窝在电脑椅里，用骨节分明的手指在机械键盘上急速地敲打。

屏幕上快速地滚动着字母、数字。

最后江炽用长指在 ENTER 键（回车键）上利落地一敲，将键盘一扔，懒散地转了下脖子。

天已经暗下来了，江炽刚才沉迷于电脑，完全没发现天黑了。他没开灯，夜色涌入室内。

江炽下午跟夏枕一起回家后，就一直在忙自己的事。想到这儿，他侧头看向了窗外。

他的房间窗口正对着夏枕房间的窗户。由于前几天夏枕一直躲着他，因此她的窗户这几天是关着的。

江炽收回目光，单脚落地使了下力，电脑椅向后滑开。

他从椅子上起身，下楼。

夏枕窝在房间里写作业，书桌前亮着盏台灯。她写着写着，手中的笔停了下来。

夏母做好晚饭后，她先匆匆地吃完了饭，没去喊江炽。最后，还是夏母过去喊江炽吃饭的。

夏枕一分神，笔尖在草稿纸上染上一个墨点。她回过神来，看着纸上的那个小黑点，皱了下眉。

下一秒夏枕扔了手中的笔，趴在桌子上。

现在的她不知道要怎么面对江炽。她下意识地知道江炽有点儿危险——这种危险感让她本能地逃避他。

夏枕懊恼地拽了下耳朵，这时外头有人敲了敲夏枕的房门。

敲门声来得猝不及防，夏枕反射性地坐直了身体，有点儿防备。

“枕枕，妈妈给你煮了杯牛奶。”夏枕的房门上锁了，夏母在外头拧不开，“你这孩子是怎么回事？我以前都没见你锁过门，快来开门。”

夏枕一听是妈妈，松了口气。她从椅子上起来，走到门边开门。

开门后，夏枕的一张小脸从门缝处探了出来，她乖乖地喊了声：“妈妈！”

夏母端着杯牛奶站在门外，透明的玻璃杯里的牛奶冒出腾腾的热气。

夏枕把门开了，让夏母进来。

门一打开，夏母便端着牛奶走进来，放到了书桌上：“你喝完牛奶，别做题做得太晚，早点儿睡。”

“好。”夏枕在椅子上坐下来，乖乖点头。

夏母正要拿着托盘出去，走了两步又回来了，道：“你哥哥吃完饭刚回去，知道你在学习，就没上来找你。”

刚才江炽一进门，第一件事就是找夏枕。

夏母其实是个明眼人。这几天夏枕在躲江炽，她看得出来——毕竟她是看着这两个小孩长大的。

孩子们之间发生了什么事，夏母一向不插手，极其尊重他们。

这会儿她也只是跟夏枕说一声。

夏枕听完夏母跟她说的话，点点头：“知道了。”

夏母离开了她的房间，出门的时候还帮她带上了门。

桌上的牛奶冒着热气，在玻璃杯壁上氤氲出雾气。

夏枕捧着玻璃杯，抿了一口牛奶，紧盯着窗户。

他回去了，那现在在干吗呢？

抿第二口牛奶的时候，她停止了动作，把牛奶杯重新放回桌上。

夏枕在椅子旁站了起来，朝前倾身，打开了白色的木窗。

白色的木窗朝两侧打开，夏枕一抬眸，就看到了那边的江炽。

两人四目相对，皆是一愣。

那边的江炽用单手撑着下巴，一时也没说话，没料到夏枕会开窗。

夏枕盯着江炽的眼睛，一时也反应不过来。

他这是……在等她吗？

她还没回过神来，突然就看见对面的江炽朝她笑了。

“怎么了？想我了？”

夏枕推窗的手停在了半空中。

原本她想看看他在做什么，结果一开窗就是被他开玩笑。

夏枕低头，不去看江炽了：“没有。”

江炽倚在窗台边，戏谑地说：“那你抬头看我啊，不想我的话，为什么不敢看我？”

江炽从小就喜欢逗夏枕，现在只是明目张胆了起来，毫无心理包袱。

夏枕一听他这话，急了起来，一时百口莫辩，看他也不是，不看他也不是。

她一急，索性想关窗。

那边江炽懒洋洋的声音传了过来：“你这么害羞啊？关窗就说

明你想我。”

闻言，夏枕一怔，两秒后，手上的动作停了下来。

她不去关窗了。

江炽见她这样，想笑。

夏枕有些气恼，为自己辩解：“我没有想你。”

江炽一听这话，笑了一声：“没有想我，你怎么脸红了？”

脸红？

夏枕一愣，想抬手去摸脸。

等指尖触到脸颊的时候，她才意识到摸自己的脸根本不知道红不红，赶忙把手放下去了。

江炽看她做出这一系列的动作，笑道：“你还真信啊。”

夏枕嘴硬：“才没有。”

“你除了说‘没有’，还会说什么？”

夏枕被噎住了，微微皱眉。

“行了行了，喝完了牛奶早点儿睡。”江炽从窗台边站直了身子，把手覆在脖颈儿后，微微转了转脖子。

夏枕站在窗边没说话。

她想到了以前的那些夜晚。

以前，她早就跟江炽说“晚安”了。

江炽见她不动，看了过去，浑身都是慵懒的气息。

“喝牛奶去。”他朝夏枕微抬了抬下巴。

夏枕看着他。

江炽也看着她，突然哼了声：“你跟只小猫似的。”

江炽的嗓音很好听，飘进夏枕的耳朵里。

夏枕的脑中浮现出了小猫的样子，她突然就问了句：“那我可以挠你吗？”

她小声地嘀咕：“我要报仇。”

江炽听了，先是愣了一秒，下一秒，翘起了唇角。

“怎么不可以？我明天让你挠个够，行不？”

夏枕听着此刻江炽说的话。他不再跟她说那些奇奇怪怪的话，仿佛还是以前的哥哥。

刚才她一直不开心，微皱起来的眉现在才稍微舒展开来。

江炽知道夏枕不习惯熬夜。她熬夜后第二天起来精神也不好。

“去睡，别说话了，想说话我明天陪你说个够。”

夏枕点点头，端起牛奶，放到唇边，喝了一口。

江炽瞧着她的样子，弯了弯唇角。

早上第二节课的时候，生物老师分发被印好的试卷给他们练习。

现在距离中考已经不远了。平时这种训练试卷大家做多了，效率和正确率早已随着高强度的练习有了很大程度的提高。

这种小测试老师一般会让他们当堂做完，然后评分，下次上课讲解。

班里都是笔尖摩擦纸张的声音。

坐在夏枕后面的许洛洛伸手碰了下夏枕的背：“枕枕，第五道选择题选什么？”

夏枕在做后面的题，闻言翻到试卷前面看了眼答案，身子朝后仰，靠近了许洛洛的桌子。

“B。”她小声地说道。

“感谢你的救命之恩。”许洛洛压低声音道。

前头的老师听到有声音，扶了扶架在鼻子上的眼镜：“都给我好好做自己的题，别交头接耳。”

一节课四十分钟，下课铃响起的时候，生物老师就把试卷收上去了。

现在是大课间时间，许洛洛从桌子里掏出自己带来的巧克力威化饼干，两三下撕开了包装纸，将它递给了前面的夏枕：“吃块饼干补补能量。”

过道上正有一个男生拿着水杯经过，打趣许洛洛：“许洛洛，你少吃点儿，体重快到三位数了。”

许洛洛闻言翻了个白眼：“到三位数我骄傲，我们每天被学习折磨得如此痛苦，要是还不能吃点儿东西，人生还有什么乐趣呢？我愿意为三位数的体重代言。”

旁边的人闻言笑了。

夏枕还在整理笔记，许洛洛见她不拿威化饼干，起身拿了一块饼干，将它塞到她的嘴里。

“快吃啦，你都饿成啥样了？这小身板容易被人欺负。”

夏枕咬着嘴里的饼干。

“对了枕枕。”后面咬着饼干的许洛洛说，“我早上看到你哥哥送你来上学了。前几天都没看到他，我还以为你们吵架了。”

夏枕没说话，抄笔记的手一顿。

经过昨晚，夏枕不再避着江炽了，早上被他逮住，两个人就一起来学校了。

他们吵架了？

“吵架”这个词，以前，夏枕想都不会想。

许洛洛还在继续说：“你哥哥每次一来，学校门口都会有学生讲‘八卦’。”

夏枕听到这里，有点儿蒙：“‘八卦’？”

许洛洛吃着东西，声音有点儿含混：“啊？你还不知道吗？”说到“八卦”，许洛洛有点儿兴奋，“关注你哥哥的女生可多了。”

夏枕盯着笔记本：“哦。”

许洛洛并没有听到夏枕的回答。后面有人叫许洛洛，许洛洛就转过去跟别人说话了。

下午第一节课高二（8）班是语文课。老师站在讲台上讲解诗歌。

林希芋单脚支地，靠着椅子往后仰，不安分地晃荡着。

他小声地跟旁边的沈辰道：“哦，我刚才下课出去遇到傅岚了，这女孩真的不死心，又跑来找炽哥了。”

沈辰不怎么喜欢聊“八卦”，用余光窥见林希芋不安分地晃来晃去的影子，抬手不分青红皂白地轻拍了下林希芋的后脑勺儿：“给我安分点儿。”说完，他又补了一句，“也安静点儿。”

“好啦。”林希芋嘟囔了一声。

但过不了几分钟，林希芋又忍不住了，凑到了江炽的桌边。

江炽此刻正悠闲地转着笔听课。

“炽哥。”林希芋小声地叫他。

江炽闻言，目光缓慢地落到他的脸上。

“我听陆南渡说，你一不小心跟枕妹表明心意了。”

江炽不置可否，继续转着笔。

“你接下来准备怎么办？”

额前的刘海儿被海风轻拂起来，江炽懒懒地说：“该怎么办怎么办呗。”

“枕妹要到猴年马月才能开窍啊！”林希芋“啧”了一声，为江炽的未来担忧。

“随便吧。”江炽扔了手中的笔，用左手懒散地按住肩膀，轻转了下，舒展肌肉，“反正我又不是等不起。”

第三章

靠　近

中午在学校吃完午饭，夏枕在书桌上趴着睡了一会儿，醒后就下楼等着校车过来接他们去上课。

“这是什么鬼天气？好热啊。”

到那里的时候，两个初二的女生从车上下来，一起挤在伞下嚷嚷。

夏枕跟在她们后头下车。遮阳伞放在书包里，她站在一旁卸下书包掏伞。

阳光火辣辣地直射下来，夏枕被晒得睁不开眼，她的皮肤很白，在阳光下仿佛会发光。

岑灿杨是最后一个下车的人，刚下来就看到了旁边的夏枕。

见她站在阳光底下，岑灿杨把伞撑开走了过去。

“我们先走吧。”

夏枕的遮阳伞就在书包里侧，听到岑灿杨的声音，她突然就想起了江炽。

上次江炽生气的时候，跟她说过，再也不让她蹭岑灿杨的伞。

夏枕也不知道为什么在此刻会想到江炽。指尖刚好碰到了书包里的遮阳伞，她也没细想，将伞拿了出来。

周遭热得不行，夏枕抬头看向岑灿杨，轻轻地挥了挥手中的伞，诚实回道：“我有伞。”

岑灿杨见识过夏枕的直白，但每次听到她的话还是会发愣。

下一秒，他翘起唇角：“哦好，你这次记得带伞了啊。”

夏枕从小就丢三落四的，这会儿听了岑灿杨的话，抬手不好意思地挠了下脸颊：“嗯，记得了。”

夏枕从岑灿杨的伞下走了出来，把叠得整整齐齐的伞抖开，将伞撑了起来。

她走到教学楼下的时候，口哨儿声突然传进她的耳朵里。

夏枕停下脚步，顺着口哨儿声的来处慢吞吞地抬头。

二楼走廊最尾端的教室处，江炽穿着白衬衣，微弓身，把手臂搭在走廊栏杆处，懒散地垂下骨节明晰的长指。

周围燥热的空气灼得夏枕微眯了眼，长睫交错，日光在她的眼前被搅成了碎金。

江炽的嘴角挂着笑，她将他的模样看在眼里。

夏枕不否认江炽真的长得很好看。

就算是她这种缺根筋、对美丽的事物毫不在乎的人，偶尔看到江炽那浑然天成的好看的五官，都会移不开眼。

两个人都没说话。

忽然，江炽抬手做了个听电话的手势。

夏枕看明白了，他在示意她听电话。

夏枕一到学校里，手机就会开静音。她看见江炽掏出了手机。他在屏幕上滑了一下，将手机放到了耳边。

夏枕沉默了一会儿，把伞柄搭在了肩头上，空出手卸下书包，将书包放到身前，拿出了手机。

把手机拿出来的时候，她就看见了屏幕上闪动的名字——哥哥。

夏枕的目光越过伞沿，她看向了江炽。

江炽也看着她，等着她接电话。

夏枕终于接听了电话。

夏枕刚接起电话，江炽慵懒又带着丝笑意的声音便传进耳朵里。

“还以为你要挂我的电话。”

她刚才的确想挂电话——天气热，而且她现在潜意识里总想躲着江炽。

夏枕没说话。

想到这里，夏枕才意识到好像此刻不是那么炎热了。她抬头看了一下，才迟钝地发现自己站在树荫里。

江炽的视野里是学校外头湛蓝的海，还有在树下站着的夏枕。

“我刚才看到你拒绝那个男生帮你撑伞了，是因为不想我不理你吗？”

夏枕站在原地，听着江炽说话。

她想起上次在这栋楼下，江炽生气的时候，自己答应以后都不让岑灿杨帮她撑伞了。

“不是。”她一向温柔的声音里带着一丝肯定，“我带伞了。”

江炽在那头嗤笑一声。

夏枕一下子不知道说什么了。

“算了，天气这么热，你上去吧。”江炽说。

夏枕在原地站了一小会儿，问道：“你呢？”

“什么？”

夏枕说：“你快上课了。”

江炽垂着头，望着她，吊儿郎当地说：“嗯。”

夏枕安静了一会儿后，问：“那你还不用回教室吗？”

江炽微勾起唇角，漂亮的眼睛里含着笑意。

他用指尖有一下没一下地在石栏杆上敲打着。

“马上就回教室。”他说话的声音极其不正经。

下一秒，夏枕听见他极其散漫的声音从听筒里传来——

“还是看你比较有意思。”

夏枕最后从教学楼下落荒而逃。

她也不知道是天气太热，还是一下子跑到五楼上太过疲惫，耳郭竟然有点儿发热。

五楼的教室里，立式空调源源不断地往外吐冷气。讲台上袁老师在跟他们探讨一道题的简便解法，底下的学生都在认真地听着。

夏枕有一点儿分神。

“那位同学。”空旷的教室里突然响起袁老师的声音。

夏枕蒙了一秒，看向讲台，就见袁老师指着她。

“对，就那位留着短发的女同学，上来讲一讲你的解法。”

夏枕刚才本来就进来晚了，又有点儿走神儿，连老师讲的是哪道题都不知道。

她站了起来。

后面一个初二的女生见她没有说话，小声地提醒道：“第三道大题。”

夏枕闻言赶快翻到第二页，迅速地瞄了一眼第三道大题。

还好她数学好，昨天又认认真真地做了试卷，于是简略地陈述了一下自己试卷上的解题步骤。

“嗯，不错。”听她说完，袁老师在讲台上点点头，“果然你们这些学生的脑袋好使一点儿，你们变着法子解题，方法一个比一个简便。好了，你坐下，接下来可要好好听课啊。时间是很宝贵的，刚才你快神游天际了。”

夏枕坐了下来，沉默了几秒后，懊恼地抬手轻抓了下自己的头发。

头发被她抓得有点儿乱——耳畔微微地翘起几根乱糟糟的头发，衬着她皱起来的小脸。

她好烦。

上完课后，袁老师又发了几张试卷。试卷上全是他从各处搜罗来的比较有挑战性的题目，难度比前几天的试卷高了不少。

班里的其他五个同学陆陆续续地收好东西下楼，准备乘校车回家。

夏枕用双手环抱着书包，看着桌上码得整整齐齐的试卷，思绪却已经飘远了。她有点儿发愁。

这时刚才上课提醒夏枕的同学经过夏枕的身边。

“你还不走吗？”女生背着书包问夏枕。

夏枕闻言，把思绪收了回来：“我马上走。”

“那一起坐校车回去？”女生笑着问夏枕。

五个学生来这边进行奥赛培训后，会一起坐校车回去。

夏枕点点头，将书桌上的试卷放进试卷夹里，又将试卷夹放进书包，拉上了拉链。

旁边的女生是个“话痨”，一直跟夏枕聊天儿。

两个人刚走到教室门口，就看到了倚在教室外走廊上的江炽。

夏枕瞬间停下脚步。

刚才教室里拉着窗帘，看不到外头，夏枕并不知道江炽就站在外面。

江炽长得好看，身形高瘦。旁边的女生一看到他，就被他吸引了目光，完全移不开眼。

江炽背对着走廊，把两只手肘搁在石栏杆上，随意地放着长腿，目光落在夏枕身上。

夏枕没有动作。刚才她就是在考虑等不等江炽，这下像是被他抓包了一样。

江炽用搭在栏杆上的手臂借了下力，站直了身子，朝夏枕走了过来。

两节课后，外头的阳光没有中午那么热了。

夏枕和旁边的女同学愣在原地，看着江炽走过来。

江炽停在夏枕面前，忽然侧过头，把视线落在那个女生身上。他看着那位女生，伸手指了指夏枕：“同学，我找这位同学有事。”

那位女生看着江炽。她是认得他的，他是上一次在楼下拦住夏枕的男生。

听了江炽这话，那位女生立马知道要回避：“啊，好的。”她朝夏枕挥了挥手：“那我先走了啊，夏枕，下次见面再聊。”

夏枕听到女生跟自己说再见，朝她点点头：“再见。”

女生穿着圆头黑色小皮鞋“噔噔噔”地跑走了，脚步声渐渐地消失在走廊里。

夏枕站在江炽面前，低着头。

四周安安静静的。

江炽手插兜站在夏枕面前，俯身看着她。

“你还真的不等我啊。”他说话的声音里带着点儿笑意，“要不是我在这里逮你，你是不是就回家了？”

“嗯。”夏枕说，“我会回家。”

“不等我？”江炽追问。

夏枕沉默了一会儿后，轻轻地摇了摇头：“不等。”

江炽嗤笑一声：“还因为刚才的事生气？”他无奈地道，“行，下次我不逗你，不让你害羞了。”

夏枕像只被突然踩到了尾巴的小兽，抬头急于辩解道：“才没有，我没有害羞。”

“你看，下次害羞，又会说没有。”江炽笑道。

夏枕顿时懊恼。

说不过他，她干脆不说话了，也不看江炽，低头盯着自己的鞋尖。

“我跟你一起回家。”江炽说。

夏枕记得江炽没有那么快下课——他应该还要上一节课。

她小声地说道：“你不是还没放学吗？”

江炽见她记得这么清楚，无奈地抬手揉了揉后脖颈儿，然后无所谓地说了句：“我请会儿假呗。”

要是以前，他真的不会让夏枕知道他这个情况。但现在，夏枕学聪明了，他骗不了她了。

夏枕闻言微皱眉，抬起头，板着一张小脸，十分正经地说：“不能不上课，你为什么要请假啊？”

江炽低头瞧着她，长睫在脸上落下一片阴影：“因为我想跟你一起回家啊。”

他的声音飘进夏枕耳朵里。

夏枕面前的光被江炽挡住——她感觉到了一丝压迫感，往旁边躲了躲，背贴着墙。

江炽见她想溜到一旁，右手倏地从兜里伸出，一把撑在了她身侧的墙上。

夏枕被这么突然一吓，眼睫颤了下。她有些惊慌地抬头看江炽：“你……你干什么？”

“干什么？”江炽反问她，唇角挂着浅笑，“当然是不让你跑。”

这会儿夏枕被江炽困在他的身体和墙之间，一抬头，就能看到江炽那高挺的鼻子和漂亮的薄唇。

她往后缩了缩身子：“我要回家。”说完，她又补了一句，“我要自己回家。”

“不行。”江炽拒绝道。

两个人之间，江炽游刃有余，夏枕却是手忙脚乱。

几秒后，江炽笑着往下凑了一些，道：“除非你答应我一件事。”

夏枕听到这里，抬眸看向江炽。

她的眼睛一如既往地水灵，很无辜。

江炽觉得心都软了，瞧着她，情不自禁地弯起唇角。

“你答应今晚给我讲题，我就让你走。”

夏枕明显不知道江炽有一肚子坏水，就答应了。

“好。”

“你说的？”

“嗯。”夏枕点头。

“行。”江炽忍着笑，把手从墙上收了回来。

这时，学校里的流浪猫蹿过走廊，叫了一声。

夏枕的注意力被吸引了过去。那只小猫停在了栏杆上，和夏枕玩儿“干瞪眼”。

看到那只白色的小猫，夏枕突然想起昨晚江炽答应她的事。

“我还没挠你呢。”她讲话的声音里有不满之意。

听到她这句话，江炽先是一愣，而后才想起昨晚的事。

“想挠我啊？”江炽笑了下，“行啊。”

他说着把手伸到夏枕的面前：“挠吧，给你挠个够。”

夏枕哼了一声，抬起手。她用那双指甲被修剪得干干净净的手挠了一下江炽的手背。

江炽笑了：“你怎么跟挠痒痒似的？”

夏枕本来就够郁闷了，听了他这话，瞬间像露了爪子的小猫。

下一秒，夏枕鼓起腮帮子，抬手狠狠地一抓。

感觉到疼，江炽顿时深吸了一口气。

“你还真挠啊……”

高二（8）班教室后门突然发出“嘭”的一声，林希芋和班里的一个男生溜进了教室。

被称为灭绝师太的数学老师正拿着三角尺在黑板上比来比去，听到这声响动，吓得三角尺差点儿掉下来。

回过头一看到是林希芋，数学老师一下子就“炸”了。

“林希芋，又是你！上我课你就没有不惹事的时候，是不是活得不耐烦了？”

林希芋一边溜回自己的座位上，一边开玩笑：“不不不，你继续讲课。我还要活，还要活。这条狗命我还要的。”

课堂的严肃气氛瞬间被打破，教室里笑声一片。

数学老师气得不行，手里的粉笔一下子就扔了出去。

林希芋和那个男生溜得快，立马跑回了座位上。

林希芋刚在位置上坐下，前面那个男生便一脸惊恐地回头看着他。

“我刚才看到了什么？我刚才看到的那个人是炽哥吗？！”

林希芋最讨厌上数学课，一大堆公式，听都听不懂，还不如去偷看炽哥。

于是刚才他趁着数学老师在黑板上写步骤，和前面的男生一起溜出了教室。

两个人躲在教学楼的五楼处，看到现在才回教室。

“我感到震惊，炽哥不是被‘魂穿’了吧？跟他同班两年，我居然从来没见他这么温柔过。”

林希芋忍住笑：“因为你不是他的‘小青梅’。”

“我真的是被惊到了，炽哥数学那么好，怎么还让人家给他讲题？”

林希芋觉得他孺子不可教，说：“兄弟，你完了，就你这思路，以后还咋‘撩妹’？”

“我们来打赌。”林希芋说，“赌一顿晚饭，看炽哥会不会真的听话地回教室。”

说完，林希芋又立马抢着说道：“我赌他会回来。”

前面的男生从没见过江炽这么温柔的一面，还是觉得这一切有点儿不真实：“我赌他不会回教室。”

“我告诉你，我赢定了。”林希芋压低声音，笑着说。

讲台上的老师指着林希芋：“林希芋，需不需要我帮你把嘴巴封起来？”

林希芋：“不用不用，我闭嘴。”

下一刻，江炽从教室后门悠闲地走了进来。

林希芋拍拍前面男生的肩：“好了，兄弟，今晚请我吃食堂的牛肉饭。”

数学老师看到江炽，瞬间换了教训对象。

“江炽，你们这一个个的是怎么回事？都不用上课吗？我看你们都不想毕业了。”

江炽回了座位。

前面的男生一脸不敢相信的表情。

林希芋见江炽回来，凑了过去，指指江炽的手："炽哥，你被猫挠了？"

江炽在想什么，笑道："是啊。"

林希芋装出一脸震惊的表情，胡说道："那你还不快去看医生！"

江炽的眉眼里难得地藏着温柔之色，他哼了一声，说："我的心都让猫叼走了，我还看什么医生？"

放学后，教室里一片闹哄哄的。

林希芋正求着沈辰陪他和那个打赌输了的同学一起到食堂吃很好吃的牛肉饭。

江炽从座位上起身，拎起书包就走。

他刚出教室门，就看到学校外波澜起伏的海面，夕阳仿佛被打散的碎金，漂浮在海上。

江炽今天心情好，走到走廊边，吹了下海风。

他一想到夏枕，嘴角不知不觉就挂上一抹笑。

就在他把视线从海面收回来的时候，忽然用余光看到了校门外的一道身影。

江炽看了过去。

校外，一高一矮的身影站在公交站台上。

前几天看到的那个男生站在夏枕身旁，笑着跟她说话。

江炽愣了一秒。

一节课过去了，她不是说要回家吗？

他记得她还说过，要一个人回家。

江炽眼神一黯，片刻前唇角的笑消失殆尽。

半晌过后，他终于低下头，眼神淡漠。

"不知道怎么回事，校车坏了。"站在夏枕身边的女生说，"师傅都修了半个小时了。”

夏枕在楼上被江炽耽搁了一会儿，本来以为会错过校车，打算坐公交车回家，结果发现送他们来上课的校车还没走。

天气热，等校车的学生难免有点儿不耐烦。

站在夏枕旁边的女生，就是刚才在楼上问夏枕要不要一起坐校车回学校的人。

女生是初二的，长得跟夏枕差不多高，扎着个马尾辫。她转过头问夏枕：“你也要坐校车回学校吗？”

夏枕点头：“嗯，我坐校车回学校。”

“我刚才还以为你要和学长约会。”那个女生一脸“八卦”样，凑到夏枕的耳边道。

夏枕闻言惊了一下，急忙解释：“我没有。”

那个女生见夏枕这个反应，有点儿失望：“啊，不是吗？就他那架势，我还以为他跟你关系不一般呢。”

夏枕沉默了。

扎马尾辫的女生见夏枕这副安静的样子，立刻恍然大悟：“难道是学长很仰慕你吗？”

夏枕低下头：“没有。”

“啊？是这样吗？”女生终于弄明白了夏枕的意思，不好意思地挠挠头，“不好意思啊。”

夏枕摇摇头，并不把这件事放在心上：“没事。”

女生立马转移了话题，开始为一个星期后的奥赛发愁：“也不知道这次奥赛我能不能得奖，真愁。现在袁老师发的题越来越难，我都没有信心了。”

“不会的。”这时一道男生的声音从后头传来。

夏枕和前面的女生一回头就看到后头背着书包的岑灿杨。

岑灿杨继续对那个女生说：“你不用这么担心。你的思维比较灵活，解题速度也快，袁老师平时很少有机会让同学们做这些奥赛题，现在就是想让我们挑战一下。再说到了真正考试的时候，题目不会那么难的。”

女生舒了一口气，但岑灿杨的这番话还是没能完全消除她的顾虑。

“我们年级另一个同学不想参加这个比赛，老师才把我安排来参加的。我是真的实力不行。”

“是你瞎操心了吧？”岑灿杨说。

夏枕本来就不太会安慰人，站在旁边想了半天也想不到安慰这个女生的话。在所有人快安静下来的时候，夏枕抬手轻轻地拍了拍那个女生的肩，很认真地说：“不会的。”

她这句话顿时逗得旁边的人笑了起来。

夏枕不明就里地看着他们，一脸蒙的表情。

岑灿杨也笑了，低头看着夏枕：“你是真的很可爱。”

夏枕更蒙了。

不远处修理校车的人跟司机说了些什么，司机的脸色有点儿难看。他朝这边走过来。

天气本来就热，司机热出了一头汗：“同学们，校车现在无法修好，我还得让人来把它拖去修理厂。你们能不能坐公交或者打车回家？”

司机话音刚落，几个同学顿时发出埋怨声。

“哦对，现在高中部下课了，有一些同学住在较远的地方，高中部的学生有校车接送。要不你们看看能不能搭顺风车？”司机又说。

旁边的学生说：“早知道修不好，我们就不在大太阳底下站了半个多小时了，疯了吧？”

“唉，算了算了，司机也累得满头大汗，他也不想这样。”

那个扎马尾的女生用手扇了扇风，听到旁边两个女生的对话，小声嘀咕：“谁还不是爸妈宠出来的？我们不就等了三十分钟吗？要不是我们得来这边上课，司机的车还不会坏在这里呢。你们怎么这么娇气？”

女生说完转头跟夏枕说：“我要坐公交车回学校，虽然现在坐公交车的人多，你要一起走吗？”

夏枕也没想到校车会修这么久，而且校车最后还没被修好。

一节课过去了，校车还没被修好。

不过，她坐公交车回去也行，公交车可以直达家门口，就是不能回学校拿练习题了。

“我不回学校，你先走吧。”夏枕说。

“好的。”女生跟她挥挥手，“那再见。”

岑灿杨还没走，站在夏枕的身边：“你怎么回去？”

“坐公交车回家。”

“还是坐 246？”

“嗯。”夏枕点头，“246 路。”

“我陪你在这儿等吧，这车来的趟数不多，时间还不规律。”岑灿杨说。

夏枕：“不用，我可以自己等车。”

岑灿杨抬手拎着衣领扇了扇风，说：“没事，我家就在这儿附近，不碍事。”

夏枕突然不知道该说什么了，站在一旁没说话。

半晌后，夏枕还是出声了，抬头去看岑灿杨：“我等我哥哥一起回家。”

店里，敲击键盘的声音、按动鼠标的声音不绝于耳。一群少年闹哄哄地从门口晃荡进来。

放学后，江炽和同学去打了篮球。一群人玩儿够了，才成群结队地来到这里。

“打游戏吗，哥？”坐在江炽旁边的男生凑过来问。

江炽握着鼠标的手移了一下，修长的手指骨节分明。他漫不经心应地说：“打。”

对面的林希芋站起来对江炽喊：“快上快上！”

这时旁边还有个男生一直在看手机，旁边的人伸手就把他的手机抢走了：“还看什么看，打游戏了！”

“行行行，上上上。”

"你文明点儿好不好？"

一群人一局游戏打下来，已经过了四十分钟。

"有点儿饿。"林希芋撇嘴，瘫在椅子上摸肚子。

"那就去吃饭。"一旁的沈辰说。

林希芋转头看他："可我还想打游戏。"

沈辰看了林希芋一眼，不说话，玩儿电脑游戏去了。

林希芋闲着无聊，转过头去跟旁边的其他人说话。

旁边的人正打开一个网页，被屏幕光映得发亮的脸上露出认真的表情。

林希芋一下子来了兴趣，毫无负担地和对方搭讪："同学，你看啥呢？"

旁边的人一开始还没听到林希芋跟自己说话——林希芋喊了第二遍他才听到。

"我在看贴吧呢。"

"贴吧？贴吧有什么好看的？"

平时林希芋他们在一起，就是一起研究下编程，玩儿玩儿游戏，打篮球，逃课。

贴吧他们的确看得少。

"在看我们初三年级的帖子啊。最近不是有人开了个帖子，议论谁是级花吗？"

"什么鬼？"林希芋一脸不能理解的表情，说，"这都什么年代了，还评级花？一群小屁孩。"

旁边的男生听林希芋说"小屁孩"，急忙给自己和所谓的"小屁孩"撇清关系："我可不是小孩！这都是他们弄的，又不是我弄的。我就上贴吧看看级花。"

林希芋一针见血地拆穿他："你还投票了吧？"

这个男生一看就是"宅男"："哪儿有，我没有投票！"

一旁的沈辰说："希芋，别闹。"

林希芋逗这个初三的男生逗得可开心了：“来，跟我讲讲你觉得哪个最好看？顺便也给我看看照片。”

那个急于辩解的初三男生见林希芋没再说他投票丢人，就愿意跟林希芋好好地说话了：“其实她们也不是特别漂亮啦，我就是觉得看着很舒服。”

“你给我看看。”

男生移动鼠标，往下滑了滑网页，界面上快速地掠过几张图片，最后光标定在了其中一张照片上。

这是一张被偷拍的照片，一个短发女生坐在窗边，身板挺得直直的，正在写作业。

“我就是在看这个女生。”

林希芋盯着屏幕上的这张照片，嘴巴慢慢张成了“O”型：“我的天。”

枕妹？

那个男生以为林希芋也认同他的观点：“是吧？你也觉得她最好看对吧？我跟你说，现在她的得票数最高。”

“觉得啥啊？”林希芋记得刚才自己往屏幕上看的时候，看到好几条污言秽语。

“这妹子好看，是七班的对吧？”

“这一看，我就想逗逗她，嘿嘿。”

…………

林希芋咬了咬牙：“这帮孙子。”

他立马蹦起来，往对面的江炽那边跑过去：“炽哥！”

江炽正在敲代码，骨感的十指在键盘上快速地敲打着。

听到林希芋喊自己，江炽慢条斯理地抬头，用淡淡的目光越过一排电脑，看向了跑过来的林希芋。

林希芋急速冲到他的身边，去动他的鼠标。

“炽哥，我必须给你看个东西，这真的不能忍。”

江炽停了敲打键盘的动作，偏过头看林希芋：“什么事？”

“你看了就知道了，我看了之后气到要冒烟。”

他迅速地退了江炽的代码界面，然后打开浏览器，在搜索栏里快速地敲了几个字，按下回车键。

这帖子在明廉中学的论坛里挺火的，隔几秒就被顶上来一次。

林希芋点了进去，指着屏幕跟江炽说：“你看。”

江炽散漫地倚在电脑椅里，把目光落在屏幕上。

空气瞬间有点儿安静。

江炽沉默着，用阴沉的视线在屏幕上掠过。

林希芋也不自觉地噤声了。

江炽默不作声，握着鼠标，往下滑了一下网页。

某一刻，林希芋见到江炽隐隐动了动下颌，目光也随之变得狠厉了。只不过江炽很安静，像是在压着怒气。

旁边每一个人都觉得空气是紧绷的。

下一秒，江炽坐直身子，懒散地把键盘往身前一拨，用十指按得键盘“噼里啪啦”地响。

江炽今天心里本来就压着火，但找不到发泄口。他从来不舍得冲夏枕发火。

这些人明显是撞他枪口上了。江炽从小到大，底线一直是夏枕。这些人说这么多污言秽语，无疑是找死。

林希芋站在一旁看着江炽，目瞪口呆。

江炽打字狠绝又快速，字母和数字在屏幕上交织。林希芋还没看清楚是怎么一回事，江炽已经结束了。

江炽像一个在黑夜里神出鬼没的不明人物，悄无声息地“暗杀”了一批倒霉鬼。

林希芋完全惊呆了，如果没猜错的话，江炽已经用科技封了这个帖子，包括每一个人的账号。

过了半晌林希芋才回过神来：“我的天。”

炽哥生起气来是真可怕。

江炽靠进电脑椅里，眉间带着不耐烦的神色。他抬手，微侧了下头，揉了揉后脖颈儿。

下一秒，他从电脑前起身，嗓音有点儿沙哑："我走了。"

"哦？你不再打一会儿游戏吗？需不需要发泄发泄？"林希芋在后头喊。

江炽一般不会迁怒身边的人。现在他已经恢复了一贯懒散的模样，只不过身上有一点儿压抑感。

他朝外头走去，从兜里伸出右手，对林希芋散漫地挥了挥手："不了，我回家。"

江炽这人吃饭的时间不规律。不麻烦的时候，他会在夏家吃饭，有时候回家太晚了，就自己随便弄点儿东西吃。

今天他又缺席了夏家的晚饭。

夏父端着碗："怎么这几天我都见不到江炽这小子了？"

三人围坐在圆桌旁，夏母给夏枕夹了一块鸡肉放到碗里，笑道："这不，他又出去玩儿了。待会儿他回来了，我得给他重做几个菜。最近那孩子都瘦了，男孩子正长身体呢，我得让他多吃点儿。"

夏父是个典型的社会精英，带着干练的气质。

他放下瓷碗，抬手解开衬衫袖扣："江炽这孩子有头脑又聪明，什么东西都学得快，在电脑方面的确是个天才，以后的发展，着实不容小觑。"

夏枕安安静静地吃饭，听着父母说话。

下午夏枕跟岑灿杨说她在等江炽后，还真的等了一会儿，只是没看见他从学校里出来。

后来她就自己回来了。

"那可不。"夏母回道，"而且这孩子还孝顺，这都几年了，还是惦记着他妈。他和江汐这两个孩子真是从小就命苦。"

"老江有时候联系我，会问到他们，还打算以后让江炽回去继承他的家业。"

夏母听了有点儿不满意："他把儿子、女儿扔在这里生活，然后自己结婚，居然还有闲心打电话问你孩子的状况，这心意也不知道几分真，几分假。”

夏父夹了块鱼肉放到夏母的碗里：“至少他还有让江炽回去继承家业的心思，毕竟江炽是他的孩子。”

“江炽一看就是个干大事的人。让他回去继承家业，他愿意吗？这还真说不准。”夏母说。

“唉，以后让他们自己做决定吧。”

夏枕吃饭时有时会跟爸爸、妈妈念叨一些在学校发生的小事，今天格外安静，一直在听爸爸、妈妈说话，自己不插一句嘴。

夏母吃到一半，突然察觉到夏枕今天话特别少。

“怎么了？”夏母问她，“今天怎么不说话？”

夏枕闻言，咽下嘴里的东西，才开口说话。

她十分诚实地说：“我不知道说什么。”

夏父、夏母都被她逗笑了。

夏枕被养成这种性格，有一部分原因是家里人把她保护得比较好，还有一部分原因是她天生就跟别人有点儿不同。

她长得好看，迟钝在别人看来都是可爱。这也是夏父、夏母庆幸女儿长得好看的原因。因为她长得好看，社会对她会多一分善意。

夏枕从小到大过得很开心，智商也高于一般人。她就是情商不太高。

夏枕跟江炽不一样，生活很规律，吃完饭就到楼上洗澡去了。

今晚没有带作业回家，夏枕洗完澡后想到海边走走。屿城这个海边城市，一到晚上特别凉爽。

夏枕跟妈妈说了声后，就揣上手机离开家了。

海边离夏枕家不远。她走十几分钟就能到海边，沿途有很多出来散步的人。

马路上灯火辉煌，车水马龙。夏枕想走近路到海边，进了一条小巷里。

小巷两头立着两盏路灯，昏黄的灯光打在明显有些年岁的路面上，生出一种沧桑感。

走了一会儿，夏枕突然被前面一阵谩骂声吓了一跳。

她整个人愣在原地，用一双大眼睛惶恐地朝骂声处望去。

不远处，一些人隐匿在黑暗里。夏枕这才注意到除了男人的谩骂声，还有几个女生发出不屑的笑声。

仔细一瞧，她看见五六个女生围着一个男人。那个男人狼狈地坐在地上，口中还骂骂咧咧的。

夏枕完全没遇到过这种状况，呆呆地站在那儿。

然而还没等她收回思绪，那边突然响起一声清脆的巴掌声，非常瘆人。

夏枕的心脏“怦怦”跳，她离那几个女生不远，看着女生们再一次抬手。

男人爆发出恶毒的骂声。

女生们笑声朗朗。

夏枕完全不知道自己是该转身就跑，还是应该打电话报警，整个人处于混乱之中。她不知道这几个人是怎么回事。

然而还没等她想出个所以然来，为首的女生仿佛有所察觉，抬起头，直直地望了过来。

夏枕感到害怕，下意识地往后退了退。

在慌乱中，她居然还注意到了别的东西。

那个女生，长得好漂亮。

女生留着一头长发，将一边秀发挽在耳后，露出白嫩的耳郭，五官带着一种绝艳的美。即使她身上穿着蓝白相间的校服，也没办法掩盖自身的耀眼。

那个女生跟夏枕对视了几秒，突然唇角一勾，偏头跟旁边的女生说了句什么，而后朝夏枕这边走来。

夏枕捏紧放在牛仔热裤兜里的手机，紧张得手心冒汗，却移不开脚步。

那个女生一下子便靠近了夏枕——夏枕被吓得往后退了一步。

女生见夏枕这样子，笑了起来。

她弯了弯眼睛，歪头说："小妹妹，我不是坏人。"

这个女生比夏枕高一点儿。也不知道为什么，夏枕看着她，心里的恐惧感莫名地消了一些。

"别怕。"女生说。

和女生的距离拉近，夏枕这才注意到女生在左耳处戴了一枚钻石的耳饰。耳饰很小，但很惹眼。

"你们在干什么？"夏枕问，有点儿犹豫。

女生"嗯"了一声，然后转头朝那边望去，十分轻松地道："打架啊。"

夏枕愣了一秒，说："哦。"

女生见夏枕这个样子，笑了。

另外几个女生还在那边围着那个男人，她们的对话声传进了夏枕的耳朵里。

"你看看自己都活到多少岁数了，还在公交车上伸'咸猪手'！摸到我身上来，你是想找死吗？"

"要点儿脸好吗？"

这男的喝了点儿酒，刚才在车上公然侵犯女孩子，被这些女生直接拽下了车。

其他女生也笑道："我们把你送进派出所，你别以为我们好欺负。"

夏枕蒙了。

那个长得很好看的女生看着夏枕："晚上别自己一个人出来玩儿，危险。"女生抬手指了指地上的那个男人，"小心遇到这种坏人。"

女生的脸有一种蛊惑性的美，她十分开朗地笑了，抬手轻拍了拍夏枕的头："小妹妹，再见了。"她说着往后走去，朝夏枕挥挥手，"姐姐要去跟帅哥约会了。"

经过这次小插曲，夏枕的确没有再去海边了。

回到家后，夏枕摸出自己的手机看了一眼。江炽没有给她打电话，也没有发短信。

隔壁的小别墅也是黑的，没有人在家。

在房间里打了几局小游戏后，夏枕觉得肩膀有点儿酸，放下手中的游戏机，打开房门去客厅。

客厅的阳台正对着海，晚上她什么都看不清，遥遥的海面上有时有一点儿昏黄的渔火。

海风拂过，夏枕捧着玻璃杯，一小口一小口地抿着牛奶。

这一带的居民区，巷子都呈陡坡状，有的人家里的绿植会从院子里伸出来，爬到墙上。

下一刻，她的视野里突然闯入一个人影。路灯下，一道颀长的身影迈上陡坡。

夏枕一下子就认出了那是江炽。

她忙拿开抵在唇边的玻璃杯，想说什么，却又没开口。

这时江炽正好抬起头。

两人四目相对。

江炽脚步明显一顿。

就在一秒后，夏枕愣在了原地。

隔着几米的距离，底下的人却一句话也没跟她说。

江炽径直回了隔壁，头也不回。

夏枕僵在了原地。

下午在校门口等江炽，她没有等到他，回家又见不到他。

这些夏枕本来不介意，就是郁闷了一点儿，但也没有不高兴，毕竟江炽不知道自己在等他。

可当江炽头也不回地走了，这些微不足道的小情绪全涌了上来，被她无限放大。

夏枕顿时喉咙一哽。

他怎么还跟自己生气了？

夏枕是从小被捧在手心里养大的女孩，性格虽然温柔，不无理取闹，但总归有一点儿脾气。

她也会跟江炽表现出任性的一面。

只是她从来没有想过，在江炽那儿，他只给了她恃宠而骄的特权。

夏枕一口一口地喝牛奶，薄唇上蹭了圈白色。

“枕枕。”夏母经过阳台，看到夏枕在外头，“牛奶喝完了赶紧睡觉去，明天还要上课。”

夏枕将透明玻璃杯里的最后一口牛奶喝尽，应了声：“好。”

江炽一进门，将钥匙往玄关处的鞋柜上一扔，直接倚在门上，单手拿出裤兜里的手机。

壁灯的灯光在他眼底打下了一层阴影。

江炽微弯腰，翻了翻手机里的通讯录，直接给江汐打了个电话。

刚响几声，电话就被接通了，江汐问：“干吗？这么晚了找你姐，有何贵干？”

江炽一听江汐那边的背景音很嘈杂，就微不可察地蹙了下眉：“你在哪儿？”

江汐往嘴里扔了片薯片，咬得薯片一响：“社团聚会呢，我待会儿就回去了。你有事快说，包间里有个比你帅一百倍的帅哥，我还在寻思着过会儿要不要过去跟他聊聊天儿。快点儿，你坏了我的好事，我就要你赔钱。”

江炽无奈地抬手，捏了捏眉心，过了半晌问了一句：“家里有没有遮瑕膏？”

江汐惊了。她知道江炽从来不用这些东西。

她惊讶地道：“好好的，你干吗要用遮瑕膏？虽然男生化妆是挺正常的，但要是你化妆……那我真被惊到了……”江汐说完，又语重心长地补了一句，“虽然咱们枕妹的确还没开窍，但你不用这么悲观。”

江炽终于忍无可忍了：“闭嘴。”

江汐在那边笑，逗够了江炽后，才正经起来，问：“你要遮瑕膏干吗？”

江炽抬起右手，用拇指揩了一下凝血的唇角，疼得扯了下嘴角："我嘴角破皮了，想遮一遮。"

从小到大，江炽和江汐相依为命。江炽从小被迫表现得强大，这样才能保护好姐姐和妹妹，以及自己。他早已经习惯了有什么病痛都不跟身边的人说。

但江汐毕竟是看着江炽长大的，一下子就猜出来了："鬼才信你！你又打架去了？怎么三天两头儿打架？你不打架会死吗？"

江炽："我不主动招惹人。"

"哦，那别人惹你，你就不能当看不见？"

江炽直截了当地说："不能。"

江汐刚才嘴快，仔细地想想后又立马改口："哦，算了，与其当个'软蛋'，你还不如直接面对。但你收敛点儿啊，别天天打架。"

江汐和江炽的性格都比较硬，他们从来不会被人欺负，只有欺负人的份儿。

江炽听江汐说自己，"嗯"了一声。

"弄遮瑕是为了去见枕枕吧？我在家里放了一些化妆品。你进我的房间，我在梳妆台上放了几瓶不同色调的遮瑕液。你皮肤白，选 10 号遮瑕液应该就行了。"

"行。"

在挂电话之前，江炽还是提醒了江汐一声："早点儿回来，别在外面玩儿太晚。"

江汐虽是他的姐姐，但一个女孩子大半夜在外面玩儿，总归不安全。

"没事，我跟舍友一起呢，社团里还有几个男生，他们会送我们回宿舍。你今天怎么跟个老妈子似的？"

老妈子？江炽闷闷地说："算了，你当我没说。"

然而当江炽进入江汐的房间，站在那些瓶瓶罐罐前的时候，感觉刚才太高估自己了，头疼。

化妆品这么多，他分不清它们都有什么用。

江炽直接给江汐拍了张照。

过了几秒，江汐就在图片里的那些瓶瓶罐罐中给他圈出了一个小瓶子，还附带了一条微信消息。

“反正我跟你讲怎么涂也没用，你自己瞎涂吧。你能遮住想遮的地方就行。卸妆水在浴室里。嗯，那瓶你不知道是什么东西的就是卸妆水。”

江炽没说话。

夏枕喝完牛奶后到楼下洗杯子。

厨房里的洗碗槽边传出“哗啦啦”的水声，夏枕在清洗刚喝过牛奶的杯子，有点儿走神儿，微仰头对着窗外。

外头的月光明澈得很，夏枕却压根儿没看，发着呆。

水声“哗啦啦”地响，正在洗杯子的夏枕被身后伸出来的手吓了一跳，玻璃杯“砰”的一声掉在洗碗槽里。

在玻璃杯掉下的同时，有只骨节分明的手将水龙头按住了。

夏枕诧异地回过头，见江炽正低头深深地盯着她。

他问：“吓到了？”

两个人离得近，夏枕似乎能感到他的尾音让空气微微颤动。

夏枕不知道怎么回事，不太敢和江炽对视，立马转过身子。

夏枕现在几乎被江炽圈在他和洗碗槽之间，动弹不得。

现在她不看他的那张脸，小脾气又上来了。刚才江炽理都不理她，直接回家，这件事她还没忘呢。

江炽看着她的后脑勺儿，也没说什么，微微俯身，拿起掉在洗碗槽里的玻璃杯。

他把骨感的手指覆在缀满水珠的玻璃杯壁上，没有多余的动作。

他刚才的确状态不好，径直回家，遮一下伤口，想一个人静静，调整一下。他不想冲夏枕发火，也舍不得对她发火。

自己每天为关心的人在心里掀起滔天巨浪，但被关心的人什么都不知道。他又舍不得对她生气，这种情绪在谁的身上都不好受。

江炽只能选择冷静，冷静下来后再哄她，总比冲着她发火好。

“不开心了？”江炽把手撑在了洗碗槽边缘，俯下身。

夏枕用手指紧攥着洗碗槽的边缘，不说话。

江炽将她的情绪看得清清楚楚，但就是想让她说话：“怎么不高兴了？说来我听听。”

夏枕低垂着脑袋，还是不说话。

果然夏枕就跟江炽的开心果似的。他现在一见她，坏情绪又少了大半：“你不说话，我怎么知道你不开心？”

夏枕又是一阵安静。

“那我就当你开心了。”

江炽话音刚落，夏枕立马接了一句：“我不开心。”

江炽笑了一声——她果然还是小孩啊，真好骗。

“下午校车坏了，我在校门口等你一起坐公交车回家，但等不到你。”夏枕说。

江炽闻言，一怔：“你说什么？”

“我等你一起回家，可后来等不到你，我就自己回家了。”夏枕说，“我都等你那么久了，你为什么不理我啊？”

江炽顿时愣住了。

她的声音居然带着委屈感，江炽觉得心像被猫爪子挠了挠似的。她下午居然等他回家了。

江炽深吸了一口气，强压下心里的情绪：“我没有不理你。”

“你刚在楼下不理我。”

江炽突然被她逗笑了：“你还真记仇啊。”

夏枕沉默了一会儿，承认了：“嗯，我很记仇。”

其实，夏枕这人一点儿也不记仇。了解夏枕的人都知道，她就是典型的得了糖就能忘记不愉快的事情的那种女生。

“哦。”江炽干脆把另一只手也撑在了洗碗槽上，“你还强行给自己‘洗黑’。”

这一下，夏枕是彻底被江炽圈在他和洗碗槽之间了。

两个人前胸贴着后背。

夏枕愣了下。

江炽俯下身，这一次，把下巴直接搁在了夏枕细瘦的肩膀上。

隔着一层睡裙，夏枕感觉到江炽把下巴放在自己的肩膀上，身体僵住了。

江炽把下巴搁在她的肩膀上，有点儿疲惫。他让脸朝着她的脖子。

“对不起。”

随着江炽略微沙哑的声音钻进耳朵，夏枕觉得脖颈儿被江炽的鼻息弄得痒痒的。

她的心跳骤然间加速了。

这一刻，她很清楚江炽不是以哥哥的身份在靠近她。

空气突然寂静下来，仿佛连时间都冻住了。

“夏枕。”江炽唤了她一声。

夏枕惊得动都不敢动。

“别跟其他男生说话。”江炽闭着眼睛，语气很认真，“我生气。”

他微微启唇，声音慵懒：“我也不让你和别的男生说话。”

他说话带出的热气全喷到了夏枕细腻的肌肤上。

夏枕被弄得皮肤起了鸡皮疙瘩，缩了下肩：“你放开我。”

江炽跟夏枕比起来，明显游刃有余。夏枕在那儿急着躲开，他却仍把下巴搁在夏枕肩膀上，微合眼睛，淡定得不行。

夏枕不安地动着。

下一刻，江炽睁开漆黑的眼眸，微动唇角，慵懒的语气中又带丝坏：“别动啊。”

夏枕的身体瞬间一僵。

江炽“啧”了一声，觉得有点儿遗憾：“你还真不动了。”

夏枕的小脸被憋得通红，嘴张张合合，最后她只憋出了三个字：“你流氓。”

江炽听着她带着恼意的声音，没忍住又笑了：“对啊，我在这儿堵你，不就是为了要流氓？”

夏枕再次因为江炽的话噎住了，急得什么话都说不出来，最后只能重复：“你放开我。”

“那你跑啊，我又没抱你。”

夏枕急得快抓耳挠腮了，身子左转右转，竟然出不去。

夏枕一着急，转过身对着他。

她完全没想到自己已经羊入虎口了。

她把腰抵在洗碗台边，仰头望着江炽，很焦急地说：“你挡在这里我怎么出去？”

这时他用双手撑在洗碗台边上，微弯着腰，俯首看她。

江炽想到了什么，低笑一声。

两个人都面对面了。

夏枕顷刻间瞪大了眼睛，反射性地抬手捂住自己的嘴巴。

江炽被她的表情逗笑了，唇角弯起的弧度压都压不住。

这时二楼楼梯处突然传来夏母的声音——“枕枕，你洗个杯子怎么洗这么久？”

楼下厨房里的夏枕顿时惊了一下，愣了几秒后才回夏母：“我洗好了，马上上楼。”

夏母还在楼梯上，但已经快来到一楼了：“我还以为你掉洗碗槽里了。”

夏枕听着夏母靠近的声音，望着江炽的眼睛：“你快放开我。”

江炽气定神闲，仍把双手撑在洗碗台上，眼里噙着笑，不紧不慢地道：“不放。”

夏母已经下到一楼，朝厨房这边走过来了：“赶紧的，早点儿睡，不然你明天早上又要赖床了。”

夏枕双腿都要发软了：“放开我呀。”

江炽见她这个样子，翘了翘唇角：“放开你啊？可以。”

夏枕赶忙往后躲了躲，两人四目相对。

江炽勾了唇角：“你叫声‘哥哥’，我就放了你。”

眼见夏母就快走到厨房门口，夏枕求饶地看着江炽，速战速决："哥哥。"

江炽得逞，将撑在洗碗台上的手收了回来。

"江炽？你怎么也在这里？"与此同时，夏母出现在厨房门口。

江炽转身，看向了厨房门口的夏母。

他抬手揉了一把夏枕的头："我有点儿想妹妹了，来见见她。"

夏枕可郁闷了，她闷闷不乐地躲开了江炽的手。

然而她又被江炽逮回来——他使劲儿地揉了一把她的头。

江炽和夏枕从小关系好，夏母了解他们，对此已经习以为常，走进厨房里。

"你吃了没？今晚又没回来吃晚饭。"

江炽不想让夏母这么晚还给自己做饭，回了句："吃了。"

夏母白了他一眼："早知道我问都不问你，你就是没吃。"

"夏姨别麻烦了，我叫个外卖就行。"

江炽其实会做饭。他很小的时候就没爸没妈，还要被姐姐欺负。

不过夏母一向不让他做饭，在夏母的眼中，他跟自己的孩子一样。夏母不想他每天上学回来还得自己做饭。

"叫什么外卖？这家里又不是没吃的。"夏母笑着将江炽往餐桌那边推了推，"好了好了，你去那儿坐着。我给你热一下饭菜，又不麻烦。"

夏母取下挂在墙上的围裙，问夏枕："枕枕，你还吃点儿吗？就当吃夜宵。"

"我不吃了。"夏枕到现在小脸还有点儿红，扔下一句话落荒而逃，"妈妈，我去睡觉了。"

江炽把一条手臂搭在椅背上，指尖懒懒垂下。他看着夏枕那急急跑向楼上的背影，笑了笑。

隔天早上，江炽起来的时候，想找夏枕去上学。但夏枕特意起了个早故意躲他，跑了。

连着几天，江炽都逮不着她。

以前江炽还没发现夏枕居然这么能躲。她放学后把自己锁在房间里不出来，任凭他怎么叫都不开门，也不开窗。

这天放学，江炽被林希芋拉着一起出去玩儿。

一群人打了几局游戏才逛到烧烤摊，天已经黑了。

林希芋喜欢热闹，还把陆南渡他们也叫过来了。

烧烤店外面搭了个棚子，放置着很多折叠式桌椅。

江炽坐在椅子上，垂头玩儿手机，长腿大大咧咧地敞开着。

陆南渡刚到，走过来轻踢了一下江炽的脚："兄弟，腿收收。这位置太小，你腿太长了我坐不下。"

江炽懒懒地抬了下眼皮："滚。"

说完，他还是把腿收回来了。

这桌是圆桌，陆南渡甩了书包坐下来。

对面的林希芋正拿着菜单跟老板点菜，要了很多烤串。

沈辰坐在他旁边。

这会儿店里一共有两桌人，另一桌人已经坐满了。

陆南渡刚坐下来不久，旁边就有一个女生跟风一样迅速地坐了下来。

那边的林希芋下意识地抬起了头，看到女生的时候还惊讶地叫了一声："好久不见啊，易胭。"

易胭留着一头柔顺的长发，校外课余时间时，有时爱在左耳上戴着一枚钻石耳饰。她朝林希芋笑道："好久不见啊，林希芋。"

易胭算是陆南渡很好的朋友了，平时大家又在一起玩儿，彼此认识。

"最近怎么都没见到你？"

易胭："我忙啊。"

陆南渡笑着拆穿她："忙着玩儿。"

易胭开玩笑道："我都能一脚撂倒林希芋了。"

林希芋一脸蒙："为什么'躺枪'的人又是我？"

易胭：“因为你容易被撂倒啊。”

“我的腹肌不是八块，是一块！一块腹肌顶八块腹肌，可厉害了。”

旁边的人都笑了起来：“林希芋你要不要脸了？！”

陆南渡端起面前的饮料喝了一口，侧首问江炽：“你在干吗呢？”

江炽抬头，笑了下：“骗妹妹出来啊。”

陆南渡一言难尽地看着江炽：“你这禽兽。”

江炽又低头玩儿手机了，淡定地反击：“哦，物以类聚，人以群分，你也差不多。”

陆南渡没说话。过了一会儿，他们点的烧烤陆陆续续上桌。

大家一边闲聊，一边开吃。

啃着羊肉串的林希芋看到那边走过来一个人，眼睛一亮。他空出一只手抬起来挥了挥：“苏岸。”

这桌的人因为林希芋的声音都望了过去。

穿着白T恤的苏岸听到有人喊自己，看了过来。

看到林希芋后，苏岸走了过来，周身带着一股安静的感觉。

江炽跟苏岸是同桌。两个人虽然平时话不多，但也聊过天儿，互相略微点了点头算是打过招呼了。

林希芋嘴里还咬着羊肉，问：“好巧啊，你怎么也到这边来了？”

苏岸长得很好看，在店面的白炽灯光下，更加唇红齿白：“我来我爷爷家里，爷爷就住这儿附近。”

“啊。”林希芋拿起一串烧烤递了过去，“你吃不吃啊？”

“不了，谢谢你。”苏岸看起来像脾气很好，“我要去我爷爷那儿了，先走了。”

“好。”林希芋朝他挥挥手，“拜拜。”

“再见。”

易胭把杯子搭在唇边，豪饮了一口。

自苏岸来的那一刻起，她的目光就不曾从他身上离开，此时她还远远地凝视着那个身影。

这个男孩，怎么就那么吸引人呢？

直到看不到人影了，易胭才收回了目光。

她微微勾起唇角，似乎在回味。

“你们班里的这个男生……长得有点儿好看啊。”

夏枕穿着睡裙。她生得白，这布料又极其衬肤色，皮肤像被淋了一层牛奶似的。

她正坐在书桌前写英语作业，书桌上的手机屏幕时不时地亮起。

如果现在写的是理科作业，夏枕肯定会全神贯注，连手机有消息进来都不知道。但现在写的是她最头疼的英语作业，本来就没办法百分百地集中精力，现在手机一亮，她一不小心就分神了。况且她知道，给她发消息的是江炽。

刚才江炽的短信一条一条地发来，夏枕看了。这才消停没多久，他又给她发消息了。

夏枕眨了眨眼睛，试图认真地做完形填空。

一秒、两秒……五秒后，夏枕还是瞧了桌角的手机一眼，最后伸手把手机拿了过来。

“怎么不接电话？

“我快到家了，给你和夏姨、夏叔带了烧烤，你下来拿。”

夏枕半个小时前喝完牛奶，已经刷好牙，这会儿准备睡了。只不过刚才她闲着没事，又没游戏玩儿，就坐在书桌前写点儿英语作业。弱势科目也要考试，她肯定得花多点儿时间去练习。

她用手指在手机上按了按：“我已经刷牙了，不吃了，你给爸爸、妈妈吃就好。”

夏枕发完消息后，伸手将面前的英语练习册合上，准备睡觉了。

她刚把笔收进笔袋里，屏幕又亮了一下，就探头看了一眼。

“挺乖，你都知道是咱爸妈了。”

看到这句话，夏枕不明白江炽是什么意思，再看了看自己发过去的消息，顿时耳朵一热。

她急忙拿起手机回了消息过去："你别乱说，不是的。"

江炽的消息很快就来了："害羞了？"

夏枕垂眸看着手机，不回了。

半分钟后，江炽的消息再次跳了出来。

"你出来，我身上有点儿烧烤摊上的烟酒味。你将烧烤拿进去。不然待会儿夏姨知道我又出去玩儿，又要念叨了。"

他说到"出去玩儿"，夏枕突然想起上一次江炽在包间里冲动下说喜欢自己的事。到现在想起当时的事，还是有点儿不敢相信，她从小到大从未见过江炽那个样子。

不过夏枕知道江炽的酒量不行，家里聚餐时试过。

要是江炽喝了酒，这会儿还能清醒地跟她说话，夏枕觉得有点儿惊奇。她十分诚实地问："你喝酒了吗？怎么还能跟我说话？"

不怪夏枕质疑，江炽这些日子有时说话语气不太正常了，像醉了以后的幼稚样子。

江炽又发了一条消息过来："我没喝，但身上有酒味。你下来，我到了。"

看到这里，夏枕放下手机，想去窗边看看，但到半路上她又停了下来。这几天她一直躲着江炽。

夏枕房间里开了两扇窗，一扇正对着宽巷，一扇正对着江炽的窗户。

她来到窗边，轻轻地拉开一小半窗帘，往下看了一眼。

昏黄的路灯下，只见江炽倚在灯杆上，垂头用单手玩儿着手机，利落的短发在灯光下显得毛茸茸的。

他忽然像感应到了什么，抬起头，与窗边的夏枕四目相对。

莫名地，就在这一刻，夏枕的心跳快了一拍。

她"唰"的一下拉上了窗帘。

夏枕还是下楼了，虽然很想当缩头乌龟。

但最终江炽用一句"你不下来就是心虚，就是想我"顺利地把夏枕骗下来了。

她到楼下的时候，夏父、夏母还在看电视，看见女儿下来，有些诧异。

“不是睡了吗？怎么下来了？”夏母问。

夏枕从楼梯上下来，指指外头：“哥哥买了烧烤回来，我去拿。”

“哦。他进来不就好了，买了烧烤不和我们一起吃吗？”夏母在后头说。

但夏枕已经跑了出去。

她也不想江炽因为身上有烟酒味而被妈妈说。

倚在路灯杆上的江炽看到夏枕穿着拖鞋跑出来了。

她穿过院子，再穿过小巷，背后是穿过黑夜传来的海浪声。

她不擅长跑步，肺活量不行，一跑就有些上不来气，有点儿累。

夏枕跑到江炽面前，停了下来。

江炽单手插兜，用另一只手提着一袋烧烤，略微带笑地看着夏枕：“你跑得这么快，这么急着见我啊？”

夏枕见江炽这坏坏的样子，低头躲开他的目光，咬了咬嘴唇，说：“才没有。”

“心虚。”江炽笑了一声。

“我没有。”夏枕快速地说了句，然后向前一步去拿江炽手里的烧烤，“你把烧烤给我，我要进去了。”

江炽将手臂往后藏，躲开了夏枕伸过来的手：“不给。”

夏枕又往前迈了一步，去抢江炽手中的袋子。

江炽再次把手往上一抬，这招屡试不爽。

江炽个子一米八几，手一抬，就更高了——夏枕抢不到袋子。

夏枕说：“你好烦啊。”

江炽看她这个样子，情不自禁地翘起一边的唇角。

他把手从兜里伸出来，十分迅速地轻捏了下夏枕的脸。

夏枕不满地哼了一声，抬手准备打掉他的手，但反应还是慢了一拍，没打着他。

江炽看着她，乐得不行，也不逗她了，把烧烤递给她。

“拿着吧。”

夏枕觉得江炽就跟《狼来了》里的男孩一样，她略带戒备地看着江炽。

江炽一下子就能看出她在想什么，笑着说：“我不骗你了。”

“真的？”

江炽微点了点头：“嗯。”

夏枕这才放下戒备心，伸手去拿烧烤，眼睛清亮。

江炽低头看着她：她长长的睫毛很细密，皮肤白皙，薄薄的红唇微抿着。

就在夏枕快要抓住塑料袋的时候，她的指尖触到了江炽的指腹。

夏枕也不知道今晚是怎么了，在触到江炽指腹的那一刻，心一动，准备把手收回来。但江炽的注意力也被这次触碰吸引了，他手疾眼快，手掌翻了个面。

他骨节明晰修长的手指微张，迅速地穿过夏枕的指间。

下一刻，两个人十指猛地紧扣在一起。

手突然被温热的掌心裹住，夏枕觉得心跳骤然间加快了，一时什么都忘了，大眼睛里满是惊讶。

四目相对，谁都没有说话。

夏枕回过神后，赶忙要往后缩手。然而江炽紧紧地盯着她，手上使了劲儿，令夏枕愣是挣脱不开。

她说：“我要进去了。”

江炽紧握不放，骤然俯身，停在夏枕的脸前。

两个人隔着几厘米，他盯着夏枕的眼睛：“这才几秒？”他的嗓音从喉咙里低沉而出，富有磁性的声音里带着一丝哄人的意味，他说，“再一会儿，就一会儿。”

夏枕也不知道受到了什么蛊惑，整个人突然安静了。

手渐渐地软了下来，任由他牵着。

“终于肯让我牵你手了啊。”江炽喉咙里溢出一声笑，散漫又短促。

第四章
暧　昧

夏枕坐在教室里，用双手撑着下巴，想着昨晚江炽在楼下逗她的那些话，眼神有点儿迷茫。

昨晚她又逃了，脑子里有点儿混乱。她什么信息都抓不住。

这么多天过去了，她好像不像以前那么抵触江炽了。

“同学们，”班主任齐老师突然出现在教室门口，拍了拍手掌，“有件事我要通知一下。”

齐老师走了进来，把双手撑在讲台上。

“距离你们中考只剩一个多月了，学校想组织一场家长会，让你们父母了解了解你们的学习状况，顺便总结一下这学期的工作。”

老师话音刚落，教室里一片哀号声。

“老师，开家长会不如让我们多做点儿题。”下面有人开玩笑，举手道。

“我就不信你们周六下午还会写作业。”齐老师站在讲台上看着这群学生笑道，“这个星期六下午开家长会，不会耽误你们太多时间。上午你们要补课，下午就不补课了。学校开一个多小时家长会，然后大家就可以回家了。”

大家听到周六下午可以不上课，低落的情绪高涨了起来。

“开，尽情开家长会。老师，可不可以接下来每个星期都开场家长会？”

齐老师：“想得美啊你们。”

说完，老师又在桌上敲了敲：“好了好了，过会儿要上课了，这节课任务重，你们赶紧的，要上厕所的去上厕所，要到小卖部买东西吃的也快点儿。”

许洛洛趴在后座上，声音有点儿落寞：“天啊，时间过得真快，我觉得自己刚上初一，转眼间一个多月后就要毕业了。”

夏枕正在喝水，听到后头的许洛洛在说话，回头道：“没事呀，我们直接升学以后，很多同学还在一个学校，就跟没毕业一样。”

许洛洛烦躁地抓了下头发:“不,我跟他可能不在同一个学校了。”

“什么？”

许洛洛沉默了几秒，道：“我上次问化学课代表考哪个高中，他说他想考其他学校，他不直升明廉中学了。”

夏枕不知道说什么，过了半晌挤出一句：“你很难过吗？”

许洛洛把下巴搁在桌子上，皱眉道：“嗯。

“枕枕，他是不是不喜欢我啊？”

夏枕有点儿蒙：“为什么这么说？”

“我都主动这么久了，他肯定看得出来，就是不喜欢我才装傻充愣，什么都不捅破。”

夏枕张了张嘴，却什么话都说不出来。不会安慰人，这一点真的让夏枕很苦恼。

趴在书桌上的许洛洛看到夏枕一脸苦恼的表情，忽然就被逗笑了。

许洛洛一扫之前的烦躁，直起身子来捏了捏夏枕的脸。

“看你郁闷的，我没事啦。”许洛洛起身，笑着拉起夏枕，“走走走，一起去小卖部买点儿吃的。”

夏枕放学后没有急着回家，穿过马路朝对面的海滩走去。

海风有点儿大，但在夏天里吹着挺舒服的，夏枕穿着学校的衬衫、裙子，穿着圆头小黑鞋走在沙滩上。

她在沙滩上踩出一个个脚印，一踩沙子，脚就陷进去了。

海浪声一阵接一阵，它们在礁石上碎裂成一朵朵水花。天空湛蓝，阳光没有中午那么热。

夏枕找了块地方，直接在沙滩上坐了下来。

她从小就喜欢傍晚时往海边跑，每次江炽都会陪她。

想到江炽，夏枕用垂在身侧的手心轻轻地碰了碰沙子，有点儿懊恼。

昨晚自己到底是怎么了？

夏枕把下巴搁在膝盖上，目光落在海面上。

要是没人打扰她，她能一个人坐在这里安安静静地看一晚上海。

江炽来的时候看到夏枕弯曲着腿坐在沙滩上。他在学校门口没见到夏枕，还进学校到她班里找了一下她，以为她又像前几天一样躲着自己。

江炽骑在车上，单脚撑地，两手握着车把，看了夏枕一会儿，才从车上下来。

夏枕坐着坐着，旁边突然出现一个人。

“等我呢？”

夏枕闻声，侧过头望去。

江炽正手插兜站在她旁边，低头看着她。

夏枕看了他两秒，低下头：“没有。”

江炽已经习惯夏枕说“没有”这两个字了。

“我都对你这话免疫了。”江炽说着在她的旁边坐下来，和她并肩坐着，“还在因为昨晚的事生气？”

夏枕本来想说没有，但想到刚才江炽说得对，这句话自己说了太多遍了，就改口道：“没生气。”

“嗯？”江炽有点儿诧异，勾起唇角，侧头看着她。

夏枕本来心里还算平静，又被江炽弄得有点儿手足无措。

江炽想到她也正烦着，就不开玩笑了。

他说完，双手往后一撑，往前伸长双腿。

夏枕轻轻地皱了眉头。为什么他说这句话，她心里有点儿不舒服？

两个人就这样坐了一会儿。

“渴吗？”江炽偏头看她。

夏枕一直在捏沙子玩儿，点点头：“嗯。”

她的眼睛还是跟以前一样，湿漉漉的，纯净得不行。

江炽弯了弯唇角，抬手揉了揉她的头：“这头发有点儿长了。”

夏枕抬手扒了下自己快及肩的短发发尾：“嗯，我周末去剪头发。”

江炽说：“走吧，我带你去买饮料，有没有想喝的饮料？”

说着他从沙滩上起身，朝夏枕伸手。

夏枕没设防，跟以前一样，想都没想就把手搭了上去，被江炽拽了起来：“我想喝柠檬水。”

感受到她温暖的手在自己的手心里，江炽微微翘起唇角，握紧了她的手，但只是一会儿，怕她待会儿又要跟他急，趁着她还没反应过来就松开了手。

“行。”

夏枕看着江炽，试探性地说：“我要加冰。”

江炽：“行。”

晚上夏枕回家就把学校要开家长会的事告诉了夏父、夏母。

“哪天开家长会？”正在客厅里看报纸的夏父抖了下报纸，将报纸放在了旁边。

“星期六。”夏枕说。

夏母洗好碗，走了过来：“星期六是九号，你那天要出差。”

夏父闻言微微皱眉。

夏母解下身上的围裙，将围裙搭在臂弯里：“没事，我去就行了。枕枕这么乖，我去了也只是听老师表扬她，没什么大问题。”

“那行。”夏父说着看向夏枕：“那星期六你妈妈去家长会，我就不去了。”

夏枕正坐在沙发上玩儿小游戏，点点头：“好。”

夏母又忙活去了，过了一会儿在楼上喊了声夏枕：“枕枕！”

夏枕还在玩儿游戏，听到夏母喊她，朝楼上应了一声：“怎么了？”

“你张姨打电话过来借体温计，她家的小孩估计发烧了，现在走不开，你把体温计给她拿过去。”

张姨家在夏枕家附近，出门转个弯再走几步就到了。

“好。”夏枕结束游戏，退了出去。

夏枕从家里的药箱里翻出体温计就出门了。

张姨家的小孩的确发烧了——夏枕到她家里的时候那小孩子难受得一直在哭闹。

夏枕送完体温计回来，慢悠悠地走在路上，看着路灯下自己的影子渐渐地由长变短。

蝉鸣声持续不停地响着，周围是一栋栋小别墅，生活气息浓重，四周隐约传来说话声。

这里的时光像被放慢了一般，惬意又柔软。

夏枕转过路口，下陡坡走回家里。

她走着走着，路灯下出现了一个人影。

那个人离得有点儿远，夏枕虽不近视，但也看不太清，只知道是个女生。

夏枕没怎么去在意那个人，附近有人散步挺正常的。

就在夏枕快要越过那个女生回家的时候，那个女生喊住了她。

“学妹！”

夏枕听到这个声音停了下来，环视了一下，周围没其他人了。

她转过头，疑惑地指指自己，问：“我？”

一个鹅蛋脸的女生出现在她的视野里，夏枕觉得这个女生有点儿眼熟。

还没等夏枕想起来，那个女生朝她弯了弯唇角：“我们见过。”

在女生笑的那一刻，夏枕突然想起来了。

这是她以前见过的那个学姐。江炽“发疯”那次，夏枕在包间里也见过这个女生。

这个女生是傅岚。

夏枕的反应慢了半拍，她慢悠悠地“啊”了一声。

不过她跟傅岚不熟，一时不知道摆出什么表情，气氛有点儿尴尬。

傅岚问：“我能拜托你件事吗？”

“什么？”

傅岚突然拿起臂间的黑西装外套，胸口处是明廉中学的校徽。

傅岚将西服递了过来，笑：“你能帮我把这件衣服还给江炽吗？顺便帮我谢谢他。”

夏枕看着傅岚递过来的西服，愣了一下。

她终于从西服上移开目光，看向了傅岚：“这是我哥哥的衣服？”

傅岚弯起唇角，看起来十分有礼貌：“是啊。”她将衣服往夏枕这边递了递，“我帮他洗好了，谢谢他帮忙。”

夏枕没接衣服，有点儿犹豫，过了半晌，说道：“还是你自己还给他吧。”

傅岚：“那个，我刚才给他打电话了，他没接，可能是有事，所以我只能拜托你帮我还给他了。”

夏枕顿了下。江炽的确吃完晚饭就出去了，她也不知道他去做什么了。

“可以吗？”傅岚问，“我就不自己拿给他了。我还有事，你可以帮我拿给他吧？”

“好。”夏枕伸手将江炽的外套接了过来。

“谢谢你啊。”傅岚说。

“不用谢。”

傅岚送完衣服就走了。夏枕抱着江炽的衣服走回家，被熨烫平整的衣服上还残留着香水的味道。

她进门的时候，夏母正提着一袋垃圾从家里出来：“怎么拿了件衣服回来？”

“有人托我还给哥哥。”夏枕说。

“哦？刚才有人来找江炽了？”

“嗯，一个学姐。”

夏母走出院子，把垃圾袋放在外头，等收垃圾的人来收走它。

“这小子还借衣服给小姑娘啊？这还得了，他长得这么好看，还会哄小姑娘开心。”

夏枕抱着衣服站在院子里，听到夏母这句话，还没意识到自己为什么不开心，眉头轻皱。

夏母转过身来看到夏枕，问：“怎么了？一副不开心的样子。”

“不开心”这几个字突然闯进夏枕的耳朵里，她忽然像被敲了一棒，脸上不开心的表情消失，问：“什么？”

夏母忙了一天，见夏枕这样，还以为她刚才走神儿了，以为她在想什么不开心的事。

“没事，进屋了。你穿得这么少，外头起风了，小心待会儿感冒。”

“哦，”夏枕轻轻地点头，“好。”

衣服上的香水味道一个劲儿地往夏枕鼻子里钻。

夏母走进屋里。夏枕跟在夏母后头，也不知道自己被下了什么蛊。

“妈妈，哥哥的衣服还没洗。”

“啊？”夏母惊讶地回过头，“有人穿了别人的衣服，还衣服时不洗吗？这孩子有点儿没礼貌。”

莫名让学姐背上不礼貌的“锅”，夏枕有点儿过意不去，心虚地空出一只手抓抓耳朵：“可能……学姐太忙了，忘了。”

“行吧行吧。”夏母说，“这衣服得手洗，机洗会变形，你将衣服放浴室里，待会儿妈妈去洗。”

这衣服一摸夏枕就能感觉到已经洗过了，干干爽爽的，也有香水的味道。

夏枕毕竟有点儿做贼心虚，抱着衣服就往浴室跑：“妈妈，我现在有空，我去洗。”

江炽跟林希芋玩儿完出来的时候，摸出手机，这才看到屏幕上的短信。

这串数字江炽一点儿印象都没有，是陌生的号码。

江炽随意看了一眼信息的内容。

+186××××××××：“江炽，我给你帮了个忙。看她的态度，她潜意识里是挺在意你的。提前祝福你，顺便再见了。”

江炽看着这一条前言不搭后语且有点儿矫情的短信，不解地蹙起眉头。

林希芋从后头上来，轻撞了一下江炽的肩膀：“干什么？看什么看得这么认真？”

江炽没说什么，将手机揣回兜里，也没把这条短信放在心上。

林希芋还嚼着口香糖，把手搭在江炽肩膀上，边走边说：“走，吃夜宵去。”

“不去。”江炽说。

“干吗这么冷漠？”林希芋说，“炽哥，你要是对我有对枕妹一半温柔，我能高兴得上天。”

沈辰走上来敲了一下林希芋的脑袋：“好好待在地上不好吗？”

“我想试试炽哥温柔起来是什么感觉嘛。”

“你做梦吧。”沈辰无情地“吐槽”。

走到路口，江炽背对着他们，懒懒地抬臂道别：“我回家了。”

“那么急着回家干吗？”林希芋明知故问，“难道你急着回家见枕妹？”

江炽淡淡地弯下唇，夜深了，他的声音散在风里：“是有点儿。”

隔天早上江炽去找夏枕上学，到夏家院子门口处，正好撞见背着书包、穿戴得整整齐齐的夏枕。

江炽刚睡醒，眉眼间还有点儿慵懒的神色。

江炽抬臂有点儿烦躁地揉了把头发：“早啊。”

夏枕看了江炽一眼，低头不理他。

夏枕也不知道为什么，过去一晚上了，可现在就是不想跟他说话。

江炽早上起不来，早餐都是应付了事。虽然夏母给江炽和夏枕都做了早餐，但江炽经常拿块面包就解决了早饭。他现在正准备到屋里拿块面包垫垫肚子。

他现在还有点儿恍惚，没注意到夏枕不正常的表现。

和夏枕擦肩而过的时候，江炽往旁边一伸手，胡乱地揉了揉夏枕的头：“我去拿块面包，你在这里等我。”

他话刚说完，夏枕就抬手打掉了他的手。

江炽没说话。夏枕拍掉他的手就往前走，一句话都不跟他说。

江炽把手插兜里，侧过身子看她的背影自言自语：“怎么了这是？”

夏枕闷头儿往前走。

江炽转身，三步并作两步追上她，挡在她的面前：“跟我闹脾气？”

夏枕一看他，感觉到江炽什么都不知道，突然有点儿沮丧。

她低下头：“没有。”

说完，她就要绕过江炽走出门去。然而她刚往旁边迈了一步，江炽就跟着往旁边迈一步，挡在了她面前。

夏枕不说话。

江炽手插兜，垂头看着低下脑袋的夏枕："昨天不还好好的？怎么今天就跟我闹起来了？"

夏枕很想直接问他，你的校服为什么给学姐了？但话到嘴边又被她咽回去了。

她懊恼地扯了扯自己的书包带。

"没有。"她的声音带着郁闷，连自己都没察觉，"我没跟你闹。"

"嗯？"江炽说，"你脑门儿上都写着'我不开心'四个字。"

夏枕下意识地回："我有刘海儿——我不高兴，你是看不到的。"

江炽没说话，看着夏枕。他忽然认真地问了一句："因为昨晚我没给你发消息？"

昨晚他回来得晚了，冲了个澡，看夏枕房间的灯关了，就睡觉去了。

他一说到昨晚，夏枕就想到昨晚自己郁闷得睡不着，且还不知道自己为啥不开心。

她纠结地皱眉。

江炽见她这个模样，俯身往下凑了点儿，想看清她脸上的表情。

"我不给你发消息，你就这么生气？"他顽劣又散漫地说，"原来你这么想我啊！"

夏枕的耳朵有点儿泛红，她抬手就将江炽一推，虽然根本推不动。

她跑了出去："没有，我不想你！"

江炽站在她后头看着她急急逃走的样子，笑了笑，漫不经心地转身跟了上去。

"怎么这么不懂事，都不知道等哥哥？"

学习的日子周而复始，夏枕每天都过得很规律。

送夏枕去学校后，江炽踩着铃声进了教室，进门刚好撞见来检查校风校纪的同学。

明廉中学每天早上都会有学生会的值日生来检查学生穿校服、戴校卡的情况。

江炽虽然不是什么好学生，但不会故意去做不穿校服、不值日等事。

该做的事情他还是会做。

值日的同学在文件夹上夹着值日本子，在过道里检查谁没有佩戴校卡、没穿好校服。

明廉中学纪律一向严格，很少有人不穿校服。被查到了，班级会被扣分，学生还会被批评。

江炽在座位上坐下来，往桌子里摸，想把黑色的西服外套拿出来穿上。

结果他一摸，发现桌肚里空荡荡的。

江炽这才想起来昨天校服借给别人了，略微皱眉。

“同学，请穿一下校服外套。”值日生走到江炽这边的时候，提醒了一下。

江炽正想说没带，这时前面有一个男生转过头来惊讶地问道：“炽哥，昨天你给傅岚的校服她还没还给你吗？”

这男生是个大嗓门儿，正在早读的一部分同学“八卦”地回过头来。

傅岚一直在格外关注江炽，这事明廉几乎没人不知道。长得漂亮的女生和好看的男生，大家都是“颜狗”，乐于讨论这种“八卦”。

林希芋闻言惊讶地回过头来：“什么？我听到了什么？炽哥，你居然把校服给傅岚了？”

江炽把眉头皱得更深了，隐隐有点儿不耐烦。

昨天有一个女生弄湿了裙子。厕所离江炽的教室近，那女生跑来跟江炽借外套。之前江炽的确听到班里有男生说有一个女生裙子湿了走光了。当时他正在打游戏，看都没看就把外套扔给人家了，根本不知道对方是谁。

夏枕下个星期就要去比赛了，今天下午来这边上课。

上完课，她从楼上下来。教学楼的每一层都有广播，正放着眼保健操。

夏枕踩着楼梯一阶一阶地往下走。

眼保健操已经开始了，再过一会儿就结束了。

眼保健操刚结束，广播发出“沙沙”声，几秒后，一个声音从广播里传出来。

“今天违规的同学有：高一（9）班李成同学、高三（6）班陈克同学，他们打架斗殴、滋生事端；高二（2）班郑行兴同学……”

夏枕已经走到了二楼楼梯的转角处，这层正是高二年级的楼层。

有两个女生走上来，正挤在一起说话：“你听说了吗？傅岚好像得江炽的承认了。”

夏枕的脚步一顿。

“啊，我早上听我同桌说了。江炽把校服借给傅岚，因此导致没穿校服而违纪了是吧？”

其中一个女生点点头：“对对对，美女和帅哥，果然只隔层纱。”

学生时代，一件小事总能被无限扩大，你传我，我传他，最后谁都不知道事情原本是什么样的。

两个女生与夏枕擦肩而过。

与此同时，广播员略带沙哑的声音在教学楼响起——

“高二（8）班江炽同学，未穿校服。”

傅岚好像得到江炽的承认了。

听到这句话的时候，夏枕第一反应是不太信。

她不太信这件事。

从小跟江炽一起长大的人是她。她虽然没什么头脑，但了解江炽。

虽然昨晚她知道江炽和傅岚没什么关系，但就是有点儿不高兴。

这会儿听见这两个女生说的话，夏枕开始怀疑起自己。

江炽为什么会把衣服借给学姐？这才是夏枕从昨晚到现在一直在纠结的事。

江炽真可恶。

夏枕想着这件事，完全没去注意旁边的人。

她刚往下走了两步，正要抬脚迈第三步，后衣领立刻一紧。

她因为这道力度突然往后仰，下一秒，后脑勺儿撞在了一个人的怀里。

她仰头，就见江炽低头看着她。他垂着长睫毛，黑色的眼睛带着几分冷静之意。

夏枕还没从江炽好看的五官中回过神来，就听到江炽冷冷地说了一声——

“假的。”

夏枕眨眨眼，看他。

江炽又重复了一遍：“她们说的是假的。”

夏枕见江炽这副认真的样子，愣了几秒后开口了：“我知道啊。”

江炽没有理会她这句话，继续道：“我可没有啊。”

夏枕眼巴巴地看着他：“不是有很多人仰慕你吗？”

江炽睁着眼睛说瞎话：“没有。”

下一秒，他吊儿郎当地说：“仰慕别人，倒是有。”

夏枕虽然反应慢，但经过这些日子，在这方面敏感了不少。

她难得地听懂了江炽话里的意思，但还是装傻充愣地说：“哦。”

两人顿时沉默下来。

几秒后，夏枕动了动唇，小声地问道：“是谁啊？”

江炽见夏枕这个样子，多多少少也知道夏枕想听到什么。他想逗她，偏偏不如她所愿，一肚子坏水。

“你觉得是谁？

“来，你说我听听，我告诉你对不对。”

夏枕没说话，愣愣地看了江炽几秒，下一秒挣脱开来，想仰起身子。

江炽提着她的后领子把她提溜到自己的身边：“往哪儿跑呢？”

夏枕垂头，闷闷不乐地说：“回家了。”

说完，她又企图从江炽的身边离开。

江炽一使力，又把她逮了回来，“啧”了一声：“口是心非。我看你就是想待在我的怀里，是吧？”

江炽这赤裸裸的话语让夏枕一下子红了脸。

她又挣扎起来：“没有，是你拽的我。”

但是由于惯性，夏枕再次栽在了江炽的怀里。

江炽这次没拉她了，无辜地摊手：“我没拽你啊。”

夏枕气得回头打江炽的手：“你这个骗子。”江炽被她逗笑了，唇角的笑意怎么压都压不住。

“我倒是想成为一个骗子，把你拐到我的户口本上。”

江炽看着她气鼓鼓的小脸，抬手捏了捏她的脸，“怎么生气了都不会骂人？”

谁知夏枕下一秒就说：“你神经病。”

江炽一愣。

夏枕说完，不等江炽反应过来，转身飞快跑下楼。

看着她落荒而逃的背影，江炽几秒后才反应过来，勾着唇角垂下脑袋，抬手用指节轻蹭了下鼻子。

晚上吃完饭，夏枕到阳台上收衣服。

她抱着衣服，将衣服放在客厅里的沙发上。

夏母正好从房间里出来：“枕枕，你把衣服拿过去还给哥哥，明天他肯定得将衣服带去学校。”

夏枕正在叠衣服，听了夏母的话后，目光落在旁边层层叠叠的衣服上。江炽黑色西服的一角露了出来。

她一时忘了回答。

夏母正要走下楼，没听到夏枕回答，回过头来说："怎么了？你这几天怎么总走神儿？"

夏枕回过神来，"啊"了一声，匆忙回道："我待会儿拿过去。"

"行。"夏母说，"妈妈有事要出去一趟，你自己在家小心一点儿，怕的话，就过去跟你哥待在一起。"

"好。"夏枕说着往阳台外望了一眼，"没下雨打雷，我没事的。"

"行，你自己注意点儿。"

江炽知道夏母要出去，就来这边陪夏枕。

他进门的时候夏枕正从楼梯上下来，看到江炽，顿住脚步。

江炽一看见夏枕，周围所有的事物会瞬间成为背景。他倚在旁边的门框上："要去找我？"

夏枕最近被江炽培养出了反驳的能力，学着许洛洛说话，嘟囔了一声："谁给你的自信？"

江炽闻言挑眉道："能耐了啊。"

夏枕垂着头，朝江炽走过去，嘟嘟嘴。

待夏枕走到身边，江炽正要抬手摸她的头。然而江炽的手还没放在她的头上，夏枕突然将怀里抱着的衣服扔了过来："还给你。"

夏枕扔得突然，江炽动作够快才接住了衣服。

他还不知道是怎么回事，低头看了眼手中的外套，这一看，眼睛微眯了起来。

最近夏枕总无缘无故地跟他闹别扭，他昨晚还收到了那条陌生的短信……这些事在江炽的脑里联系了起来。

衣服原本在傅岚那儿，但现在在夏枕这里。昨晚他收到的陌生短信是傅岚发的，她把衣服给夏枕了。

江炽此刻其他乱糟糟的想法没有了，想到夏枕最近不太正常的表现和昨晚短信里傅岚提到过"她潜意识里是挺在意你的"，恍然大悟。

夏枕已经转身往回走了。江炽把目光从衣服上移开，扫了眼她的背影，上前一步抓住她的手腕。

“我就说你最近为什么总跟我闹别扭。”

夏枕没设防，被他扯了回去，差点儿跌回他的怀里。

她想躲：“你松手，我没跟你闹别扭。”

但是江炽不让她如愿，仗着自己的力气大，抬起另一只手，按住了她的肩膀。

夏枕瞬间动弹不了，撇了撇嘴：“你又欺负我。”

江炽笑着纠正她：“这叫喜爱。”

夏枕才不理他。

江炽弯下腰朝夏枕靠了过去。

下一秒，夏枕只觉得耳郭被温热的气息抚过。

江炽笑了下：“最近醋坛子被打翻了？”

夏枕不情不愿地扭了下身子。

“你才吃醋。”

“是啊。”江炽倒是承认得坦然，“从小到大，你的醋我吃得还少？”

他慢悠悠地说：“你读幼儿园的时候，一个小子瞧你可爱给你糖吃，你追在人屁股后喊‘哥哥’——那天你对我都不带搭理的。”

那时候年纪小，江炽说的这事夏枕早忘得一干二净。他提起这事分明是在调侃，但自从江炽那点儿心思在她的面前变透明后，不管江炽说什么，跟他的心意有没有什么关系，夏枕还是容易往那方面想。

她说：“我现在也不想理你。”

江炽低下头看她：“你现在这话里就有一股酸劲儿。”

夏枕再次否认：“没有的。”

江炽略微挑眉，松开握住她手腕的手，按住她的肩头，让她对着自己。

夏枕不去看江炽。

江炽已经收敛了平时吊儿郎当的样子，说话时带了认真和严肃的表情。

他握着夏枕的肩膀，微微低下身子看着她："今天要不是你扔给我校服，我还真不知道你为什么跟我闹别扭。"

夏枕听出了江炽话里有些教训的意思，突然安静了下来。

这一秒，她觉得像是回到了小时候。小时候她做错事了，江炽会跟她讲道理，不会骂她，也不会用冷暴力对待她。但要是最后夏枕还是不承认错误，江炽也不会强求。

他只会跟她讲道理，但她听不听就是她的事了。江炽不强求她，这是他的原则。

夏枕不敢说话。

听夏枕没说话，江炽继续问道："是不是我自己不发现，你就不会跟我说你为什么不开心？"

他的语气里没有不耐烦之意，他也没有恼怒，只是不像往常一样散漫，带着几分严肃之意。

"夏枕。"江炽唤了她一声，"你记不记得我跟你说过什么？你不开心了，难过了，不能憋在心里，要直接跟哥哥讲。"

夏枕低着脑袋，短发挡住了侧脸。

江炽也不急，耐心地等着她说话。

半晌，夏枕点了点头。

江炽："记得？"

夏枕又点了点头，回答："记得。"

江炽大概也能猜到夏枕为什么不开心，直截了当地解释："那天那位同学的裙子湿了，她跟我借外套，我就借了。"

夏枕似乎抓错了重点，反应慢了半拍，抬起头："裙子湿了？"

江炽闻言挑起眉，放开了夏枕，又恢复了一贯的慵懒模样。

他挽起衣袖，把双手插兜里，饶有兴致地看着夏枕。

“怎么，你又在想什么？”

夏枕的小脸骤然一红，她在想什么，江炽都能一眼看出来。

“没……没有。”

江炽的唇角溢出一丝笑，他道：“我没看是谁借的衣服，那时候我在打游戏。”说完，他补了一句，“我不打游戏，也不会看对方是谁。”

夏枕觉得耳朵发热。江炽这样跟她解释，她觉得更尴尬了：“哦。”

“开心了没？”江炽伸出一只手，揉了揉夏枕的脑袋。

夏枕抿抿嘴，就算开心也不好意思说出来。

“去写作业，写好了我把游戏机给你拿过来。”江炽朝楼梯口抬了抬下巴。

他虽然每天都恨不得和她黏在一起，但不能影响她学习。

夏枕抬头看江炽：“你要走了吗？”

江炽：“不走啊，我在楼下。”

夏枕满意地点点头。

这时江炽突然玩味地“啧”了一声，开玩笑：“你就这么黏我？一刻没我都不行？”

夏枕瞪大了眼睛，再次被江炽的话镇住了，下一秒转身就走。

江炽站在她身后，无奈地笑了下。

早上江炽一回到教室，就发现自己最后一排的座位上坐了个人。

他的同桌苏岸也在。

江炽还没认出坐在自己位置上的那个人是谁，跟在他后头进来的林希芋忽然一手搭上江炽的肩。林希芋嘴里还嚼着口香糖：“易胭还真的赖上苏岸了啊。”

江炽扫了一眼坐在自己位置上的人，才认出这人是易胭。

她穿着一身蓝白色的校服，与明廉的黑白色系校服不一样。

林希芋还在说："这速度够快的啊，易胭前天晚上刚在烧烤摊旁就盯上苏岸，她这看意思是真的看上咱们苏岸了。"

靠窗那一组的最后一排，留着一头长发的易胭用单手撑着下巴，歪头看着苏岸。

苏岸跟什么都没发生似的，清瘦的身板坐得笔直，在安安静静地写作业。

江炽和林希芋站在这里，能隐隐约约听到易胭在说话。

"中午跟我一起吃个饭呗。"

林希芋看见苏岸薄薄的红唇动了动——但他说话的声音小，林希芋听不清他说什么。林希芋猜苏岸是礼貌地拒绝了她。

易胭又勾起唇角，说了句什么。

下一秒，苏岸惊讶地看向易胭，两秒后转头，又低头写作业了。

林希芋见苏岸这副样子，说："完了完了，苏岸估计没遇见过易胭这种女孩子，被吓到了。"

易胭还要去学校上课，顺路来调戏一下苏岸，说了几句话就从江炽的座位上站起来，准备走了。

刚转身，她就看到教室后头站着的江炽和林希芋。

易胭走了过去，自在地打招呼："早啊。"

林希芋把书包甩在肩上，快步凑了过来："易胭，你要对苏岸采取行动啊？"

江炽对她没什么兴趣，先一步回自己的座位了。

易胭挑眉："怎么？你有意见？"

林希芋有点儿说不清，挠了挠头："不是，苏岸真的是一个好学生，你……"

"你没猜错啊。"下一秒，易胭勾起了唇，"我就是想把他拐跑。"

"你悠着点儿啊。"林希芋说。

易胭朝林希芋挥挥手，背上书包就朝教室后门走去："我走了啊。"

林希芋回到座位的时候，沈辰刚回来，往他桌上扔了两个包子。

热腾腾的包子被装在白色的塑料袋里，冒着热气。

“以后自己带早餐，麻烦死了。”沈辰教育林希芋。

“行行行。”林希芋拉开塑料袋，拿起包子就往嘴里塞。

“对了炽哥。”林希芋回过头去看江炽，“前段时间那个小子又来惹事了，昨晚又把我的号攻破了。”

江炽正在拨弄手机，闻言抬头问：“然后呢？”

“然后我今天想去把他‘封’到找不着家，反正明天周六，大不了不睡了。”林希芋愤愤地道，“你觉得呢？”

江炽漫不经心地活动了下脖子：“好啊。”

因为初三要备考，周六早上夏枕还得上课，下午开家长会。

她今天特意起早了些——江炽起得晚，她早点儿走可以不遇上他。今天他不用上课，夏枕不想他特意起来陪她去学校。

她刚穿好鞋、洗好手走出门，就看见江炽倚在外面院子的白色栅栏门边上。

江炽眉眼间还带着点儿睡意，衣服却穿得整整齐齐。他今天没有穿校服，上身是白色的T恤，下身是黑色的休闲裤，干净又有朝气。

夏枕诧异：“你今天怎么起得这么早？”

她还特意早起了。

江炽没回答她，朝她抬了抬下巴：“走了。”

夏枕迈下两级台阶，来到江炽的身边：“我可以自己去学校。”

江炽低头瞥她：“我乐意送你，不行吗？”

夏枕抬手抓了下耳朵：“你看起来很困。”

江炽没说什么，抬手揉了揉她的脑袋，率先走了出去。

两秒后，夏枕跟了上去。

炽昨晚和林希芋玩儿了个通宵，送完夏枕，回来就到房间里睡下了。

江炽设了中午一点的闹钟，但十二点多的时候就被电话叫醒了。

江炽的房间里开着空调，他把手从被子里伸出来，抓过了床头柜上的手机，看都没看来电显示，就滑开通话键放到耳边：“喂？”

他刚睡醒，声音有些沙哑。

“在干吗？”陆南渡的声音通过听筒传来。

江炽把手臂搭在眼睛上：“睡觉。”

“现在还在睡觉？不是吧兄弟，你昨晚干什么了？是不是看了什么榨干身体的……”

“滚。”江炽说，“我很困，有事快说。”

“没，我就是想叫你一起玩儿游戏。”陆南渡说，“下午不用上课，来约战。”

“不了。”江炽移开耳边的手机，放到面前看了一眼，发现已经十二点多了，“我下午有事。”

“有事？你能有什么事？网瘾少年。”

江炽嗤笑一声：“你确定要听？”

“不听白不听。”

“那你上赶着来吃‘狗粮’，我就不客气了。”江炽讲话的声音懒懒的，“下午我要陪未来丈母娘去给我的准女朋友开家长会。”

陆南渡“啧”了一声：“江炽，你恶不恶心？‘小青梅’还没同意，你就把人家叫成‘女朋友’，小心小姑娘跟你急。

“我就不该给你打这个电话，怕了，得以后也能‘撒粮’时再跟你说话。”

“你赶紧找。”江炽熬了夜嗓子有点儿不舒服，轻咳了声，又补了一句，“你别打我姐的主意。”

陆南渡沉默了几秒，最后才道：“你能别扎我心吗？”

虽然陆南渡知道是自己活该。

快一点了，江炽得起来了，家长会两点开始。

“行了，先这样，挂了。”江炽说。

江炽关了空调，到浴室里冲了个澡换了身衣服，才下楼到隔壁找夏母。

初三年级的学生今天下午不用上课，大家沉浸在可以松一口气的喜悦当中。

夏枕下个星期要参加数学竞赛，没有其他同学那么轻松，坐在位置上安安分分地做题。

黑板上写着“欢迎各位家长”六个大字，教室门口走廊处放着一张桌子，有同学在给家长分发这个月的月考成绩单。

教室的墙上绑着五颜六色的气球，有同学在给已经进来的家长递茶水。

夏枕连草稿纸上的字都写得很认真，笔迹清秀，但此刻顿住了笔尖，被一道题卡住了，思路转不过来。

夏枕微皱眉头，这道题有点儿费神。

就在她要继续算题的时候，身后突然出现了一只骨节分明的手，这只手越过她的肩膀，点在了一个步骤上。

紧接着，一道熟悉又好听的声音在夏枕的耳边响起。

“看这里，其实你的思路没错。”

夏枕一愣，下意识地转过头去看。

她这一转，差一点儿和弯下腰的江炽撞上。

江炽十分淡定，动都不动。夏枕来不及“刹车”，鼻子一下子擦过了江炽的侧脸。

夏枕瞬间怔住了。

江炽也侧过脸看着她。

她的余光里是他高挺的鼻梁，鼻尖处传来他皮肤的温热，这丝感觉让夏枕瞬间脸颊发烫。

旁边顿时有同学开始起哄。

夏枕像是惊醒了一般，慌乱地移开眼眸，转过了头。

江炽瞧了眼她迅速红起来的耳朵，无声地笑了下。

夏枕的眼神里全是慌乱之意，她盯着草稿纸，江炽的长指还按在草稿纸上。

下一秒，夏枕只见江炽动了动手指。

他再次指了指草稿纸上她出错的一个步骤。“看这里，自己试试看，能不能找出这步哪儿出错了？”

经过这件事，越来越多的人看了过来。

此刻还没有家长和老师发现这里发生了什么。江炽见好就收，直起了身子。

旁边有为家长准备的椅子，江炽随手拖了一把过来，叉开腿，在夏枕旁边坐下。

夏枕的耳朵还在发热，笔尖停在江炽给她指出的那个错误上，她一点儿也看不进去。

这时刚好有班干部拿着“家长签名单”走了过来。江炽没穿校服，那个班干部以为江炽是夏枕家里的人。

这张签名单上已经有十几个家长的签名了，那个班干部将签名单放到夏枕的桌上，对江炽说：“你好，签一下名。”

江炽瞥了眼签名单，表格里分别是学生名字、家长名字，后头还跟着一栏，要填亲属关系。

夏枕知道这是“家长签名单”，对那位站着的同学道：“我妈妈在外面。”

她一时也解释不清，抬起头去找夏母的身影。

夏母正在教室外，和齐老师说话。

夏枕要起身去外头叫夏母。

下一秒，夏枕只觉手腕一紧。

江炽把她拽回到椅子上。

“我签就行。”江炽扯过桌上的那张纸，松开夏枕的手腕后，顺手拿起夏枕放在桌上的黑色的水笔。

刚才他们两个人搞出的动静不小，那些“八卦”的同学好奇地往这边看。

江炽“啪”一声拔开笔盖，在夏枕那一栏后头签上了自己的名字。

下一刻，夏枕见他在家属关系那栏上十分潇洒地写了一个字——“男”。

这个字让人浮想联翩。

夏枕被江炽拉回椅子上。在他拿着笔往签名单上签字的时候，一向迟钝的她不知道为什么有一种不太好的预感。

江炽的字很好看，飘逸又不潦草，夏枕一动不动地盯着他流畅的笔画。

旁边已有同学在交头接耳地说话了。座位离夏枕近的同学站了起来，伸长了脖子往这边看。

“写了什么啊？”

“看不到，等等，我站近一些。”

班里的很多同学压低了声音，但也掩饰不住语气里的惊讶感。有人说：“后面接的不会是‘朋友’吧？”

刚好这会儿，许是察觉到夏枕紧张的神色，江炽瞥了她一眼，没再逗她，笑着划掉“男”字，写了“哥哥”。

夏枕松了一口气。

江炽仿佛无事人一般，靠在椅背上，“啪”一声扣上笔盖，拿过桌面上的签名单，将签名单递给站着的那个班干部。

班干部还没接过签名单，下一刻，一只手伸了过来。

那只手拿过了签名单。

夏枕一抬头，就看到了齐老师。她拿着那张签名单，饶有兴致地看着。

夏枕没说话，心想：完了。

一旁的江炽却很放松，看到齐老师的那一刻，不紧张，反倒淡定地勾了勾唇。

今天是家长会，齐老师穿着一身正装。她一个名字一个名字地看下来，最后找到夏枕的名字，也看到了江炽划掉的那个“男”字。

江炽的笔迹好看得像生怕别人认不出来这三个字是什么似的。

齐老师略微点了点头，若有所思地“嗯”了一声，之后看向坐着的江炽，语气严肃地明知故问：“江炽，这被划掉的字是你写的？”

江炽：“是。”

齐老师点了点头：“你跟我出来一下。”

江炽从椅子上站起身：“行。”

夏枕在一旁急得手心都快冒汗了，有些担心江炽的心思被老师抓包，被老师骂。

夏枕坐在椅子上，急得跟着江炽转了个方向。江炽走了一步，像是察觉到了什么，回过头来，对她笑了下：“看把你急的，没事。”

夏枕被他看穿心事，耳朵又是一阵发热，几秒后，小声地骂了他一句：“你活该。”

江炽闻言，翘起嘴角，忽地朝夏枕耳边凑了过来，他的语气又痞又坏：“能看到你担心我的样子，我活该也行啊。”

夏枕被他那藏着笑意的声音弄得耳朵发痒，这下干脆抿住唇，不说话了。

走在前头的齐老师喊了一声：“江炽！”

江炽散漫地站直身子：“来了。”

江炽跟齐老师前脚刚走，夏母后脚就进来了。她来到夏枕身边的时候，看到女儿红着耳朵，还摸了一下女儿的耳朵。

“你们教室里不开着空调吗？怎么你的耳朵红了？你热了，就把身上的毛衣马甲脱掉。”

夏枕没有注意到夏母进来了。夏母摸她耳朵的时候，她还被吓了一跳。

“怎么了？你不在状态。”夏母说。

夏枕摇头说：“没有。”说完，她赶紧去拿桌上的笔，想去写试卷，

“我的状态很好。”

夏母微眯了眯眼，这孩子这几天不太对劲儿啊。

教室外的楼梯间里，齐老师拿着那张家长的签名单，不再那么严肃：“江炽，你都从我这里毕业两年了，怎么还是一样皮？”

江炽靠在楼梯边上，微微弯腰，看着齐老师，不正经地笑道：“辛苦你了啊，班主任。”

齐老师拿着那张签名单，抬手敲了一下江炽这个高个子男生的头：“你还知道我辛苦啊？！我跟你讲，要不是学校里这张家长签名单只是个签到形式，你今天如果真把那仨字写了，你就完蛋了。你们这群小兔崽子啊。”

江炽也经历过初三，当然知道初三的家长会上签名单只是个形式。

“你不能当着这帮正要考试的学弟、学妹宣扬这种思想啊。”

齐老师刚才在班里假装一脸严肃地叫江炽出来，就是因为不支持学生过早谈感情。正为考试努力的年纪，学生们能少点儿烦恼还是少点儿烦恼吧。

“行。”江炽点点头。

“行了行了，我还得进去主持家长会。”齐老师将手里的那张“家长签名单”递了过来，“确认签到后这个就没用了，就送你了。”

接着齐老师和他开玩笑：“你悠着点儿啊，别给我捣乱了。”

其实她知道江炽有分寸，虽然这个男生看起来嚣张又会惹事，但其实骨子里相对这个年龄的男孩子还算成熟，大多数时候做事也是靠谱儿的。

“放心。”

等齐老师走后，江炽展开那张被齐老师卷成卷的“家长签名单”，笑了笑。

"我们班这学期很多同学的成绩有了提升，每一个同学都很努力。学习任务重，但大家也都坚持下来了……"

夏枕坐在教室里，听着齐老师在讲台上讲话，但怎么也集中不了注意力，老师的话左耳进右耳出。

家长会已经开了一会儿了。江炽没在教室里，被齐老师叫出去后，一直没回来。

半个小时前，齐老师进教室的时候，夏枕没有看到江炽。

现在三十分钟过去了，夏枕还是没有看到江炽。

她用双手撑着下巴，有点儿出神。

教室后门发出"嘎吱"一声，有人进来了。

夏枕条件反射性地回过头看。

班里上厕所的同学回来了。

夏枕又回过头来，几分钟后，坐不住了，朝坐在旁边的夏母凑了过去："妈妈，我去趟厕所。"

夏母正在看投影上齐老师给家长放的视频，点点头："去吧。"

夏枕从椅子上起来，猫着腰溜到了教室后门处，打开门出去了。

其实直到她出了教室后门，也不知道自己要出来做什么。

夏枕关上教室门的那一刻，有点儿烦恼地嘀咕了一声："我出来干吗啊？"

最近这种状态弄得她有些烦。

夏枕垂着脑袋，反正出来了也不知道要做什么，便转身走向厕所。

初三年级每个班都在举行家长会，走廊里没几个同学。初三（7）班的教室靠近楼梯间，她去洗手间需要经过楼梯间。

就在夏枕经过楼梯间的时候，视野里突然出现一道身影。夏枕还没反应过来，手腕一紧，整个人被扯了过去。

楼梯间的门半开着，夏枕根本没注意到刚才门边倚着个人。

夏枕还没从惊吓中缓过来，就听见楼梯间的门"嘭"的一声被甩上。

下一秒，她被拽到墙边。

楼梯间的门一关，光线暗了不少，从楼梯转角处的窗口那儿投进来一片日光。夏枕一抬头，就看见了江炽的脸庞。

他把一只手垫在她的背后，另一只手懒散地撑在她的身侧。

也不知道怎么了，在这一刻，夏枕觉得心跳快了一拍。

她还来不及移开目光，就听见他低头问——

“出来找我了？”

夏枕慌忙躲开他的目光，眼睫微颤：“不是的。”

夏枕有一个优点，就是说谎会心虚，一心虚就会做各种小动作。

江炽了然地看着她，弯起唇角。

他略微歪了下头，佯装思索：“你出来做什么？”

夏枕开口说：“我出来上厕所。”

江炽十分“欠揍”地跟她同时道：“出来上厕所？”

夏枕没说话，江炽忍不住笑出了声。

虽然江炽这样说没什么问题，但夏枕能感觉到他知道自己在想什么——她像是当场被拆穿了谎言一般。

夏枕想找条缝钻进去，头都快埋到地里去了。

两个人，一个游刃有余、淡定自若，一个慌乱不已、手忙脚乱。

江炽的眼里满是温柔，他把挡住夏枕脸庞的短发挽到耳朵后。

夏枕觉得耳朵发烫，江炽的指尖相比之下就有点儿凉。

被他的指尖擦过自己发烫的耳郭，她顿时一个激灵，往后缩了下：“你别这样。”

但前面是江炽，后面是墙，她根本逃不开。

“哪样？”

夏枕低下头不说话了，紧紧抿唇。

江炽见她这样，再次把手收了回来，捏了捏她的耳朵。

“这样？”他轻捏着她的耳垂。

夏枕受惊，如临大敌，惊慌失措。

“我要回教室了。”

“你刚才不是说要去厕所吗？”江炽懒懒地笑了，“撒谎？”

夏枕抿唇。

他好坏。

江炽见她这副模样，心里一软。

“你又在想什么？”他问。

夏枕说：“骂你。”

江炽再次被她逗笑。

夏枕根本不知道江炽脑子里在想什么，自己在考虑着要怎么开溜。

然而下一秒，夏枕的身体僵硬了。

江炽朝她俯身。

夏枕震惊得一动不动。

紧接着，她听到江炽从喉咙深处发出的声音。

他讲话的声音低沉，很干净：“夏枕，我除了是你哥，以后你再给我个身份好不好？”

天光入窗，爬山虎在海风中蜿蜒着爬上墙壁。

他的嗓音低，又带着诱惑感，仿佛在夏枕耳边悄然打翻一小罐醇烈的酒，连她的神经都跟着一起迷醉了。

有那么一秒，夏枕觉得分不清现实与梦境，飘飘忽忽的。

除了那次江炽无意间说出自己的心思，后来就再未明确地说过喜欢她的话。

这是第一次，江炽如此直白地跟她表达自己对她的那点儿心思。

楼梯间里昏暗的光线让夏枕有点儿晕。她抵在墙上，忽然觉得有点儿呼吸不过来。

夏枕匆匆低下头，竟有点儿不敢去看江炽，仿佛在逃避什么。

江炽仿佛什么都没看到，步步紧逼：“你觉得怎么样？”

夏枕低下头，试图掩藏眼里不知所措的情绪，什么话都说不出口。

江炽喉结一动："说话。"

夏枕微张薄唇："我……"

刚吐出一个字，她又不知道怎么办了。

江炽把夏枕逼退至墙角，失去了往日的耐心。

他再次重复了一遍："说话。"

这样的江炽让夏枕有点儿害怕。她开口，小声地说："哥哥。"

底下楼梯处传来说话声，有人上楼来了，打破了两人之间的窒息气氛。

夏枕松了一口气。

江炽将她的表情尽收眼底。

她在逃避，可毫不自知。

在很多事情上，主动不是最让人疲倦的，最让人疲倦的是主动，但得不到回应。

江炽会一直主动，只不过往复如此，偶尔会感觉疲倦。

他对夏枕体贴早已成为他血肉里的习惯。

人越来越近，江炽放开了她："进去吧。"

江炽语气冷淡，仿佛没什么情绪。夏枕怔了一下，很少见江炽对她摆出这副冷淡的模样。

江炽见她在发蒙，意识到自己没收好情绪。

他弯起唇角，冷淡的表情消失。他揉了揉她的头发："回教室去。"

从小到大他一直如此，从来舍不得对夏枕发脾气。

见夏枕还愣在这里，江炽突然弯腰，把嘴巴凑到她的耳边。

"你再不走，你的同学上来又要诬蔑我了。"他笑了声，"我倒是不介意。"

初三年级的教室位于教学楼顶层，从楼梯上来的人肯定是与夏枕同年级的同学——他们认得夏枕。

夏枕这一刻不知道怎么回事，突然不想移开脚步了。

江炽的眼睛渐渐地变得幽深。

来人发出的声音越来越近，也越来越清晰。

空旷的楼梯间里的这阵异响让夏枕如梦初醒。她赶忙从江炽身边逃脱，离开楼梯间。

然而她刚转身，江炽突然一伸手撑在了墙上，堵住了她的路。

夏枕抬头疑惑地说："你不是说让我走吗？"

自私的情绪此刻在江炽心里盘旋滋长。他一翘唇角，用一贯的顽劣语气说："晚了，我不想让你走了。"

夏枕急得心跳都加快了："你怎么可以这样啊？"

"我为什么不可以这样？我跟你不在同一个校区，你的同学都不知道我跟你的关系，我还不能宣示下主权了？"

楼梯上的人已经过了拐角，看到上面的两个人影。边上楼梯边说话的同学瞬间安静下来。

夏枕心在顷刻间提到了嗓子眼儿，竟然没有生气，反之脸"噌"的一下涨红："你快放开我。"

江炽闻言不退反进，朝她俯身。

夏枕宛如被惊到的小鹿，往后躲："你干吗？"

江炽见她这如临大敌的模样，嗤笑一声。

那两个同学已经走上了楼梯，可能是觉得撞见这种场面有点儿尴尬，低着头不去看挤在墙角的江炽和夏枕，匆匆走过去打开楼梯门走了出去。

夏枕脸都要埋墙里去了。

第五章
冰　水

夏枕从楼梯间出来后，脸就一直红着。她没回教室，直接躲到了洗手间里。

直到外头走廊里渐渐地吵闹起来，家长会结束了，夏枕才用纸巾擦了擦已经拍满了冷水的脸颊，从厕所里出来。

从楼梯间出来后，她就不知道江炽去哪儿了。

走廊里人群熙熙攘攘，家长、学生、老师，人比平时多了不少。

夏枕像做了什么亏心事，低着头，逆着人流走回教室。

刚进教室，她就碰见要出来找她的夏母。

夏母一见到她，就把她拉到一边，后头还有家长和同学要出教室。

“怎么出去这么久？家长会都结束了。”

夏枕有点儿心虚，低下头："我闹肚子了。"

"中午在食堂里吃虾了？"夏母问。

夏枕对虾有些过敏，每次一吃虾多少会有点儿拉肚子。

夏枕本来还在想怎么编理由——夏母这样一说，她想都不用想，点点头说："嗯，中午我吃的饭里有。"

"唉，你这孩子下次小心点儿。好点儿了没？用不用看医生？"

"不用，"夏枕抬头，"我好很多了。"

"那就好。"夏母拿出手机看了眼时间，"刚才你爸给我打电话。我现在要去他的公司里帮忙，就没办法跟你回家了。你哥哥也跟我一起过来了，让他送你回家。"

"哥哥送我回家？"夏枕有点儿惊讶。

"是啊，怎么了？"夏母问。

"他还没回家吗？"

"怎么可能，你哥哥一直在等你呢，怎么可能先走？刚才他还给我打电话问家长会结束了没有。"夏母今天绾起了长发，黑裙将她的身肢衬得更加纤细。她把手机装进手提包里，对夏枕说："我先走了。你快去收拾收拾东西，你哥哥待会儿来接你。"

"好。"

夏母走后，夏枕回到自己的座位。

许洛洛在教室外，看到夏枕，立马从走廊跑进来，拉开自己的椅子往夏枕旁边一放。

旁边的人多，她压低声音问："刚才我在厕所里听两个女生说你跟一个男生在楼梯间……怎么回事啊？"

夏枕本来就被这事弄得魂不守舍，许洛洛一提，夏枕的心就跳快了一拍。

她还没来得及说话，许洛洛问："是不是跟你哥哥啊？"

夏枕："没这回事，你怎么也听人乱说。"

许洛洛说："我才不信她们说的呢，就你这不开窍的心，怎么可能？"说完，许洛洛又凑近她，小声问，"所以跟你在楼梯间的真是你哥哥？"

夏枕不会对许洛洛撒谎，点了点头。

许洛洛一脸"我就知道"的表情，说："我之前就想问你了，你跟你哥哥一直都是这样相处吗？其实我很想跟你说，每次看到你们两个人，我都感觉气氛不太对劲儿。"

夏枕愣了："什么？"

"真的。"许洛洛还想继续说些什么，下一秒她的话就被班里起哄的男生打断了。

"夏枕，有人来找你了！"

夏枕平时在班里熟悉的人不多。有人这样大声地喊她的名字，换成平时，她肯定会感到颇为不习惯和惊讶。但她一抬头，看到插兜从教室外走进来的江炽，正常的感知能力要被夺走了。

江炽什么都没说，只淡淡地看了一眼那群起哄的男生。

那群学弟瞬间作鸟兽散。

他刚才听别人起哄，也看到了夏枕在跟旁边的女生说话。

江炽来到夏枕桌边的时候，夏枕正在低头整理东西，没抬头。

他没说话，干脆倚在墙上等她。

几分钟后，夏枕还在磨磨蹭蹭地收拾东西，他不知道她在收拾什么。

江炽扫了她一眼，问："你这东西要收拾到明年吗？"

夏枕本来就被他弄得郁闷又手足无措，有点儿小脾气："你管我。"

江炽漫不经心地点头："行，不管你。"

夏枕突然觉得心里有点儿不是滋味。

她到底是怎么了？

她加大了收东西的动作幅度，笔在笔袋里"哗啦"地响着。

江炽见她这副样子，也没理她，任她闹。

回家的路上，他们一前一后地走着。

天空不再湛蓝，晚霞在天幕上涂了几抹橙红色，海面微起波澜，海风吹拂。

马路上，行道树油绿，车水马龙。

夏枕穿着一身校服，小腿纤细白皙。

她背着书包走在前头，江炽手插兜，在后头不紧不慢地跟着。

今天谁都没有坐公交车回家，就这样，他们一路沉默着走回了家。

穿过大街，拐入路口，夏枕顺着陡坡走回家里。

天色渐暗，就在夏枕快要走到家门口的时候，江炽陡然加快脚步，一把抓住了夏枕的手腕。

夏枕转瞬间就被他拉进了旁边的小巷里。

她正要挣扎，一抬头看到江炽的眼睛，突然停止了动作。

下午楼梯间里他的疲惫还没来得及缓解，现在他再次爆发。

他一直忍到把她安全地送回家。

“夏枕。”江炽说话的声音很冷。

晚霞漫天，小巷墙角长着青苔。

海风吹过，她的裙摆打在他的裤上。

夏枕的手被江炽抓着，她惊得忘了回话。

江炽直截了当地说：“回答我，对我有没有除了‘哥哥’以外的想法？”

他想把话说开，不让她缩在壳里。

夏枕被镇住了，几秒后，她的眼神有点儿闪躲。

江炽沉默。

从开始到现在，夏枕还完全处于摇摆不定的态度中。即使在心里早已有了对他不同的情愫，可是她自己没有意识到。

江炽没有让她有逃避的机会："有没有？"

夏枕低着脑袋，觉得今天的江炽很不对劲儿。

她想摆脱江炽抓着她的手。

江炽使了劲儿，不让她挣脱。

夏枕从小被惯坏了。现在江炽一对她严肃点儿，她就有点儿委屈。

小脾气立刻来了，她咬了咬牙："没有。"

说完，她就要甩开江炽的手。

江炽眼神一凛。

这次，夏枕觉得手上一空。

江炽先一步松开了她的手。

江炽退了一步，居高临下地看着她。

"没有是吧？"他不紧不慢地点了点头，"行。"

下一秒，夏枕怔住了。

江炽转身，看都不看她一眼，离开了巷子。

外头天光暗了，卖凉粉、豆腐花的小贩吆喝着，声音渐渐地消失在巷尾处，电线杆边的路灯亮起。

夏枕坐在房间里的书桌前，面前摊着练习册，却一个字也没看进去。

自从在小巷子里跟江炽闹了别扭后，她回家就这样坐到现在。

夏枕不是一个吵架了只会埋怨对方的人。即使起口角时她也没有意识到自己的错误，但事后会在自己身上找问题。

她知道自己今天任性了。

她不是一个爱发脾气的人，但屡次在江炽面前发脾气。

因为她从来没有危机感。以前会害怕江炽生气，但最近她竟然也渐渐地把自己害怕的事情抛到脑后了。

夏枕越想越觉得苦恼和愧疚，自己也不清楚为什么现在情绪会这么多变。

对面江炽的窗是敞开的，房间里头没人，装饰简约冷淡。

她不知道江炽去哪儿了。

江炽总有许多可以去的地方。

江炽一向把她保护得很好，不会带她去环境乱一点儿的地方。

江炽也没有回来吃晚饭。

夏枕写不下去作业了，吃过晚饭后出去散步。

天空漆黑，银色的月亮呈钩状，稀疏的星星点缀在天幕上。

路灯照亮一小块黑暗的地方，夏枕踩着自己的影子毫无目的地走着。

海边城市一向风大，夜晚风更凉，在这大夏天里，她吹着风很舒服。

她身边不断有散步的人路过，互相话家常的阿婆，跟她年纪相仿的小姑娘，追追闹闹的小朋友……

她在路灯下的影子由长变短，再由短变长。

夏枕目光低垂，落在自己的影子上。她往后看去，忽然发现自己身后的不远处，有一小团影子跟着，看模样是只小狗，有点儿胖。

夏枕顿时被吸引了注意力。她鬼使神差地停下了脚步。

后面那只小狗也跟着停下了。

夏枕再次抬步前行。

后头的小狗跟着她往前走，跟排队似的。

夏枕一停，它就停。

她走，它也走。

夏枕情不自禁笑了，没有回头看，觉得有趣。

这里的小巷纵横交错，走到某一个巷口的时候，夏枕一转弯，躲在了墙后。

她眨了眨眼睛，侧头看。

不出她意料，几秒后，一只小短腿的小狗摇摇晃晃地出现了。

小狗毛茸茸的，毛色黑白相间，似乎没料到夏枕站在这里，被吓了一跳，四条小短腿停住了动作。

下一秒，夏枕看着它，眉眼弯了起来。

好可爱啊，这只胖胖的小狗。

在夏枕笑起来的同时，那只小狗很神奇地摇了摇尾巴，靠近了她。

夏枕从巷子里探头出来，左望右望，没见到这只小狗的主人。

她在小狗面前蹲了下来，短发挡住了侧脸，颈后的肌肤白皙细腻。

她看着面前的小狗，认真地问道："你迷路了吗？"

小狗似乎听懂了她在说什么，蹭到她的跟前。

夏枕一向对毛茸茸的小动物没有抵抗力，抬手摸了摸小狗的头，发现它毛发柔顺，应该时常被人打理，它不像是流浪在外的小狗。

"你家在哪儿啊？"夏枕轻声问，"我带你回去好不好？"

小狗微微仰头，任夏枕摸它的毛发。

小狗的眼睛滴溜溜地转，它被摸的时候微眯眼睛，动了动耳朵。

夏枕弯了弯唇角，情不自禁地笑了声："小胖胖。"

这时她的后头突然传来笑声——

"你取名字还真随便啊。"

夏枕被这个声音吓了一跳，回头望，就看到一个长发的女生抱手倚在小巷的墙上。

这个女生的五官实在太有辨识度，夏枕认出她来了。

她是上次夏枕出来散步时偶然遇见的女生，这次夏枕出来散步又遇到她了。

易胭从墙上起身，来到夏枕的身边。小狗一下子蹿到易胭脚边，蹭了蹭。

易胭逗了逗它："小胖，你看，这位姐姐都说你胖了，下次我看你还吃不吃那么多？"

小狗张开嘴，叫了一声，装出一副委屈的模样。

易胭笑道："你还学会装惨了？"

夏枕见她和狗相处得这么融洽，抬头问："是你的小狗吗？"

易胭说："是啊，它是我意外捡到的，养了一个多月了。我捡到它的时候，它还小小的，一个月大。刚才我去了趟超市，转眼它就跑了。它果然跟着漂亮姐姐走了。不过，你是不是对它示好了？它很挑剔的。"

易胭蹲下来，摸了摸狗狗的头。

夏枕的确喜欢小狗小猫，心虚地摸摸耳朵。她的确对它示好了。

"它叫什么？"夏枕问。

易胭把长发拨在身后，声音有股吸引力："你叫对了，它就叫小胖。"

说到这儿，夏枕才意识到自己还不知道面前这个女生的名字："你叫什么？"

易胭偏头看夏枕，下一刻在地上捡了根树枝，在细沙上写字。

随即她扔了树枝，拍拍手，侧头朝夏枕弯起唇角："易胭。"

夏枕愣了一下。

几秒后，夏枕也跟着笑了，拿了树枝在地上写了自己的名字。

易胭百无聊赖地蹲在地上，瞧着夏枕写字。

"夏枕？还挺好听的。"

夏枕有点儿不好意思地说："谢谢。"

"你很喜欢晚上出来散步？"易胭问。

"啊？"夏枕不知道易胭为什么这么问，有点儿蒙，"没有啊。"

"我两次遇见你都是在晚上。"易胭说。

夏枕这才发现两次自己都是因为心情郁闷，才出来散步。

她出神地想着，易胭已经开口问了："心情不好？"

夏枕被易胭拆穿了。她不会掩饰自己，一秒后，慢慢地说："很明显吗？”

易胭被她逗笑了，实话实说：“很明显，你的情绪都在脸上了。”

夏枕想起江炽也这么说过她，什么情绪都在脸上。

“我这人吧，直觉还挺准的。我从第一眼见到你的时候，就觉得你给人的感觉……”易胭微眯了眯眼，“挺舒服的，是那种毫不伪装的舒服感。”

易胭侧头，勾起唇角：“你太干净了，跟生活在城堡里的公主一样。”

虽然夏枕的情商不高，但她招人喜欢，也温柔得让人想靠近。

夏枕蒙了一秒。易胭这话明显是在夸她，她再傻也能听出来。

她觉得不是这样的，抬手抓了抓耳朵。

“不是的，”她讲话的声音有点儿落寞，“我不好。”

“不好？”易胭不以为然地说，“这世界上有谁是百分之百好？性格再好的人都有缺陷，好不好，看个人的定义罢了。能让自己喜欢，那就是好。

“有的人性格令人着迷，旁人躲都躲不开。”

例如，最近令易胭着迷的那只“小羊羔”。

夏枕在某些方面的确是天才，例如在数学、物理上，智商超群，胜过旁人。

但是另一方面，夏枕是有缺陷的，从生下来就存在的不公平。她在人际上迟钝，在感情上不敏感。即便如此，从小到大她也从未埋怨过。

夏枕从来没有意识到自己有多好，不知道她的干净、柔软、迟钝，其实一直敲击着另外一个人的心脏。

喜欢，那就是好。

夏枕垂头，有点儿沮丧：“我不好，我惹我哥哥生气了。”

易胭诧异地看向夏枕，这小姑娘真是傻得可爱。

“是你的错？”

夏枕想到自己下午发脾气了，点点头：“他不理我了。”

这样的小姑娘，谁舍得跟她生气啊？更何况她长得这么可爱。

易胭笃定地道：“他气消了就理你了。”

夏枕从小就很害怕江炽对她生气。不过江炽对她生气的次数几乎为零，她不知道哥哥生一次气要多久才消气。

夏枕有点儿走神儿。

易胭在逗小胖玩儿。

过了一会儿，夏枕声音细小、犹豫地问：“喜欢一个人是怎么样的？”

易胭样貌惑人，天生令人无法抗拒：“喜欢啊——”她说话时，声音带了丝深沉感，像要坠入深狱，“就是想跟他接吻，想跟他拥抱。”

一旁的夏枕已经呆了。

她从未接触过像易胭这样如此直接的女孩子。

易胭发现她还愣着，笑，也不掩饰：“没事，反正你早晚会明白。现在你还小，不知道也没事。”

夏枕眼眸微闪，除了惊讶之外，没有其他的意思，垂眸：“哦。”

易胭是一个聪明的女孩，知道在什么人面前该摆出什么模样。在外人面前她本来就嚣张。

夏枕这种女孩子最适合直接，易胭说话更是毫无顾忌。

小胖估计饿了，在易胭的脚边不满地小声叫。

易胭挠了挠它的颈下，凭着直觉道：“你在说你哥哥？”

“啊？”夏枕被这冷不防的一句惊得一个激灵。

易胭歪头，注视着她：“不然你为什么问这个问题？”

下午夏枕在房间里自省的时候就想过了，可是，无果。

夏枕声音闷闷地道：“我不知道。”

她不知道，但至少不是不喜欢。

易胭看她这副闷闷不乐的样子，挑眉："看来是喜欢了。"

夏枕再次被易胭震惊，倏地抬头。

在海风吹得树叶"哗啦"响的同时，夏枕看到了易胭好看的薄唇微动。

她又说了一句话。

夏枕心里一震。

后来，易胭还要再逛逛，问了夏枕要不要一起玩儿。夏枕觉得有点儿烦，便没有和她一同前往。

夏枕脑里全是易胭最后跟自己说的那句话。

浑浑噩噩间，夏枕已经走到了喧闹的繁华地带。

这里车水马龙，灯红酒绿。

夏枕在路边站了一会儿，看着身边车来车往，人潮拥挤。

在这一刻，夏枕心里无比清晰地知道自己在想什么。

她想到了江炽。

从小到大，她的空闲时间里全是江炽。

他一直在陪伴她。

她在生命里的每一分每一秒都会想到他，这种想念已经扎根在血液里了。

而她和江炽在一块儿的时间太长，长到她都忘了，自己有多依赖江炽，甚至超过了依赖父母。

只是她不知道，这种依赖是所渴望的，他渴望她的一切。

这一切夏枕都不知道，直到此时此刻。

夏枕站在人流中，又想起了易胭的话。

易胭说："你这种人，如果不喜欢一个人，根本就不会去考虑自己到底喜不喜欢他这个问题。"

夏枕仰头看了下天。云越来越厚，遮住了星月。

她从热裤兜里拿出手机，想给江炽打电话。

她不是那种无理取闹的人，在一般情况下也不会恃宠而骄。

知道错了，她就会道歉。她不会仗着江炽对她好，就为所欲为，等着他来主动道歉。

夏枕拨通了江炽的电话，想走回家和他见面。

听筒里传来冷冷的“嘟嘟”声，一声又一声。

夏枕走回去了。

下一秒，她的目光正好落在了斜对面。

一切都发生得很巧，又毫无预兆。

在灯光璀璨的餐饮店门口，一群男孩和女孩簇拥着走了进去。

夏枕看到了易胭。除了易胭，她也看到了另一个人。

那个人太耀眼了，即使在茫茫人海中，她也能一眼就准确地找到对方。

江炽懒洋洋地站在那里，变化的光掩饰了他的表情。

他的身侧有一个女生。那个女生离他很近，可他无动于衷。

仅仅看到这个女生离他很近，夏枕就觉得心脏像被泡进了冰水里，又酸又胀。

夏枕在原地站了一会儿，耳边的电话声还在响着。

在一群人快走进大门的时候，夏枕决定不再看了，转身回家。

电话被夏枕挂断前，江炽像是有所感应一般。他跨越人群，目光准确无误地落在了夏枕身上。

树荫底下黑如浓墨，与夜晚融为一体。

江炽倚在树干上，黑色的眼睛隐匿在树冠的阴影里。

草丛里虫鸣“窸窣”，蝉鸣声喧闹但让人觉得孤独，手机的“嗡嗡”声从他的裤兜里传来。

江炽把手伸兜里掏出手机，将手机放到了耳边。

那边的陆南渡明显是嚼着口香糖在说话：“怎么你连大门都没进？我回头你就不见了，你跑哪儿去了？”

江炽抬眸瞥了眼夏枕的房间，灯亮着。

“没。”

“还过来吗？”陆南渡问。

江炽想起方才夏枕转身的那个背影，垂下了头：“不了。”

“哦？”陆南渡“啧”了一声，“可惜了啊，你确定不来？”

江炽从树干上直起身子：“不去。”

“不过我是真的好奇你去哪儿了？一声不吭就走了。”陆南渡在继续说。

江炽不想多说，从树荫里走出来：“我先挂了。”

他挂了电话，将手机揣回兜里，再次看了眼夏枕的房间。

刚才他一眼就认出她的背影。一想到天已经晚了，江炽就没脾气了，也不想再冷着她了。

他不放心她一个人回家，一路跟在后头，直到她安全回家。

江炽从夏枕的窗台收回目光，转身晃悠悠地走了。

夏枕回来洗了个澡，出浴室的时候拿着毛巾擦头发。

回房间的时候，她看到书桌上的手机亮了亮。

她拿起手机看了眼，是跟她一起参加奥赛的那个留着马尾辫的女生发来的短信。上次上课的时候，这个女生跟夏枕交换了手机号码，说下个星期去考试的时候方便联系。

这个女生虽比夏枕低了一届，但年纪跟夏枕一样大，再加上夏枕长得小——这个女生从认识夏枕以来就没叫过学姐，都是直呼其名。

“夏枕，我刚才找了下考试点附近有什么吃的，发现有家口碑超好的店。我们一起去吧，考完试就过去。”

夏枕也是个“吃货”，当即就应了下来。

壁灯发出暖光。夏枕的头发还没干，翘起来的几根头发丝泛着柔光。

房间外隐隐传来客厅里的电视声，播报员字正腔圆地播报着天气。

夏枕没去仔细听。

她刚回来，屋里没开空调，空气有点儿闷。她从椅子上起来，出了客厅，想到阳台去吹吹风。

客厅里，夏父和夏母开着电视，但没去看。两个人在聊一些工作上的事情。

夏枕走到阳台那边，拉开门，走了出去，隐隐还能听到海浪声。

楼下的路灯矗立着。被灯照亮的地方亮如白昼，没被照亮的地方与黑暗共沉沦。

夏枕捕捉到一个轮廓熟悉的身影。

她转头去看，却发现什么都没有。

几秒后，夏枕才慢慢地眨了下眼，自言自语道："哦。"

周末，江炽和林希芋几个人又相约一起上网。

键盘在江炽修长骨感的十指下"噼里啪啦"地响。这几天江炽有事，经常忙到半夜才洗澡休息，白天就研究他喜欢的编程和上网。

一群人靠着对编程的一腔热血聚在一起。

外头天上乌云滚滚，仿佛气势汹汹的千军万马。雨"噼里啪啦"地砸在地面上，渐渐地积成水流。

半个小时后，江炽停止了敲打键盘的动作，懒懒散散地靠在电脑椅里，摘下了耳机，将它随意地挂在脖颈儿上。

耳机一离开耳朵，他就听到了外头"淅淅沥沥"的雨声。

他转了转手腕，随意地问了句："下雨了？"

身旁的林希芋没戴耳机，还嚼着口香糖，嘴巴一动一动地说："对啊，这都下了一个多小时了，早上天气就不大对劲儿了。"

屋外闷雷声“轰隆隆”传来，江炽也没去注意，继续看电脑屏幕。

旁边有人接着林希芋的话道：“其实天气预报说明天天气才会变差，但台风速度太快了，变了路线直接刮到这边来了，估计今晚就登陆了。”

江炽把左手扶在右手腕上，正转动筋骨，闻言动作一顿。

这几天他们热衷于编程，根本没去关注别的事。

林希芋后知后觉，惊讶地问旁边的男生：“这次台风大不大？”

“超大。”男生回话的语气里带了丝兴奋之意，“虽然台风不会在我们这片登陆，但我们这儿也会受影响，明天估计会停课，不用上学了。”

林希芋喊了声：“爽！台风天有放假的福利！”

隔壁的沈辰轻扇了下林希芋的脑袋：“小心把你刮到海里，别太高兴。”

林希芋不甚在意：“那你抓住我呗。”

江炽不动声色地瞥了眼显示器的右下角，下一秒，皱起了眉头。

今天是夏枕参加奥赛的日子。

江炽周末太忙了，两个人又没说话——他居然把这事忘到脑后了。

江炽心中顿起躁意，骂了一声，摘下耳机往桌上一扔，跑了出去。

后头的林希芋不明就里，一脸蒙：“炽哥，你干吗去？外面下雨呢！”

“请大家关好门窗，及时回家，不要在外逗留。风力强大，请各位市民注意……”

电线杆上的广播正播报着安全事项，播报员的声音被大雨冲刷得破碎掉了。

大风呼啸，雨倾泻而下，树冠被吹得左右摇晃，粗壮的树干仿佛风烛残年的老人。

整个世界都好像快被毁灭了，风大得仿佛快把屋顶掀开了，雨水已经漫过了人们的脚踝。

女生拉着夏枕一脸郁闷地坐在酒店里。

“这都是些什么事啊？我们刚来，还没考试就遇上台风，奥赛取消了。”

今天早上大家坐着校车来参加奥赛，刚到比赛地点，就刮台风，下午的奥赛被取消了。虽然台风还未来，但已经造成灾情，现在路上处处都是险情，他们也回不去了。老师给他们安排了酒店。

夏枕的手被女生握在手里，夏枕努力地控制住微微发抖的手，不让面前的人发现她的异常表现。

雷声灌入夏枕的耳朵，她的身体微微发颤。

这家酒店是大家临时入住的，不提供食物。扎马尾的女生见外头的雨势越来越大，想下楼赶紧去买点儿吃的。

“夏枕，你要和我一起下去买吃的吗？”女生问夏枕。

夏枕的思绪瞬间被拉了回来，她还没有反应过来，蒙了一秒。

女生看着夏枕发白的唇，吓了一跳：“你没事吧？你好像不舒服。”

夏枕的目光慢慢地聚在女生的脸上，她动了动唇：“没事。”

女生看着她：“你在这儿等我吧。我去买东西，你休息一会儿。”

夏枕也没逞强：“谢谢。”

江炽全身被大雨浇得湿透了，直接回了夏家。

夏枕早上就出发去参加比赛了。江炽拿了手机，却打不通她的电话。

一向天不怕地不怕的江炽开始感到害怕了。

时空仿佛被拉回到十几年前那个雷雨阵阵、火光冲天的夜晚。

江家的别墅燃起了大火，黑烟滚滚。房子的每一处都岌岌可危，消防员进进出出。

谁都没有注意一个穿着粉色睡衣的四岁小女孩在混乱中跑进了火场。

那天晚上，四岁的夏枕被外头的吵闹声吵醒，跑进了火场。

她稚嫩的脸庞被火光映得发红。小小的她哭着要找哥哥。她什么都不怕，只想要哥哥……

那一年，江母因为火灾去世了。

江家的两个孩子和隔壁夏家的孩子都没事，从那时候开始，夏枕有了心理阴影。

夏枕躲在了浴室里，蹲在水龙头旁，任水流冲刷自己的手。

她蜷缩成了一团，已经分不清现实与假象。外头的雷声让她感觉身上发烫，四周火舌蔓延。

夏枕脸色发白，整个人止不住地颤抖。

手机掉在身旁，她试图给江炽打电话，可是打不通。

江炽真不理她了。

眼前发黑，这几天以来夏枕终于第一次哭了。

与此同时，浴室门外传来“砰”的一声，门瞬间撞在了墙壁上。

第六章

喜　欢

燃烧的木头发出“噼里啪啦”的响声，火烧在身上、脚上，她仿佛快要葬身火海了。

耳边雷声闷响，雨声“哗啦”，还有小孩的哭叫声，四周非常嘈杂。

夏枕觉得脑袋仿佛快炸了。

无助、害怕、恐惧……这些情绪涌上她的心头。

当快要到达心理承受极限之时，她眼前突然出现一片红色，仿佛火和血交融在了一起。

夏枕整个身子猛地一颤，脚一蹬，立刻睁开了眼睛。

映入眼帘的是白色的天花板，她整个人仿佛从一片迷雾中被拽了出来，现实世界的声音争先恐后地涌进她的耳朵里。

隔着墙，外头传来“淅淅沥沥”的雨声，夏枕盯着天花板，愣了好几秒，脑袋一片空白，身体一动不动。

外头风大，吹得高树摇摆，窗户也跟着颤动。台风这个始作俑者还没来，触手却已经在外头肆虐了。

闷闷的雷声从遥遥的天际传来，夏枕游离的思绪瞬间被扯了回来，十指骤然攥紧。

她这才发现自己躺在床上，床单被攥得生出了细纹。

夏枕下意识地想翻身下床跑到浴室里。她踩上放在地面上的室内鞋，跑到了浴室门边。

但浴室门是关着的，她透过磨砂玻璃看到暖黄的灯光下有个模糊的人影，流水发出“哗啦”的声音。

夏枕的第一反应是跟自己住在一起的那个女生回来了。她在原地站了一会儿，犹豫了一下，还是转身迅速地跑回了床上。

她怕吓到别人。

夏枕将被子一拉到顶，用被子蒙住自己，把身体缩成一团，闭塞的空间顷刻间阻挡了外头的所有声音。

江炽拉开浴室门，看到了床上鼓起来的一个小包。

刚才来到这边，他浑身湿透，把夏枕从浴室里弄出来后，又怕她醒过来，就穿着湿衣服在旁边守着。

结果他刚进去冲澡、烘干衣服，她就醒过来了。

江炽的发梢还在往下滴水，他立马走了过去，在夏枕的床边蹲下。

她应该是跪趴着，把整个头儿蒙得紧紧的。

江炽无奈地笑了下，隔着被子叫她：“夏枕。”

被子里的夏枕顿时一愣，瞪大眼睛，一时还以为自己出现幻觉了。

他的声音隔着被子传进来，像隔着一层雾。

江炽试图拉开被子，但微微一扯，就发现夏枕还是把被子攥得紧紧的。

夏枕还没反应过来。

“是我。”

他的嗓音低沉，穿过被子，落进夏枕的耳朵里。

“别怕。”

黑暗中，夏枕眨了眨眼，攥着被单的手慢慢地松开了。

江炽感觉到被子松动，及时把被子掀开了。

夏枕一转头，就和江炽的目光撞了个正着。

两个人四目相对。

夏枕只记得自己跑到了浴室里，后来自己是怎么到床上的，一点儿都想不起来，满脑子都是江炽不理她这件事。

气氛有点儿微妙。

江炽见她平安无事，松了一口气：“好点儿了没？”

外头又是一声闷雷，夏枕对这种雷声感到害怕，身体微颤了一下，但仍不敢说真话。

她点点头：“好了。”

江炽一看她这副小心的样子，心里一酸，后悔这两天都没跟她说话。

他抬手胡乱地揉了下她的脑袋：“怕就说。”

夏枕乖乖地趴在床上，突然犹豫着问了一声：“你不会跟我吵架了，是吗？”

江炽觉得心要化了，摸了摸她的头，如实道：“夏枕，我从来就不舍得跟你吵架，你明白吗？”

夏枕侧着头看他，过了半晌，慢慢地点了点头。

夏枕很怕打雷，一听到雷声就会出现幻觉，除非身边有人陪着，否则她的状况会非常糟糕。

小时候每次听到雷声，夏枕都要江炽抱着。但后来长大了，夏枕就独立了不少，知道不能老是给人添麻烦。

今天是夏枕这几年来失控得最厉害的一次。

江炽朝她张开双臂。

夏枕愣愣地看着他。

江炽微湿的刘海儿下露出一双神情坚定的黑色眼睛，唇角上翘，一副懒散的模样。

“我抱抱。”

他的声音仿佛跨越千山万水而来，沉着又温柔。

夏枕望着他的眼睛，一下子鼻子就发酸了。

她用手在软床上借了下力，撑起身子，不管不顾地一头扎进了江炽的怀里。

江炽蹲在床边。夏枕坐在床上，用双手紧紧地环着他的脖子。

江炽已经好久没有抱过夏枕了。

夏枕把下巴搁在江炽的肩膀上，这几天的委屈之意一股脑儿地涌了出来。但她什么都没说，就那样静静地抱着江炽。

江炽的发梢还湿着，冰冷的水往夏枕的手臂和衣服上滴。

意识到这个问题后，江炽抬手摸了摸夏枕的后脑勺儿：“我的头发湿，别把你的衣服弄湿了。”

他说完就要把夏枕推开，可是没有推动她。

夏枕紧紧地抱着他不撒手。

江炽突然就笑了：“你还上瘾了啊。”

夏枕毕竟生来就脸皮薄，听江炽这么一说，耳朵一热，赶忙松手，低着头往后退。

江炽见她这个样子，笑了一声。

夏枕因为刚才受了惊吓，状态到现在还没恢复过来，嘴唇苍白、干涩。

江炽看着她，习惯性地把手伸到夏枕的唇角边，擦了一下：“你的唇有点儿干。”

也不知道是两个人之间的气氛太微妙，还是夏枕想得太多——听到这句话的时候，她愣住了。

两个人不约而同地看向对方。

空气寂静了好几秒，两个人就这样对视着。

最后是江炽率先打破了沉默。

“想什么呢？”他似笑非笑地问，垂下手臂，手臂懒懒地搭在床上，“你要喝水吗？”

夏枕羞得快把脑袋埋到被子里了。为了掩饰尴尬，她赶忙移开视线，点了点头。

“喝，我渴。”

江炽用手臂在床沿处借了下力，站起身，但一起身，从小腿处突然传来一阵撕裂般的痛。他皱起眉头。

下一秒，他便恢复自然，转身走到墙边的茶几边，给夏枕倒水喝。

大床对面是嵌在墙里的液晶电视，茶几就放在电视旁边。

夏枕的目光跟着江炽的背影走，她把唇紧抿了一下。

玻璃杯扣在桌面上，江炽拿起杯子给夏枕倒了杯水，转身走到床边递给她。

夏枕接过水杯，抿了一口水，问道：“你怎么过来了？”

江炽居高临下地瞧着她，挑眉道：“你终于想起来问我了？”

夏枕这才意识到不管在什么情况下，在她的潜意识里，江炽都必然会出现。

她有点儿愧疚。

“你是坐车来的吗？可是现在要刮台风了……”

夏枕话还没说完，江炽便打断了她的话。他开玩笑道：“是台风把我刮过来的。”

夏枕对江炽有依赖感。他非常乐意，宁愿她的生活里都是他，但他也不想让她觉得自己是个负担。

夏枕喝了一口水：“台风还没来呢。”

下一秒，夏枕说出的话让江炽愣了一下。

“你的腿是不是受伤了？”

江炽的脑子有一秒是空白的，下一刻他便想通了，垂下脑袋，哂笑了声。

刚才转身给她倒水的时候，他就在担心被她看出异样。她果然看出来了。

江炽也没当回事，吊儿郎当地说：“你对我走路的姿势这么熟悉啊。”

夏枕知道他是故意的，欺负她脸皮薄，就硬着头皮“嗯”了一声。

她这一声“嗯”让江炽意外地笑出了声。

江炽没再说什么，转身到沙发上坐下。

现在交通瘫痪了，在来的路上江炽费了不少力，腿被洪水里的不明物体划了一道长口子。

他也不瞒着夏枕，倾身拿过了在前台那儿要的药膏，弯腰卷起左边裤腿。

一道猩红狰狞的伤口瞬间出现在夏枕的视野里。

夏枕知道他的腿受伤了，但没想到伤势这么严重，拿着水杯的手一抖。

她要从床上下来。

江炽抬头，淡淡地瞥了她一眼：“你坐那儿别动，我自己来。”

外头的雷声通过厚重的雨幕传到室内，夏枕因为有江炽陪着，被他吸引了注意力，才没被雷声吓到。

但这会儿江炽离得远，夏枕有点儿受不住了。

一个恐惧黑暗的人没办法在黑暗里多待一秒。

江炽一下子就发现她的脸色不太对，赶忙改口道：“过来，到我身边来。”

夏枕立马从床上下来，蹭到了江炽的身边。

江炽让她在旁边待着，没让她动手，自己拿着棉签蘸了药膏后抹到伤口上去。

夏枕一看就感觉很疼，皱起眉，念叨了一声：“好痛。”

江炽一闲下来，就又想逗她了，歪头瞧她，好看的眼睛里带着痞意：“我的肉长在你身上了？你也跟着一起疼？”

夏枕不知所措时，门口传来敲门声。她立马从沙发上站起来：“我去开门。”

江炽浅浅地勾了下唇。

她走到门廊处的时候，外头的人又敲了两下门。

夏枕跑过去，按下门把，把门拉开。

跟夏枕一起来参加奥赛的女生拎着个袋子，站在门口。

夏枕愣了一下，但下一秒意识到两个人住在同一个房间里，立马侧过身子：“快进来。”

那个扎马尾的女生闻言赶忙摆手：“我不进去。我是来给你送晚饭的。”

夏枕蒙了：“什么？”

女生看着夏枕：“你好点儿了吗？刚才我买东西回来看你在床上躺着。”

“啊。”夏枕摇摇头，“我没事。”

女生往房里瞄了眼，没看到江炽，凑到夏枕的身边道：“刚才你哥哥快急死了，表情可吓人了。”

夏枕一时说不出话，想想江炽担心的样子，心里有点儿不好受。

女生动了动手里的袋子：“这是袁老师刚才去买的饭，她怕我们饿着了，我将饭给你拿过来了。”她将饭递了过来，“不过买饭时袁老师不知道你哥哥过来了，就只买了你的。”

夏枕将东西接了过来。

女生完成任务，就朝夏枕挥挥手：“那我先走啦，去别的房间住。”还没等夏枕问为什么，那个女生便解释道，“你哥哥说你怕打雷，今晚在这儿陪你。”

夏枕一愣。

直到那个女生关上门，夏枕还没反应过来。

她提着装饭盒的塑料袋站在门边，手还放在门把上。

外头的天空仿佛破了个大口子，雨水“哗啦哗啦”地下着，即使门窗都关紧了，依旧挡不住外头的雨声。

夏枕在门廊处站了一会儿，拎着袋子进屋了。

江炽坐在沙发上，把左边裤腿卷到膝盖处，右手正拿着棉签往左腿上的伤口处抹药，小臂线条流畅。

夏枕进来的时候，他抬眸看了一眼。

夏枕朝他动了动手中的袋子：“袁老师买的饭，同学将饭送过来了。”

江炽一伸长臂，将棉签扔进了旁边的垃圾桶里：“吃吧，不然饭冷了。”

夏枕转身把袋子放在茶几上，回过头看江炽：“我们一起吃吧，只有一份。”

江炽担心她吃不饱，想都没想就说：“你先吃，吃不完再说。”

听到江炽这样说，夏枕微微地鼓了下腮帮子。

虽然她的动作不大，但江炽一下就发现了。

坐在沙发上的江炽一见她这副样子，被逗得笑了出来，知道她肯定要让自己一起吃。

他干脆朝她抬了下下巴：“过来。”

“你吃吗？”夏枕说，“你不吃我就不过去了。”

江炽闻言挑眉，她今天胆子很大啊。

她想通了？

江炽一想到她害羞的样子，那深扎在骨子里的劣根性又上来了，整个人吊儿郎当的。

“你想让我跟你吃饭啊？”

夏枕以前对江炽毫无防备，他说什么都没往其他方面想。

现在他说些什么，她都觉得敏感——更何况她本来就脸皮薄。、夏枕的眼神有点儿闪躲，她答非所问：“不吃饭会饿。”

她这拙劣的掩饰方式根本瞒不过江炽。

她现在刚有点儿主动的趋势，要是他把她吓回去，就得不偿失了。

江炽也不拆穿她，身子往后一仰，懒懒地靠在沙发上。

“过来，听见没？”

夏枕这才拎着袋子走过去。

江炽将放在一旁的椅子钩了过来：“把饭放上面。”

夏枕把袋子搁在了椅子上，在江炽旁边坐下来，又把餐盒和筷子拿了出来。

虽然江炽想收敛一些，但夏枕现在明显对他主动了不少，心里实在痒得不行。

夏枕刚把筷子从袋子里拿出来，就听见江炽问了她一句——“几双筷子？”

夏枕刚才在门边看过了，想都没想就回答：“一双呀。”

她说完还转过身子，拿着筷子向江炽挥了挥。

江炽意味不明地笑了声。

夏枕还未反应过来，就见江炽倾身。他的手臂搭在沙发背上，他笑：“就一双？”

他并未挑明，但这话又直白极了。

夏枕听懂了，一下子耳朵通红。

她一瞬间就乱了阵脚，慌乱地转过身子，欲盖弥彰地拆饭盒的盖子。

夏枕根本就不是江炽的对手。

江炽一招就能击败她。

江炽整个人闲散地靠在椅背上，眸光落在她通红的耳朵上。

他不逗她了，先让她把饭吃了才是要紧的事情。

他手臂还搭在沙发背上，屈起小臂揉了把她的脑袋：“你用筷子，我用勺子。”

塑封袋里有筷子、勺子和纸巾。

夏枕已经羞得头都不敢抬起来了。他说什么就是什么，她胡乱地点点头。

“好。”她拿了筷子，赶忙转身把勺子递给江炽。

江炽接了勺子过来，也不逗她玩儿了，直起身子，把手肘搭在膝盖上，舀了一口饭，将饭送到嘴里。

江炽瞥了眼饭菜，再看了眼自己的勺子，感到有点儿遗憾。

这些菜他可以用勺子舀起来，不需要筷子。他想让她喂自己吃饭都不行。

外头的雨势小了些，但天气还是不对劲儿。

夏枕站在酒店的窗口处往外望，只见马路上的树被拦腰吹断，路面泥泞不堪，有的店面甚至进了水。

城市交通几乎瘫痪了。

江炽这人爱干净。夏枕洗了澡后，他又进去冲了个澡。

出来的时候，他拿着毛巾胡乱地擦了擦头发，走到夏枕的身边，瞥了眼窗外。

“今天我回不去了。”

夏枕在出神。江炽冷不丁地出现在她的身后，把她吓了一跳。

“你出来啦。”

江炽停下擦头发的动作，低头看她：“在想什么？”

夏枕愣了一秒。她刚才在想这房里只有一张床，晚上要怎么睡。

她根本没有胆量把自己在考虑的问题说出来，愣了几秒后，胡乱找了个借口：“我在想奥赛要怎么办。”

“应该明天会继续，不会拖太久，考完就结束了。”江炽说。

这次他们参加奥赛，高中部和初中部的同学在一块儿，考试地点是相同的。

“学长、学姐们会先考。”

江炽“嗯”了声：“没事，都一样，反正我们会一起回去。”

夏枕没带习题：“今晚我都不知道要做什么。”

不对，她可以跟他待一晚上。

刚想到这儿，夏枕就被自己的想法惊住了。

江炽还在看外头已经拥挤的马路，没注意到夏枕的不正常反应。

“想玩儿什么？”他收回目光，看着夏枕。

江炽知道夏枕今晚不会打游戏：“我不打游戏，不睡觉，就陪你玩儿。”

夏枕也不知道怎么回事，总想到下午房门外女生对她说的话，且完全控制不住，脑子被这件事扯得都转不动了。

也不知道是怎么回事，鬼使神差地，夏枕将话问出了口：“你今晚会一直陪我吗？”

江炽说：“是啊。”

他对上夏枕的目光后，愣了一下。

一个眼神，他们就知道了对方在想什么。

白天因为夏枕的身体不舒服，江炽把心思全放在哄好她上了，完全没想到其他的事情。

这个年纪的男孩子容易躁动，江炽今天第一次感到不自在，移开目光，很不自然地咳了一声。

“那个……”

沉默了几秒后，他拿过旁边柜子上的手机，把手机递给了夏枕。

“你去玩儿会儿游戏，我给你下载了几个新游戏。”

因为夏枕喜欢玩儿小游戏，江炽总会在手机里下载几个游戏。

夏枕心跳快了几拍，不再像以前那么迟钝，接过手机之后马上溜了。

房间里的空气仿佛是烫的，被吸进肺里，灼得人浑身不自在。

江炽坐在沙发上，不断地换台。其实，他什么都看不下去。

电视声也没能缓解他们之间略微紧张的气氛。

江炽也不管了，将遥控器扔在旁边，任电视放着节目。

小游戏天才夏枕则窝在床上，玩儿了半天，愣是没能把游戏打通关。

看着显示通关失败的手机屏幕，夏枕实在烦得玩儿不下去了。

焦急和喜悦的情绪在心里交织，令她手忙脚乱。

她发现自己会去注意江炽的一举一动。即使现在两个人没说话，可是她的注意力总会被他吸引过去。

现在江炽去了浴室。

她懊恼地咬咬唇，把下巴搁在膝盖上。

夏枕准备不玩儿游戏了，刚想把手机放下。

她一抬头，目光就对上了正前方墙壁上的电视。

在电视播放的言情剧里，男女主角吻在了一起。

夏枕不是没看过这种画面，只是现在怎么看都觉得害羞。

她觉得脸一下子就红了，正想下床去拿遥控器换台，此时，浴室门传来“咔嗒”一声。

夏枕正要下床，闻声顿住脚步。

她一抬头，就和从浴室走出来的江炽对上了视线。

嵌在墙壁里的液晶电视屏幕还亮着，把声音不停地往外送。

夏枕和江炽都定在了原地，谁都没反应过来去关电视。

气氛尴尬到了极点。

夏枕没看电视，但听得到声音。电视里的两个人似乎分开了，此刻正在耳鬓厮磨，夏枕听不清他们在说什么。

她回过神来，立马下床，要跑到旁边的沙发处拿遥控器。

见她这副样子，江炽方才有些尴尬的情绪瞬间消失得一干二净。

见站在沙发旁的江炽没动静，夏枕迅速地跑了过去，要拿起遥控器关电视。

谁知她的手刚伸出去，旁边的江炽一弯腰，先一步将遥控器拿走了。

夏枕没说话。江炽居高临下地看着夏枕，把遥控器握在手里，饶有兴致地问：“你拿遥控器干吗？”

夏枕直起身子：“我……我换个台。”

江炽闻言翘唇。

“这么说，”他佯装思索，“刚才电视里在演什么你看了？”

接吻对于情侣来说再正常不过，但刚才电视上的那一幕对于夏枕来说就像一颗炸弹被扔进心里，她的脑袋蒙了。

她像干了坏事被抓包，嘴张开又闭上，往往复复后一句话都说不出来。

江炽今晚一开始还担心自己太过强势，怕她会被自己吓跑，忍得已经够辛苦了。

他干脆把电视关了，笑道：“来，说说，刚才电视里演什么了？”

夏枕的耳朵顿时一热，这种事情她怎么能说出口？她整个人都陷入了慌乱的境地。

她垂着脑袋，耳朵通红。

“不知道，”夏枕干脆两眼一闭，说谎，“我没看电视。”

江炽懒懒地把玩着手中的遥控器，黑色的遥控器在骨节分明的手指中翻转。

“哦，”他说话的语气懒散，“没看啊。”

下一秒，他突然俯身，停在了夏枕的耳边，弯唇。

“我看了。”他语气散漫地说。

江炽抛出一句话，不管夏枕怎么回答，饶是她有千百种应对的方法，她最后都会摔进江炽的坑里。

情况无一例外。

夏枕本能地生出一股危机感，反射性地往后退。然而刚往后退一步，江炽手一伸，就将她的手腕抓住了。

夏枕的手腕被江炽抓紧。他仍旧在她的耳边，声音带着笑意，痞气尽显：

“要不要我跟你讲讲我刚才看到了什么？”

夏枕的脸颊发烫，仿若有一簇簇的小火苗燃着，她别过头去：“不要。”

江炽笑，稍微直起身子，要凑过去看她的眼睛。

“你不想听也行，我直接教你。”

他亲自教学。

夏枕瞬间瞪大了眼睛，舌头都捋不直了，结结巴巴的。

半天她一句话都说不出，连“不要”都不会说了。

江炽垂眸，从他这个角度看去，夏枕的肌肤白嫩得仿佛能被掐出水来，短发被绾到耳后，她垂着头。

他的目光落在她微动的唇瓣上，她的唇薄、软、红、嫩。

房间里的空气仿佛瞬间稀薄了起来。

夏枕整个人都陷入眩晕中，意识开始不受控制。

她没说话。

江炽看她这样，心中窃喜，没再逗她。明天夏枕要考试，他要顾全大局。

晚上睡觉的时候他没有打扰她，自觉到沙发上睡了。

考试被安排在第二天早上。高中部和初中部的参赛者在同一个时间段考试，夏枕考试的时候，江炽在酒店里等她。

昨晚他在沙发上睡了一夜，根本没睡好，干脆趁着这个时间去睡了个回笼觉。

夏枕考完试，江炽退了房，他们和大家一起乘坐校车回了学校。

经过昨晚台风的肆虐，城市瘫痪了一个晚上，第二天就恢复了过来，大家各司其职。

路面上还有泥泞的痕迹，有的树只剩下了树桩。

一到台风天，学校必定会放假。但台风登陆的时候是星期天，今早已经走得干干净净，于是学生们只好照旧上课。

中午下课，林希芋和沈辰等人准备到校外吃饭。

林希芋到现在还沉浸在台风在星期天登陆的悲痛中。

“台风就这么不爱我吗？为什么不能多爱我一点儿？它在今天

早上登陆的话，我就不用上课了！”

沈辰看了他一眼：“来上课你也不会听，上不上都一样。”

“不一样！”林希芋说，“我可以晚一点儿起床，这几天没好好睡觉，要困死了。”

说到这儿，林希芋再次问出了那个问题：“对了，炽哥到底去哪儿了？昨天下午就没影儿了。”

旁边有男生说：“炽哥会不会昨天下午听说晚上要刮台风，就回去睡觉了，以为今天不用上课啊？”

林希芋“啧”了一声，拍了一下那个男生：“你是不是傻？炽哥睡眠那么差，台风来了，还能好好睡吗？”

一行人就这样说说笑笑地走出了校门。

学校外新开了一家店，菜式新颖又好吃。林希芋他们准备中午到那儿吃，还带着两三个女生。

他们刚出校门没几步，不远处驶来一辆校车，停在了路边。

学校里遍地是校车，他们也没注意。

“哦？炽哥怎么坐校车来了？”旁边有一个男生突然指着校车道。

一行人探头去看。

“啊，还真是。”林希芋疑惑地说，“他怎么这个点坐校车过来了？”

说到这儿，林希芋看到了同样坐在校车上头的夏枕：“枕妹也来了？哇，炽哥还带妹妹过来。”

旁边的人“哈哈”大笑。

谁都没注意到旁边有一个女生的脸色不是很好。

江炽想跟夏枕一起吃饭，就让她在这边下车了，准备吃完饭后再把她送去旧校区。

他从车上下来，就看见林希芋一行人朝这边走了过来。

“炽哥，去哪儿了？”林希芋跟夏枕打了个招呼：“枕妹，你好啊。”

夏枕认识林希芋，朝林希芋笑笑。

江炽："我陪她去参加奥赛了。"

"今天早上去的？"

"昨天。"江炽懒懒地转了下脖子。

"昨晚不是刮台风吗？"林希芋的脑子转得比较快，他说到这里，已经止不住胡思乱想了，"你们昨天在一起吗？"

夏枕脸皮薄，闻言顿觉脸颊一热。

旁边的人瞬间开始起哄。

江炽知道夏枕禁不起这样的玩笑，懒笑一声，作为警告："够了啊。"

明显他只是假装警告一下，并没有真的想去震慑他们。

一群人打闹了一会儿，准备一起到那家口碑很好的店吃饭。

林希芋搭着江炽的肩："说好了啊炽哥，你要请客。"

江炽心情不错："行。"

大家又调侃了一阵江炽和夏枕，才把话题引到了电脑上。

店里的装潢呈暖色，进店后，几个人在桌边坐下。

在等菜上来的间隙，大家七嘴八舌地说着话，没一会儿，话题又被引到了江炽和夏枕身上。

夏枕左边是江炽，右边是一个女生。

夏枕在不熟的人面前一向话少，安安静静的。

旁边的女生突然碰了夏枕一下，用大家都能听到的音量假装不经意地问夏枕："你和江炽是在一起了吗？"

夏枕跟旁边的女生不熟，被问得愣了一下。

从刚才他们下车，没人听到他们说在一起了，只是跟着起哄。这会儿，大家静下来竖着耳朵听夏枕的回答。

江炽也没有说话，在一旁淡淡地看着夏枕，等着她的回答。

夏枕看不明白江炽眼里的意思。

她的脑袋里仿佛打了个结。

半晌，夏枕垂下脑袋，有些失落。

她诚实地说：“没有。”

她否认了。

江炽面上的表情很平静——他也没说什么。

这时候服务员刚好把菜送来了。

“那个，”林希芋赶忙出来打圆场，“大家吃饭了啊，吃完再说。”

餐桌边的大家不约而同地不说话了。

谁都能察觉到这气氛不对劲儿。

坐在夏枕旁边的那个女生没有眼力见儿，幼稚又莽撞。然而看热闹的人最喜欢看有人耍这种幼稚的小把戏。

大家识相地闭嘴，准备看戏，不往枪口上撞。

“大家吃饭。”林希芋指了指其中的一个菜，“这个菜超好吃的，都试试。”

夏枕偷偷地侧头看了一眼江炽的脸。

他神色平淡，不显情绪。

在外人看来江炽一贯如此，冷淡又散漫。但在夏枕看来就不太一样了。她从小被江炽宠大，江炽对她一向温柔——她能看出他不开心。

夏枕把手安安分分地放在腿上，手指交错。

江炽是又不高兴了吗？

夏枕对事迟钝，但对自己身边的人一点儿也不含糊，有时候甚至过度敏感。

她的世界很简单，喜欢就是喜欢，不喜欢就是不喜欢。一遇到自己喜欢的人和事，她就会付出本性里的全部温柔。

大家重新拾起筷子吃饭，准备把这话题抛到脑后。此时夏枕不算大的声音使得大家又停下了手中的筷子。

“我们没有在一起，我……”

所有人的注意力再次被吸引了过来。

夏枕不着痕迹地深吸了一口气，抬眸道：“是我仰慕他。”

她话音一落，全桌人瞬间愣住了。

江炽明显没料到她会这么说，愣了一下。

夏枕把话说完，耳朵红得快要滴血了。

江炽逮着她的那句话翻来覆去地想，回过味来后，笑了笑，歪头看她。

夏枕说出这话已经用了很大的勇气。她本来就把注意力放在江炽身上，知道他在盯着自己，更是羞得不行。

“炽哥，你这不厚道啊。”林希芋在旁边“哈哈”大笑。

众人瞬间又热闹了起来，谁都没有去注意刚才那个故意挑事的女生。

“有生之年，我居然能看到炽哥被女孩子拿捏得死死的样子。”

“学妹，我跟你说，你上去抱一下，炽哥就到手了。”

大家一看江炽的脸上有了笑意，都大胆地开起了玩笑。

夏枕可禁不起这样的调侃。江炽虽然喜欢听，但希望大家适可而止。她毕竟是自己的小姑娘，他可不能看着她被欺负。

他吊儿郎当地说了声：“行了啊，吃饭。”

夏枕紧张得手心冒汗，经这么一闹，倒是没有什么胃口了。一桌的人不再调侃她，转头调侃江炽去了。

耳边是男孩子们嬉笑打闹的声音，夏枕起身溜去了洗手间。

她一起身，江炽便有所察觉，抬眸瞥了一眼她的背影，眼里带着若有似无的笑意。

夏枕在洗手间里用冷水拍了拍脸，在里头站了一会儿，缓了一下情绪，才从洗手间里出来。

回到桌旁，她还是没胃口。

这顿饭就在一群人的说话声中结束。

林希芋比较有眼力见儿，赶紧把所有人支走了。

其他人都走了，剩江炽和夏枕坐着。还有很长的时间才上课，夏枕也不急着回学校。

江炽倚在椅背上，偏头打量她的脸。

夏枕生得白，现在心还“怦怦”地跳，脸上的红根本就褪不下去。

江炽懒懒地笑了声。

即使他的声音不大，夏枕也听见了。想到那句自己在追他的话，夏枕心跳又是一阵加速，不敢去看江炽。

江炽也不闹她，唇角勾了下。

知道她吃不下，他还是将甜点推到她面前。

“吃点儿。”

夏枕吃不下是因为早上吃多了，而且中午被高涨的情绪影响了胃口。

即使她是个“吃货”，现在看到吃的还是没有食欲。

“我吃不下。”夏枕说。

“你下午还要上课，中午不吃点儿东西不行。”江炽说话的语气不容拒绝。

夏枕有点儿胃病，江炽也是为此操碎了心。

夏枕抿抿嘴，说：“我不想吃。”

“反抗无效。”江炽说，“吃点儿，听话。”

夏枕从中午说了那句话后到现在还没缓过来，江炽则是一副什么都没发生的样子。

她在这里羞得不行，他却跟个没事人一样。

一想到这儿，夏枕别扭地别过脸：“我不吃。”

被惯着的人总有资本恃宠而骄。江炽见她这个样子，非但不气，反而觉得有趣。

“还要小脾气啊？”他抬手捏了捏她的脸，“你吃不吃？”

夏枕也不是真的生气，就是有点儿别扭：“我不吃。”

江炽略微点了点头：“也行。”

夏枕看江炽居然松口不让自己吃东西了，感到讶异。

下一秒，江炽便转了下身子，一手抓住她的椅背，一手抓住椅沿，微使了下力，椅子腿在地面上摩擦，发出一阵不算太刺耳的声响。

转眼间夏枕便被翻了个面，面对着江炽。

江炽把手臂搭在椅背上，伸出穿着西裤的长腿，将夏枕连人带椅圈住了。

夏枕没说话。

“不吃是吧？”江炽一副气定神闲的模样，手一伸，端过桌上的瓷碗，“我喂你吃。”

夏枕刚才嚣张的小火焰瞬间熄灭了，但仍旧说：“我不太想吃。”

江炽淡淡地看了她一眼：“为什么不吃？你连中午饭都没吃。”

夏枕小时候不听话也曾被江炽训。

她说：“我挺饱的。”

“那你胃痛了怎么办？”江炽不带情绪地说，“要是胃痛了，看我不收拾你。”

夏枕感觉自己就跟个麻烦精似的。其实吃一口也不是不行，她就是仗着江炽疼自己为所欲为。

其实夏枕小时候在吃饭这件事上还真的不太安分，经常令夏母感到焦头烂额。

夏枕像做错事挨训的小孩，自知理亏，伸手去接江炽手里的碗：“我吃。”

江炽见她这一副可怜样，把手往旁边一移，躲开夏枕：“不是说了我喂你吗？”

夏枕一听江炽这话，耳朵一红：“我没说。”

江炽“啧”了一声：“你不是说在追我？这么害羞，你还怎么追我？”

不说这件事，夏枕本来都忘了。她还以为江炽也忘了，结果他竟然记得清清楚楚。

这话是自己说的，夏枕反驳不了，一瞬间停在半空要去拿瓷碗的手无措到不知道往哪儿放，最后兜兜转转回来，抓了下自己的耳朵。

心里紧张得要命，她还故作镇定："我才没有害羞。"

江炽听着她这软得跟棉花糖似的声音，目光落在她红红的耳朵上，挑起一边的眉。

下一刻，他无声地笑了笑。

她都会睁着眼睛说瞎话了。

江炽也不拆穿她，顺着她的话往下问："你对我感兴趣吗？"

夏枕心跳不稳，这件事情在心里想，和当面说出来根本不是同一种感觉。热意爬上脸颊，夏枕没敢抬眼去看江炽。

江炽舀了一口碗里的甜品，瓷勺在碗底轻撞出清脆的响声，将勺子递到她的嘴边，抬了下下巴："你说那话还作数吗？"

夏枕迟疑了几秒，半晌，勇敢又略微缓慢地点了点头。

江炽的眉梢都染上了笑，他黑色的眼睛里映着她的影子。

夏枕没听到江炽说话，以为他看不到自己点头，小声地说："嗯。"

江炽吊儿郎当地逗她："不好意思什么？你定的这目标对你来说没什么挑战性，要实现还不容易？"

夏枕的心脏怦然一动。

他用勺子碰了碰她的唇："先张嘴。"

夏枕动作先于意识，张嘴吃了一口，意识到是江炽喂她后，有种小雀跃不可控地从心底破出。

她还没从喜悦中脱身，面前长腿将她圈着的江炽开口："我们来做个交易？"

夏枕一愣，因为在吃东西，小脸微微地鼓着。

她讷讷地问："什么？"

"你多吃一口，我就让你在这件事情上少折腾一点儿，怎么样？"

夏枕的脑袋仿佛被什么敲打了一下，瞬间没有了意识，她心里跟有只小鹿在上头跳似的。

"哦，前提得我喂你。"江炽使坏道。

她不好意思说“好”，就安安静静地吃。

一碗东西没多久就见底了。

江炽将碗往旁边一搁。

夏枕面对着江炽坐着。下一秒江炽弯腰凑近她，双臂懒懒地一伸，搭在了她的椅背上。

他看进她的眼睛里，声音慵懒：“行了，挺厉害的，这么快就把我搞定了。喏，我把自己送到你的手里了。”

六月，高考和中考将至。高三和初三的学生都处于一种紧绷的状态，谁也不敢松懈一分。

初三（7）班的教室里一片静谧。上了第一节数学课后，很多同学趴在桌子上睡觉。要去打水的、去上厕所的同学放轻了动作。

整个班级沉浸在一种莫名压抑的气氛中，学生们昏昏沉沉的。

与班级里大多数平静又压抑的同学相比，夏枕觉得自己是一个例外，浑身散发着截然不同的气息。

中午从饭馆出来后，夏枕还没反应过来，整个人处于一种飘忽的状态，脑子里没有什么纷纷扰扰的思绪。她觉得自己的所有思绪都被一个人抓住了，逃都逃不走。

她对这种感觉有点儿新奇，又带着些雀跃。

夏天里，烈日照耀着树冠茂密的高树，它们在阳光底下显得很青翠。

海面泛波，蝉鸣不息。

夏枕用双手撑着下巴，有点儿走神儿。

从教室前面打水回来的许洛洛经过她身边，打着哈欠敲了下她的书桌：“干什么呢？你出神很久了。”

夏枕瞬间回过神来，看向一旁的许洛洛。

许洛洛不等她说话，就弯下身子凑到她耳边：“说，你是不是在想什么帅哥？！我感觉你好像一下子回到了春天，脸都红啦。”

夏枕一听这话，吓了一跳，难道自己的脸还红着？

她伸手就去捂自己的脸："我的脸很红吗？"

许洛洛"扑哧"一笑："我是骗你的。"

夏枕这才松了一口气。

许洛洛在后面的位置上坐下，也没将这事放在心上，叹了一口气。

"倒计时还有二十几天，我们就要毕业了。不过想想能上高一了，我还挺高兴的。"许洛洛往前凑了下身子，跟夏枕道，"我去过另一个校区。那是新校区，环境好，设备新。我们以后就要去那里上课了，想想也挺开心的，还可以看看养眼的学长、学姐们。"

现在旁人一提到那个校区，一提到"学长"这两个字眼，夏枕就想起了江炽。

她还没回过神来，已经被后边的许洛洛轻敲了下脑袋。

"想什么呢？老走神儿。"

夏枕瞬间反应过来自己在想什么，脸颊一热。

许洛洛像是能窥探到她在想什么似的。

她回答得有点儿结巴："没……没什么。"

许洛洛毕竟认识她快三年了，而且两个人一向关系好，一下子便看出夏枕跟平常有点儿不一样。

许洛洛微眯了眯眼，一脸若有所思的表情："有'猫儿腻'啊，小枕枕，你肯定背着我去干什么了。"

夏枕不是不愿意告诉许洛洛她跟江炽的事，只是不好意思说。

她侧过身子，想着怎么组织语言跟许洛洛讲。

然而她和坐在后面的许洛洛面面相觑了几秒，双唇张张合合好几次，还是说不出来。最后她懊恼地皱了下眉，放弃了挣扎。

夏枕虽然平时成绩稳定，但越临近考试，就越是紧张。

上第二节课的时候她已经调整好了状态，认认真真地听课。

夏枕决定要做一件事情就很认真，听课也不例外，一认真听就不会东想西想。

最后两节课在枯燥无味的化学方程式和物理公式中度过了。

铃声一响，教室里的学生恢复了少年人的活力。学了一下午，班里大部分同学收拾东西下楼到食堂吃饭去了。

中午江炽送夏枕回学校的时候，让夏枕放学等他一起回去。

夏枕在教室里又写了会儿作业。

班里还剩下几个同学。他们为了避开食堂打饭的高峰期和宿舍洗澡的高峰期，在教室里做习题。

教室里充斥着笔尖落在纸张上的“唰唰”声和打扫卫生的同学扫地挪动桌椅的声音。

过了一会儿，夏枕想看一下时间。挂在教室墙壁上的时钟显示，距离下课过了半个小时了。

夏枕刚想收回目光，就看到了从教室前门进来的江炽。

还没等到江炽对她笑，夏枕就立马低下了头，笔尖走得飞快。

她的心脏“怦怦”直跳。

江炽经过讲台来到夏枕座位前，跨坐在夏枕前面的位置上：“我有事来晚了。”

江炽虽然一直没个正形，但穿衣整洁得不行。

他稍稍往后一仰，靠在了后边的桌沿上，干净的衬衫领子随着他的动作被微微拉出一丝褶皱。

夏枕知道江炽从那边过来骑车大概要花半个小时。但她不知道江炽经常旷课，更何况今天他迫不及待想来见她。

她说：“我没有等多久。”

班里一放学就关了空调，江炽拎着衬衫领子扇了下风。闻言，他抬眼：“敢情你刚才看时间，是因为等不及想见我了？”

话音刚落，他就笑了起来。

夏枕这才发现自己刚才看时间被他发现了。

“才不是，我在做历史试卷，在计时呢。”夏枕用笔尖戳了戳桌上的试卷。

江炽垂下脑袋，笑了一声，俯身靠近她：“那有没有？”

夏枕的脸一热。

江炽猜到她不会回答，笑道：“不说，我当你想了啊。”

夏枕和江炽对视了几秒，没有说话。

几秒后，她说：“你……”

话还没说完，江炽抬手揉了一下她的脑袋。

“嗯。”

“我有。”

窗外的海浪声隐隐传来，她的耳边是他的声音。

夏枕的心跳快了一拍。

她感觉耳朵热了，微垂下脑袋。

江炽一直盯着她，一听到她说的话，就翘起唇角问：“你还要留在这里写作业？”

夏枕想在这里把这张历史试卷写完，点点头：“就剩两道题了，我写完再回家。”

江炽又懒懒散散地靠回了桌沿，点头：“行。”

他闲着没事，就这样盯着写作业的夏枕，从眉心、眼睛、鼻梁，看到薄薄的红唇。

夏枕被他盯得写作业都写不好，开始后悔做出了留下来写作业的决定。

两个人坐在窗边。夏枕左手按在试卷上，右手正在写历史题。

湛蓝的天色渐渐转为橙红。

某一刻，江炽忍不住手臂一抬，手覆在了夏枕的左手上。他握住她的手。

正在写题的夏枕笔尖一顿。她还没反应过来，就感觉江炽捏了捏她的手。

夏枕脸颊一红，赶忙要把手收回来。

夏枕的心脏“怦怦”跳，她不乱动了。

某一刻书桌的后面，江炽骨节分明的手一展，手指穿过夏枕的指间。

高二（8）班的教室里闹哄哄的。下节课是体育课，班里的男生还没下楼，就已经兴致高涨，商量着待会儿一解散就去打球。

只有江炽在后头转着笔，闲散地做着试卷。

有一个男生拿着个篮球，走过来拍了一下江炽的桌面：“炽哥，打球去了。”

江炽连头都不抬，拒绝：“不去。”

这时林希芋刚从厕所回来，听到江炽拒绝去打篮球，凑过来看了一下他在做什么，这一看就惊呆了。

“不是，我没看错吧？炽哥居然在下课时间写作业？”

江炽从容地转了一圈指间的笔，漫不经心地应了声：“嗯，写作业。”

“还是数学题，灭绝师太罚你做试卷了？”

沈辰从旁边走了过来，看了眼江炽桌上的试卷，对林希芋说：“你是不是傻？这是今晚的数学作业，不是灭绝师太罚他做的试卷。”

“啥？”林希芋蒙了一秒，“哥，你居然在写作业？”

江炽懒懒地瞥了林希芋一眼：“不行吗？”

“不是，你这反差也太大了。”林希芋说，“这给我的感觉就像……改邪归正。你这种人竟然变成了好学生。”

江炽没说话。

下一秒，林希芋灵光一闪，突然笑嘻嘻地问：“咦，炽哥，不会是枕妹要检查你的作业吧？哈哈哈哈。”

被林希芋一语猜中，江炽懒懒地笑了声：“是啊，她管我管得挺严的。”

“哇哦。”林希芋竖起了大拇指，“炽哥真厉害。”

江炽笑着抬脚轻踹了林希芋一下："滚。"

上课铃声响了，沈辰拎着林希芋的领子往教室外走："行了行了，别打扰炽哥了，他写完作业还得去陪枕妹。"

"沈辰，我们俩来互相抱团取暖。"

"滚蛋。"

这边有三个体育老师。负责高二年级的体育老师上课不是很严，连点名都是走形式，学生不去也没事。

江炽掏出桌肚里的手机，给夏枕发了条短信，然后又把手机扔回桌肚里，继续写试卷了。

夏枕从小到大，每天的生活几乎都和江炽相关。

她坐在他的自行车后座上，被他载着穿过海边的马路和绿荫小巷。晚上他们一起学习，她会听听他的声音。

最近江炽陪她的时间甚至比以前更多，毕竟以前两个人不会连晚上都在一起学习。

自从两人的距离那天被拉近了，江炽也安分了不少，很少再去外边玩儿。

林希芋他们开玩笑说江炽是满处游荡的浪荡子变成了天天回家陪枕妹写作业。

这天晚上，江炽依旧在夏家吃饭，四人围在桌边。

夏父："江炽，你是不是下学期就读高三了？"

江炽坐在夏父对面，礼貌地点头："嗯，现在我高二。"

夏父在工作上一向是个严谨的人，但私底下颇为有趣，不会用那些古板的条条框框来束缚孩子。

夏母也是类似的人。夏枕和江家两姐弟从小就跟夏氏夫妻相处得好，大家几乎没什么年龄代沟。

夏父今天刚出差回来，身上还穿着衬衫。他抬手解了下袖扣，对江炽调侃道："看得出来你最近用功了啊。以前吃晚饭我们都见不着你，最近天天晚上在家学习。你这是要上高三了，有紧张感了？”

江炽笑了下：“还行。”

夏枕安安静静地听着他们说话。

夏父：“你也别那么紧张。你跟枕枕一样，从小成绩就不错，男孩子嘛，平时也多出去走走玩儿玩儿。”

坐在夏父旁边的夏母表示不认同：“江炽，别听你叔这么说，你快高三了，该收心还是要收心，忍一年就过去了，高考后你想怎么玩儿就怎么玩儿。”

江炽应了一声，吊儿郎当地道：“行，你说什么就是什么。”

夏母知道江炽其实自有分寸，也不用多说，听完他的话，笑了：“嘿，你这孩子。”

一旁的夏父也笑着说：“也行，我们就在高三不经意地努力那么一点儿，轻轻松松地考个好大学。”

夏母：“没事，这俩孩子的成绩不用我们操心。枕枕下学期就要到新校区那边上学了，以后他们一起上学也方便多了。”

夏枕正吃着饭，闻言含糊地应了一声。

一旁的江炽瞥了她一眼，无声地笑了下。

江炽今天晚饭吃得不多，是最先离桌的一个。他吃完饭，就拿着碗筷放到厨房的洗碗池里。

他走出厨房后，夏枕已经吃完晚饭，正端着空碗朝厨房这边走来。

夏父、夏母还在餐桌那边吃饭。

两人四目相对，江炽朝她弯了下唇。

他们之间的小动作，是专属于他俩的秘密。

夏枕是个天生害羞的人，还是会动不动就脸红。

两个人拉近距离，在即将擦肩而过的时候，江炽侧着身子，微微欠身附在她耳边抛下一句：“洗澡后，你记得过来写作业。”

他低沉的声音里带着笑意。

夏枕感到耳朵一热，还没来得及给出回应，江炽已经直起身子走了。

因夏枕在楼上洗完澡，到房间里拿上自己的数学练习册，练习册里头夹了试卷。

夏母在楼上的客厅里，夏枕把练习册抱在胸前，有点儿做贼心虚的感觉。

经过客厅的时候，她探头看了下夏母，声音有点儿底气不足："妈妈。"

"嗯？"正看电视的夏母回过头来，"怎么啦？"

夏枕指指胸前的练习册："我有不懂的题，要去问哥哥。"

"有不懂的就去问呀。"夏母不以为意地说。

最近夏枕经常往江炽那边跑。她怕妈妈会发现她不对劲儿，得到准许，立马点头如捣蒜："那我过去了。"

说完，她立马跑下楼。

天幕已黑，星月点缀在上头。

夏枕推开江家外头的黑色铁门，进了院子。

江炽这会儿刚洗好澡。夏枕一进门就和一手拿着毛巾擦头发的江炽撞上了。他穿着短袖T恤，宽松的布料下是少年线条流畅的肌肉。

夏枕将目光在他身上逗留了一会儿，然后移开。

江炽一直注意着她的微表情，见她移开目光，也不拆穿她。

他从阶梯上下来，朝夏枕走了过去："你先上楼去，我去拿点儿喝的。"

夏枕点头："好。"

"你想喝什么？"

夏枕知道江家的冰箱里有哪些饮料，选了样自己经常喝的："酸奶。"

"行。"江炽用下巴往屋里示意了一下，"先上楼去。"

离中考不到一个月，夏枕学习紧张。江炽陪着她学习——她该学习的时候他不会打扰她。

夏枕在江炽房间里的书桌前坐下。

没一会儿江炽就拿着东西上来了，来到桌边，将酸奶放在夏枕面前，自己用单手拉开右边的椅子，坐下。

江炽用食指“啪嗒”一声拉开拉环，汽水的气泡“哧”的一下涌了出来。

江炽将易拉罐送到唇边，仰头“咕咚”喝了一口。

夏枕侧头看着他的喉结上下滚动。

她还没来得及收回目光，江炽就捕捉到了她的眼神。

她偷看他被他当场抓到，心跳得很快，欲盖弥彰地把头转回去了。

江炽用右手握着易拉罐轻轻地晃了晃，侧首看着夏枕，勾起唇角：“想喝？”

夏枕反射性地摇了摇头，心跳有点儿乱：“没有。”

“不想喝？”江炽挑眉，“那你在偷看我？”

被他问急了，夏枕有点儿懊恼，为什么自己的反应不能快点儿？

她皱了皱鼻子，说：“我被你看到了，就不是偷看了。”

江炽被她的表情逗得笑了一声。

他也不逗她了，直接凑到她面前：“刚才你在看哪儿？”

夏枕听他这样讲，就瞥了眼他的喉结，然后移开视线：“我要写作业了。”

江炽一开始也不知道她在看自己哪儿，这下完全清楚了。

他弯起唇角，指向自己脖子：“这里？”

夏枕的心思一下子被他知道得清清楚楚，她被噎住了，也狡辩不了，微张着唇。

江炽将易拉罐搁到书桌上，说：“要不要给你摸一下？”

夏枕愣了下：“什么？”

“你不是好奇吗？”江炽笑。

“我……”夏枕本想直接说出自己的口头禅——没有。

但是突然她也不知道怎么回事，改口道：“好奇。”

她顿了下：“跟女生有点儿不一样。”

江炽朝她抬了抬下巴，示意她去摸。

夏枕放在腿上的手微动了动。几秒后，她慢慢抬起手，摸向江炽的脖子。

江炽感觉到喉结处被她的指尖碰了碰。

夏枕的眼睛亮亮的，她盯着他的喉结，用手感受着底下的凸起。

江炽被她弄得发痒，咽了下唾沫，轻咳了一声。

她立马退开了。

夏枕想到刚才指下的喉结动了一下，突然有点儿想笑。

江炽拿起易拉罐，又喝了一口汽水。

“我要写作业了。”夏枕已经转回身子准备写作业了。她拿着江炽的笔，翻开练习册。

江炽看着坐在自己左边的她。

忽然，在写作业的夏枕听见江炽说——

“我们换个位置。”

夏枕笔尖一顿，有点儿疑惑：“为什么换位置？”

江炽没解释，直接起身。

夏枕见他起来，也就站起来坐到右边的那张椅子上。

她不明所以地在座位上坐下来，刚想问江炽，左手就被刚坐下来的江炽碰了下。

他意有所指地说：“你那边的手要写字。”

刚才她坐在左边，用右手写字，江炽没办法牵她的手。

夏枕想明白了，脸颊‘唰“地泛起一阵热。

这几天一直这样，但刚才她没注意就把这件事情忘了。

她想把手缩回来：“你不也得写作业吗？”

他们谁也不是左撇子。

江炽闻言挑起眉，勾了下唇。

他稍稍往前倾身，拿过自己放在桌上的几张试卷。

他将试卷摊开放在她面前："我都做完了，你可以检查。"

夏枕看着面前被写上了答案的试卷，蒙了一瞬间："做完了？

"你写作业这么快吗？"

江炽语气懒散地说："是啊，在学校里写完了。"

夏枕用右手翻了翻桌上的试卷，自己还嘀咕了一声："做作业好快，全做完了。"

她还没反应过来江炽的用意，就觉得他的手紧了下。

"这不为了这会儿能腾出这只手？"他侧首凝视着她，嗓音低沉且慵懒。

夏枕心脏猛地一跳，对上他的目光。

江炽朝她桌面上的习题本抬了抬下巴示意："作业检查完了。写自己的作业吧，有不懂的问我。"

日子过得飞快，转眼一个星期又过去了。越临近大考，班里的氛围越紧张。

这节课是自习课，夏枕正写作业的时候，班主任突然从前门走进来："同学们，我来给你们通报一个消息。"

班里有几个比较闹腾的男生笑着说："是提前放假，让我们回家准备考试吗？"

班主任齐老师笑着说："你们想得美，不过也差不多。明天下午最后两节课你们可以不用上。是这样的，学校让学长、学姐来分享一下学习经验、做题技巧，还会帮你们调整一下面临考试的心态。来分享经验的都是成绩很好的学长、学姐，所以明天下午你们要好好地跟学长、学姐取一下经。"

班里的学生都在交头接耳。

齐老师在讲台上拍了拍掌："好了啊，你们赶紧写作业，下课再聊。现在我就是给你们提个醒，还有不到两个星期就要中考了，大家都打起一万分的精神，再努力地拼一下。”

夏枕在算一道棘手的数学题，也没怎么去关注讲台上齐老师说了什么。

等她刚好做完这道题的时候，后头的许洛洛用笔碰了碰她的后背：“枕枕。”

夏枕回过头：“怎么了？”

许洛洛一向是个乐观、大大咧咧的女孩子，但夏枕最近明显感觉到许洛洛不太开心。

许洛洛把下巴搁在桌面上，皱着眉。

“我昨晚，”许洛洛顿了一下，“跟化学课代表摊牌了。”

夏枕一愣。

她记得以前许洛洛说没打算跟化学课代表表露心迹的。

许洛洛烦恼地揪了下头发：“我也没想那么快，但昨晚一时没忍住，就说出来了。”

夏枕下意识地抬眸环视四周。

许洛洛注意到她的目光，说：“别看了，他不在，应该是被化学老师叫到办公室去了。”

“那他怎么说？”夏枕小心翼翼地问。

说到这里，许洛洛就愁了，耷拉着嘴角：“他没回我。”许洛洛说着坐直了身子，揉了一下自己的脸，“他肯定会拒绝我。”

夏枕被噎住了，嘴唇张合了几下，没说出话来。

许洛洛笑道：“不用安慰我啦，我就是想找个人说说。有人听我倾诉一下就行了。”

过了几秒，夏枕说出了自己的心里话：“洛洛，你别难过。”

许洛洛：“嗯。”

许洛洛打起了一点儿精神，准备认真做题，结果还没拿起笔，就和从前门进来的化学课代表四目相接。

许洛洛有些不自然，拿起笔，低头做题去了。

夏枕也看到了化学课代表，知道许洛洛应该也不想跟自己说下去了，就埋头做作业。

等放学的时候，夏枕想回头跟许洛洛说话，发现许洛洛不在了。

坐在许洛洛后面的女生看见夏枕似乎在找许洛洛，就跟她说道："许洛洛被化学课代表叫出去了。"

今天该初二年级的学生跑操，初三年级的教室里，人寥寥无几。

夏枕今天收拾好了书包准备到校门口等江炽。

校道上自行车来来往往，穿着明廉校服的学生擦肩而过。天空很蓝，风带着湿意，吹得树叶"簌簌"作响。

夏枕从教学楼上下来，走了没几步，就看到从主校道骑车过来的江炽。

江炽明显也看到她了，朝她笑了。

夏枕心里大悦，攥紧书包带走上前。然而她刚想跑过去，就见两个女生从校道边蹿了出来，拦下江炽。

夏枕脚步一顿。

夏枕知道江炽很受女孩的欢迎，但没想到他受欢迎到了这个程度。这里是旧校区，竟然还有学妹拦住他。

她定定地看着那边的三个人，觉得自己过去不好，打算等他们说完再过去。

两个女生不知道在跟江炽说什么，江炽的脸上倒是没什么表情。

几秒后，江炽不知道说了句什么，然后抬起手指了指她。

夏枕一蒙。

江炽说完，就蹬着自行车过来了。

夏枕看着他朝自己骑了过来，在自己面前猛地刹车。

江炽："走吧，我们回家。"

"嗯。"夏枕走到后座，坐了上去，手抓着车座。

一路上，江炽都没跟她提起刚才和那两个女生说了什么。

经过海边的时候，她把目光落在海面上，实在忍不住，试探性地问了下江炽：“你刚才跟她们说什么了啊？”

“嗯？”前面的江炽反应过来她在问什么后，低笑一声，“想知道？”

夏枕愣了半天，点点头，小声地道：“想。”

江炽笑了声，说：“我说，我妹妹不准我谈恋爱。”

他的嗓音被带着海盐味的风吹进她的耳朵，低沉好听。

夏枕听完，反驳道：“胡说，哪儿有？”

江炽笑着逗她。

海滨城市的热风吹上了夏枕的脸庞。

时间一天天地过去，转眼就到了周六。初三年级的学生周六得补课，但课比平常少一节。

黄昏时，四周满是蝉鸣声。阳光调皮地穿过树叶的罅隙，然后穿过玻璃窗，照在堆着书的书桌上。风扇的扇叶在学生们的头顶上转着，教室前后各放着一台立式空调，空调不断地往外吐着冷气。

这是初三（7）班的学生们最后一个需要补课的周六。下个星期六学校会放假，学生们再回来就考试了。

这节课是物理课，老师在讲前天的物理试卷。同学们认认真真地听老师讲题，在试卷上写解题步骤。也有一些因为快要放假了而躁动不安的同学，静不下心来学习。

下课铃打响的时候，班里满是喧闹声。

夏枕正往错题本上写错题，没怎么理会周边喧闹的同学。

中考将近，班里的气氛有些热闹。这几天班里发生了很多变化，例如班主任不再在晚自习的时候赶走廊里说话的同学回教室，教导主任也不再经常来突击检查了。

还有，夏枕发现最近许洛洛也变了。

下课了，化学课代表会到许洛洛的座位前给她讲题，还会给她打水。放学后，他俩会一起到食堂里吃饭。

那天许洛洛跟夏枕说过，这辈子她觉得最幸运的事就是自己关注的对象刚好也关注自己。

夏枕把错题修改到一半的时候，江炽来了。

夏枕看到江炽走过来，停笔抬头："等一下，我快写好了。"

江炽点了点头，靠在她旁边的墙上："你写吧，没事的。"

几分钟后，夏枕就把错题抄好了，合上本子，盖上笔盖："好啦。"

江炽把手插在兜里，看着她，笑了一声。他站起身："走吧，我带你去喝奶茶。"

夏枕赶忙收拾东西，把今晚要做的作业放进书包里，拉上拉链。

时近中考，时间紧迫，学习的压力巨大，夏枕在书包里塞了不少书，书包沉甸甸的。

两个人往教室外走，江炽往旁边伸手："书包给我。"

夏枕正在跟江炽讲昨天晚上玩儿过的一个小游戏，听到他说话想都没想就将手里的书包递过去。

江炽把她那能压垮她肩膀的书包接了过来。

奶茶店就在学校外。这家店离学校近，一到夏天，生意好得不行，有时候大家喝奶茶要排很久的队才能买到。

这家店地理位置好，装潢十分用心，奶茶也好喝，生意自然好。

但今天是周六，初一、初二的学生不用上课，只有初三学生放学后来喝奶茶，店里比起平时清静不少。

在靠窗的一个卡座里，林希芋倚在沙发上，整个人瘫着。

"真是丧心病狂，高考刚结束，就让我们高二的学生搬到高三的教室里了。"

对面的卢冉一脸生无可恋的表情，说："我从高一起就没补习过课。今天第一次，我感觉褪了一层皮。"

沈辰："明年这个时候，就该我们高考了。"

林希芋："我突然有点儿慌，怎么办？"

卢冉一向喜欢跟林希芋斗嘴："胡说，你要是慌，那我岂不是急得要坐火箭上天了？"

林希芋"嘻嘻"一笑："我现在真的很慌啊。快，你怎么还不去坐火箭？"

"滚。"

一起来的还有其他几个男生，大家在吵吵闹闹。

"炽哥怎么去了这么久还没回来？"过了一会儿有人问。

"他接人去了呗。"林希芋正跟人打牌。

卢冉突然有点儿好奇："炽哥那'小青梅'今年读初三？"

林希芋："是啊，枕妹好像过几天就中考了。"

"啧啧啧，她好小啊。"

"不，我跟你讲，炽哥虽然嘴上不说，但心里高兴得不行。"林希芋笑。

旁边有男生道："不过枕妹挺好的，不多事，不像那个易胭。"

"人家长得漂亮。"林希芋抬眸看了眼那个男生。

那个男生"啧"了一声："林希芋，你是不是喜欢易胭啊？这么为她说话。"

"滚蛋。"林希芋说，"她是我的朋友，人挺好的。对不起啊，我护短。"

大家都是男孩，也没有把这事放在心上，过了一会儿又闹成一团。

当江炽带着夏枕推门而入的时候，一群男孩开始起哄。

卢冉："炽哥，带她来喝奶茶啦？"

"快快快，我们等你们很久了。"另一个男生道。

"你看我们等了这么久。"林希芋笑道。

夏枕耳根子发热。

江炽牵着她的手走过去，淡淡一笑，语气懒散："行了啊。"

一群人"哈哈"大笑。

江炽在一旁坐下，把夏枕拉到自己身边坐下了：“你别理他们。”

这家店的奶茶做得不错。奶茶陆陆续续被端上桌，江炽拿过一杯，拿过吸管往杯里一插，放到夏枕面前：“我给你点了加冰激凌的奶茶。”

夏枕喜欢喝的是原味的奶茶，但还是说：“嗯。”

她将奶茶杯子移过来，吸了一口。

江炽不喜欢喝甜的东西，点了杯红茶饮料。

夏枕一边喝奶茶，一边捏着他的手。

江炽任她捏着自己的手，侧头看着她，握着饮料杯微微地晃了晃，目光悄无声息地落在她因为吸奶茶而微微翘起的唇上。

看着看着，江炽凑到她的耳边，说：“给我喝一口。”

店里都是人，他的声音压得很低。

夏枕闻言侧过头，疑惑地说：“你不是不喝奶茶……”

话还没说完，夏枕目光撞上江炽的唇，到了嘴边的话突然咽了回去。

江炽的唇红，唇线也很漂亮，他原本就白，嘴唇被皮肤衬得更好看了。

夏枕默默地移开了目光。

江炽见她这副样子，知道她明白自己是什么意思了，笑了一声：“不行？”

他微扬的尾音往她的耳朵里钻。

夏枕感觉到他说话时带出的热气往自己的耳朵上拂，心里很痒。

她摇头，又点头，再摇头。最后夏枕一皱眉，觉得心里乱得不行，索性不说话了。

江炽笑笑，直起身子。

旁边突然有人起哄：“炽哥，你们别说悄悄话啊。”

林希芋轻踹那个男生一脚，笑道：“你嫌我们被虐得不够惨吗？闭嘴。”

好几个男生在说话，靠窗的夏枕不自觉地往江炽身边靠了靠。

江炽一直在注意她的动作，偏过头小声地跟她说：“别怕，我今天就是带你来见见他们，让他们和你认识一下。”说到这儿，江炽懒懒地笑了，“这些是我的朋友，他们得知道你的存在。”

他的嗓音像酿好的酒，熏得她的脑袋一片眩晕。

她的脸更红了。

一群人在奶茶店里坐到太阳下山才离开。

旧校区的所在地不是热闹的市区。这里马路空旷，海岸线没有尽头，天际的晚霞呈橙红色。

大家各回各家。

“炽哥，明天要和二中打篮球赛，别忘了啊！”林希芋在那边喊。

江炽懒懒地抬臂挥手道别：“行。”

自行车就停在旁边，夏枕等江炽给车开锁。

晚霞很红，夏枕站在一旁，脸上还红着。

江炽把车骑了过来，单脚踩地，将车停在她的身侧，偏头看她。

橙红的天空、海、马路，在她的身后虚化了。

风吹过，她的裙摆、发丝也跟着动。

她的皮肤像淋了牛奶，唇瓣殷红，夏枕走到自行车后座：“我们回家吧。”

下一秒，夏枕突然手腕一紧，心像是被抓了一下，跳得很快。

她的眼睛里涌着不安和紧张的情绪。

大海涨潮了，海浪声越来越大。

几秒后，夏枕听见他好听的声音从自己头顶上传来——

“闭上眼睛。”

夏枕心里一跳。

耳边的声音迅速消失了，海浪退潮，她脑海里只剩下隐约的“嗡嗡”声。

气氛有些紧张。

从不远处传来引擎声，公交车越来越近。司机按了几下喇叭，这声音仿佛刀锋，划开了两个人之间的微妙氛围。

江炽没再说什么了，压抑下心里的冲动。

夏枕也垂下眼眸，不知道该看向哪里。

公交车驶过空旷的马路，缓缓地停在斜对面的绿色公交车站台处。

夏枕说不清心里是什么滋味，紧张感骤消，松了一口气，但有点儿失落。

江炽重新握住车把，微弯背脊，朝车后座侧了下脑袋："上车。"

夏枕回过神来，点点头，走到后座，抚了下身后的裙摆，坐了上去。

"坐好了没？"

"嗯，坐好了。"夏枕点头小声地道。

"抓紧了啊。"江炽话音刚落，就猛地一蹬单车，车冲了出去。

夏枕的身子因为惯性稍微往后仰了一下，她立马伸手抓紧了车后座。

晚上夏枕便没有到江炽的房间里去学习。她在自己的房间里写作业，打开了白色的木窗，江炽房间那边的情况一览无遗。

夏枕从这个方向望过去，能看到他的侧脸，他的电脑被摆放在靠墙处。

现在夏枕在学习，江炽就没有过来打扰她。他戴着耳机倚在椅背上，专注地盯着屏幕，用骨节分明的手指在键盘上"噼里啪啦"地敲打。

江炽打着打着字，桌面上的手机屏幕亮了一下。

江炽原本目不转睛地盯着屏幕，发现手机亮了，就瞥了一眼手机。

有人给他发了微信消息。

江炽停下敲打键盘的动作，把手机拿了过来。

他看到陆南渡发了消息过来："今晚你别玩儿通宵啊，要不明天下午起不来。你别忘了明天下午有篮球赛，我要‘虐’你一把。”

明天明廉的学生和隔壁学校的学生要打篮球赛。

江炽摘了耳机，将耳机随意地挂在脖子上：“知道了。”

回完消息，他随手将手机扔回桌上。

敲键盘太久，江炽觉得手腕有点儿发酸。他转了转手腕，侧过头看了眼窗口。

夏枕坐得端端正正，微低着头，认认真真地写作业。江炽从这个角度看过去，只能看见她的眼窝和隐匿在睫毛阴影下的鼻梁。

江炽将耳机从脖子上拿下来扔在桌上，站起身，走到窗边，拉开书桌前的椅子坐下了，把长腿伸到桌底。

夏枕恰好抬头望了过来，见江炽没在电脑前。她问：“你弄好了吗？”

江炽靠在椅背上，盯着她，漫不经心地点了点头：“嗯，你的作业写好没？”

夏枕写作业快，这会儿在做自己买的练习题。她点点头：“写好了呀。”夏枕用笔尖轻点试卷，“这是我上星期自己买的试卷，不是作业。”

江炽闻言笑了笑，几秒后问：“你想过来吗？”

这会儿时间已经不早，夏枕该睡觉了。

听了江炽的话，她先是愣了下，沉默了几秒，小声地应道：“好。”

她没有低头，却也没看江炽。

夏枕一向经不起逗。最近江炽想到夏枕要考试，收敛了不少，不想她分心。

所以最近江炽真的很少闹夏枕。

这会儿她闲了下来，两个人又没什么事，江炽被她这副想做什么又害羞得不行的样子弄得心痒。

他懒懒地勾起唇角，顽劣心起：“来，你跟我说说，为什么想过来？”

夏枕被他一问，怔了一下，有点儿结结巴巴地说：“我……我不过去了。”

江炽从椅子上直起身子，往前稍稍倾身，把双臂懒懒地搭在桌面上：“真的不过来了？”

他的样子又痞又坏。

夏枕有点儿焦急，被江炽这么一问，话更是说不出口了。她纠结了很久，还是没把话说出口。

江炽哼了一声，佯装起身：“你不过来，我去睡觉了啊。”

夏枕一下子急了：“哥哥。”

自从两个人交往后，他很少听夏枕这么喊他，顿时眉梢一挑。

他干脆倚在窗边：“嗯？”

“我……”夏枕抬头看他，“我想过去。”

“为什么啊？”江炽十分欠揍地问。

夏枕握住手里的笔，不自觉地一下一下地点草稿纸。

就在江炽以为她不会说了、想放过她的时候，夏枕忽然低下头，闷声道：“我想牵……”

平时写作业的时候，她坐在他的右边。他坐在她的左边，不会让她的左手闲着。

江炽几秒后反应过来，笑了。他倚在窗边，看着坐在书桌前的夏枕，勾起唇角：“等着啊。”

说完，他转身下楼。

夏枕却因为说了这句话，耳朵变得通红。最近她在试着变主动，但是进步不是很大。

夏枕待在屋里，注意力全被吸引到房门那边去了。现在他应该到楼下了。

半分钟后，房门被敲响了。

夏枕立马放下手中的笔，从椅子上起身开门。

她按下门把打开门的时候，看见江炽端着杯牛奶。

没等夏枕开口问，江炽便道："刚才我在楼下遇到夏姨，她正好要上来给你送牛奶，我就将牛奶捎上来了。"

夏枕"哦"了一声，点点头。

江炽往她房里抬了抬下巴："还不让我进去给你讲题？"

他明显就不是来给她讲题的。

夏枕有点儿做贼心虚，立马拉开门。

江炽走了进来，把她的牛奶搁在书桌上。

夏枕跟在他身后，江炽倚在她的桌沿边。

两个人面对面。

江炽的唇边挂着一抹淡笑，他伸手将她拉到身边。

夏枕乖乖地凑到他的身边，和他并肩而立。

她没话找话："你明天是不是有篮球赛啊？"

江炽漫不经心地点了点头："嗯，怎么了？"

"是在哪儿打比赛？"

"在学校。"江炽说，"明天我打完球就回来找你，你好好学习。"

夏枕知道江炽不想打扰她学习，乖乖地点头："好。"

坐下写作业后，江炽侧头看她："为什么非得我过来？"

夏枕思考了一下，本来想不说的，最后还是比喻道："跟我晚上要喝牛奶一样。"

不然她会记着这件事情，这样会睡不着的。

她的话音刚落，江炽笑了。

夏枕听见他隐忍的笑声，知道他明白了自己的意思，耳根泛热。

下一瞬间，她就感觉手被他轻捏了捏。

与此同时，他低沉且磁性的声音随之而来："行了，我来也来了。"

夏枕的成绩一如既往地稳定。

今天的天气依旧很好，天空湛蓝，一团一团的白云飘荡在天幕上。

夏枕用左手支着下巴，用右手翻着历史书背诵课文。明明已经背得滚瓜烂熟，她每天还是会将书拿出来温习一下。

二十分钟后，她温习完了知识点。

夏枕合上历史书。其实她早上就完成作业了，现在真的很无聊，无聊到连历史书都翻出来了。

江炽不在家，出去打篮球了。

夏枕原本很想跟着他去，但是他昨晚让她好好学习。

她抬眸看了眼江炽的房间。

这会儿太阳已经没有中午那么毒辣了，但气温还是很高，男生们在篮球场上奔跑，四周满是呐喊声。

周围还有穿着明廉的校服和二中蓝白相间校服的女生，不过在场的还是男生居多。

“沈辰，传球传球！”林希芋叫喊的声音在篮球场上响起。

男孩们的球鞋在光滑的篮球场上滑出一阵阵尖锐的响声。

夏枕来的时候恰逢女生们发出一阵尖叫声。她被震得眼睛都眯了起来。

似乎是二中那边的人进了球。

学校在篮球场边设有塑料长椅，正对球场中间的长椅上已经坐满了人，夏枕在旁边找了个没人的位置坐下。

江炽此刻正在篮球场上。某一刻，他纵身跃起，掷出一个三分球。球划出一道完美曲弧，进入篮筐。

场外一片喧哗。

夏枕看得入神。虽然她不懂比赛规则是什么，但仅仅是看着他在操场上跑，那副肆意又有朝气的样子，就会莫名地让她的心跳加快几分。

二十分钟后，比赛中场休息，男生们一起到旁边喝水。

夏枕的目光透过人群，遥遥地落在江炽身上。他没接旁边的人递过来的水，弯腰拎过放在地上的矿泉水。一滴汗水顺着他好看的下巴滑落。

林希芋在跟江炽说话。江炽微微侧头认真听林希芋讲话，拧开矿泉水瓶盖，仰头灌了一大口。

他离她有点儿远，她看不到他的喉结。

拧上矿泉水瓶后，他拎起下衣摆，拭了下脸。

他露出了腹肌，旁边有女生发出低呼声。

然而江炽浑然未觉。夏枕看到这一幕，抿了抿唇。

这时那边的江炽似乎是有所感应，转过头来。

就在那一刻，夏枕手疾眼快地展开刚才在路上买的杂志，一把挡住了自己的脸。

几秒后，她把眼睛慢慢地从杂志后露出来。

夏枕松了口气，还好他没发现自己。

篮球场上的男生跑来跑去也会经过她的身边。

球场上人影交错，他耀眼得不像话。

夏枕刚才差点儿被江炽看到，这会儿谨慎多了，一直用杂志挡住下半边脸。

虽然她也不知道为什么要躲着他，或许是因为她那一点儿少女心事吧。

时间一分一秒地过去。

“炽哥！这边！”林希芋就站在夏枕不远处。

江炽正在运球，眼神专注，姿态却是懒散又从容。

夏枕盯着他。就在江炽朝林希芋扔球过来的时候，夏枕再次迅速用杂志挡住了脸。

江炽的目光从面前的人身上扫过。

林希芋投了个三分球，再次进球。

那边的人要求休息。

男孩子们勾肩搭背地朝他们放水的地方走去。

夏枕的眼睛再次露出来。她见男孩子朝这边走过来，会经过她面前。

这一次，江炽不偏不倚地瞥了过来。

夏枕心里一惊，手往上移，再次用杂志挡脸。

她咬了咬唇，他应该没发现吧？

夏枕这次没有立马拿开杂志，听着他们的脚步声和谈笑声，等他们走过去。

等声音远去后，夏枕才松了一口气，探头出来看。

她把杂志往下移，纸上密密麻麻的文字一闪而过，阳光照着她的眼睛。然而她刚把眼睛露出来，还没看清眼前的情况，下一秒，她的额头上突然被指节弹了一下。

“抓住了。”

江炽就在她面前，把双手撑在膝盖上笑着看她。

夏枕整个人怔住了，额头上发热。

夏枕反应过来，脸变得通红。

江炽仍旧半蹲着身子，用双手撑在膝盖上平视她。

篮球场上的男孩子们纷纷吹起了口哨儿，发出连连的起哄声。

夏枕没往人群那边看，心跳快得仿佛要跳出胸腔。

现在旁边这么多人，夏枕下意识地就想往江炽那边靠，往他的怀里躲。

江炽知道她要做什么，但自己打了球身上出了汗。

“我全身是汗。”他直起身子，说，“你等我。”

说完，他朝那边跑去。

夏枕现在脸通红，有点儿不好意思，再次用杂志挡在了脸上。

江炽跑着跑着，还懒懒地回过头瞥了她一眼，唇角的笑压抑不住。

过了一会儿，夏枕听见球鞋摩擦地面的声音，还没来得及把杂志拿下来，便觉手腕一紧，整个人被拉了起来。

江炽拿着件校服外套，笑着，看着她，伸手拿掉挡在她面前的杂志。

她眼前一亮。头发微湿的江炽展开手里的校服外套，这样汗就不会弄湿她了。

下一秒，夏枕就被江炽用校服包住，整套动作一气呵成，快速到夏枕通红的脸没被那边的人看到。

夏枕的心上有火树银花。

“哇。”

“炽哥厉害。”

外头的喧闹声透过校服传来，夏枕要缩到地里去了，心里却跟被抹了糖一样，唇边瞬间露出一抹笑意。

江炽哼笑一声，抬手揉了揉她的脑袋。

直到当天晚上，夏枕都未能平静下来。

早上，夏枕闲着无聊把上个星期买回来的数学题全做完了，现在根本没什么事情做。要是有人在旁边，肯定会觉得这个孩子傻了，她看书看着看着就会笑一声。

夏枕放在书桌上的手机屏幕亮了下。她给手机开静音模式，收到信息也没有提示音。

夏枕瞥了眼，把手机拿了过来。

“下来。”

是江炽发过来的消息。

夏枕眨了眨眼，放下手机，跑到窗边看。

江炽倚在路灯杆上，在她过来的那一刻，似乎有所察觉，抬眸望了过来。

这一秒，突然就让夏枕想起了以前的事情。

那个时候江炽给她带了烧烤，让她下去拿。可当时的她对他避之不及，在他看过来的时候猛地放下窗帘。

夏枕想起这一幕，心里的感觉有点儿微妙，微微泛着酸。

她看着路灯底下的江炽，这一次没有放下窗帘。

夏枕朝他笑了笑。

江炽明显也想到了以前的事，看到夏枕朝自己笑的那一刻，情不自禁地弯了弯唇。

他的小姑娘真的从小到大都这么温柔。

一分钟后，夏枕就从楼上跑下来了：“怎么了？”

江炽倚在灯杆上，垂眸看她：“散步去？”

屿城一到晚上就格外凉爽。海风比白天多了丝凉意，吹起来让人舒服得不愿回家。

夏枕闻言点点头：“好啊。”

江炽见她这副乖乖的样子，弯了弯唇，微使了下力，从灯杆上起身。

两个人并肩走过一盏盏路灯。马路下是海滩，黑暗里的大海掀起暗涌，海浪声一阵接一阵，海面上有零星几点灯火。

两个人就这样散步，什么都聊，海风吹得他们的衣角翩飞。

可能是注意力都放在了对方的身上，他们谁都没有注意到对面走过来的人。

“江炽，枕枕。”

他们耳边响起一道熟悉的声音。

夏枕心里顿时一紧，一抬头，就看到了江汐和一个拖着行李箱的男生。

那个男生长相斯文，戴着眼镜，五官长得还不错，又高又瘦。

夏枕紧张地看着江汐：“姐。”

江炽：“你怎么回来了？”

江汐：“我怎么就不能回来了？我考完试就回来了。”

江炽把目光移到江汐旁边的那个男生身上。

江汐注意到他的目光，知道他从小就护着自己，介绍道：“这是我的朋友，陈凛。”

说完，江汐转过身子跟陈凛介绍："这是我的弟弟和妹妹。"

陈凛连笑容都斯文得恰到好处，朝江炽和夏枕点头："你们好。"

江炽也点了点头。

夏枕礼貌地点头："你好。"

江汐指了指自己的脚："我的脚上次受伤了，现在还没完全恢复，这次我这个大好人同学就把我送回来了。"

陈凛手里的行李箱就是江汐的。

他侧头看向江汐："你知道我不是什么大好人。"

江汐装傻充愣。

这边的江炽却皱起眉头，注意到了别的事情："你的脚怎么了？"

他姐姐一直这样，小时候虽然会压榨他，但是真的出了什么事，都会自己扛。

其实姐弟俩还挺像的。从小没爸没妈，他们就得比别人坚强。

"没事啊，我上次从宿舍楼梯上摔了下来，两只脚都扭了。"

江炽没说话，江汐是怎么做到一摔下来就伤了两只脚的？

江汐说着说着，缓缓地感到江炽和夏枕两个人的氛围……

"你们……"

夏枕顺着江汐的目光缓缓地低头，耳根子顿时一红。

"你们这样多久了？在姐姐我面前还不松开。"

夏枕听了江汐的话后，立马要把手抽出来。

江炽回道："别管她。"

江汐被她逗笑了："逗你啦，小枕枕！"

江汐这个欺弟狂魔说着就往前走。

江炽："……"

夏枕的耳根子通红。

江汐牵过夏枕的手，甜甜地跟夏枕说："走吧，我们回家，你让姐姐牵一会儿手。"

江炽："……"

夏枕从小就跟江汐好，知道江汐在调侃他们，一时又害羞了。她任由江汐牵着她的手往前走。

江炽的耳边突然传来一道声音——

“她挺皮的。”

江炽看着前面那两个女孩子的身影，知道陈凛在说江汐：“嗯。”

江汐和夏枕走在前面。

江炽和陈凛走在后头。

江汐凑到夏枕的耳边，“八卦”地问：“枕枕，你们两个人是什么情况？来，跟姐姐讲讲。”

姐弟俩相依为命，从小一起长大。江汐见证了江炽好事坏事无数件，更别说他心里那点儿丝毫不弯弯绕绕的心思。

虽然平时弟弟在她的面前毫无人权，但江汐身为姐姐，还是对江炽和夏枕之间的事挺关心的。

夏枕哪里能将话说出口，支支吾吾半天说不完整一句话。

江汐其实也是随便问问，知道夏枕肯定说不出来，好奇归好奇，但是不追着她问。

江汐转移了话题：“江炽这小子爱慕你十多年了。”

夏枕一愣：“什……什么？”

他们快到家了，江汐还想跟夏枕说些什么。然而江汐到了嘴边的话在她看到江家门前的人时，瞬间被咽了下去。

江家门前，陆南渡把校服外套甩在肩上，正歪头。

江汐的睫毛一颤。

陆南渡估计是有事来找江炽的。

陆南渡侧过头才猛地看到了江汐。

陆南渡心里一紧，一个不留神，猝不及防呛了一口，咳嗽起来。

下一秒，他下意识迅速挺直身板。

他片刻前吊儿郎当的样子消失得一干二净。

他还在咳嗽。

江汐的目光在他的身上停顿了一秒，紧接着，她面色平静地把目光移开，目不斜视地朝家门口走去。

夏枕不明就里地看着这两个人。

陆南渡缓了一下，目光一直追随着江汐。

江炽和陈凛经过转角。

陆南渡听到响声，终于把目光从江汐的身上收回，侧过头。

在看到那个陌生的男生时，陆南渡态度变了。

陆南渡对江汐将来会不会有心上人，一向很有危机感。

江汐正好经过陆南渡面前。下一秒，陆南渡伸出手，猛地抓住了她的手腕。

江汐看都不看他一眼，冷冷地说："放开。"

陆南渡忽略了她话里的不欢迎之意，盯着她的侧脸，声音冷得可怕。陆南渡一字一顿地道："他是谁？"

江汐的手腕被陆南渡紧紧地握在手里。他用劲儿很大，像是要把她的手腕捏碎。

这样，就再也没人能抢走她了。

他是谁？

这三个字直直地钻进江汐的耳朵里。

江汐微闭了下眼，没管手腕上传来的痛感。几秒后，她睁开眼睛转过头，直直地对上陆南渡的目光。

"关你什么事？"江汐说话的声音冷漠得仿佛她不认识面前的人，"你管得着吗？"

她话音刚落，陆南渡眼神里的狠戾顿消，转而变得迷茫。

是啊，这关他什么事？

他们没有关系了。

她的冷漠仿佛锋利的刀子，在他的心口划了一刀。

陆南渡握着她手腕的手不知不觉地减轻了力道。

江汐对陆南渡受伤的表情置若罔闻，再次冷冷地说：“松手。”

以前陆南渡就是这样，在外人面前霸道又狠绝，在江汐面前却永远装无辜、装可怜。

江汐再也不信陆南渡了。

夏枕站在旁边看着这两个人，手心微微冒汗。

就在这僵持不下的气氛里，江炽走上来，微皱着眉，拉开陆南渡：“你要做什么？”

陈凛也跟了上来，强行分开了陆南渡和江汐：“她让你松手，你听见没有？”

不管旁边谁在说话，陆南渡都跟没听见似的，还是看着江汐的脸，眼神茫然。

江汐早已转过头不看他了。

陈凛还拉着行李箱，把江汐护在身边，低头对她说：“你先进去吧。”

江汐也不想理会陆南渡，有点儿烦躁地点点头：“走吧，你跟我一起进去，放下行李。”

“嗯。”

江汐推开院子外的黑色栅栏铁门，和陈凛一前一后地进了屋。

江炽还抓着陆南渡的手臂。陆南渡回过神来后，才转头看向江炽。

随后，陆南渡微垂下脑袋，有点儿无奈地说：“你放开我吧，我不会对她做什么。”

陆南渡知道这不怪江炽，要怪还是怪他自己，当年做出了那么浑的事情。虽然他跟江炽是兄弟，但这兄弟关系也是建立在他不打扰江汐的基础上。

江炽淡淡地瞥了陆南渡一眼，松开手。

夏枕站在后头，完全不知道发生了什么。她不知道陆南渡和江汐之间的那些事，全程一脸蒙。

江炽回身去看夏枕，略微俯下身子说：“你先回去，喝杯牛奶就睡觉，我晚点儿给你发信息。”

夏枕看着低下身子跟她平视的江炽，再瞥了眼站江炽后头的陆南渡，点点头：“那我先回去了。”

“嗯。”江炽微点了下头。

夏枕转身就朝隔壁走去。

“等等。”直起身子的江炽突然道。

“啊？怎么了？”夏枕有点儿蒙地回过头。

“过来。”

夏枕不明就里，又折返回来。

她来到他的面前刚想问怎么了，夏枕还没想明白，下一秒就感觉江炽骨节明晰的手捏了捏她的手。

紧接着，他凑了过来，在她的耳边用带着笑意的懒散声音说：“要睡个好觉啊。”

夏枕瞬间明白了。

她跟他说过自己有这个环节才能睡好觉。

两人从小一起长大，夏枕都不知道自己的手被江炽牵过多少次了。但她仍是耳朵一热，下一秒匆忙转身：“我进去了。”

江炽直起身子，看着她的背影笑了声。

等到夏枕进屋了，江炽才慢悠悠地转身，问陆南渡：“找我有事？”

“哦，你还知道我是来找你的啊。”陆南渡耸肩道。

江炽早已习惯了陆南渡这副吊儿郎当的模样，说：“我跟你说过了，别再招惹江汐。”

陆南渡突然就不贫嘴了，沉默了几秒后，点点头：“嗯。”

过了几秒，陆南渡实在忍不住，想从江炽这里套话：“那个男的是……”

他话还没说完，就被江炽冷淡的眼神打断了话头。

“唉，算了。”陆南渡摆手，“我不问了。我来找你也没什么重要的事。”

陆南渡花了两分钟给江炽讲了下自己要说的事。说完，陆南渡抬手，用拳头轻击了下江炽的右肩："行了，没事了，你进去吧。"

江炽没说话。

"我要走了。"陆南渡说。

江炽"嗯"了一声。

陆南渡匆忙地瞥了眼江家亮起灯的房子，眼里有一丝旁人不易察觉的贪恋之情。

然后，陆南渡让自己的目光不着痕迹地回到江炽的身上，往后倒退一步，挥了挥手："回头见。"

江炽有洁癖，一天能洗好几次澡。刚才他出去流了点儿汗，进屋就冲了个澡。

江汐一回来就坐在楼上的客厅里看综艺节目。陈凛来江家前已经订好了酒店，把江汐的行李箱送进屋后就走了。

江炽在夏枕睡觉前跟她聊了会儿天儿，等她睡后才开始忙自己的事情。

电脑编程是江炽极为热爱的一项活动，这一忙，就忙到了凌晨。

他坐在电脑前连敲了几个小时的键盘，现在靠在椅背里，用手按着后颈，微仰头，漫不经心地转了转脖子。

下午他还打了篮球，睡得少，有点儿困。

他摘下耳机扔在桌上，从电脑椅里站起身，想去外头倒杯水喝。

他一开门，发现客厅里一片漆黑。

江汐一向是个夜猫子。江炽刚想感叹她今晚居然睡得这么早，转头就看见她坐在没开灯的阳台上。

她面朝着大海，背对着他。

她指间的烟燃起的一点猩红在这黑暗里格外刺眼。

大海也跟着黑夜沉睡着，海面平静，海风轻吹。

江汐留了一头栗色的大波浪长发，发丝被风吹得微动。她把烟递到嘴边，吸了一口烟。

“大半夜，你坐这儿干吗？”

后头的声音出现得猝不及防，江汐毫无防备，瞬间被吸进肺里的烟呛了一下。

她咳嗽着回头看站在后面的江炽：“你干什么？大半夜，你别这样吓人好不好？”

江汐呼吸道不好，还抽烟。

江炽拿走她指间的烟，走到阳台的石栏边，把烟按灭了，扔进一旁的垃圾桶。

做完这些，他顺势靠在身后的栏杆上：“你找死呢？”

江汐自知理亏：“没有，我这才刚开始抽呢。”

其实她成年后很少吸烟，小时候可讨厌烟味了，闻到二手烟味就想打人。

江汐突然想起几个小时前在楼下，陆南渡一看到她后下意识的一系列动作。

她低下头，无奈地笑了声。

江炽不知道江汐具体在想什么，但知道她在想哪个人。他也不拆穿她：“去睡吧。”

江汐沉默了一会儿，点点头：“好吧。”

江炽其实也很少管江汐感情上的事，觉得她开心就好。

他起身，朝客厅里走去：“早点儿睡。”

江汐点点头。她抬头，目光落在黑暗中的海面上。

看了一会儿，她叹了口气。

黑夜真不是好东西。

第二天，夏枕还要上学。她形成了生物钟，早上六点多就醒了。

昨晚不是很热，房间里没开空调，她开了一小半窗。夏天天亮得早，现在外头日光刺眼，蝉在树荫里鸣叫，还有鸟叫声从窗外传来。

夏枕从床上爬起来，换上昨天晚上准备好的校服就出房间洗漱了。

夏母正在厨房里忙碌，端着面包和沙拉酱出来的时候，夏枕已经洗漱完到楼下客厅了。

“起床了啊。”夏母将食物放到餐桌上。

夏枕刚起床，思绪还有点儿蒙，点点头：“嗯，起了。”

“先去喝杯水，喝完快过来吃早餐。”夏母说完就转身到厨房里准备别的吃的，“再忍一星期，考试完你就能睡懒觉了。”

虽然身体形成了生物钟，但是能赖床夏枕当然很乐意。

她到餐桌旁倒了杯温热的白开水喝，喝着喝着突然想起一件事，握着水杯就往厨房走去。

夏枕来到厨房处，探头道：“妈妈。”

“嗯？”夏母正在煎蛋,平底锅里的油“滋滋”地冒烟,“怎么了？”

“江汐姐回来了。”夏枕说。

“什么？”夏母回过头来，“江汐回来了？怎么都没说一声？”

夏枕喝了口水：“妈妈记得给姐姐准备一份早餐。”

“那肯定的。”

夏母话音刚落，夏枕后头就传来了江炽的声音。

“夏姨，江汐让我跟你说一声，你不用给她准备早餐了。她起不来。”

夏枕回头去看他：“姐姐是昨晚熬夜了吗？”

江炽就站在她身后，低头看着她：“嗯。”

“唉，你们这些年轻人啊，这么喜欢熬夜，再这么熬下去会把身体熬坏的。”夏母在厨房里头念叨着，“行了行了，你们快去吃早饭。”

夏枕和江炽应了一声，一起来到餐桌前。

吃完早饭，两个人一起上学去了。

高考已经结束，高二年级的学生现在提前进入了高三生活。

他们集体搬入高三的教室，进入每天有小测验的学习状态。

林希芋以前来学校都是混日子，对学习不怎么上心，最近几天完全被这种紧张的氛围感染了，坚持了几天，累得很。他学习是真不好。

刚才测验里的默写题林希芋很多题不会，趴在书桌上，发愁地叹了一口气：“我现在只想羽化而成仙，一命呜呼。”

沈辰是个“学霸”，没理会他，在做下午数学课时不会的那道题。

沈辰就是这样，平时林希芋怎么闹都行，但要是他在学习，就能一整天不跟林希芋说话。

以前林希芋还会故意逗逗沈辰。现在高三了，沈辰要学习，林希芋这段时间收敛了不少。

外头天很蓝，树蔽日，蝉鸣不息，满是夏天的味道。

没人说话，林希芋有点儿无聊，目标转向了坐在他后面的江炽。

他转过身子，把手搭在江炽的书桌上：“炽哥，待会儿放学我们一起去台球室呗。”

江炽最近的题量也比以前增加了点儿。他以前自习课困了就睡觉，现在会做试卷。

他从容地转着指间的黑水笔：“不去。”

林希芋这才想起江炽其实也是个会学习的“学霸”，叹息了一声：“我忘了你待会儿还要去接枕妹。”

江炽淡淡地瞥了他一眼，而后拿着笔继续做试卷。

林希芋见江炽学习去了，又换了个目标，看向了江炽旁边的苏岸。

苏岸刚做完作业，正在给这几天的试卷整理分类。

林希芋见他没学习，就想跟他闲聊：“苏岸，我好无聊。”

苏岸正把历史试卷往文件夹里放，闻言抬起头。

“你能跟我聊天儿吗？”

苏岸唇红齿白，林希芋有时候觉得苏岸长得很好看。

林希芋完全没有自我意识，从来都没有意识到自己在别人眼里也是个可爱的男生。

苏岸微笑着说："好。"

林希芋突然就被他这笑感染，也跟着傻笑："苏岸你怎么这么好啊？"

以前高二刚分班，苏岸在班里是很低调的人，跟林希芋他们这群比较皮的男生根本不是同路人。一学期过去，林希芋还真的只认得苏岸的长相，但完全不知道他叫什么。

接触苏岸前他觉得苏岸是个好欺负的人，接触苏岸后才知道苏岸不是好欺负——苏岸只是很安静，毫不遮挡的那种植根在骨子里的沉默。

林希芋又说："你这么好，是不是你的爸爸和妈妈也很温柔啊？"

要不然，他们怎么能教出苏岸这种极容易让人产生好感的人？

江炽顿了顿，再次想起那个满是火的夜晚。

谈到爸爸、妈妈，苏岸倒也不谦虚，点点头："嗯，我的爸妈很好。"

"果然，孩子的性格跟家庭教育有很大的关系。我妈每天在家里跟我扯着嗓子看球赛、打游戏，完全没有家长包袱，导致我现在跟个被放养的娃一样。"

苏岸听完笑了笑。

正在写试卷的江炽闻言也微微弯起唇角。

毕竟他们经常在一起玩儿，江炽见过林希芋的妈妈很多次。林希芋是真的很可爱，随他妈。

这时突然有一个女生从教室后门进来，手里拿着一张试卷。

林希芋注意到这个女生，抬眸望去，只见她拿着试卷朝这边走了过来。

她最后停在了沈辰的桌旁。

现在是自习课，再过一会儿就要下课了。

那个女生碰了下沈辰的手臂，小声地叫了句"沈辰"。

沈辰抬头看去。那个女生低声跟沈辰说了句什么。沈辰点点头，从座位上起身，和女生一起离开了。

坐在林希芋和沈辰前面的男生转过头来，递过一个满脸疑问的表情。

林希芋知道这几天这个女生总找沈辰一起学习，别的事情倒是不清楚："不知道。"

下课铃声骤然响起。

前面的男生问林希芋："打球去吗？"

林希芋瞥了眼沈辰的书桌，而后收回目光："去。"

他收拾了下书包，就下去打球了。

今天初三年级正式放假，学生们回家休息两天后进行考试。

下午，齐老师给他们上了最后一节班会课。

学生们在教室里绑了很多小气球，五颜六色的。

每个人都拿着马克笔往气球上面写了愿望。写完后，一群人闹哄哄地跑到窗边，把手伸到窗外，让海风吹走气球。

这是明廉中学的传统，每到这一天，学校不会管着学生，让学生参与这个有仪式感的活动。

夏枕用打气筒给自己打了个粉红色的小气球。她歪着脑袋，思考着要往上面写什么。

旁边的同学们大多会在气球上写"考试考个好成绩""顺利上个好高中"之类的祝福语。

夏枕不用担心这个。两天前奥赛的结果下来了，夏枕拿了个一等奖，可以直接升学。她平时成绩就挺稳定的。

过了半晌，坐在教室角落里的夏枕拿着黑色的马克笔在气球上写了个十分实际的愿望："下一年和哥哥一起上学。"

刚写完，她就盯了这句话许久。

几秒后，她把"哥哥"两个字划掉，在上面补了两个字——"江炽"。

"下一年和江炽一起上学。"

夏枕满意地弯了弯唇角。

下一秒，后头突然传来一声笑，紧接着她听到一道低沉的声音：“这么想叫我的名字啊？”

夏枕直接被吓得手一抖，匆忙将气球往身后一藏：“你怎么这么快就过来了？”

江炽：“我下课后才过来，是你们开班会开得太久了。”

江炽说着拉过夏枕旁边的椅子，坐下。

“哦。”

班里现在的座位是乱的，夏枕坐在教室里最后一排靠窗的角落里。她对于自己的愿望被江炽看到这件事耿耿于怀，觉得有点儿尴尬。

教室里闹哄哄的，窗边还站着许多人。他们在打闹，探身看那些飘向林荫道的气球。

一旁的江炽侧头瞥了眼夏枕：“还不去扔气球？”

“啊。”夏枕恍然大悟，说，“我马上去。”

江炽看她这副样子，笑了一声。

等夏枕扔完气球回座位的时候，江炽用单手支着下巴，侧过头看她。

“我觉得‘气球仪式’很灵验，你这愿望挺好实现的。”

刚才夏枕被江炽看到愿望，现在耳朵还有点儿红。她问：“你怎么知道灵验？”

江炽：“我也上过初三啊，许过愿。”说完他朝夏枕凑近，挑眉，“我亲身实验过，这个仪式还挺灵验。”

夏枕顿时被激起了好奇心，大眼睛扑闪了一下：“你初三那年许了什么愿望呀？”

下一秒，江炽饶有兴致地看着她，勾起唇角：“你猜？”

这一刻，夏枕隐隐猜到了江炽的愿望。江炽还没说，她的脸就红了。

一旁的江炽看到她这张红起来的脸，忍不住笑了。见夏枕已经低下头去，江炽凑过去看着她的眼睛："来，跟我说说你想到什么了，脸红成这样。"

夏枕说："我什么都没想。"

江炽笑了下。

夏枕急着找话题，从旁边抓了个气球，将气球递给了江炽："你许个愿吧。"

江炽懒懒散散地靠回椅背上："我不许。"

夏枕有点儿讶异："你没有愿望吗？"

江炽把手臂懒懒地搭在桌面上，逗她："是啊，我没什么愿望。"

夏枕心里突然有点儿不平衡了。

说到愿望，她想到的第一个人就是他，他居然没有想到她。

她甚至怀疑自己刚才猜错了他初三时的愿望——或许他的愿望根本跟她无关。

她又不确定地问了一句："真没有吗？"

江炽懒懒地点了下头："没有啊。"

夏枕不说话了，转过头，耷拉下嘴角，几秒后，小声说道："我去趟洗手间。"

一旁的江炽漫不经心地翻着她的错题本，"嗯"了一声。

夏枕更生气了，起来的时候动作有些大，椅子撞到了后面的墙。

江炽侧头看着她气鼓鼓的背影，忍不住笑出了声。

他就是想逗她，没想到这性格温柔的小丫头一碰上他脾气还挺大的。

但他挺喜欢。

江炽笑着拿过课桌上她刚才递给他的浅蓝色的小气球。他拿过马克笔，打开笔盖，在气球上写了"夏枕"两个字。

写完，他收回了放在课桌下的长腿，从椅子上起身，到了窗边，松开手。

不远处的海面波光粼粼，浅蓝色的气球慢悠悠地晃荡了下去。

夏枕从洗手间回来的时候就见江炽正在悠闲地打游戏。

她暗地里朝江炽做了个鬼脸。

回到座位上，她没跟江炽说话，开始收拾课桌，准备把课本搬回家。

待会儿重重的课本她都让他搬！

夏枕偷偷地哼了一声。

她收着收着，江炽忽然将她的错题本放在她面前："这道题更正错了。"

夏枕"啪嗒"一声盖上错题本："不看。"

旁边的江炽闻言忍着笑，收起手机："你这是什么毛病？跟我生气呢？"

夏枕嘟囔了一声，说："才没有呢。"

说完，她就去拿自己放桌肚里的书包。

她刚把书包从课桌里抽出来，一个绿色的小气球就晃悠悠地飘了出来。

夏枕下意识地捞住气球，看了一眼。

"我的愿望：不要生气。"

这字潇洒好看，夏枕一眼就知道这是江炽的字。

但他这是什么意思，愿望？什么愿望？他不是没愿望吗？

夏枕的眉心微拧了一下。

他的愿望：不要生气？愿望怎么生气？

下一秒，她还没反应过来，脸颊就被江炽轻捏了捏。

夏枕转过头不明所以地看着他。

江炽笑着看她的眼睛："愿望就你一个，还生什么气？"

中考如期而至。这天天气很热，太阳热辣辣地烤着屿城。

夏枕考完早上的科目，被这天气热得胃口都没了。

考点就设在明廉中学。初一、初二的学生放假了，二、三、四层教学楼都是考场，一楼的教室给走读生午休用。

住宿生中午回宿舍里休息。

夏枕是走读生，连着两天中午在教室里睡觉，醒来就直接赶下一场考试。

中考就这样悄无声息地结束在炽热的盛夏里，没有轰轰烈烈，结束得很平静。

夏枕走出考场，往日萦绕在身边的那种学习的紧张氛围早已消失得一干二净。周遭很热闹，同学们卸下学习的包袱，气氛十分轻松。

校门外来来往往都是开车来接自己家孩子回家的父母，宿舍区前也停满轿车，住宿生忙着搬行李下楼。

校道两旁的高树很茂盛，深绿色的叶子“簌簌”作响。正午阳光直射，水泥校道上光影斑驳。

夏枕出校门的时候，校门外人影重重，声音嘈杂。

早上江炽送她来考试的时候，说等她考完了会过来接她。

夏枕背着书包踮着脚张望，刚向左边望去，就听见右边传来一道声音。

“我在这儿呢。”

夏枕一下子便听出是江炽的声音，一侧头就看到他朝自己抬了下臂。

夏枕背着书包跑过去：“你在这里等多久了？”

江炽：“没等多久，我刚到。”说完，他又问她，“饿不饿？”

夏枕摇了摇头：“不饿，现在才十点多，早上我吃了挺多东西。”

江炽本来想着要是夏枕饿了就带她去吃点儿东西。现在她不饿，他就朝后座抬了下下巴：“上去，我们先回家，外面太热了。”

夏枕坐上后座后，撇着嘴说：“我觉得我快要化了，真的好热啊。”

江炽没有走人多的马路，带着夏枕走小巷回家。

小巷里是老旧的居民楼，阳台上晾满衣服，电线杆多，电线上停着一两只小麻雀，路边躺着被太阳晒得无精打采的狗。

巷子尽头是波光粼粼的海面。这一带是居民区，隐隐传来远处小贩的吆喝声。这是屿城的夏天。

江炽问夏枕："考试完了，你现在有没有想做的事情？"

夏枕坐在车后座上，风景从她的视野中快速地退后。

"想做的事情啊。"她默念了一遍。几秒后，她说："我现在就想买个冰镇西瓜，然后回家里开着电视，边吃西瓜边看电视，就这样坐一下午。这样就挺好的。"

夏枕虽然成绩好，但初三那段时间里特别自律，几乎没有过这么闲暇的时光。

前面的江炽闻言笑了声："然后呢？你是不是还想放小学和初一时流行的歌来听听？"

夏枕惊讶地说："你怎么知道？"

江炽笑了声，没说话。

她的兴趣和爱好他一向一清二楚。

"你知道我想听谁的歌吗？"夏枕不安分地晃荡了下腿。

江炽："你说。"

夏枕调皮又得意地说："不告诉你。"

江炽被她逗笑了："挺皮啊，小孩。"

夏枕不好意思地"嘻嘻"笑了。

夏枕的暑假生活正式开始，江炽则不同。因为他现在快上高三了，高二的假期大大缩水。他们放假时间比别人晚，上课却比别人早。

学校把音乐、美术等课程都取消了，不过体育课倒是没取消，希望学生们在刻苦学习之余强身健体。

这对于男孩子们来说的确是个好消息——他们还能在体育课上打打球。

这天上完体育课，高二（8）班的学生一个个都跟从水里捞出来似的，大汗淋漓。

江炽一般在体育课当天会从家里带衣服过来，今天也不例外。体育课打完球之后他就拎着衣服到洗手间换衣服了。

回来的时候班里嘈杂，他刚走到自己座位旁，苏岸说：“物理老师刚才来教室，说要收昨天晚上让我们做的试卷。你们把试卷给我，我一起去交。”

江炽闻言弯腰从桌里翻出了试卷，将试卷递给苏岸：“谢谢。”

前面的林希芋也立马将试卷扔了过来：“我也找到了！”

他们通常谁要交作业，谁就帮其他几个人一起将作业交了。以前林希芋交作业的时候会带上沈辰，但今天没有。

苏岸顺便问了下坐在前面的沈辰：“沈辰，你交试卷吗？”

沈辰似乎愣了一下，以前林希芋总会帮他交试卷。

他翻出自己的试卷，将试卷递给了苏岸：“谢谢。”

苏岸起身去交试卷：“不用。”

江炽靠在椅背上，把长腿伸在过道里。

外头的阳光刺眼。江炽微眯眼睛，瞥了外面一眼，便收回目光。

他看着外面都觉得热。

回过头来后，他才发觉今天的气氛跟往常有点儿不一样。

林希芋今天安静了不少，江炽莫名有点儿不习惯。

刚才在篮球场上，林希芋和沈辰也是这样。平常关系好的两个人今天几乎一句话没说。

江炽的手机振动了下，他将手机摸出来，看了一眼。

是夏枕发过来的消息：“我刚醒。”

江炽刚想回复消息，夏枕又发了消息过来：“我睡了一下午。”

江炽敲了几个字发了过去：“我还有一节课，上完课回去找你。”

夏枕没回消息，可能放下手机去做别的事了。

上课铃打响，江炽把手机收了起来。

夏枕小的时候，夏母让她去学画画。夏枕画得挺好的，但更热爱游戏和数学，最终也没成为一名艺术生。

这几天她实在闲着无聊，打完游戏还剩下一大把时间，所以经常在房间里拿着笔涂涂画画。

以前她闲来无事，画在纸上的几乎都是卡通动物，但最近她的画风大变，自己也发现了。

最近她不再画那些卡通动物，而是人物。具体来说，她画的是江炽：好看的眼睛，笔挺的鼻子，弧形漂亮的嘴唇……

一笔一画，夏枕能勾勒好久，借此在房间里耗费一下午的时光。

睡醒之后，她又坐在书桌前开始画，画得太入神了，连江汐进她房间找她都不知道。

江汐凑到她桌前，才知道她在画画："夏枕，画谁呢？"

夏枕猝不及防，被这声音吓了一跳，赶忙往画本上一遮，有点儿慌乱："姐……姐姐。"

江汐抱手倚在桌沿边，看着她笑了，忍不住捏了捏她的脸："紧张什么？"

夏枕脸一红。

"给姐姐看看。"江汐说，"我保证不跟江炽说。"

江汐是个美术生，画画水平是"大神"级别，在网络上小有名气。

夏枕更不好意思了："我画得不好看。"

虽然话这样说，但毕竟她跟江汐关系好，就没再遮了。

江汐拿起她的画看："你去看过江炽打篮球？"

她画的就是江炽跃起投篮的画面。画中的江炽懒懒地抬起手，篮球飞了出去。

她画得很好看。

江汐盯了一秒画面上江炽的侧脸，"啧"了一声："我突然觉得我弟有点儿帅，你画得挺像的。"

夏枕的脸微微发热。

江汐移开纸张，看了夏枕一眼，开玩笑道："对了小枕枕，你可千万别让江炽看见这张画，他肯定会嘚瑟的。”

“他应该不会嘚瑟的，这就是一张画。”夏枕说。

江汐耸了下肩：“可别小瞧你对他的影响力。”

夏枕的脸颊一热。

虽然江汐说得很严重，但夏枕也没有当回事。毕竟她以前真不知道江炽那点儿心思，不知道他对她的心意。

“在家里待着，你不无聊吗？”江汐问她。

夏枕想了一会儿道：“还行，有事做我就不觉得无聊。”

“要跟姐姐出去玩儿吗？”江汐问她。

这几天白天天气太热，她很少出去。今天天气稍微凉快了点儿，她有点儿出去的兴致：“去哪儿？”

“一个美术展，你要去吗？”

夏枕刚想说“好”，江汐的手机就响了起来。

江汐接起电话：“陈凛，你到了？行，我马上下去。”

江汐收了手机，把夏枕的画放到桌上：“走吧，陈凛在楼下了。”

夏枕以前对感情的事不敏感，但现在敏感度上升了。

这几天，来屿城玩儿的那个男生一直找江汐，一天不落。

夏枕再怎么迟钝，也能看出陈凛喜欢江汐。她摆手：“姐姐，我不去了。”

江汐是个聪明人，知道夏枕在想什么，笑了：“我跟陈凛又没在一起，你担心什么？你又不是电灯泡。”

夏枕被拆穿了，说：“我的瓦数太大了，不行。”

江汐“扑哧”一声笑了：“真不去？”

夏枕“嗯”了一声。

“好吧。”江汐笑了，“那姐姐先走了。”

夏枕：“拜拜。”

转眼到了星期六，江炽需要补课，不过下午的课比平时少一节，可以早一点儿放学。

以前江炽一放学就赶去旧校区，现在则是放学就回家。

这天江炽回来的时候，看见夏枕坐在客厅沙发上在捣鼓手机里的什么程序。她一做事就很认真，经常对旁边发生的事浑然不觉。

江炽走了过去："看什么呢？"

夏枕赶忙把手机往身后一藏："没什么。"

"你紧张什么？我又不会吃了你。"江炽笑道。

夏枕不把手机拿出来，还好没被江炽看到她在做什么。

最近夏枕在社交平台上开了个账号，把自己的画放在网上了。要是这种事情让江炽知道了，她会不好意思的。

她这边沉浸在自己的小心思里。江炽那边却在想着刚才自己说的那句话，改口道："哦，不对，我挺想吃的。"

夏枕听见他说话，但刚才走神儿，不知道他在说什么，问了一下："什么？"

江炽笑了声："没什么。"

他说着把书包扔在一边，在夏枕的旁边坐了下来。

他坐着也没正形，手臂搭在了夏枕后头的沙发椅背上。

江炽歪头看着她，朝她凑过去："想我了没？"

江炽的眼睛的弧线带着一种英气感，好看到令人移不开眼。

夏枕盯着他黑色的眼睛。他的目光直白又不羁，让她莫名心尖发颤。

她蓦地就像被蛊惑了一般，垂眸，小声地应了。

江炽的唇角一翘。

夏枕有点儿敏感。要是以前，她肯定接收不到江炽的意思。

江炽："怎么想？"

夏枕总不好意思说自己几乎整个下午都在想他吧。

江炽微勾唇角："怎么？你一个下午都在想我？"

夏枕急得结巴了一下："才……才没有。"

她觉得话不够有说服力，补了一句“我就想了你一秒”。

江炽挑眉：“一秒？”

夏枕看着他的眼睛，有点儿心虚，在想说多少好。

“想清楚了再说啊。”江炽吓唬她。

夏枕想明白他这句话的意思后，瞪大了眼睛。

她将时间说多说少都觉得不好意思。

她思考了几秒后，选择了前者，十分保守地说：“我整个下午都在……想你。”

后面的语速颇快，她完全不知道自己又掉进了他的坑里。

她的话音刚落，就听见江炽十分无赖地说——

“我觉得你想我一个下午太少了。”

夏枕的脑子瞬间“嗡”的一声，脸羞得通红。

暑假在不知不觉间过了大半。

江炽早已放假，但根本没有因为马上要上高三而收敛心性，整天围着电脑。

夏枕也不会占用江炽太多的时间。她能理解江炽，电脑编程是他热爱的东西，且他很有分寸，能兼顾好兴趣和学习。

下午，夏枕把今天的画发到了自己的平台账号上。

她的画就是那次在篮球场上，江炽撑着膝盖弹她的额头的画面。

她刚将画发出去两分钟，微博底下突然就有两条评论跳了出来。

“每日我都会来看博主的画，网上冲浪使我快乐。”

“这是什么神仙画手？我哭了，好甜，呜呜呜。”

夏枕上个星期在微博发的图偶然被网友发现了。陆陆续续有几个人来关注她，等着她每天发图。

他们觉得在闲暇时看看她的画心情会变好。

夏枕的画风非常精致，女孩子们很难不喜欢她的画。

夏枕是今年才开始玩儿微博的，以前几乎没有通过网络接触过朋友。她认真地回复了评论。

"谢谢你。"

这一个星期以来，关注夏枕的人都知道她是个脾气很好的小女生，她连回复都认真得可爱。

但是夏枕没有这种觉悟。她完全没有认识到自己有多可爱，每次都盯着评论，一脸不解的表情。

回复完评论，夏枕往下翻了翻自己的微博。在暑假的这段时间，她陆陆续续画了很多画。

江炽仿佛在网络里活了起来。

夏枕把视线停留在一张图片上，是江炽的侧脸。

他靠在电脑椅里，把手臂懒懒地搭在桌沿上，用修长骨感的手指敲打键盘。

夏枕正看着这幅画，下一秒江炽就打来了电话。她接起电话，江炽的声音就从听筒里传了过来。

"下来。"

"怎么了？"

"我带你去玩儿。"江炽说。

"你忙完了？"夏枕说着从椅子上起来，准备下楼。

"嗯。"江炽懒懒地应了声。

夏枕走到房间门口处，顿了下脚步，突然往回走："你等等我啊。"

江炽："行。"

夏枕赶忙跑到自己的梳妆台前，对着镜子扒拉了几下自己的短发。

这些都是她在无意识间做出来的动作。夏枕做完这些，自己也愣了一下，反应过来，不好意思地笑了。

齐刘海儿下，有一双水灵灵的大眼睛，短发柔顺地往里扣，她那小脸只有巴掌大。

她到楼下的时候，发现江炽正在院子门前等她。

他百无聊赖地低头看手机。

现在是下午五点多，海风里有海盐的味道。这一带是居民区，阳光将不远处的屋檐镀上薄薄一层金，小巷纵横交错。

江炽面朝大海，海浪上涌。

江炽背对夏枕站着。夏枕放轻了脚步，悄悄地靠近他。

江炽玩儿手机玩儿得无聊，正好按熄了屏幕。

夏枕看着江炽的背影，蹑手蹑脚地走上去，到了他身后，看着他宽宽的肩膀，正想抬手拍一下。

夏枕还没来得及碰上他的肩膀，下一秒，江炽突然转身凑到她的面前。

两个人几乎鼻尖碰上鼻尖。

夏枕猝不及防，下意识地往后闪躲一下。

夏枕抬在半空中的手突然顿住了，短发被绾了一边在耳后，不知道是天气太热耳根子发红了，还是别的什么原因。

"你……"

江炽直起身子，懒懒地晃了下手里的手机："手机黑屏，从屏幕上看到了。"

夏枕正想开口，里屋突然传来夏母的声音——

"枕枕！"

她的目光和江炽的对上。

紧接着屋里的夏母又喊了一声："我烤了点心，你赶紧下楼吃，待会儿凉了！"

夏枕松了口气。江炽勾了下唇，拉着她就跑。

他还不忘回了句："夏姨，我把夏枕带走了啊！"

夏枕被江炽牵着手跑下陡坡，也学着江炽往屋里喊："妈妈，我被哥哥带走了啊！"

他们的声音风一吹就散了。

江炽一听这话就笑了："干什么呢？你搞得我像人贩子似的。"

两个人经过转角处，停了下来。

夏枕不假思索地说：“对啊，哥哥是人贩子。”

她不擅长跑步，有些喘。

说完她还觉得有趣，又补了一句：“人贩子江炽。”

江炽闻言挑眉道：“也行，人贩子就人贩子。”

夏枕侧头看向江炽，笑了。

然而下一秒她就看见江炽凑到了自己耳边。

他笑了声，说：“我专门偷一个叫夏枕的人。”

夏枕暴露在空气里的耳朵顿时更红了。

今天晚上一群人要聚餐。江炽最近跟林希芋他们待在一起的时间比以前少了很多。他觉得推掉太多次聚餐也不好，毕竟大家是兄弟。

这次江炽把夏枕也带出来了。

这群人里还是有很多人想好好学习的。到了高三，他们这帮朋友再想凑齐就不是那么容易了。

天还早，一群人吃完饭。

夏枕倒是不介意陪江炽出来。她知道江炽从小就认识这些哥哥了，他们一直玩儿得很好。不管是电脑编程、游戏还是学习，他们都能凑到一块儿。

以前江炽和夏枕待在一起的时间也多，现在他和朋友们出去的时间更少了。

夏枕想到这里，有点儿心虚地摸了摸耳朵。

这会儿他们刚好在电梯上。江炽稍稍俯身，问她：“累了？”

夏枕立马把手放下去，摇头：“没有。”

江炽看出她的情绪不错：“你这么兴奋做什么？”

夏枕和江炽站在电梯的角落里。前面的人说说笑笑，谁都没有注意到他俩。

夏枕仰头去看江炽。

她望向他。他还觉得有点儿疑惑，正想问她怎么了。

下一秒，他就在嘈杂的人声中听到了夏枕的声音。

她说话声音很轻，但他还是听到了。

她说："因为有你啊。"

江炽突然一愣。

夏枕平时容易害羞，这是她的本性，从出生那天起就这样。

她突然变得这么主动，让江炽有些反应不过来。

夏枕微仰着脑袋看江炽，见他没回答，心里越发紧张了，像把心爱的东西给人看，但怕人不喜欢的那种紧张。

几秒后，江炽回过神来，忍不住扬起一边唇角，靠回了电梯壁上。

夏枕更紧张了，想伸手去扯扯他的衣摆。

夏枕抬眸去看他的侧脸，他的皮肤白皙，头顶上的灯光打在他的睫毛上，投下一片阴影。

夏枕看见他弯了弯唇角，又被他捏了捏手。

他轻声道："知道了。"

他的声音懒懒的，那三个字不轻不重地飘进她的耳朵里。夏枕把头转了回来，也轻轻地弯起了唇。

包间在六楼，大家都爱热闹，有人叫了关系好的朋友过来。

江炽带着夏枕出来玩儿，不能玩儿得太晚。他还得把夏枕安全地送回夏家。

所以，他时刻留意着时间。

夏枕坐在沙发上，乖乖地靠在江炽的身上。

江炽侧过脸逗她："给我唱首歌不？"

"唱歌"这两个字对夏枕来说犹如魔咒。

她把头摇得跟拨浪鼓一样："才不要。"

夏枕五音不全——一首歌被她唱出来，音调会变得很奇怪。

江炽被她的反应逗笑了，朝她抬了下下巴："那我让你唱给我听，你要怎么办？"

夏枕再次快速地摇了摇头："不要。"

她才不傻呢。

"你会被吓跑的。"

江炽一听就乐了，抬手胡乱揉了把她的头发："傻。"

夏枕："你才傻。"

"行。"江炽笑道，"你说什么就什么。"

他话音刚落，打牌的几个人里突然发生了骚动。

江炽和夏枕闻声望去。

林希芋侧头瞥了沈辰一眼，又把目光落在沈辰身边的女生身上。

下一秒，一向好脾气的林希芋收回目光，拍开沈辰的手："你管我干什么？"

然后林希芋转头又跟个没事人一样打牌去了。

过了半个小时，江炽看了眼时间，准备带夏枕回家。他跟大家打过招呼，就带着夏枕从包间里离开了。

走廊里，灯光照在光滑的瓷砖上，有些刺眼。

两个人来到电梯间，撞上了江汐和陈凛。

夏枕有点儿意外，正想喊江汐。但下一刻她就看见江汐和陈凛牵着的手，立刻把嘴闭上了。

江汐本来和陈凛说着话，感应到有人过来，抬起头。

看到江炽和夏枕的时候，她还愣了一秒："哦？你们怎么也在这儿？"

江炽牵着夏枕的手走过去："我们跟朋友聚会。"

陈凛和江炽点了下头，算是打过招呼了。

"啊。"江汐点点头，"我也是参加同学的聚会。"

江汐话音刚落，电梯发出"叮"的一声，门缓缓打开。

江汐没去看电梯，倒是注意到夏枕无意间落在她手上的目光。

江汐倒是直接，抬起和陈凛交握的手挥了挥："我过来参加聚会，把刚交的男朋友带给老同学们看看。"

江汐说完笑了，准备转身进电梯：“走吧。”

这一转身，江汐猛地撞上了电梯里的陆南渡。

电梯里陆南渡把手垂在身侧，拿着一根没点燃的烟，只是拿着烟过过瘾。

陆南渡将目光落在江汐和另一个男生牵着的手上。

看到陆南渡，江汐莫名停住了脚步。

然而下一秒她就反应过来，恢复自然。她仿佛没看到陆南渡似的，平静地牵着陈凛的手走进了电梯。

电梯里的空间仿佛瞬间变得逼仄了。

江汐靠着电梯壁站着，旁边是陈凛。陈凛旁边就是陆南渡。

夏枕看着这画面，往江炽的身旁挤了挤。江炽低头看她，轻笑了一声，捏了捏她的手。

陆南渡脸上倒是没什么情绪，没有生气，没有惊讶，像是内心毫无波澜一样。

谁都没有注意到那根被他攥进了掌心的烟。他把烟折断了。

江汐见江炽和夏枕没进来，说：“你们怎么还不进来？一起回去。”

江汐说完，就发现了一道人影。

陆南渡没有说一句话，也没再看江汐，走出了电梯。

江汐还是看着江炽和夏枕，心里却微微泛起一阵异样的感觉，但没当回事。

陆南渡经过江炽身边的时候，笑了下：“走了啊，下次见。”

江炽看向他：“嗯。”

陆南渡抬手拍了下江炽的肩膀，离开了。

江汐早已把目光落在电梯的那一排按键上。她倔强得不行，没再去看外面的人。

江炽和夏枕走了进来。

今晚江炽没有单独和夏枕待过，想陪陪她，也不想打扰江汐和陈凛。

他瞥了眼江汐："你们先走。"

江汐倒没有什么意见，点点头："好。"

江炽和夏枕下楼后，江汐和陈凛先坐车回去了。

江炽带着夏枕沿着人行道走。夏枕想起刚才楼上的那一幕，突然问："那是……姐姐的以前的心上人吗？"

人行道两旁的路灯很亮，穿过浓密的树冠，光斑落在两个人的脸上，影影绰绰。

江炽微点了下头："嗯，是。"说完，他侧头看着夏枕笑了下，"你现在比以前敏感多了啊。"

夏枕有点儿不好意思："才没有。"

夏枕在江炽面前小声地说："姐姐是不是还喜欢他啊？"

江炽一听就知道她在说谁。他抬手，揉了把她的头发："这要江汐自己来回答。"

夏枕点点头："也是。"

江炽掏出手机看了眼，差不多可以坐车回家了。

他打算叫辆车："我们回家了。"

"嗯。"

几天后，夏枕画好画，将画发到了社交平台上。

虽然夏枕现在的画在网上得到了一定关注，但自身一点儿没受影响。

她画画只是为了记录她和江炽之间发生的点滴，而不是特意画给别人看。别人看了画表示喜欢，她当然觉得开心，但不会太在意。

夏枕前几天下午看了眼评论，就再也没登录账号了。

今天她刚登录账号，就看到有人给她发了私信，时间是两天前。

现在关注夏枕的人也不算多，毕竟网友群体非常庞大，她没有任何热度，别人偶然发现她的账号的概率还是很小。

所以她平时收到的评论也就那么几条。

有人给她发私信，她还有点儿讶异，点开私信看了眼。

“月月，我可以跟你成为朋友吗？”

夏枕的账号昵称是她一个月前随便取的。当时她躺在床上，在“一个小枕头”和“枕月亮睡觉觉”之间纠结了半天。

最后她选择了“枕月亮睡觉觉”。

想到这里，夏枕微微皱起眉，有点儿不解。她不知道后来为什么大家就开始叫她“月月”了。

不过这样也好，这不会让夏枕感觉突兀。

夏枕看着那条私信，也没想太多，回复了对方。

“可以啊。”

她回完这条消息，就退出私信对话框，去上传今天的图了。

今天她放上网的是之前在教室里两个人偷偷牵手的画面。

夏枕趴在床上，用单手撑着下巴，又用另一只手轻碰了碰江炽的侧脸。

摸着摸着，她就笑了，眼睛都弯了起来。

江炽今天晚上和林希芋出去了。再过一个星期，他们就要开学了。

前几天夏枕的考试成绩出来了，跟平时差不多，不好不坏，很稳定。她还是排在年级的前三名里。

夏枕再过不久也要开学了。每次想到即将跟江炽上同一所学校，她就隐隐感觉到高兴。

她正埋在枕头里偷偷乐着，就听见夏母叩了叩她的房门。

“枕枕，出来喝牛奶了，喝完准备睡了。”

“啊。”夏枕忙退出账号，“知道了。”

“快出来。”夏母还在门外说，“喝完了把这杯牛奶给你江汐姐送过去。”

夏枕跑下床，拉开门。

夏母把牛奶递给夏枕：“趁热喝啊。江汐最近看起来黑眼圈挺重的，待会儿你要看着她把牛奶喝下去。她不喜欢喝热的东西，你喝完再把牛奶给她送过去。”

夏枕接过夏母递过来的牛奶，点点头："知道啦。"

说完，她抿了一口牛奶。

夏母是典型的南方人，身高不算高也不算矮。她看着如今身高快追上自己的女儿，笑着捏了捏女儿的脸。

夏枕喝完牛奶，端着给江汐的牛奶下楼了。

下楼的时候，夏枕还在想，待会儿如果自己睡前江炽还没回来，要记得给他发条消息说"晚安"。

出了家门，夏枕直接朝隔壁走去。

江家的院子，黑色的栅栏上的铁门半开着。

夏枕有点儿意外，江汐是刚从外面回来吗？一般情况下，只要江汐在家，就算不会锁上院子门，也会关上门。

夏枕走了过去，推开被掩了半边的门。

下一秒，她像是触电般突然收回手，条件反射地捂住嘴巴。

夏枕不敢相信地瞪大了眼睛。

江家没有开灯，院子里很昏暗，只有从门廊处透出来的微光。

江汐和陆南渡在门旁接吻。

夏枕惊讶地立在原地，一手捂在嘴巴上，另一只手还端着牛奶。

她震惊得一时没挪动脚步。

下一秒，她觉得眼前突然一暗，有人捂住了她的眼睛。

接下来，她感到左肩被一只骨节分明的手轻握住了。

夏枕心里一紧，第一反应不是担心自己遇到坏人了，而是担心江汐和陆南渡接吻，被别人看到了怎么办？

在她焦急之时，后头的人似乎猜到了她在想什么，忽然弯腰，趴在了她的肩膀上。

她身后的人似乎怕惊到江汐和陆南渡，没有说话，而是微微侧了下脸，轻碰了碰她的脸颊。

夏枕心里的那块石头忽然落地了，身体也随之放松下来。

那人是江炽。

江炽用手轻捏了下夏枕的肩膀。

夏枕一下子明白过来，被他蒙着眼，乖乖地跟着他走了。

江炽贴在夏枕背后，护着她走到了小巷里。

江炽把她带到这里就松开了手，夏枕的眼睛被路灯的微光刺得眯了起来。

她适应了一秒，慢悠悠地睁开眼，对上了江炽的目光。

两个人之间的气氛有点儿微妙，那种感觉就像两个月前在酒店里看到电视里的男女主角接吻时一样。

夏枕率先移开了目光，有点儿不自在，过了半晌问了一声："你……看到了？"

她这根本就是句废话。

但江炽没有拆穿她，"嗯"了一声。

这是江汐的事情，江炽不想插手，宁愿让江汐自己好好地理一下。

方才家门前的那一幕，江汐明显不想抗拒陆南渡。

江炽知道，江汐栽在了陆南渡的手上，就很难再逃出来了。

江汐一向倔强得让人惊讶。

"他们是……和好了吗？"夏枕想起刚才看到的那一幕，又想到江炽也是旁观者，觉得脸有点儿发热。

江炽实话实说："不好说。"

夏枕有点儿费解，但没有多想。

因为现在她面前还站着江炽——她根本想不了别的，微妙的气氛使她的注意力都在他的身上。

面前的江炽没有说话，夏枕不自然地转头看了看四周，没话找话，想缓解一下尴尬之意："你怎么把我带到这里来了？"

江炽垂眸瞧着她那副有点儿胆怯的模样，突然笑了声，低沉的声音里带着一丝温柔："你说呢？"

夏枕的目光停留在他的身上。

几秒后她才回过神来，眼神还有点儿飘忽，小声地说："我不知道。”

江炽似乎猜到了她会这么说，俯身朝她靠了下来。

夏枕犹如一只被惊吓到的兔子，脊背一下子贴在了墙上。

他靠得越来越近，夏枕觉得心跳快得不行，热意似乎沿着自己的脸庞往上爬，一直爬到了耳后根。

她感觉被他的气息吹到的地方变得痒痒的，在静谧的夜色中，钻进夏枕的耳朵。

夏枕的呼吸顿时急促起来，她说：“我……”

她还没说完，就觉得歪着头的江炽又离自己近了一分。

夏枕的心跳快得要爆炸了，猛地闭上了眼睛。

江炽一直在盯着她的表情，忽然笑出了声。

夏枕正疑惑呢，想睁眼看他为什么笑了，下一秒，额头就被他轻弹了一下。

他带着笑意的声音从头顶上传来：“你这是什么表情？”

夏枕哼了一声，伸手捂住了额头。

她说不清是什么感觉——很紧张，紧张到她觉得承受不了了。

“想什么呢？”江炽问。

夏枕没说话，犹豫了半晌：“没什么。”点点头，一秒后，又摇了下头。

江炽看她纠结成这个样子，也没说什么，揉了下她的脑袋：“行了，进去吧。”

夏枕似乎有点儿沮丧，在江炽说完这句话后，慢慢地抬手，轻轻地碰了碰江炽的手背。

她像一只害羞的小猫。

江炽笑了笑。

日子一天一天地过去，高三早已开学，夏枕最近也开始置办开学要用的东西了。

这天许洛洛打来一个电话，约她一起去文具店里逛逛。她立马就应下来了。

下午两点，许洛洛来叫她。

夏天的屿城，天气阴晴不定，昨天还在下大暴雨，今天就出了大太阳。

路边有一家卖小零食的铺子，老板在窗外支了张木桌子，桌子上有个还没被切开的西瓜。被切开的西瓜被老板放在老式的冰柜里冰着，肉红汁甜。

“这西瓜看得我想咬一口。”许洛洛吞了下口水。

老板笑着用方言开玩笑道：“小妹妹，那你要买下来。你要是不买下来，我就把你扣留在这儿。”

许洛洛和夏枕都笑了起来。

许洛洛“嘿嘿”笑了两声，用方言回答：“我要是被你扣在这里，你就卖不了西瓜啦。我天天吃，会每天把它吃光的。”

老板也被许洛洛逗得“哈哈”大笑。

许洛洛又跟老板说了几句。两个人在路上不方便吃西瓜，就买了冰激凌。

上公交车的时候，夏枕问许洛洛：“对了，你今天怎么不跟化学课代表出去了？”

许洛洛咬了口冰激凌：“我也得来找找我的枕枕嘛。”

夏枕笑了下，拆穿她：“前天你还在跟我说，放假这些天跟他一起出去玩儿很开心。”

许洛洛闻言挑眉，笑着调戏夏枕：“难道你天天跟学长待在一起不开心？”

夏枕顿时脸红了，瞬间有点儿结巴：“哪儿……哪儿有？”

许洛洛看夏枕这害羞的样子，笑了起来，伸手捏了下她的脸：“怎么这么害羞啊？要是以后有一天你们亲吻可怎么办呀！”

夏枕闻言轻咬冰激凌的动作突然停住了，惊讶地看着许洛洛：

“什么？”

许洛洛见她一脸震惊的表情，不敢相信地问：“没想过吗？”

夏枕怔了几秒，而后头摇得跟拨浪鼓似的。

许洛洛有点儿疑惑地问：“学长竟然忍得住哈哈！”

直到她们到了文具店里，夏枕的思绪还是飘忽的。

她站在本子区里。阳光透过格子落地窗照进来，把书架分成了一个个明亮的光区。

夏枕有点儿心不在焉，虽然在翻本子，但心思根本不在这里。

二十分钟后，夏枕掏出背带裤裤兜里的手机。

犹豫了一会儿，她把编辑好的消息发送了出去。

“你觉得喜欢忍得住吗？”

那边的江炽应该是下课了，回得很快：“忍不住。”

看到这三个字，夏枕撇了下嘴。

台风心事

舒虞 著

【下 册】

天津出版传媒集团
百花文艺出版社

第七章
羞　红

夏枕虽然有点儿不开心，但没有表现出来。

她心里就是很纠结。

因为不真的喜欢，所以他就忍住了吗？他刚才说会忍不住的。

想到这里，夏枕愤怒地拿笔在草稿纸上画了画。

今天夏枕没事做，就在家里做数学题。数学题对别人来说是噩梦，但对夏枕来说，纯属一种消遣。

距离上次在公交车上给江炽发消息已经过了几天，两个人如常相处。夏枕觉得江炽压根儿就没把那天她发给他的信息放在心上。

房间里灯光很亮，桌角放着杯牛奶，牛奶旁边放着手机。

刚才夏枕登录社交账号后，忘了退出来，这会儿有消息进来，手机响了一声。

夏枕听到声音伸手把手机拿过来。

有人给她发私信。她看了眼，是上次找她聊天儿的那个人。

“月月，我能跟你学画画吗？”

这是对方刚发过来的消息。夏枕往上翻翻，发现上面还有几条这人在前几天发的消息。

夏枕登录账号不频繁，所以消息回复得慢。不过这个找她聊天儿的人倒是回复得很快，基本上不会超过半个小时。

夏枕微歪着头，也没想太多，回了消息过去。

“好啊。”

距离开学还有两天的时间，同学在群里兴致勃勃地讨论即将到来的新学期。

夏枕一般很少在群里说话，正想放下手机，屏幕亮了起来，是江炽打来的电话。

最近江炽很忙。今天是周六，男孩子们一脱离学校的桎梏，就一窝蜂地往外跑。

夏枕也知道他们最近都很忙，好像网上发生了什么事。今天夏枕还没跟江炽好好地待在一起过。

她接起电话，将手机放到了耳边。

“睡了没？”

她一接通电话，江炽的声音就通过听筒而来。

他的嗓音不大，但很好听。

夏枕还没准备睡觉，声音里没有不满的情绪：“没呢。”

“下来。”

夏枕停住了在草稿纸上写公式的动作：“你回来了？”

江炽“嗯”了一声：“快下来。”

江炽这几天忙，没时间陪夏枕。夏枕一听他这平淡的语气，突然就有了点儿小脾气：“不下来。”

那边的江炽似乎没料到她会这么回答。几秒后，他含笑问道：“怎么不高兴了？”

夏枕毕竟是藏不住情绪的人，嘟囔道：“就是不高兴。”

那边的江炽笑了：“那就下来见我，高兴高兴。”

“才不要。”夏枕虽然有点儿任性，但她的声音软绵绵的，让人无法对她的任性表示不满。

夏枕以前听许洛洛说过，喜欢一个人像含柠檬糖似的，甜里泛酸。那个时候她不太懂这句话的意思，现在亲身感受到了。

她说：“你才不会让我高兴。”

夏枕的话音一落，听筒那边的人瞬间沉默。

两秒后，夏枕才听到江炽说话，声音里有危险的意味。

“你说什么？”

夏枕蓦地噤声了。她其实也知道自己不对，不能这样说，跟江炽在一起当然开心的时间很多。

与此同时，倚在小巷墙壁上的江炽有点儿疲惫地捏了捏眉心。最近他遇到的事情太多。几分钟前他还接了许久没联系的父亲的电话。

两个人都没说话。

最后还是江炽先开口了，语气已经柔软了很多：“下来，听话。”

夏枕一听他放软了语气，鼻子有点儿发酸。

“你不开心，没瞒着我这点挺好的。”江炽蓦地顿了下，才说，“夏枕，我有没有跟你说过你不开心了、心里有事情了，不要自己憋着？误会这种东西我们不要让它存在。”

夏枕沉默了一下，点点头，点完头想起江炽看不到，才应了一声：“我记得。”

“那下来吧。”

夏枕这次倒是乖了许多，将笔放回桌面上，应了一声。

夏枕下楼出家门的时候没有看到江炽。

小巷就是两个人的秘密基地，夏枕想都没想就往那儿走。

刚走到转角处，夏枕还没来得及转弯，手腕就忽然一紧，等候在巷口的江炽伸手一把将她拉了进去。

她目光落在了天幕里那银凉的星星和月亮上，今晚的天幕很璀璨。

江炽问她：“来，跟我说说，今晚为什么不开心？”

夏枕吸了下鼻子，沉默了几秒后，实话实说：“我前几天也不开心。”

江炽直起身，朝夏枕抬了下下巴示意：“继续。”

夏枕这次沉默了几秒，才找到措辞：“马上就要开学了，你在暑假里都没有陪我几天。”

夏枕都不知道自己的话里带了丝撒娇。

江炽忍不住唇角溢出一丝笑。

从小到大，她倒是越发黏人了，打小时候起就跟条小尾巴似的。

他低下身子，平视她的眼睛。

待夏枕的目光缓缓地与他的对上，江炽认真地跟她道歉：“对不起，这段时间里是我不好，”江炽说，“但你以后有不开心的事要主动跟我讲，知道吗？”

夏枕点点头，小声道：“我想要你这几天多在家里待着。”她又加了一句，“妈妈也是。”

江炽笑了：“行，你把我拴你的身边都行。”

海风吹过小巷，从不远处传来不知名的虫鸣声。草丛里一阵“窸窣”，墨色的天空上有许多星星。

他的声音清晰无比，震得夏枕的脑袋微微发晕。

江炽看着她的眼睛：“你这是什么毛病，为什么不敢看我？”

夏枕躲也躲不开，闪避的目光总被他抓个正着。闹到最后她把小脸都憋红了：“你好烦啊。”

她有点儿手足无措，却没有生气。

江炽听了，翘起一边唇角，而后直起了身子。

夏枕还低着头，没去看江炽。

“夏枕。”江炽叫了她一声。

夏枕还是没有抬头，“嗯”了一声。

江炽抬起右手，跟捏小猫似的轻捏了捏她的后颈，说：“抬头。”

夏枕怕痒，被他捏得缩了缩脖子。

一开始她没有动静，几秒后缓缓地抬起头，但还是朝四周乱瞟。

江炽看着她，语气不容拒绝地说：“看我。”

夏枕最后还是抬眼看向江炽。

两个人之间的空气再次凝住了。风吹草动，虫鸣声近在耳边。

江炽直截了当地说：“怕你没准备好。”

夏枕一惊，知道他在说什么：“我……”

江炽强势霸道地打断了她的话：“你没准备好也不行了。”

下一刻，夏枕什么话都说不出来了。江炽使了下力，夏枕被带着往前一撞。

下一秒她瞪大了眼睛，心脏跳得很快，仿佛看到了火树银花。

晚上十二点。夏枕已经在床上躺了一个多小时，翻来覆去愣是睡不着。

她躺平了身子，深吸了一口气，闭上眼睛，在心里默念这次一定要睡着。

十秒后，夏枕蹬了一下腿，睁开了眼睛。她还是睡不着。

她眼前再次浮现出两个小时前在巷子里的那一幕。一想到这里，她感到心跳再次加快。

想着想着，她忍不住弯起唇角，下一秒，立马拉起被子蒙住自己。

过了一会儿她从被子里探出头来，盯着天花板，思绪却不知道飘去了哪儿。

她的脸一直热着，她把思绪拉回来，瞥向紧闭的窗口——窗口对面就是江炽的房间。

隔日起来，夏枕完全记不得自己是什么时候睡过去的。

明廉中学抓高三学生的学习抓得很紧，暑假提前上课就算了，开学前一天也没让他们放假。

开学的时间是星期二。星期一，高三学生照旧上课。

夏枕早上睡醒的时候江炽已经去学校了。她莫名松了口气，现在要是跟他见面，话都不用说，脸就会红。

下午五点多的时候，江炽给夏枕打了个电话。但那会儿夏枕在楼下，手机在房间里。她没接到电话。

她上楼的时候才看到未接来电。因为她没接电话，江炽给她发了消息。

江父来屿城了，江炽被他叫过去见面。

江汐大学的开学时间比较晚，姐弟俩就一起去了。

夏枕对江父没什么印象。在江家发生火灾后的两年里，江父就重新有了自己的家庭。

江炽和江汐跟江父的感情也不是很好。对于他们来说，父亲在生活中一直是个空缺。

一整天下来，夏枕都没有遇到江炽。

由于星期二要开学，星期一晚上夏母早早地就把她赶到房间里睡了。

江炽回来得晚，也没来打扰夏枕。

隔天起来，夏枕吃完早饭。她出门前，夏母往她的书包里塞了个三明治。

夏母把三明治放进书包，拉上拉链，顺手又递给她一个三明治："这个给你哥哥，你待会儿将三明治拿给他。"

三明治被夏母装在纸袋子里，沙拉从边缘处露出了一点儿。刚吃完早饭的夏枕看着三明治，莫名又觉得饿了。

她把三明治接过来："知道了。"

夏枕刚出门，就碰上从隔壁出来的江炽。

江炽刚睡醒，眉眼间满是慵懒。他正揉着头发。

看到夏枕，他弯起唇角，走了过来："早啊。"

夏枕现在一看到江炽，脑子完全不受控制。她匆忙避开江炽的视线："早。"

"怎么又不看我了？"江炽无奈地笑了下。

夏枕想赶快绕开这个话题，把手里的三明治递了出去："三明治，给你吃。"

江炽一见她这样就心痒得不行，逗她："爱心早餐？"他开玩笑道。

夏枕顿时像被踩到了尾巴："不是！是妈妈做的。"

江炽也是逗她玩儿的，见她这个模样，笑得肩膀微颤，接了过来。

他掂了掂手中的三明治，低头看她："这都一天了，你还没害羞完？"

他不说还好，一说夏枕更觉心烦。

"你才害羞。"说完她转身就跑，跟只小兔子似的。

江炽在后头看着她，慢悠悠地跟了上去，慵懒地问："跑什么？"

两人坐公交车去了学校。车上赶着去上班和上学的人很多，每个座位上都有人。

夏枕挤上公交车，刷完卡，往车后头走去。

江炽跟在她的后面，手护在她的身侧。他在车门那儿短暂地停了会儿，掏出公交卡刷了一下，紧跟在她的后头。

夏枕在窗边停下。

江炽在她的后面，抓住她头顶上的吊环。

公交车缓缓地前行，树丛、建筑往后掠过。

夏枕用手紧紧地握着扶手，眼睛看着车窗外。

公交车到学校后，他们一起下车。学校在大门口处拉起了一条红色的横幅，上头写着开学的祝福语。

今天的学校格外热闹，高一、高二的学生陆陆续续地进入校园，学校外还停了许多家长的车。

门口有学生在迎接新生，给新生指路。新生收拾好宿舍后还得去新班级报到。

九月的太阳还是热辣辣的，阳光打在树梢上，一片金黄，好在海风凉爽。

高二、高三的学生进校门需要佩戴校卡。高一的学生还没有校卡，就没人管他们。

夏枕就没佩戴校卡。她刚要走进校门的时候，旁边有一位学长迎了上来。

离她几步远的江炽眼神一沉。

“学妹你好，请问有什么需要帮助的地方吗？”

夏枕被拦住了去路，愣了一下，然后说：“没有。”

“你不是住校生吗？”

“不是。”

她话音刚落，顿觉后领子一紧。

紧接着，江炽低沉的声音在她身后响起：“这位学妹，我来单独给你提供服务。”

接待新生的同学在校门口放了一张长桌，上头铺着红绸布。几位在旁边待着的同学齐刷刷地看向了这边。

江炽这话乍听没什么问题，但在这么多人面前，夏枕莫名有些心虚。

还没等她反应过来，后头的江炽已经直起身子，拉着她的后领子，把她拎进了校门。

旁边树荫下迎接新生的同学们惊呆了，望着远处一高一矮的两个人影，脸上全是不敢相信的表情。

“这是什么情况？”

“这个学妹看着长得挺漂亮的，这是被学长盯上了？”

在这里迎接新生的全是高二的学生。

“我觉得不像，这学长不是出了名的不好说话吗？我从来没见他跟谁亲近。”

又有人说：“这个小姑娘是得罪他了吗？”

另一个人似乎觉得有道理，附和道：“这才上高一呢，要真是这样她以后这日子得过得多惨……”

夏枕被江炽拎着到了楼梯间。

学校的五楼是机房和舞蹈室，平时基本不会有人去。

江炽将夏枕堵在墙角处。夏枕低着头，一路倔强地不说话。

楼梯间的空气里还留着昨晚的凉意。

江炽盯着夏枕，笑了下，抬手摸了摸她的头：“别生哥哥气了，好不好？”

夏枕虽然一早上被江炽逗得有点儿不高兴，想闹别扭，但很害羞。

更何况刚才在校门处，夏枕发现江炽对别人的态度似乎跟对自己的态度不同。

他对她似乎要温柔很多。

“说句话。”江炽说。

夏枕还是低着头不说话。

江炽被她逗笑了：“真不说？”下一秒江炽懒懒地抬手，用长指轻轻地挠了挠她的下巴。

他跟逗小猫似的，夏枕被挠得一阵痒。

江炽看她这样，笑了起来，下一秒抬手揉了揉她的脑袋。

高一第一学期，学校不按成绩分班，是把学生们打乱了分的。

夏枕被分到了四班。

让夏枕高兴的是许洛洛居然也被分到了四班，两个人又同班了。

教室里是双人桌。夏枕进教室的时候，许洛洛已经帮她占好了位置，是中间靠窗的座位。

开学的第一天，班级里荡漾着一股学生期待以后生活的躁动劲儿。

许洛洛的座位靠着过道，夏枕的座位靠窗。

夏枕刚坐下，许洛洛就“咦”了一声：“枕枕，你的耳朵怎么这么红？”

夏枕毕竟心虚，一听这话立马捂住耳朵：“啊？真的吗？”

“是啊，红得跟被人揪了耳朵一样。”许洛洛说。

不过还好许洛洛心里装着别的事，没太在意夏枕的耳朵，趴到了桌上。

她用笔尖戳了戳面前摊开的笔记本，叹了一口气。

这段时间以来，夏枕对少女心事的敏感度突飞猛进。她知道许洛洛为啥不开心。

化学课代表考进了其他学校，没有升学成功。

见旁边的许洛洛还在笔记本上戳来戳去，夏枕借此想到了其他事情。

这段日子里因心脏满当，夏枕都忘了一年后的事。

一年后，江炽毕业，即将上大学。

江炽成绩好，大学肯定不在屿城，到时候两个人就不在一座城市里了。

夏枕有点儿发愁。

这时班主任从教室前门走进来。班主任是一个四十多岁的女老师，不苟言笑，戴着副眼镜，教英语。

上午第一节课，老师让男生去教务处搬教材。教材一被分发下来，班主任拿起书本就开始讲课，没有多余的话。

除了班主任，其他科目的任课老师没有这么积极。上午的几节课，大部分老师在跟学生们热络地聊着天儿。

一天就这样过去了，下午放学，江炽来教室里找夏枕。

校外有一条小吃街。它被叫小吃街，是因为这里卖小吃的店铺很多。其实在这条街上，卖吃的、用的，给顾客提供住处和玩乐的店铺，一样不少。

夏枕来过这里几次。其中一次是江炽喝醉了，她和江汐一起来这里找他。

那是夏枕第一次知道江炽喜欢她。

夏枕还在想以前的事，江炽已经把她带到了奶茶店前。

明廉中学的这个校区靠近市区，来这里喝奶茶的人很多。

现在是放学时间，店前排起了长龙。

见她还在发呆，江炽轻敲了一下她的脑袋："想什么呢？从教室里出来你就一直在发呆。"

夏枕的确从早上起就不在状态，一直在想一年后江炽去上大学自己怎么办。但这会儿她也没把这事说出来让江炽跟着不高兴。

"没有，"她说，"我在想喝什么奶茶。"

江炽："你不是一直喝加冰激凌的奶茶吗？其他的你也不爱喝。"

"今天我换个口味。"夏枕从长长的队伍中探出头，看了眼挂在店外的奶茶单，"抹茶红豆奶茶，我今天想喝这个。"

江炽也没什么意见："行。"

队伍渐渐缩短，排在夏枕和江炽前面的是一家三口，下一个就轮到他俩了。然而夏枕发现前面的小孩从几分钟前就一直在盯着他们。

小男孩五六岁的样子。他转身看着他们的脸和手。

小男孩的父母正在跟店员说话，压根儿没注意到他。

一旁的江炽明显也发现了小男孩一直在看他们，吊儿郎当地问："小屁孩，看什么呢？"

小男孩眨巴眨巴眼睛，几秒后往前凑了下，小声地跟江炽和夏枕说："前几天我表哥被我舅舅、舅妈揍了一顿，他们说学生不可以过早谈感情。"小男孩说到这里，轻轻皱眉，声音更小了，"是不可以吗？我在幼儿园也有喜欢的小朋友呀！"

夏枕努力抑制住，不让自己笑出声来，这孩子实在太可爱了。

江炽也弯了下唇。

想着不能带坏小孩，他说："要好好学习。"

"哥哥！"小男孩突然喊了江炽一声。

江炽"嗯"了一声。

他的嗓音很慵懒，夏枕觉得心上被轻挠了一下。

下一秒，江炽笑了声，吊儿郎当地逗小孩。

离开奶茶店后，因为天气太热，夏枕一杯抹茶红豆奶茶也没喝下多少。

江炽不喜欢喝甜腻腻的奶茶，就看着夏枕喝奶茶。

他们坐公交车回家，没碰上高峰期，车厢里空荡荡的。

两人上了公交车后，坐在后面。公交车摇摇晃晃地开着，两排吊环跟着晃荡。

因为车上的人不多，所以周围很安静，仿佛整个世界只剩下公交车行驶的引擎声。

这气氛莫名有点儿尴尬。

夏枕从早上起就一直被江炽说害羞——虽然这是事实，但她也不想被江炽抓着这个把柄。毕竟他越说，她会越不好意思。

过了一会儿后，夏枕开口，想打破这种尴尬的氛围："你们分班了吗？"

江炽放松地坐在车椅上，把双臂闲散地搭在前面的椅背上，懒懒地垂下修长干净的手指。

闻言，他侧头看了眼夏枕："没，我的班级跟高二一样。"

"哦。"夏枕点点头，没话说了。

怎么她越说越觉得尴尬？

倒是江炽开口了："今天开学，你感觉怎么样？"

夏枕："感觉很好啊。对了，我跟许洛洛一个班。"

江炽点点头："那就行。"

江炽忽然抬手捋了把夏枕的头发："以后有男生接近你，你记得躲开啊。"

夏枕蒙了一下，没反应过来江炽这话是什么意思，松开吸管，问："什么接近？"

敢情她压根儿接收不到别人对她的好意呢。

江炽笑了下，也不继续刚才的话题了，揉乱她的头发："没事，喝你的奶茶吧。"

夏枕从小就对这方面的事不太敏感。江炽其实也是随口一说，并没有警告她的意思。

隔日清晨，两人没再坐公交车。江炽骑车带夏枕上学。

他把车骑进校门的那一刻，旁边的同学好奇地望了过来。

前面的江炽感觉到夏枕忽然攥紧了他的衣服，笑了声。

从停车场来到教学楼前，江炽跟夏枕说："我中午就不跟你吃饭了。"

夏枕点头："嗯，你跟你的朋友一起去吃饭吧。我中午跟洛洛一起吃饭。”

以前夏枕都会跟许洛洛一起吃午饭。许洛洛只有夏枕这个朋友，夏枕不想让她一个人吃饭。

江炽也理解夏枕，中午跟林希芋他们结伴去吃饭了。

两个人走到教学楼下。夏枕的教室在一楼，江炽的教室在四楼。

江炽用下巴往她的教室指了指：“行了，你进去上课吧，早读时间快到了。”

夏枕弯起眼睛，朝自己的教室走去：“下午再见。”

江炽听见这句话，挑了挑眉，什么都没说。

要是夏枕认真听讲，就会觉得上课时间过得挺快的，早上三节课一晃而过。

夏枕盯了书本太久，眼睛有点儿累。她想起来到外面看看绿色的东西。

她刚起身，坐在后面的同学忽然试探性地问了一声：“月月？”

一开始夏枕还没注意，然而下一刻那个人说出了“枕月亮睡觉觉”这几个字——她顿时受到了惊吓。

她看向了后头的人。

夏枕后面的女生扎着马尾辫，脸颊有点儿婴儿肥。

夏枕一眼就认出来了。这个女生是三个月前她参加奥赛，和江炽一起来明廉中学时遇到的那个女生。

当时那个女生问夏枕和江炽在一起了没有。但令夏枕惊讶的不是这个女生怎么会在高一上学，而是这个女生为什么会知道她网络账号的名字？

一般情况下，网络账号被现实生活中的人找到，给账号主人带来的只有惊吓，没有任何惊喜。

夏枕这会儿是真被吓到了。想到心事被人撞破，她就像一个气球被扎了一针，里头的气全跑了。

后面的女生却不自知。她以为夏枕惊讶的是为什么她上学期就出现在这里了，现在却还在读高一。

女生赶忙解释道："我留级了。因为后面那个学期时我生病了，没上课，所以就继续读高一了。"

夏枕还没从那种受到惊吓的情绪中缓过来："你……"

"啊。"女生像是突然知道夏枕想问什么，连忙摆摆手，"你别担心，我不会说出去。因为你画得实在太好了，人物也太像了。关键是你们长得太好看了。我看你的图，一下子就把你认出来了。"

夏枕还是很蒙。

女生最后还保证了一句："你别担心，我真的不会说出去。"

这会儿女生的同桌和许洛洛都不在座位上，所以旁边也没人听到她们的对话。

夏枕听女生说得这么信誓旦旦，突然也不知道自己要说什么了。

就在气氛尴尬得两个人要聊不下去的时候，许洛洛刚好从外面回来："枕枕，你在干吗呢？"

夏枕回过神来，看向许洛洛："啊，没事。"

许洛洛从教室后门进来时，看到刘楚欧在跟夏枕说话。许洛洛向来比较开朗，刚开学两天，就认识前后桌的同学了。

许洛洛看向刘楚欧："刘楚欧，想跟我们枕枕成为朋友啊？"

刘楚欧没否认，笑着回道："毕竟是同学嘛，大家都得认识。"

许洛洛"嘿嘿"一笑，一把搂过夏枕的脖子，开玩笑道："不行，枕枕是我的。"

说完，许洛洛就转头跟夏枕说话去了："枕枕，一起去小卖部买点儿吃的。我一到大课间就觉得好饿。"

夏枕也不想去想刚才的事了，点头："好啊，我也饿了。"

夏枕和许洛洛到小卖部里"搜刮"了许多吃的东西，把面包、小饼干、辣条、薯片装满了一塑料袋。

最后两人从小卖部里出来。许洛洛提着一大袋零食，夏枕拎着两人的奶茶。

小卖部一到大课间就有很多人。许洛洛容易出汗，出来后额头都渗出了细细密密的汗："哇，真的热到窒息。"

夏枕也觉得热。只不过她不容易出汗，没许洛洛那么难受。

许洛洛咬了一口脆骨烤肠："我这辈子最大的愿望就是逃离又湿又闷的南方，以后工作了，带着我爸妈到北方那边生活，冬天还有暖气。枕枕，你呢？"

夏枕咬了一口烤肠："我还是留在屿城吧，这里挺好的。"

她话音一落，许洛洛顿时"哎"一声，凑了过来："是因为你哥哥也在这里吧？”

夏枕一下子有点儿不好意思，不过没有像在江炽面前那么害羞，说：“这是其中一个原因。不过，我还是挺喜欢屿城的。”

许洛洛“哈哈”大笑：“也是啦，其实杨雨是北方人，上完高中，他爸妈就要接他回北方了。我如果能考上那边的好大学就好了，可以跟着他过去。”

杨雨就是许洛洛和夏枕初三班上的化学课代表。

以前，大家都想以后考个好高中，不会考虑得太远。等大家上了好高中，目标就更远大了。

两个人闲聊着回了教室。

夏枕和许洛洛绕进教学楼走廊的时候，发现四班起了小小的骚动。

夏枕还没反应过来，肩膀就被从后面走上来的人拍了一下。

“同学，有人来找你。”

夏枕顺着这位同学手指的方向望过去，就看到了倚在走廊墙上的江炽。

“哇。”许洛洛赶忙拿过夏枕拎着的两杯奶茶，“快去。”

夏枕觉得耳朵有点儿发热，朝江炽走了过去。

江炽看着夏枕走过来。

她停在江炽面前，听见他笑着说道——

“我一来就找不到你人在哪儿。”

夏枕抓了下耳朵：“我去小卖部了。”

江炽哼了一声：“小吃货。”

“我好饿啊，以前大课间老吃东西，现在养成习惯了。”夏枕说着抬头去看江炽，“你饿吗？”

“还行。”江炽说。

夏枕跟没听到江炽说话似的，说：“我去给你拿点儿吃的，刚才买了很多东西。”

说完，她准备进教室。

江炽也没阻止她，小姑娘开心就行。

夏枕刚走出两步，又跑回来蹭到江炽的身边：“你要在这里等我。”

“我又不会跑。”江炽被她逗笑了，“你这么谨慎做什么？”

夏枕听着身后那隐隐约约的讨论声，脸有点儿热：“我……我怕你被吓跑了。”

她怕江炽听到别人讨论他们，觉得不耐烦，就不过来找她了。

江炽脸上的笑容退去了。

夏枕从小在温馨的环境中长大，按理来说不会没有安全感。但自从小时候经历过那场火灾，夏枕偶尔会露出没有安全感的一面。连她自己都没有意识到这一点，但江炽对此一清二楚。

夏枕不明白江炽为什么突然不说话了，正想问为什么，江炽忽然攥住了她的手腕。

他难得正经，语气认真地说：“别怕，我跑不了。”

夏枕被他的声音挠得心微颤。

下一秒钟，他立马恢复了没正形的样子，开玩笑逗她。

“从你出生起我就被你预订了，”他懒懒地笑了声，“天天跟在你的屁股后面当哥哥。反倒是你，你要对我负责啊。”

夏枕的生日在九月。星期五这天刚好是她的生日。

中午的下课铃声一响，夏枕转过头，邀请许洛洛一起吃饭，但许洛洛立马拒绝了她。

“你别总跟我吃饭，冷落了学长怎么办？我今天杨雨过来陪我吃饭，你就别担心我了。”

许洛洛知道夏枕开学这几天总跟她一起吃饭，是因为怕她感到孤独。

夏枕说：“没关系，我也想跟你一起吃饭。”

“学长肯定更想和你单独一块儿吃饭。谁不想跟你每分钟待在一起啊？”许洛洛笑着说，“再说了，今天是你的生日。你让你哥哥陪你过生日。”

许洛洛捏捏夏枕的脸：“礼物我放学再给你，要保持神秘感。”

许洛洛说完话，就有人给她打电话。她低头看来电显示，从椅子上起身：“那我先走了啊，你记得去吃饭。”

“好。”夏枕点点头，也朝许洛洛挥挥手。

许洛洛一走，夏枕从桌肚里摸出自己的手机，正想给江炽打电话，江炽的电话就来了。

夏枕将电话接了起来：“喂。”

“你吃完饭回教室，我去找你。”

江炽还不知道夏枕中午一个人吃饭，想等她吃完午饭了再去教室里找她。

夏枕怕江炽已经吃过了，想着如果他已经和林希芋他们吃过饭了，就不用特意过来陪自己了。

她试探着问："你去吃饭了吗？"

江炽讲话的声音从听筒传过来，有点儿哑："没，怎么了？"

江炽话音刚落，夏枕就听到了林希芋的声音。

"灭绝师太让我们做完这张试卷后去吃饭！她怎么不让我做完试卷直接升天啊？！"

夏枕"扑哧"一声笑出来："你们被罚了吗？"

江炽挑眉道："能不能对你哥有点儿信心？我没被罚，被罚的是林希芋他们。"

夏枕弯起唇角。

早上江炽的确没被数学老师罚。上高三了，他上课基本会听讲。

江炽的数学老师还是原来高二的老师。夏枕以前也没少跟江炽待在一起，自然知道林希芋常喊的"灭绝师太"就是他们的数学老师。

"为什么他们会被罚啊？"夏枕问。

夏枕的话音刚落，林希芋的声音又从那边传过来了，带点儿委屈。

"我们不就是在上她的课时说了几句悄悄话吗？"

江炽等林希芋说完了，懒懒地笑了声："他跟你说了。"

夏枕已经把吃饭这件事抛到脑后了，倒是这会儿江炽突然发现了异样之处："你还没去吃饭？"

她要是去吃饭了，怎么有时间在这里打电话跟他瞎聊？

夏枕知道他们还没去吃饭，就如实说道："还没吃。"

"在教室？"江炽问。

"嗯，是。"

"我下去找你。"

江炽转头跟林希芋他们说了句什么，紧接着夏枕就听见林希芋那清朗的少年音飘了过来，周围还有男孩子的哄闹声——"赶紧去，快去陪我们枕妹！"

夏枕每次一听人起哄，总是控制不住感到脸热。

江炽又把手机放在耳边了，声音里带着笑："在教室里等我。"

夏枕乖乖地坐在座位上，点点头："好。"

中午两人是在校外吃的。知道夏枕有午睡的习惯，江炽也没耽误她休息，吃完饭就把她送回来了。

夏枕今天零点的时候收到江炽"生日快乐"的消息。她睡得早，早上起床后才看到他的消息。

但是除了这句"生日快乐"，夏枕没看到江炽有其他的表现了，甚至连礼物也没有收到。

下午，夏枕也一直在等江炽给自己送礼物。她一下课就把手机摸出来看，但是什么消息都没收到。就连许洛洛都在离开教室前给她塞了礼物，江炽却没有任何表示。

夏枕看着干净的屏幕，心想：他不会真的忘了吧？

她把老师今天布置的作业放进书包，整理好课桌，江炽刚好从楼上下来。

江炽把书包斜挎在肩上，晃悠悠地从教室前门走进来，正无意识地转着手腕，估计是手腕又疼了。

班里还有没走的同学。江炽长得好看，而且他的名字在学校里可谓如雷贯耳，大部分人很好奇地看了过去。

江炽停在夏枕的桌边："收拾好了没？"

他还是一副什么都不知道的模样。

夏枕有点儿丧气，但也没说什么，把东西都收拾好了，拉上书包拉链，从椅子上起身，把椅子推回桌边："走吧。"

江炽拉过夏枕的手，伸手接过夏枕手里的书包。

今天是夏枕的生日，夏父提前下班回家。

他回家的时候，发现江炽和夏枕都还没回来。夏父脱下身上的西装，将西装挂在门廊边的衣架上："孩子们还没回来？"

"没呢。"夏母正张罗着今天的晚饭，"今天是枕枕的生日，江炽应该带她去玩儿了。"

夏父今天开了一下午会，觉得嗓子有点儿难受，到厨房里倒水喝。

夏母也进了厨房。

夏父喝了口杯中的水："对了，早上老江给我打了电话。"

夏母一愣，然后问："江炽他爸？"

"我能叫'老江'的还会是谁？"夏父说完，清了下不舒服的嗓子。

"把两个孩子扔在这里自生自灭，他自己跟人间蒸发了似的。我能记得江炽和江汐还有个爸爸就不错了，哪儿能记得他的名字？"

夏母的话里全是讽刺，夏父也听得出来。

夏母一向是个很包容、很温柔的人，很少会在提到一个人的时候这么生气。

夏父说："你消消气啊。我知道你把江汐、江炽当成自己的孩子，但老江毕竟是他们的亲爸，这是事实。再说，他每个月都给这两个孩子打钱，也没有坏到骨子里。"

"行了，你就别为你的老朋友说话了。我啊，就是对他有偏见，你说再多也没用。"

夏父被夏母逗笑了："行行行，我不说，我不说。"

"他打电话给你有什么事？"毕竟是关于江炽和江汐的事，夏母还是没办法放下心。

夏父："他让我帮忙劝劝江炽。"

"劝什么？"

"他现在想把江炽接过去了。"夏父说，"他想培养江炽，以后让江炽继承家业。"

夏母听到这里，有点儿急了。她一想起江母和两个孩子，眼睛就有点儿发酸："他这是什么话？他和现在的老婆没有孩子，就惦记起江炽来了。他十年前为什么把两个不到十岁的孩子丢下不管？"

夏父赶忙放下了手里的杯子，过去搂住夏母的肩膀，拍拍她的背："我知道你替两个孩子和他们的妈妈觉得不值。"

江家和夏家是邻居，关系很近。江母还没去世那会儿，夏母跟她的关系特别好。两个人跟姐妹一样，所以孩子们也玩儿得好。

夏父继续跟夏母说："但你想想，老江让江炽继承家业，其实对江炽来说利大于弊。这对江炽的一生都会有很大的帮助，他以后的日子就顺了。这两个孩子从小过得苦，现在生活也有盼头了。这个社会上的人还是重视权势和金钱。有了他爸的背景，江炽能少吃很多苦。"

"他问过江炽了吗？"

"他问过了，说是最近一直在联系江炽，但江炽不愿意，所以早上才给我打了电话。"

"行了，这事我不管。"夏母收敛了一下情绪，吸了下鼻子，缓解心里的酸涩感，"但他得尊重江炽的意见。江炽不想去就不去，想去我也不说什么，我尊重孩子的决定。"

"嗯，就是这样。老江给我打电话的时候我也是这么说的，让江炽自己想。"夏父叹了口气，"行了，你别气了，今天是女儿生日，开开心心的。"

"都怪你，今天说什么老江的糟心事，出去，我做饭了。"

夏父笑了："好好好，都怪我。"

回来的路上，夏枕依旧没听见江炽提起她的生日。

他跟完全不记得她的生日似的。

夏枕途中还特意让江炽陪她到海边坐一会儿。

一到傍晚，海风就很舒服。夕阳的光线洒在海面上，海浪微微地打着卷，一层一层地漫过来。

夏枕和江炽并排坐在沙滩上。

天渐渐黑了。没一会儿路灯就陆续亮起，暮色四合。

两人聊的都是一些无关紧要的东西。夏枕毕竟是个藏不住事的人，急得不行，抛出一句话来："洛洛今天给我送礼物了。"

江炽正把双臂懒懒地撑在身后，闻言侧头看向夏枕："嗯，她送了什么？"

他好像没意识到今天是她的生日。

夏枕有点儿闷闷不乐。

以前每个生日，他都会送自己生日礼物，还会买蛋糕，晚上一家人围在一起吃饭。

他觉得新鲜感过去了，不在乎她了吗？

夏枕没回答江炽的问题，拿过脚边的书包："我要回去了。"

江炽还把手撑在后头，一副闲散的样子。他伸手一把攥住了夏枕的手腕："急什么？"

夏枕想甩开江炽的手："我饿了，要回家吃饭了。"

下一秒，夏枕没站稳，被江炽拽了回去，坐回了沙滩上。

夏枕跟只生气的兔子似的，愤愤地回过头："你干吗？"

最后一个字她还没说完，江炽靠过来，用仅他们两个人能听见的音量说话。

"气什么？"他笑着说，"礼物我已经送出去了，你今晚回家就看到了。"

夏枕一下子就愣住了，觉得自己被江炽拿捏得死死的。

过了几秒，她脸上发红，推开江炽：“你逗我！”

明明知道她一直在等礼物，他还一直逗她。

“我这不是为了保持神秘感吗？”江炽笑了下。

夏枕哼了一声，别过头不去看他：“鬼才信你。”

江炽被她逗笑了，把她搂了过来：“行了，不气了。

“我忍到现在不就为了这会儿能跟你邀功？”

夏枕没听明白他的意思。

江炽又说：“这会儿适合我跟你邀功。”

夏枕蒙了，声音里全是疑惑之意：“邀功？”

夜色渐深，海色渐暗，海浪打在礁石上。

夏枕的声音消失在隐隐的海浪声里。

周围有海风声，和隐隐约约的人声。

这一切都让人舒服得昏昏欲睡。夏枕有些晕，渐渐地闭上了眼眸，掉入一片昏暗却柔软的世界里。

江炽用骨节分明的长指碰了碰她的脸颊，嗓音里带着笑：“脸这么烫。”

夏枕睁开眼，急了，开始说瞎话：“你的手比我的脸还烫。”

江炽闷声笑道：“是，你说什么就是什么。”他又郑重其事地说了句，“生日快乐。”

江汐还没开学，现在还没回学校。江炽和夏枕还没回来，江汐已经在厨房里给夏母帮忙了。

江炽和夏枕回家的时候，江汐刚好从厨房里出来。

作为一个过来人，江汐在看到夏枕的脸后，一下子就挑起了眉。

她瞥了眼旁边的江炽，意味深长地笑了：“哎，你能耐了啊。”

夏枕明显不知道江汐在说什么。

江汐这话就是故意说给江炽听，有这个机会，肯定要损弟弟一番。

江炽面不改色地说：“没你能耐。”

江汐一巴掌甩在他的手臂上：“去你的。”说完，她看向夏枕：“枕枕，快去洗手，可以吃饭了。”

夏枕现在脑子里都是乱的，听江汐这样说，乖乖地点头：“好。”

晚上一家人围在桌边吃饭。夏父、夏母一向跟孩子们谈得来，一顿饭吃得其乐融融。

吃完饭，大家各自洗漱，然后围在一起吃蛋糕。

他们折腾完已经是晚上十一点了。

江汐在吃蛋糕的时候已经把礼物塞给夏枕了。吃完蛋糕后她不准备留下来打扰夏家，回隔壁去了。

夏父和夏母在厨房里。

江炽放松地靠在沙发上，屈起手臂，摸了摸夏枕的脑袋：“礼物在你的房间里，你待会儿自己上去看。”

这会儿已经有点儿晚了，江炽留下来不合适，收回手臂：“我先回去了。”

夏枕乖乖地点头。今天过得挺开心的，但她还是没有抬头去看江炽：“好。”

江炽偏头又看了她一眼。

这时夏母刚好从厨房里走出来："江炽。"

江炽应了声，把目光从夏枕身上收回来，看向夏母："夏姨，怎么了？"

夏母跟江炽招招手："来，你过来，夏姨跟你说点儿事。"

"行。"江炽点点头，在沙发上微使了下力，站了起来。

起来的时候他还不忘捏一下夏枕的脸："你去睡了啊，别熬夜。"

夏枕疑惑地看着夏母和江炽出门，不过也没有想太多，起身到楼上去看礼物。

"江炽，你叔跟我说了你的事。"夏母站在门边，跟江炽说话，"你爸早上给你叔打了电话，让你叔劝你回他那里去。"

江炽一听这话，微皱起眉。

夏母继续说："是这样的，我跟你叔都不想影响你的决定。这是你自己的事，阿姨只想问问你的想法。阿姨知道你自己拎得清，你去你爸那儿还是有好处的。我就是想跟你说，你想去的话别顾虑我们。我虽然一直对你那个亲爸有意见，但也是真的希望你未来能过得好一点儿，顺一点儿。"

"夏姨。"江炽停顿了一下，"我没什么想法，一开始就不想去。"

夏母其实很矛盾，既不希望江炽走，又希望他以后少吃点儿苦。

谁不疼自己的孩子呢？

夏母说："如果你继承他的家业，未来能省很多精力打拼……"

“夏姨。”江炽打断她的话，笃定地说，“我不想靠他活着。”

夏母一下子没话说了，看着江炽。

这孩子十几年来还是这样，敢做敢拼，爱恨分明。

夏母忽地就笑了：“我明白了。行了，”她拍拍江炽的肩，“回去吧，赶紧洗漱完睡觉，明天还要上课。”

江炽“嗯”了声，揉了把头发：“那我先走了啊。”

“去吧。”

自从上高三后，江炽收敛了不少，虽然还是会碰电脑，但不会耽误学习。

林希芋他们天天起哄，说江炽真的变了，说江炽肯定是有人管着了，还说“枕妹一来这里，江炽就从不良学生变成了三好学生”。

他不逃课，上课不睡觉，也不打架。

江炽是真的变了很多。即便他在学习上很有天赋，但花在功课上的时间也比以前多了。

靠自己活着，他就得咬紧牙关拼。

生活像一杯澄净的柠檬冰水，像一枚酸涩的小青桔，偶尔也甜得令人心发颤。

日复一日，斗转星移，转眼就到了冬天。

高三年级的学习氛围越来越紧张，连班里好动的男生都渐渐地沉静下来。林希芋也不例外，玩儿心收回来不少。

江炽这天下课正在做数学题，突然感到肩膀被碰了碰。

坐在最后一排的江炽回过头，看到夏枕手里捧着杯热饮看着他，眼睛弯弯的。

她隔一段时间就会去修剪头发，齐颈的短发看起来很乖巧。

“哎，炽哥，谁来了啊？”旁边有男生开始起哄。

男孩子们就喜欢开玩笑，大家都“哈哈”大笑。

江炽知道夏枕不经逗，看着她笑了笑，从座位上起身，带着她往教室外走。

有男生摔了手中的练习册：“生气，炽哥有妹子送奶茶喝，而我还要做题。”

另一个男生也把自己的练习册甩在桌上，附议道：“生气！我也要做题！”

冬天的风“呼呼”地吹着，冷意渗骨。

江炽刚出门，夏枕就把热饮递了过来：“给。”

江炽接过热饮，碰到夏枕的指尖，发现她的手凉得跟冰块似的，皱眉道：“手怎么这么冰？”

夏枕把手收回来放在嘴边呼气：“没事，我回教室里坐一会儿，手就热起来啦。刚才我跟洛洛去小卖部里买东西，在路上被冻着了。”

江炽低头看着夏枕被冻得泛白的唇，感觉手里的那杯热饮有点儿烫。

夏枕看着他：“你快喝呀，要不待会儿它就凉了。”

外头冷，夏枕准备回教室了：“好冷啊，我回去了。”

高一的教室在一楼，她还得下三层楼呢。

江炽没回答，拉着她往楼梯间走去。

夏枕感到疑惑，但还是跟着他走。

五楼的楼梯间里没人，江炽把她带了过去。

空荡荡的楼梯间里有点儿凉，夏枕生怕吵到人，小声问道：“怎么了？”

江炽把热饮放在旁边，没答话。

夏枕还没反应过来，就见穿着校服外套的江炽伸手扯开衬衫衣摆。夏枕眨了一下眼睛，又下意识地抬手挡住了眼睛。

然而江炽强行拽住了她的手腕，把她的手放入他的外套里。

男生的体温偏高，夏枕感觉到一片暖意，隔着一层温热的布料，摸到了江炽紧实流畅的肌肉线条。

夏枕脸一红。她听到江炽被她的手冻得发出“嗞”的一声，要把手拿出来。

江炽攥紧了她的手，声音低沉又强势：“焐着。”

夏枕感觉手心都要烧起来了，脸又开始不争气地发烫。

江炽低眸瞧她，忽然笑了，开始瞎扯：“我被冻得不行，看你的脸挺热的，给我暖暖？”

夏枕被他这么一逗，脸更烫了，闷声说：“你真的好烦啊。”

江炽听着夏枕这句万年不变的口头禅，笑了。

这几天屿城都是阴天，一丝阳光都没有，气温很低。

这几天江炽和夏枕都是坐公交车上学、放学。江炽倒是可以骑车，但是怕冻着夏枕。夏枕细皮嫩肉的，他一看就知道她不扛冻。

下午放学时，江炽下楼找夏枕。两个人一起往学校外的公交车站走去。

夏枕一边小碎步跑，一边跺脚："好冷。"

她穿再多的衣服，冷意还是能见缝插针地渗透到骨头里。

江炽伸手一把搂过她的脖子，带着她跑了起来："跑步热热身。"

夏枕"呜"了两声："我不要跑步。"

她最不喜欢跑步了。

江炽无底线地纵容她："行，不跑了。"

两个人的运气不错，他们刚到公交车站，经常坐的那班 246 公交车就停下了。

已经有等在那儿的同学陆陆续续地刷卡上车了。

夏枕看到有人上车了，立马拉住江炽的手往前跑："快点儿，要没座位了。"

江炽声音里带着笑："是谁说不要跑步的？"

夏枕想要赖，奈何不会说谎，有点儿心虚："谁说的？是你，不是我。"

江炽笑了一声，带着她朝公交车跑去。

然而两个人刷卡上车的时候，车上已经没座位了。

"啊，没座了。"夏枕说完这句话，就看到坐在最后一排的江汐。

江汐快实习了，这几天回家办点儿事情，明天就要回学校。现在她刚从城西回来。

她笑着朝他们招了招手。

他们走过去，就见江汐拿开了旁边的包。

“怎么样？我占了个座位。”江汐说着笑了下，朝江炽抬了下下巴，“枕枕坐，江炽站着。”

公交车缓缓地行驶，江炽笑了下，习惯性地揉了把夏枕的脑袋：“快坐。”

他的话音刚落，公交猛地一刹车，停了下来。全车人因为惯性，身体往前倾斜。

车门再次被打开，前面有两个人急匆匆地上车了，是一个男生和一个女生。

夏枕一抬头就看见了易胭。虽然很久没见面了，但夏枕认得这个长得很漂亮的姐姐。

前面那个男生夏枕不认识，但江炽认识他。

男生是苏岸。

苏岸穿着一件及膝的黑色羽绒服，里面是衬衫和绲着黑色细边的米白色毛衣马甲，衬衫的领子被一丝不苟地理平。

高三这学期，苏岸长高了不少，但一张脸还是十分秀气，唇红齿白。

他走在前面，掏出公交卡刷了下，对司机大叔礼貌地说了声“谢谢”。

易胭跟在后头，学着苏岸的样子对司机甜甜地道：“谢谢师傅。”

即使她声音是甜的，但丝毫掩盖不住脸上肆无忌惮的表情。

车上早已没座位了，左边一排吊环还有一个空着，右边一排吊环有两个空着。

苏岸停下脚步，拉住了右边的吊环。

易胭从后头追上来，抬手抓住了苏岸旁边的吊环。

现在的苏岸足足比她高了一个头儿。易胭抬头去看苏岸："要不是我刚才在校门口遇到你，你是不是就走了——不等我了？"

苏岸看着她，终于吐出一句话："你以后别来找我了。"

易胭闻言抬眉："我乐意啊，你管我。"

她说完，凑过去看苏岸那双眼睛，笑道："怎么样？你要管我，其实我不介意，我会很开心。"

苏岸避开她直白的眼神，侧过头看向窗外，最后还是说了一句："别来找我了。"

易胭很少会有受挫的感觉，或许是天气冷的原因，人的心情都抑郁起来。

她忽然有点儿挫败感。

"苏岸，你为什么……"她停顿了一下，"不能对我温柔一点儿？"

苏岸神色毫无波动，极为冷淡。

车厢后面的江炽靠在夏枕前面一排的椅背上，微弯着一条腿。他用右手懒懒地拨弄手机，左手牵着夏枕的手。

某一刻，他感到手臂忽然被人轻拍了下。江汐叫了他一声。

江炽把目光从屏幕上移开，偏头看了眼江汐："怎么了？"

江汐将目光落在前面，眉头紧蹙。

江炽顺着她的目光侧头望向了车厢前面。

一看到苏岸，江炽一下子明白江汐叫他的原因了。

他把目光收回来，就听江汐道——

“我没看错吧？他是苏家的那个小儿子。”

江炽的目光落在江汐的脸上，他沉默了几秒：“嗯。”

夏枕听不懂他们在说什么，但也察觉到气氛有点儿微妙。

她没说话，就静静地坐着，不去打扰他们。

江汐的声音失了往日的活力，她喃喃地道：“他还是那么好看，长高了很多。我上次看见他还是五年前。”

十年前的那场火灾，江母和无辜的苏家，对江炽和江汐来说，都是一碰就疼的伤口。

四岁的夏枕都对那场火灾有着模糊的记忆。

十岁的江汐、七岁的江炽，对火灾更是记忆深刻。

映着火光的画面都深深地刻在他们的脑海里。

十年前那个火光漫天的夜晚，夺去的不仅是江母一条活生生的生命。

那一晚，火灾还带走了一个很年轻的消防员。

那个消防员仅仅十七岁，还未成年就陨落在火场里，名叫苏泊。

苏泊是苏岸的哥哥。

当时在场的人都记得那个让人撕心裂肺的晚上。即使是沉浸在失去母亲的痛苦中的江炽和江汐，也忘不了那时绝望的苏家三口。

跟江炽一样大的苏岸当时红着眼睛，知道哥哥没了。

而苏母从那年起就得病了，身体很快就垮掉了。

五年前江汐和江炽尝试过拜访苏家。当时他们正好在苏家外面遇到了苏岸。苏岸也认识他们。苏岸没什么戾气，也对江炽和江汐没什么怨气。虽然说不出原谅的话，但苏岸不会把怨气撒在他们身上，不会恨他们。苏母不一样，失去儿子已经痛苦到失了理智。

所以最后他们没有进入苏家。

后来，同龄的江炽和苏岸在高二那年进入同一个班级。两人没什么交集，各自安好。

直到半年前江炽出手帮了苏岸一把，两个人成为同桌。

江炽一直记得江汐说过的话——

“苏岸这么善良的人，是上天的孩子，谁都不能欺负他。”

是的，谁都没有资格欺负苏岸。

江汐下车就径直走前头了。

江炽问夏枕：“还冷？”

夏枕被冻得瑟瑟发抖，往江炽的身边挤，点头如捣蒜：“冷！”

她知道江炽应该不想提刚才的事情，也就没问他。

江炽笑着拉开自己的羽绒服，将她一把包住。

少年的羽绒服上带了冬天的味道，干净清冽。

夏枕一下子暖暖的。她蓦地笑了：“你像个人工暖炉。”

江炽带着她往前走：“开心吗？”

夏枕点点头，仰头去看他：“开心。”

他们不知不觉地走到门口，就见江家前面停着一辆价值不菲的轿车。江汐也站在了不远处。

江炽在看到车牌的那一秒，眼神冰冷。

后面的车门被打开，一个西装革履的男人下了车，眉眼英俊，有种沉稳的气质。

夏枕顿时就愣了。江炽长得太像江父了，即使多年没见，夏枕也一下子就认出了江父。

在江父朝这边走过来的那一刻，夏枕忽然有了一种危机感，即使在江炽身边，仍无法驱散那种恐惧感。

她忽然说话了，声音有点儿抖："他是来抢走你的吗？"

江炽一怔。

三个月前，夏枕在生日那天找到了江炽给她的生日礼物。

除了江炽自己制作的几个小游戏，还有一条很有设计感、让人觉得很舒服的手链——浅粉色、玲珑剔透的小玉珠被穿在小银环上，小银环上被雕刻了花纹。

江炽有空的时候会制作游戏出售。虽然江父每个月都会按时给他和江汐打一笔钱，但江炽基本上不花江父的钱。

夏枕的这条手链就是他用自己赚的钱买的。暑假那段时间里，他就是因为忙着编程序赚钱，很少陪夏枕，还惹她不高兴了。

江母生前认识一个会打磨银器的师傅。这位师傅手艺精湛，做首饰花的时间比较长，现在只接老客户的委托。要不是因为这位师傅认识江炽的母亲，也不会揽这个活儿。

夏枕那天看到房间里的礼物后，立马从楼上跑了下来。她太兴奋了，忘了几分钟前江炽被妈妈喊出去谈话的事。

于是当天晚上夏枕意外听到了江炽和夏母说的事。

江父想把江炽接回江家。

从那天晚上起，夏枕一直保持沉默。她也不去问江炽这件事，就当没听见他们的话。

然而这件事在夏枕的心里终究像颗小炸弹一样，她不说这件事，不代表这颗小炸弹会消失。

她虽然记不清小时候的事了，但在火场中找不到江炽的窒息感一直深深地在她的血液里。

一朝被蛇咬，十年怕井绳，何况她在那种命悬一线的情境下，还想着要找江炽。

她害怕、恐惧。只是她没有意识到为什么会有这种负面情绪，只知道自己想到会失去江炽就充满恐惧，仿佛一种生理反应，根本控制不了。

看着江父走过来，夏枕莫名有点儿喘不上气。

她沉浸在自己的世界里。此时，江炽抬手捏了捏她的后颈。

他用淡定的声音一下子拴住了夏枕脱缰的思绪："我是你的，他抢不走我。"

江炽俯身，冷空气吹在夏枕的手背上。

他看着她，跟她说：“不怕。”

夏枕的心里有种酥麻感。

江炽说完不待夏枕开口，就直起身子。江父正好走到他们面前，停住脚步。

男人英俊的脸庞虽然有了岁月的痕迹，却不显老态。他把西装熨烫得一丝不苟，衬得身材颀长。

江炽在这个年纪已经长开了，和江父差不多高，但他终究因为差了点儿阅历，感到江父的气场明显更足。

然而，江炽身上却有江父不具备的狂妄的少年感。

“我们三个多月没见了。”江父说完，把目光从儿子的脸上收回来，又云淡风轻地看向夏枕。

多年来在名利场里打滚儿的江父，记忆力好得很。再加上夏家的女儿长得和小时候差不多，眉清目秀的，他一下子就认出了夏枕。

江父笑了下：“夏枕，不跟叔叔打个招呼？”

夏枕听见江父在叫自己，还愣了一下。

江炽没让江父再跟夏枕说话，出声问道：“找我有事？”

江父收回目光，看向了江炽：“你知道我今天来找你是为了什么吧？”

江炽低头瞥了眼垂着头的夏枕，明白有些事他不能瞒着她。她没有安全感——他得让她明确地意识到自己不会离开她，消除她的不安感。江父来找他，为了什么事，他都得让她知道。

他再次看向江父，说起谎来连眼都不眨：“不知道。”

他就是要江父直接说明来意。

江父闻言挑了下眉：“我们借一步说话？”

江父这句话顿时点醒了夏枕。他们在说话，她在这里听着不太合适。

夏枕反应过来说道：“我先回去。”

江炽手疾眼快地用手臂圈着夏枕，用坚定的眼神看向了江父，说道：“不必。”

“也行。”江父又笑着点了点头，“我说过给你三个月的时间思考回不回江家。现在三个月已经到期了，我还多给了你几天。”

江炽没有打断江父的话，确保夏枕能听懂他的话。江父话音刚落，江炽回答道：“我的态度三个月前就已经很明确了，我不去。”

江炽漆黑的眼睛里眼神平静。

他翘起薄唇，一字一字，无比笃定地说：“不管是三个月，三年，还是三十年，我都不会回你那所谓的江家。”

夏枕的心脏顿时像被一只手捏住了，她呼吸随之一紧。

天空灰蒙蒙的，只有风“呼呼”刮过，空气仿佛凝滞了。

几秒后，江父说：“想好了？”

江炽直截了当地说：“这事不值得我思考。”

江父闻言挑眉，也没说什么，看了眼手腕上的手表，似是要赶时间。

正巧此时助理从副驾驶座上下来，朝江父这边走过来。

江父抬眸看向了江炽，收起之前的笑意：“你现在已经是个男人了，一言既出驷马难追。以后你要为今天说出的话负责任。”

江炽看着江父的眼睛，淡淡地“嗯”了一声：“不后悔。”

江父的助理已经过来了，提醒了下江父接下来的行程。江父走之前又看了一眼夏枕，笑道：“夏枕，有空跟你爸到叔叔那里坐坐。”

说罢，江父转身走了。

助理疾步跟上去。

夏枕望着江父远去的背影，浑身被江炽焐得暖暖的。在她身体里乱钻的那股不安感早已在不知不觉中被江炽驱散了。

江炽垂眸看了她一眼，知道她已经把自己的话听进去了。

与其瞒着她，不如让她知道他一直在这里，无论发生什么都不会离开她。

夏枕偏头看着江炽紧紧握住她肩膀的手，不自觉地眨了眨眼睛，几秒后把手从羽绒服里伸出来，攥住了他的手指。

她攥了几秒后，又捏了捏他的手。

江炽觉得有点儿好笑，语气已经没有了他刚才和江父对话时的严肃，吊儿郎当地问：“干吗呢？”

夏枕还是静静地盯着江炽放在自己肩头上的那双修长的手。

江炽也摸不透她要做什么，见她这副样子，开始犹豫，不知道她把自己的话听进去没有。

江炽转过夏枕的肩膀，看着她：“怎么了？”

下一秒，江炽的动作一顿。

因为夏枕的五指穿过江炽放在自己肩膀上的五指之间，她可能觉得五指相扣还不够，紧紧地握住了江炽的手。

少年的长指骨节分明，却又不失力量感，白皙的手背上脉络清晰。

江炽的一颗心突然就落下了。很明显，她是真的听进去了他的话。

下一刻，江炽让夏枕面对自己，还不忘拢紧了羽绒服，怕她被冻到。

江炽黑色的眼睛仿佛黑夜，夏枕觉得自己快被吸进去了。

江炽坚定地看着她："我不走。"

仅此一句，他什么都不用多说了，也不再想所谓的"人生顺遂"。

夏枕也凝视着他，几秒后，坚毅地点点头。

"哥哥。"

"嗯？"

"我们……"她顿了一下，说，"不分开。"

江炽翘起唇角，觉得真是拿她没办法，笑了下："小傻子。"

夏枕还是眼睛亮亮地看着他。

"看什么呢？"江炽声音慵懒地问，带着笑意，"我的脸上有东西？"

夏枕忽然有些紧张，心"怦怦"跳，几秒后，眼神闪躲，话却是被说了出来。

虽然她的声音很小，但江炽听到了。

"你不跟我邀功吗？"

江炽怔了一下——夏枕突然主动的话让他愣了一下。

下一刻，反应过来的江炽偏头笑了下，然后又回过头。

"这有什么不容易？"

夏枕突然意识到这是在家门口处，虽然现在外头没人，但她还是有些心虚。

江炽唇角弯了下，忽然伸手将卡在夏枕下颌处的羽绒服领子立了起来。

两个人眼睛对视，气息温热。

江家院子里的盆栽只剩干枯细瘦的枝杈，有零星的几片枯叶吊在上头。风“呼呼”地吹过，叶子摇摇欲坠。

江炽穿过院子进屋，脱下身上沾满了冷气的羽绒服，挂在门廊边的衣架上。

江汐早已进屋多时，正坐在沙发上吃薯片。

看到江炽，她笑着随口说了一句：“挺帅的啊。”

江炽看了她一眼，没说什么，径自走了进来。

少年穿着米白色毛衣马甲，还是一副有朝气、无所畏惧的模样。但他已经长大了不少。

江炽一屁股在江汐旁边坐下。

他两条大长腿无处安放，随意叉开，身体往前倾，手臂懒懒地搭在膝盖上。

江汐将薯片递了过来：“吃吗？”

江炽抬起手胡乱地拨了拨沾着寒气的头发：“不吃。”

“江老头儿才离开二十分钟，你姐还没沮丧，你咋沮丧起来了？”江汐和弟弟开玩笑，“连薯片都吃不下了。”

江炽唇边带着抹笑，语气吊儿郎当的：“我不沮丧。”

下一秒，江炽问了一句：“我这样做，你怪不怪我？”

江汐靠在椅背上，往嘴里扔了片薯片，闻言看了江炽的后脑勺儿一眼，学着江炽的样子说："我不沮丧。"

说完，姐弟俩就都笑了。

笑得肩膀微颤的江汐放松地靠在沙发椅背上："三个月前，江老头儿把我们叫过去，不就是为了威胁我们吗？以后他不给钱就不给钱呗，我们都这么大了，还怕赚不到钱？"

不管江炽做什么决定，江汐都不会干涉他。

两个人经常站在同一条战线上，做出的决定差不多。

江炽对江汐还是有点儿愧疚。毕竟要不是因为他，江汐也不会被连累。

"我们不就是以后工作难找点儿，不像以前那样每个月能从江老头儿那儿拿一笔钱吗？"江汐倒是看开了，"对自己负责任也是对的，我们怕什么？"

江汐虽然平时总损江炽，但还是很疼他，抬手胡乱地揉了把他的后脑勺儿："别觉得对不起我，你答应他了，那才是对不起我。"

江炽一向不喜欢被江汐揉脑袋。每次被她一揉脑袋，他都觉得自己跟个小孩似的，但这次没有躲开。

江炽答应他了，才是对不起江汐。

谁知江汐下一句话就是："毕竟你是我养了十几年的大型忠犬，我怎么能随随便便把你给人呢？"

江汐说完"哈哈"大笑。

江炽没说话。

江汐笑够了拍拍自己的裤子，从沙发上起身想到楼上去。

她走到楼梯边的时候，突然听见后面的江炽说话了。

“我会努力。”

江汐脚步一顿，在原地愣了几秒。

过了一会儿，她回过头来，嘴角带笑：“怎么？想养我啊？”

江炽刚想应声，就被江汐打断了：“养什么养？我自己画画赚的钱比你这小屁孩做游戏赚的钱多多了，好吗？”江汐说完，笑了，“你还是自己好好地攒老婆本吧。”

说完，她就转头上楼了。

春节过后不久，夏枕和江炽迎来了新的学期。

夏枕所在的高一年级在第二学期进行文理分科。理科是夏枕的强势科目，以前没有分科，她还曾经因为文科成绩不好，整体排名被拉低了。

夏枕进入高一的理科火箭班。这个班级里的学生理科成绩排全级前四十名，大家的实力不相上下。在学习这方面，大家个儿个儿脑子灵光。一个不注意，她就会被后头的同学追上。

火箭班采取一学期一换的制度。在火箭班里的学生要是期末考的名次掉出了年级前四十名，就会被其他平行班排名高的同学顶掉名额。

夏枕的名次一直稳在前几名。她没有掉出前四十名的危险，但这并不代表能过得轻松。毕竟在这样一个学习氛围格外紧张的班级里，谁都会被催生出紧迫感。

而江炽也是忙得不行，高考越来越近了，学校抓学习抓得很严。

江父那边，也算是信守诺言。江炽说不回去了，什么都靠自己，江父也没有给儿子使绊子。

第一场月考在还残留着一点儿冬天气息的初春结束了，夏枕排全年级第八名。

她每次考试的名次不是第七名就是第八名。

夏枕的同桌还是许洛洛。许洛洛虽然平时爱玩儿，性格大大咧咧的，但是在学习上也不含糊，挤进了火箭班。

虽然许洛洛的排名比较危险，但她也算厉害。

“枕枕。”许洛洛碰了碰夏枕的手臂，指指物理试卷上的一道错题，“给我讲一下这道题，老师刚才上课时讲题我听不懂。”

“好。”夏枕看过来，认真地看了眼，便开始给许洛洛讲题。

夏枕刚把题讲完，十四班的刘楚欧就来了一班。刘楚欧是唯一知道夏枕画手身份的人。虽然夏枕刚被刘楚欧撞破画手身份那会儿特别尴尬，但和刘楚欧成为朋友后就放下了心。后来坐她们后面的刘楚欧也和许洛洛成了好朋友。

刘楚欧顺便给她和许洛洛带了牛奶：“‘学霸’们，讲完题了？”

夏枕看到桌上的牛奶，跟刘楚欧道谢：“谢谢。”

许洛洛则是毫不客气地拿过牛奶，拆开吸管一插，笑着跟刘楚欧说话：“怎么你最近有时间过来找我们了？最近不是跟那个谁黏得紧吗？”

刘楚欧拿起夏枕的书伴装要打许洛洛：“我在你眼中就这么重

色轻友？”刘楚欧放下手中的书，又笑着去抢许洛洛手中的牛奶，“牛奶是我买的，你还我牛奶。我以后把给你的牛奶也给枕枕。”

许洛洛跟刘楚欧平时都挺皮的。

许洛洛一下子躲开了：“哇，你这吝啬鬼连牛奶都不给我喝！”

夏枕在座位上笑着听她们拌嘴。

等和许洛洛闹够了之后，刘楚欧才想起正事：“对了枕枕，学长上学期不是参加了全国青少年信息学奥赛吗？结果出来了。”

夏枕一愣。平时刘楚欧说的“学长”就是江炽，但现在夏枕有点儿蒙。

全国青少年信息学奥林匹克竞赛？

夏枕问出口了：“谁？”

刘楚欧惊讶地看着夏枕：“就是江炽学长啊！学校都把他的照片贴上光荣榜了，还在电子屏幕上播报。学长拿了一等奖，已经保送清华了。”

刘楚欧说的每一个字都钻进了夏枕的耳朵里，但是她感觉很陌生。每个字她都能听懂，可是放到一起，就完全听不懂了。

刘楚欧是什么意思？

江炽参加了信息学奥赛？

江炽被保送清华了？

在一旁的许洛洛问：“你怎么了，枕枕？”

刘楚欧看着夏枕这一脸呆滞的模样，有点儿犹豫地问：“枕枕……你难道不知道吗？”

夏枕游离的思绪被刘楚欧拉了回来。她看向了刘楚欧，哑然。

全世界都知道这个消息了，只有她不知道。

她只知道上学期江炽很忙，但是他从没跟自己讲过这事。

过了许久，夏枕才找回了自己的声音：“他没有告诉我，我不知道。”

高一（1）班接下来的课是生物课。讲台上的老师放着 PPT（演示文稿），讲解基因分离定律。

夏枕的脑袋有点儿发晕，刚才下课时刘楚欧跟她讲的事反复在脑海里出现，她甩都甩不开。

生物老师是个戴着眼镜的女老师，挺和蔼的，平时也很好说话。她以前带过的班级，生物成绩很突出，所以学校才会让她来教火箭班。

夏枕看着讲台上的老师，摇了摇头，试图甩掉烦恼。

四十分钟的课程眨眼间便结束了。生物是夏枕的优势科目，所以一整节课听下来她毫无压力。

没一会儿，许洛洛拿着两个水杯从教室前头的饮水机处打水回来，把夏枕的水杯放在桌角处：“去厕所吗？”

夏枕刚把上课时老师讲的一个重点记好，放下手头的笔：“走吧。”

女厕所一到下课就人挤人，大多数女生会结伴而来。青春时代就是这样，女生把友谊建立在一起去吃饭，一起上厕所，一起“八卦”的基础上，没有心机，单纯美好。

夏枕和许洛洛匆匆地洗了手，就从洗手间里挤出来了。

虽已入春，但空气还是有些凉。

校园里的植物以肉眼可见的速度绿了起来，但有些植物没来得及跟上脚步，仍是一副萧索寂寥的样子。

这天倒是出了太阳。人吸一口清冽的空气，就会被凉意刺激得打冷战。

许洛洛到走廊里时，猝不及防地打了个喷嚏，吸吸鼻子："怎么这么冷啊？"

夏枕不扛冻，小巧的鼻尖被冻得微微发红。两个人挤到走廊边一块阳光照得到的区域里。

站了没一会儿，她们浑身就暖暖的。高一的教室在教学楼一层，对着校道。

"枕枕，你也别想太多。"许洛洛道，"或许学长不想让你难过，才不跟你说。"

"嗯，"夏枕点点头，"我没有怪他。"

现在她还不知道他是什么态度，不想胡思乱想。

校道上的学生来来往往，大家说说笑笑。

夏枕一眼就看到了林希芋他们那群人。男孩子们意气风发，拍着篮球，发出爽朗的笑声，正往操场那边走去，可能下节课是体育课。

但夏枕没有在这个人员相对固定的小团体里看到江炽——他不在。

许洛洛也看到了林希芋他们："我发现那个叫林希芋的学长，长得还挺好看的。"许洛洛转过身，把手臂搁在走廊护栏上，"我以前有个小学同学。她性格很直爽，现在在高一（9）班读书。前几天我看她发了条朋友圈，照片里的人就是林希芋学长。"

许洛洛"啧"了一声："哦，枕枕，我突然有点儿好奇。学长交朋友是不是都看脸啊？怎么他们一群人长得都不赖？"

经许洛洛这么一说，夏枕才反应过来，想了一下，好像……的确如此。

“他们还都是计算机‘大神’，有颜值还有高智商。”许洛洛佯装叹了口气，“唉，真是人比人气死人。”

特别是江炽，长得那么好看，还是一个计算机天才。

全国信息学奥赛主要考查的是参赛者的编程能力和算法知识，这些不是学生能在课本里学到的。

这些连大学生都头疼的知识，江炽以前就会了，而且，无人能与他匹敌。

许洛洛甚至怀疑江炽就算去参加数学奥赛，都能考个好成绩。

刚说完这些，她一转头就看见从走廊转角处晃过来一个身影。

夏枕还在看着栽满绿植的校道出神，许洛洛赶紧伸手推了推她的手臂：“枕枕，快，有人来找你了。”

“啊，什么？”夏枕回过头看许洛洛。

许洛洛朝走廊那边抬了抬下巴，意味深长地笑了：“看，你哥哥来找你啦，我先进去了。”

夏枕回过头就看到江炽朝这边走来。

少年身材挺拔，手插在裤兜里，走姿闲适，浑身带着股从容不迫的慵懒劲儿。

他耀眼得让人看第一眼就移不开眼神。

直到江炽在自己的面前停下，夏枕还盯着他。

江炽看着她，笑了下：“为啥站在这儿吹冷风呢？”

外面虽然有太阳，但还是冷。

夏枕抬手指了指太阳，认真地说："我晒太阳。"

江炽一见她就想笑，特别是她这么一本正经地跟他说话的时候。

"晒晒太阳补补钙，"江炽说，"正好你缺钙。"

夏枕没有主动找江炽问早上那件事。她觉得江炽有分寸，想告诉她了，就自然会告诉她。

她要是现在马上就问他，像是在质问他。

夏枕这边还在出神，江炽却先开口了："对了，我找你说个事。"

夏枕一抬眼，就看见江炽嘴角噙着笑，那副样子有点儿得意又有点儿不正经。

"什么？"

江炽看着夏枕："我参加信息学奥赛的事，你知道了吧？"

夏枕一愣："你怎么知道？"

江炽哼了一声："看你这副魂不守舍的样子，我就知道你肯定知道了。"

的确是这样，她的心理活动他都知道。夏枕觉得脸有点儿热，嘴硬地说："你才魂不守舍呢。"

江炽闻言挑起眉，没正形地凑到夏枕的耳旁。

"对啊，我的确是魂不守舍。"他笑了一声，"我从小到大，看到你就魂不守舍。"

夏枕顿觉耳朵一热，转过脸不看他。

身边人来来往往，江炽不逗她了，直起身子。

江炽转过身子跟夏枕并排站着。

"我听说你拿了信息学奥赛的一等奖。"静了一会儿后，夏枕说，

“你被保送清华了。”

从她嘴里听到“听说”这两个字，江炽心里有点儿不是滋味。

他转过头去看夏枕：“早上结果刚出来，我本来准备马上下来自己跟你说，但被班主任叫走了，一时脱不开身。”

江炽的班主任姓高，是个十分和蔼的大叔，跟学生的关系不错，平时也开得起玩笑，和班上活泼开朗的同学成了一家人。

但班主任跟学生的关系好并不代表他对学生不严格。相反，他在学习这方面抓得特别紧。平时学生可以和他开玩笑，但学习上不能含糊。江炽他们升高三以来，全班同学的分数都有所提高。

这次江炽拿了个一等奖，可把高老师高兴坏了。成绩下来后，高老师就立马跑到教室把江炽喊了出来，激动得脸都红了，还语无伦次地说江炽是他带过的唯一因为得奖而被保送清华的学生。高老师非常惜才，江炽不好意思打断他的话。所以江炽错过了在第一时间和夏枕分享拿奖一事的机会。

“你是上一年去参加比赛的吧？”夏枕突然说。

江炽没说话，知道她接下来还有话要说。

“可我不知道。”夏枕没法儿完全不介意江炽瞒着自己。

他是与自己很亲密的人，她不喜欢被他瞒着。他有什么事情，自己居然是最后知道的那个人。

江炽就那样偏头静静地听着夏枕讲话，沉默了一会儿，开口了。

“夏枕，”江炽低沉的声音难得地很正经，“在结果没有确定之前，我不会跟你说。”

“虽然我有拿奖的自信，但万一出了点儿状况，没得奖，没上清华，你失望了怎么办？”

夏枕一愣，完全没料到江炽瞒着她是这个原因。

江炽刚把正经话说完，又恢复了往常的懒散模样，仿佛轻松了不少。

“所以啊，事情没出定论之前，我宁愿你什么都不知道。”

这样她就不用每日替他担心了。

夏枕很久没有说话，到上课铃声响起的时候，还站在那儿一动不动。

江炽把手从兜里拿出来，在她眼前挥了挥手：“你发什么呆？进去上课，打铃了。”

夏枕却突然朝江炽走近了一步。

现在周围有多少人看着他们，江炽虽然不在意，但不能让夏枕被议论。

夏枕一个小姑娘现在在这么多双眼睛注视下，任何言语和动作都会被别人传谣言，这样对一个女孩子不好。

夏枕被迫停住，正疑惑间就见江炽放开她的脑袋俯下了身。他笑了下：“别人还在看着呢。”

夏枕不知道江炽心里的那些东西，所以江炽的这句话落到她的耳朵里就像是他因为别人而避嫌，像是她有多见不得人似的。

夏枕小脾气登时起来了，想推开江炽，耳边却响起江炽懒散的声音：

“人这么多，要主动的话也是我主动。”

江炽平时成绩不错，去清华的事基本上确定下来了。

又是一个月过去，那天林希芋趴在江炽的课桌上叹气。

“唉，炽哥，你现在已经一脚踏入大学的大门了，而我们这些‘咸鱼’还在这里奋斗，为成绩和大学发愁。我就是一条翻不了身的鱼，还得死命地挣扎扑腾，太累了。”

上周四、周五，学校组织了月考。林希芋早上一来就知道了成绩。他考得不是很好，一整天都有点儿沮丧。

江炽知道林希芋也就是说说而已。大家都是这样的，在高强度的学习中难免会有抱怨的时候。努力了成绩却不如意，这会打消人的积极性，但他们终究得咬咬牙挺过去。不管最后高考成绩如何，坐在考场里的那一刻，他们问心无愧就好。

江炽拿着一张试卷过去：“得了吧，凡事都有意外。”他开玩笑道，“要是我的高考成绩不行，我也上不了清华。”

说完，江炽捋了把林希芋的头发：“你也使使劲儿。”

林希芋想想，觉得这话有道理，瞬间跟打了鸡血似的：“我就不信我不能把高考打趴下！”

旁边有男生听到林希芋说的话，接话道：“让我们相约战胜高考！”

江炽闻言笑了下。

林希芋已经回到自己的座位上了，愤愤地说：“把它打到满地找牙！”

“别了，哥，别那么凶残。稍微打一打，让它长长记性就好。被打太惨了它会回来报复，要是我们考不上大学，那也太惨了。”

这是本学期的第二次月考。班主任早早地就把全班的成绩表交给了班长，让班长将成绩表贴到教室前面的公告栏里。

下课后，许洛洛急匆匆地拉着夏枕，去看成绩表。

公告栏那儿挤着一堆人，许洛洛和夏枕在后头根本看不到。

“算了。”夏枕拉拉许洛洛的袖子，“我们等下节课再来看。”

“唉，现在我们只知道两科的成绩，还有四科不知道呢。”许洛洛挠挠脑袋，“不看到成绩，我心里痒痒的。”

成绩表上不仅有排名，还有同学们的各科分数。

现在他们刚上了物理课和英语课，只知道这两门科目的成绩，不知道其他科目的成绩，还真是心痒。

今天轮到高一跑操。但现在有了成绩表，大家都挪不动脚了，个儿个儿挤在教室里。

许洛洛在后面蹦跶了几下，还是看不到成绩表：“唉，算了算了，我们先去操场吧，要不待会儿迟到了又要挨骂。我们下节课再看。”

在去操场的路上，许洛洛一直很焦急：“你知道吗？其实我真的挺胆战心惊的。自从进了火箭班之后，每天的压力真的太大了，我做梦都能梦见自己被挤出火箭班。现在不仅是期末成绩，连月考成绩都让我感到害怕。”

学校广播里放着慷慨激昂的音乐，夏枕侧过头很认真地听许洛洛说话：“可我觉得，你已经进步很多了。这学期你的成绩已经比以前好很多了。”

事实的确如此，许洛洛进火箭班的时候，期末考的名次在前四十名的边缘徘徊。但后来的摸底考、第一次月考和平时的小测，许洛洛都考得不错，进步了十几个名次。可她还是害怕。

“不说了不说了，越说心里越慌。”许洛洛说着转头去看夏枕，“不过啊，枕枕，你的英语成绩真的得好好提高一下。你说你的物理成绩排全班第二，结果英语成绩一下来，总排名就被别人追上了。你的英语成绩要是高一点儿，总名次也就上来了。”

夏枕的英语成绩的确不太好，但这次她也算正常发挥，和平时考的分数差不多。

她有点儿心虚地抓抓耳朵，认真地说：“我以后在英语上多花点儿时间。”

成绩对夏枕来说很重要。江炽已经在前面等她了，她得加把劲儿追上去。

她们穿过人潮拥挤的校道。阳光透过两旁的高大乔木，在地面上打下密密的光斑。

有风吹过，光影晃动。

她们来到操场边的时候，听见站在看台上的体育老师拿着个扩音器喊着——

“都跑跑步！动起来！热热身！”

屿城最近回暖不少，但前几天突然降温，学生们跑操真是有点儿痛苦。

进入操场的时候，夏枕和正要出操场的江炽撞了个正着。

高三年级没有取消体育课。他们可能刚上完体育课，江炽的头发微湿，搭在前额上。此刻他正偏头听旁边的人说话，用骨节分明的长指胡乱地拨了拨额发。

夏枕一时移不开眼，认真地盯着江炽。旁边的许洛洛没发现这件事，还在跟她说话。

几秒后，江炽似乎有感应，偏了下头，目光不偏不倚地和夏枕的目光撞上了。

夏枕的心里一动。

江炽赶着回教室上课，夏枕又要去做课间操，两个人根本没时间说话。

就在他俩擦肩而过的时候，江炽用垂在身侧的手轻捏了下夏枕的手，然后马上放开了。

夏枕一转头，发现江炽还在跟人说话，他用后脑勺儿对着她。

他很快消失在人潮里。

夏枕跑步跑得有点儿累，回到教室里喝了口水就趴在桌上休息。

她刚趴下不久，一个同学来到座位旁叫她："夏枕，班主任让你去趟办公室。"

夏枕从课桌上直起身子："好的。"

夏枕很少被班主任找去谈话，也没有想太多，起身去办公室。

夏枕的班主任很严格，平时不苟言笑，教的是英语，这就导致夏枕对她有几分恐惧。

"老师。"夏枕进入英语组的办公室，来到班主任的办公桌边。

班主任语气淡淡地说："来了啊。夏枕，你看到你这次的考试成绩了吗？"

夏枕一蒙。刚才跑操回来太累了，她就忘了去看成绩榜。

她说："没有。"

班主任拿过旁边的成绩单，递给了夏枕。

夏枕接过来，从上往下找到自己的名字，愣住了。

班主任直截了当地说："你也看到了，这次你的成绩滑坡得厉害。理科是你的强项，但这次月考，你的化学成绩不好，一直稳定的语文成绩也不好。我帮你问了语文老师，她说你作文写跑题了。"

老师的语气平淡，却让她更害怕了。

老师继续说道："你这次名次下滑了十几名。你只考到了全年级第二十名。"

夏枕看着那张成绩单上的黑字，她的名字的确在序号"20"后面。

她不知道说什么。

"夏枕。"班主任拿起桌面上的水杯，从容不迫地喝了口茶，一如既往地淡定地说道，"上个月有人跟我举报，说你跟男同学接触过于亲密。"

夏枕的心里一紧。

"上个月你的成绩很稳定，状态也很好，我就没去管这件事，还以为别人举报错了。"班主任将茶杯放回了桌子上，接下来用威严的语气问，"夏枕，有没有这回事？"

第八章

蝉声尾

办公室里只剩夏枕和班主任。班主任虽然每一句话都说得十分淡定，不带情绪，却让她听得浑身不舒服。

桌前放着一盆盆栽，窗外的阳光照进来，在绿叶上印上几个小金点。

“你一直是个乖孩子。我想你自己应该有分寸，知道该怎么处理。”班主任面无表情地翻着桌上的一本资料，像是在说一件平常到不能再平常的事。

夏枕手里还拿着成绩单，一声不吭。

“举报的人不仅举报了你，还说出了另一个人。你接触的那个男同学是最近保送清华的那个叫‘江炽’的学生对吧？”班主任将资料随手合上，没有看身旁的夏枕，“我在意的是你的成绩，还有你的心态。”

听到江炽的名字，夏枕愣了。

班主任还在说着：“别拿你的前途开玩笑。现在很多人说高考不是唯一的出路，但你要走别的路，也得有资本和实力。然而许多人没有这个天赋和资本，高考是大部分人出头的唯一一条路。别让这种不成熟的感情毁了你，现在你们以为两个人的感情至死不渝，可大多数都走不到以后。我说句不好听的，最后你可能只毁了自己，对方却一点儿影响都没有，因为他的前途现在已经是一片光明了，而你和他不同。”

班主任冷漠的话像是玻璃碴子，每一个字都扎进了夏枕的耳朵里，毫不留情。

听到这里，夏枕张了张嘴：“老师，他是我哥哥。”

班主任闻言抬头看过去：“你哥哥？”

“嗯，我们是一起长大的。”夏枕停了一下，继续说，“我们从小关系好，可能大家误会了。”

她看着老师：“这次成绩下降是因为我的压力大，下个月月考我会考进全班前三。”

夏枕保证完，班主任的态度也软了下来。

班主任沉吟一下，开口道：“行了，快要上课了，你先回去吧。”

班主任抽过夏枕捏在手里的成绩表，“好好总结一下自己这次考试失误的地方。”

夏枕从班主任办公室里出来，浑身就像刚去过冰窖里一样冷。直到走到走廊里，晒到太阳的那一刻，她才觉得自己活了过来。

夏枕走进教室里，数学课代表正在走道里穿梭着发数学试卷。

班里有因为考好了抑制不住内心喜悦之情而“叽里呱啦”地说话的同学，也有因为考差了而心情抑郁的同学。高涨的气氛和消沉的气氛在教室里交织着。

夏枕刚走到座位处坐下，一直找不到她的许洛洛就问：“你去哪儿了？”

夏枕看了眼自己桌上的试卷，如实答道：“我被班主任叫到办公室了。”

“啊？”许洛洛一想到班主任严肃时冷漠脸，浑身一抖，“她叫你过去干吗？”

没等夏枕说，许洛洛就反应过来了：“因为这次的成绩？”

夏枕点头。

许洛洛一时语塞。刚才她在前面看成绩表了，看了自己的成绩，也帮夏枕看了成绩。她刚想回座位告诉夏枕，就发现夏枕不见了。

许洛洛犹豫了一会儿，还是安慰夏枕：“谁能保证一直考得很好？每个人都有失误的时候。”

许洛洛和夏枕都清楚班主任是什么性子的人——班主任严肃起来

说话不留余地且对学生要求十分严格。

看夏枕的样子，许洛洛就知道她刚才去办公室班主任肯定没说好话。

许洛洛还想再安慰夏枕几句，想了想还是闭上了嘴。夏枕现在应该不太想说话，也不想听这些安慰的话。

这时铃声刚好打响，任课老师从教室前门走进来。

许洛洛抬手揉了揉夏枕的脑袋，没再说什么，坐正身子准备听课。

夏枕静了几秒，伸手翻开自己的数学试卷。

以往总是全对的选择题，她这次错了一道，后面也有一道大题丢分了。

在这个竞争激烈的班级里，学生们有时候光凭四五分就能甩开别人好几个名次。

夏枕成绩没受过影响，一直很稳定。

江炽参加全国信息学奥赛得了一等奖，被保送清华的消息出来以后，夏枕在学习上比以前更努力了。她的成绩一直很好，从小到大，她在学习上一直游刃有余。但因为一个月前知道江炽已经在前面等自己了，她就有危机感了，花在学习上面的时间比以前多。

可是，这次月考她没考好。

夏枕有点儿沮丧，怎么越努力，反而越是考不好呢？

她很清楚这次成绩下滑的原因在自己。

讲台上，数学老师在讲选择题的最后一道题。面对火箭班的学生，老师一般不用一道题一道题仔细地讲，只讲后面最难的那一道题就够了，但这次选择题最后一道做错的人太多了。

数学老师虽在批评学生，语气却不严厉："本来我从来不用给你们讲选择题，但这次做错最后一道选择题的人太多了。唉，你们这些孩子啊，怎么就不能长点儿心呢？"说完，数学老师话锋一转，"不过我这题出得也太有水准了。"

数学老师太和蔼，导致同学们跟他打成一片——同学们不是很怕他。

"原来题是你出的啊。老师，我们抗议！你能不能也长点儿心，别出这么难的题啊？！"

班里的男生在起哄。

许洛洛这时凑过来跟夏枕道："你看，这次最后一道选择题做错的人超多，不是你的问题，是老师出题出得太难了。"

数学老师正一本正经地跟学生讨价还价："当然不行，你们还要高考。高考时你们要是遇见跟我德行相同的老师不就惨了嘛，肯定被虐死。"

学生"哈哈"大笑。

"好了，上课。"

夏枕盯着选择题，深吸了一口气，拿起笔，仔细地听老师讲题。

下午高一（1）班的最后一节课是体育课。

夏枕从厕所回来，班里闹哄哄的。男生们呼朋引伴，抱着篮球往楼下走。

今天轮到许洛洛值日——她正在讲台上擦黑板。

夏枕想回座位抽纸巾擦手。抽纸就在桌肚里，她坐在座位上，把手伸进桌肚去摸那包抽纸。

她还没把抽纸摸出来，有一张纸先掉了出来。透过背面，她隐隐约约能看到黑色的字迹。

夏枕手上一顿，把纸拿了起来。

下一秒，一个个有力、清晰的字映入夏枕的眼睛里，令夏枕的脑袋发疼。

“如果江炽人品有问题，会不会被取消保送清华的资格？清华会不会收这种学生？你们是兄妹，关系那么好确实没问题。但我可以伪造证据，证明他人品有问题，让他上不了清华。”

这个人用的虽然是疑问句，但字里行间充满挑衅意味。夏枕看到字条的瞬间，呼吸一紧，高度紧张。

直到许洛洛擦完黑板洗完手回来，夏枕还没反应过来。

许洛洛凑过去看她手里的字条：“看什么呢？”

许洛洛看了一遍上面的字，瞪大眼睛：“这是哪个傻子，想吓唬谁呢？！”

中午夏枕跟许洛洛吃饭的时候，还是告诉了许洛洛早上班主任把她叫到办公室里的原因。

“肯定是那个举报的傻子搞事情。这人是不是有病啊？见不了别人好。”许洛洛气得直骂人。

这时体育委员从教室后门探进头来：“快上课了啊，你们赶快到操场上集合。体育老师要点名，不准大家留在教室里。”

夏枕拉了拉许洛洛的袖子："算了，我们先去操场吧。"

许洛洛掐着腰呼了一口气，用目光巡视了一圈班里的人。刚才她骂人的声音不小，很多人听到了。

她们要准确地找出举报的人真是不容易，学校里知道夏枕和江炽关系好的学生人数不少，从高一到高三都有人知道，举报者不一定就是同班同学。

两个人来到操场的时候，许洛洛还在骂那个举报的人。

"这人有病吗？你跟你哥哥走得近，碍着他了？这种人是不是没事做，只能每天盯着别人？他怎么这么可怜，只能从打扰别人的生活里找存在感？有病。"

夏枕的心情也不太好，她根本没注意到不远处的江炽。

小卖部就在操场对面，一群少年正从小卖部里出来，勾肩搭背地说说笑笑。

江炽今天把习题做完了，想趁着自习课去打场篮球放松一下。

高三的最后一节课是自习课，男孩子们在班里坐不住，就出来打球。

江炽拧开一瓶汽水，仰头往嘴里灌了一口汽水，下巴的线条流畅、好看，喉结滚动着。

"炽哥。"旁边有人用手肘轻撞了撞江炽，"枕妹。"

江炽一听，停下动作，顺着那个人指的方向看过去。

夏枕完全没有注意到他。

这时，旁边的同班同学突然说了声“老师好”。

班主任开车路过，正坐在驾驶座上。下课了，路上的学生多，她停下车等学生们过马路。

听见有人跟她打招呼，她微点了下头，算是回应。

“老师再见。”有人朝班主任挥手。

夏枕现在一看到班主任就没有好心情，静静地待在许洛洛的身边。

“枕妹！”

一道声音猝不及防地在对面响起。

夏枕一愣，朝对面望了过去。

校道上的乔木长得高大。下午的阳光斜照在校道上，给少年们打上一层光。

他们个儿个儿都长得很好看，年轻气盛，肆意不羁，让人移不开眼。

他们笑着朝她们这边看过来。

林希芋笑着调侃夏枕：“枕妹来看我们炽哥打篮球吗？记得来给我们炽哥送水啊。”

江炽笑着踢了林希芋一脚，把目光落在夏枕的脸上。

他像是在等她过去。

旁边的人见站在操场出口那里的夏枕没有动作，调侃江炽：“不会吧炽哥，枕妹居然不理你。她不会不过来了吧？”

江炽笑骂道：“滚。”

夏枕听不到那边的人在说什么，凝视着江炽，思绪还停在刚才在教室里看到的那张纸上。她到现在都没反应过来。

“枕枕，”旁边的许洛洛碰了她一下，“学长好像在那边等你呢。还没上课，你要不要过去一下？”

说这话的时候，许洛洛还不忘看一眼校道上正准备启动车子的班主任。

“班主任马上就要走了，你等她走了再过去。”

夏枕回过神来，犹豫了几秒，道：“不了。”

说完，夏枕挽着许洛洛转身进了操场，没回头。

对面的江炽眼神立刻一冷。

金色的阳光洒在操场上，夏枕平时上体育课就在这里排队集合。

高一（1）班的男生要比女生多几个，夏枕的个子在班里不算高也不算矮，她站在四列队伍中的第二列队伍里。

“前排报数。”体育老师拿着个本子站在队伍前面。

第一排的女生们一个一个地报数。

“来，体育委员过来。”体育老师朝站在旁边的体育委员挥了挥手里的点名册，然后看向排队的学生，在队伍前面走来走去：“体育委员先带你们做一下热身运动，做完之后绕操场跑步。跑完后直接解散，大家随意活动。女生跑两圈，男生跑三圈，谁都不准偷懒啊。”

班里顿时一阵哀怨声。

“别啊老师，早上大课间我们还跑操了，这节课就饶了我们吧。”

体育老师敲了敲点名册：“不行，你们别找借口啊。多跑两圈三圈，会要了你们的命吗？就算跑不完，你们也给我走完，这有什么难的？”

夏枕站在队伍里，左右都有人。许洛洛个子比她高一点儿，没站在她旁边。

饶是前面有第一排的人挡着，夏枕还是觉得浑身不自在，能感觉到有一道目光一直在跟着自己。

学校在操场出口那头围了一圈半人高的黑色铁栏杆。正对着操场那边是看台，塑胶跑道中间是一块草坪。

夏枕班上的同学就站在看台这边，面对着出口。

江炽就在操场出口的栏杆处站着，把双手搭在栏杆上，看向夏枕这边。

做完热身运动后，全班学生开始跑步。

夏枕跟江炽就差半圈的距离。

她一向不擅长跑步，一跑起来就累，呼吸也不顺畅。

因为她跑得慢，前头的同学很快把她甩开了一大截。

她微垂着脑袋往前跑，眼前晃动着砖红色的塑胶跑道。她绕过操场半圈，注意力一直放在江炽这边。

她跑过江炽那儿。江炽没动，面色平静，偏头看着她从自己面前跑过去。

夏枕跑了一圈就跑不下去了，停下来后慢慢走着。

许洛洛本来是跑在前头的，看夏枕在后面，就放慢速度等她。

等夏枕跟上来的时候，许洛洛问她：“你怎么了？学长刚才等着你，你怎么不过去？”

其实夏枕觉得脑子里乱得很，还没想清楚，就下意识地那么做了。

到现在她的脑子里还是一片混乱，她说：“我不知道。”

说着她下意识地抬眼，朝对面看去，目光准确无误地落在刚才江炽待的那个位置上。

下一秒，夏枕愣了。

江炽已经走了。

有很多快跑完两圈的女生超过了夏枕，一些男生快跑完第三圈了。

夏枕却跟定住了一般，望着那个地方，突然有点儿茫然。

刚才被烦心事扰了神志，她不知所措，不知道做什么。但在这一刻，看到一句话不说就消失的江炽，夏枕突然发慌了，比方才任何一个瞬间都慌。

夏枕从操场出来，就直接去了篮球场。

篮球场四周围着一面面高高的护网，篮球在地面上弹起，传出嘈杂的声音。男生们在喊叫，球鞋踩在地面上发出一阵阵尖锐的声音。

夏枕用手扒着网，踮起了脚。

在看到林希芋他们的时候，夏枕眼睛一亮，然而下一秒夏枕的眼神就黯下来了——江炽不在那堆人里。

夏枕瞬间跟一只耷拉着尾巴的小猫似的，踮起来的脚也慢慢地回到了地面上。

夏枕在原地站了一会儿，想了想江炽可能会去哪些地方，准备抬脚离开。

“真不知道炽哥是怎么想的。他那个妹妹都不怎么爱搭理他，只是长得好看而已。”

篮球场里，有两个男生坐在长椅上说话。

夏枕的脚步顿时一顿。

“人家的事你管什么？炽哥自己乐意就行。他自己都没说什么。我就问问你，你以前见炽哥对别的女孩子上过心吗？”另一个男生说。

“那倒是没有。”

“这不就得了。”那个男生“哈哈”一笑，“炽哥不是关注那个小学妹很久了吗？他栽在她的手上了，这辈子都爬不起来了。”

夏枕一动不动，心跳隐约加快。

球场上有人朝这边跑过来，弯着腰，用手按着膝盖，气喘吁吁地朝坐在长椅上的其中一个男生招招手：“快，你上场，我歇一会儿。”

“行。”

几个男生结束对话，夏枕这才反应过来，转身离开了。

教学楼天台上，风很大。人从这个方向望去，海面一览无遗。

夏枕离开篮球场后又去了别的地方：江炽的教室、小卖部、操场……最后她才找到这里。

天台上生锈的铁门敞开着。江炽坐在看台上，反手撑在水泥石台上，叉开腿。

夏枕从这个位置看过去，能看到他的侧脸。

她在原地站了一会儿，才抬步走了过去。

耳边的风声“呼呼”而过。

他双手撑在身后，姿态散漫。

夏枕靠近江炽，最后停在了江炽面前。

天台上风声太大，江炽压根儿没注意到夏枕上来了。

江炽抬眸看了眼夏枕，勾起唇，样子多了丝不羁的意味：“来了啊。”

夏枕愣了一下，江炽明显没有生气。他越是不在意，她心里越是不好受。她一闹别扭，他就照单全收，也不凶她，自己承受。

夏枕忽然觉得鼻子有点儿发酸：“你怎么知道我会来啊？”

江炽只笑了下，没说什么。

他能不了解她吗？她心肠根本不坏，温柔得像水。

她是一个做错事了，不会死要面子，而会傻乎乎地来道歉的小孩。

江炽把手反撑在身后，好整以暇地看着她。

夏枕就俯下了身子，凑了过来。

江炽毫无防备，愣了一下。

下一刻，夏枕讲话的声音飘进了江炽耳朵里：“对不起。”

江炽知道她要说正事了，但不喜欢她跟自己说对不起：“你别跟我说对不起，有事跟我讲清楚就行。”

夏枕垂着脑袋，坐到了江炽身边，像个认错的小孩。

“我刚才在操场上……不是故意不理你的。”

江炽“嗯”了声：“继续。”

夏枕伸手从兜里拿出了被她重新叠起来的纸。

江炽接了纸，抖开纸张。

他面不改色地把上头的内容看了一遍，看到最后，挑起眉笑了：“胡说。”

夏枕一愣。

江炽侧过头看她：“我说过多少次了，对你哥哥有点儿自信。”他用那张纸敲了下夏枕的脑袋，“这种小伎俩就是糊弄你的。”

“我一开始也不太信。但因为关乎你的未来，我就……”夏枕后面的话说不出来了。

因为这事跟你有关，牵扯到你，所以我没办法不去在意。

其实她后面的话也不用说了，江炽都听明白了，知道她的意思。

江炽叹了一口气，揉了下她的脑袋：“小傻子。”

夏枕被江炽揉得脑袋轻晃了下，过了半晌吐出一句：“还有，有人到我们班主任那儿，举报我跟你接触过于亲密。”

江炽侧头看了她一眼。

两秒后，他懒散地转了下脖颈儿：“举报的人跟写字条的是同一个人。”

向老师举报他们，还给她写字条，很明显这两件事是同一个人做的。

夏枕“嗯”了一声。

江炽松了口气。一开始见这小丫头不理他，他还以为自己惹她生气了。他把今天跟她待在一起发生的事都捋了一遍，愣是没找到她生气的原因。

原来她生气，是因为这么一件小事。

江炽无奈地笑了笑。

两个人很少有矛盾，就算闹别扭，也愿意好好说话，解开误会。他们吵架，用不了两个小时就和好了。

隔天他们一起上学，在校门口遇到了江炽的几个朋友。

一群人在教学楼下分开。江炽跟她说："中午一起吃饭。"

夏枕点头，就看到班主任走了过来。

目光一对上班主任那张冷漠的脸，夏枕就是一怔。

江炽看到她的表情有异样，顺着她的目光懒懒地望了过去。

下一秒江炽收回目光，问她："你的班主任？"

夏枕点了点头。

看到班主任，她想起昨天下午在老师办公室里做的保证。

她说，成绩下降跟江炽无关，是自己压力太大了。她保证下个月月考会考进全班前三名。

两人往教学楼走。夏枕抬头去看江炽："哥哥，接下来一个月，你给我辅导英语吧，你的英语成绩比我好。"

江炽垂眸看她："怎么？"

夏枕："我……我跟老师保证下个月月考会考进前三名，可是……"

夏枕昨天在班主任面前保证的时候格外冷静、笃定，这会儿在江炽面前，有点儿心虚：“我的英语成绩要是提不起来，想考进前三名就有点儿悬了。”

江炽笑了声：“那你可要努力了啊。”他讲话的语气嚣张又傲慢，“不就是考进年级前三名吗？你自信点儿，有我在，我一定带你考年级第一。”

这些日子以来，夏枕雷打不动地早上六点起来背英语单词——要高考的江炽都没有她这么勤奋。

英语考试想要得高分，积累词汇量很重要，毕竟词汇是学语言的基础。

不过江炽也会早早起床，陪她背单词。就算他坐在她旁边，意识迷迷糊糊的也行，能陪着她就好。

花在理科上的时间不能少，所以夏枕只能挤出别的时间多学习英语，连游戏也不玩儿了。大部分女生的英语成绩好，但夏枕不太一样，从小英语就学不好，反而更擅长理科。

屿城这几天又降温了，天空灰蒙蒙的。

夏枕一大早起来，洗漱完出门，手里还捧着单词本。江炽就在门外手插兜靠着门等她，眉眼间还满是惺忪。

夏枕走过去，江炽抬手毫不客气地把她手里的单词本夺了过来：“别看了，先去吃早饭。”

之前夏枕和江炽的早饭是夏母准备的。最近夏枕起得太早，想让妈妈多睡会儿，所以和江炽去外面的早点摊买吃的，没在家吃饭。

早点摊的竹屉一摞叠一摞的，源源不断地往外冒着热气，油条、芝麻球在热油里扑腾、翻滚。

老板在小摊子外面支着一些折叠式桌椅，已经有早起要去工作的人坐在桌旁吃早餐了。

江炽和夏枕没有坐在这里吃饭，买了一屉小笼包、一屉奶黄包和两杯豆浆，就赶公交车去了。

这个点很早，公交车上没什么人。夏枕坐在窗边，捧着单词本看，手指在单词本上不停地指来指去，嘴里念念有词。

她刚默写完几个单词，江炽就把本子抢了过去。他把小笼包塞到她的手里，朝她抬了下下巴："先吃东西，吃完再背。"

夏枕打了个哈欠："我边吃边背，好不好啊？"

江炽懒懒地往椅背上一靠："不行。"

夏枕平时早上就没什么胃口。要是不督促她把早餐吃完，江炽估计她到下车时也吃不了几口东西。

夏枕转过头，十分不满地撇了下嘴，哼哼唧唧地捧着袋子把热乎乎的小笼包递到嘴边咬了一口。

"我要是考不好怎么办？"

江炽被她逗笑了，看着她："就差这么点儿时间？让你好好吃个饭就这么难？"

夏枕也就是闹着玩儿。她一般到大课间才饿，所以早上吃不下东西，但还是会吃一点儿。

她鼓起腮帮子，去看江炽："今天你要给我讲状语从句了。"

前些天，江炽花了几个晚上给夏枕讲定语从句，让她练习。

“行。”江炽应了声，“快吃吧。”

他准备在今天的数学课和物理课上想想怎么给她讲状语从句。

江炽一向不习惯早起，困得要死，一到教室里就趴在桌子上睡觉了。

他一睡就睡到早读铃声打响了，才迷迷糊糊地从课桌上爬起来。

英语课代表正在发昨天的英语测试卷。教室里很吵，快迟到的同学踩着点进了教室。

“哇，炽哥太厉害了，这次英语成绩这么好。”林希芋就是踩着点到教室的同学之一，路过江炽桌旁的时候看了一眼江炽的试卷。

江炽刚睡醒，把手搭在脖颈儿后，左右转了下脖子，松松筋骨，睡眼惺忪：“怎么了？”

林希芋一屁股在自己的座位上坐下来，在江炽面前挥了挥手：“还没睡醒呢？你看看你昨天的英语小测考了多少分？你太厉害了，理科和英语都能拿高分，我膜拜你。”

江炽拿着试卷随意看了一眼，没怎么在意，从椅子上起来。

其实江炽的英语成绩也没好到尖子生的程度，不过肯定比夏枕的英语成绩好点儿。

这半个多月来，他陪夏枕学习，给她补习英语，不知不觉中自己的英语成绩也提高了不少。

“干啥去呢？”

江炽揉揉头发往外走：“我去洗把脸。”

月考如期而至，学校随机安排考试的教室。

两天的考试一眨眼就过去了。

成绩下个星期一才会出来，夏枕难免有点儿紧张，直到放学出校门时还一直在跟江炽说害怕自己考不好。

最近夏枕的神经绷得太紧了，江炽想带她出去玩儿玩儿，放松一下。

两人走过一条小巷。

他伸手一把捏住了夏枕的胳膊：“别想了，都考完了，你没问题，一定能进前三名。”

夏枕睁大眼睛看着江炽，点点头。

江炽见她这副样子，以为她不唠叨了，就松开了手。

谁知他刚松开手，夏枕又“叽里呱啦”地说起来：“可是我还是好担心啊，怎么办？要是考不进前三……”

她话还没说完，就被突然俯身的江炽吓到了。

江炽平视着她，吓唬她。

夏枕立马闭嘴了，瞬间转移了注意力。

其实就算夏枕跟他继续说话他也会听。但现在他就是想转移她的注意力，不想让她想太多。

江炽见夏枕这副如临大敌的样子，笑起来，直起身子。

“走吧，带你去玩儿。”

“看电影吗？”夏枕记得自己前几天跟江炽说过想看电影。

“是啊，走吧。”

夏枕的心里发暖——只要是她说过的事，江炽都会放在心上。

江炽昨晚已经提前买好票。两个人到电影院的时候，碰见了老熟人。

陆南渡刚从电影院里出来，看到江炽，打了声招呼。

江炽：“一个人？”

陆南渡慢悠悠地点了点头：“是啊，一个人。”

江炽似乎对陆南渡一个人来看电影这事觉得不可思议，挑了挑眉。

陆南渡看他这副样子，一拳打在了他的肩上，笑骂道：“去你的，我在你眼里是不是就知道不务正业啊？”

江炽嗤笑：“你自己想。”

陆南渡看了眼乖乖地待在江炽身边的夏枕，又看了一眼江炽：“你们要去看电影是吧？我不打扰你们，走了。”

刚走出一步，陆南渡又退了回来，看着江炽，犹豫地问了个问题：“哦，江炽，那个……你能不能把你姐的电话告诉我？”

这话倒是让江炽很意外：“你们没联系？”

“她怎么可能告诉我联系方式？”后面的话陆南渡是笑着说的，但莫名让人听出了一丝落寞，“她恨死我了。”

江炽还差点儿以为他俩和好了，所以他才没管这件事。

旁边的夏枕似乎也想到了这件事，眼神不自在地乱飘。

“算了，联系了又不能怎样。”陆南渡过了一秒又恢复了往常那副没心没肺的样子，“你们进去看电影吧，我先走了。”

江炽微点了下头，“嗯”了声。

陆南渡离开后，江炽跟夏枕进去。在上电梯的时候，夏枕跟江炽说：“那个……前几天江汐姐跟我聊天儿了。”

“嗯？”江炽侧头看着她。

“她说她和陈凛分开了。”

今天屿城的天气依旧潮湿，屋外飘起细雨。

明廉中学每个星期一都会举行升旗仪式。今天下雨了，学校便取消了升旗仪式，让学生在教室里听广播。

校长的普通话不是特别标准，声音通过广播放出来，就像蒙上了一层布，听不清楚。

“还有一个月就要高考了，高三的学生要记得调整好心态，最近最好不要剧烈运动。高考不是用来开玩笑的，所以最后一个月，学校会取消高三的体育课。男生放学后自觉点儿，不要去打篮球……”

周末，有些学生熬夜，他们有些昏昏欲睡。

夏枕倒是昨晚睡得早，没什么困意。况且今天要公布月考成绩，她心里紧张。在教室这种昏昏欲睡的环境中，她一点儿睡意都没有。

没一会儿班主任就过来了，拿着沓试卷，走到讲台上，跟没看到下头睡倒了一大片学生似的，用指节叩了叩桌面。

“不准睡觉，都坐起来，待会儿要是主任巡视的时候发现我们班都在睡觉，你们下节英语课都给我站着上。我说到做到。”

班里的学生被班主任打扰到，也不敢吱声，从课桌上直起身子。

“英语课代表，上来发一下英语试卷。”

“好的，老师。”英语课代表就坐在夏枕的后面，从座位上离开，去讲台上拿试卷。

英语课代表在走道间发试卷，没一会儿教室里响起学生翻动试卷的“哗啦”声。

越到这个时候，夏枕越是焦急。许洛洛喝了口水，转头就看见夏枕直直地盯着在隔壁组发试卷的英语课代表。

许洛洛咽下嘴里的水，用手臂轻撞了下夏枕，开玩笑道：“枕枕，你知不知道你快流口水了？不知道的人还以为你看上英语课代表了。”

夏枕回过神来，看向许洛洛，一脸憋屈的表情，说：“洛洛，我好紧张啊！”

“怕什么？”许洛洛说，“就你那学习强度，这次要是英语成绩没提高，我就被天打雷劈。”

下一秒，许洛洛想到往常夏枕那不太能看的英语成绩，“啧”了一声：“不行，我收回我的话，不能发这么狠的毒誓。”

夏枕瞬间被逗笑了。

“夏枕，你的试卷。”英语课代表来到她们旁边，把试卷放到夏枕的桌上，也抽出许洛洛的试卷递过去：“洛洛，这是你的试卷。”

“谢谢你啦。”许洛洛把试卷接了过来，但先凑过去看夏枕的试卷。她也替夏枕着急。

夏枕看到右上角的英语成绩，脑袋里“嗡嗡”作响，蒙了。

“天啊！我们枕枕争气了啊！”

班主任还站在讲台上，许洛洛压低了声音。

英语试卷满分一百五十分，夏枕这次考了一百三十七分。虽然这个成绩在班里一抓一大把，算不上拔尖儿的分数，但对她来说已经进步很多了。她以前的英语成绩都在一百分左右。

“真棒。”许洛洛在旁边笑道。

理科一直是夏枕的优势，这次英语成绩提高了，她的名次肯定会比以前高。

但她还是莫名紧张，这种紧张持续了一早上，直到老师把成绩单贴在了教室的前面。

下课后，许洛洛立马拉着夏枕过去看。

前三名里没有夏枕。

夏枕很不巧地考了第五名。

看完成绩后，夏枕整个早上都安安静静的。许洛洛见夏枕这个样子，跟着着急，在旁边挠挠脑袋：“你别难过啊，考年级第五名已经很厉害了！而且你上次考年级第二十名，这次进步了十五名，在我们班里是很难的。”

（1）班是火箭班，学生的智商都不容小觑，每次考试竞争都很激烈。夏枕一下子把名次提高十五名，真的不容易。

但是夏枕不满意。这一个月来，她一直记得对班主任做出的那个保证。

中午江炽下来找夏枕去吃饭。

夏枕一看到他就忍不住了。班里还有一部分人没去挤食堂，在教室里写作业。夏枕觉得鼻子有点儿酸，怕自己一说话就哭。

这会儿她刚好在改一道错题，看着倚在墙边等她的江炽，拿笔在错题本上无精打采地写了几个字。

“还不走？”江炽问。

夏枕没回答，把错题本往桌边推了过去，表情怯生生的。

江炽疑惑地问：“怎么了？”

他把她的错题本拿过来看了一眼。

“对不起。”

其实江炽在进来看到夏枕时，就从她的表情上看出了她似乎考得不好。他扫了眼那清秀的三个字，没说什么，看了眼夏枕：“考了第几名？”

夏枕沉默了一会儿：“第五名。”

江炽将本子往她的桌上一扔，拉着她离开了教室。

楼梯间，江炽靠在墙上居高临下地看着她。

“考第五名你不开心？”

夏枕不知道江炽为什么不安慰自己，他像在生气似的。她觉得更委屈了。

她点头道：“嗯。”

“为什么不开心？”

“我……”夏枕撇撇嘴，不说了。

“怕被叫家长？”

江炽话音一落，夏枕立马摇头否认：“不是的。”

江炽很明显在一步步地将她往自己的陷阱里引。

“那为什么不高兴？”

夏枕觉得鼻子猛地泛起一阵酸意：“我说过的，考进前三名，才能证明我成绩下降不是因为你。我就是……”

她话还没说完，就被江炽打断了：“这就是你说‘对不起’的原因？”

直到这一刻，夏枕才反应过来江炽从教室里出来后为什么一直冷着脸不安慰她了。

江炽不喜欢她跟他说这三个字。

夏枕一下子有点儿慌：“你别生气好不好？”

她话音刚落，江炽就摸了摸她的后脑勺儿：“是不是傻？你哪儿对不起我了？”

江炽根本没有生气，只是不想她因为这件事跟自己道歉。

“再说你这次考试已经进步不少，难道不该高兴吗？”

人就是这样，越是听到温柔的安慰的话，心里越是会溃不成军。

“可我就是……”夏枕顿了下，“没有考进前三名，心里不好受。”

虽然她有进步了，但毕竟跟班主任说的是要考进前三名。她总觉得不考进前三名，心里就沉甸甸的。

“行了。”江炽将手移到她的后颈上，捏了捏她的后颈，“没事，有我在呢。”

说完，江炽松开她的后颈：“吃饭去。”

让夏枕感到意外的是，班主任没有刻意提这件事。

班主任没叫她的家长来学校，也没再让她到办公室里去训话。

时间不知不觉地在枯燥又规律的学习生活中一天天地溜走。

高考像一场无声的盛宴，结束在盛夏里。

在满是蝉鸣声的炽夏里，江炽收到了清华的录取通知书。

第九章

奔　赴

阳光炙烤着整个城市，水泥路面被晒得滚烫，人走在上面，就像在油上被煎着一样。

乔木浓绿茂盛，树冠蔽日。夏枕撑着把遮阳伞走在树下，头顶传来蝉鸣，地面的热气顺着她的脚跟往上爬。

今天周末，夏枕要去逛书店，买点儿练习册和文具。

已经开学两个星期了，除了老师让买的课内练习题，夏枕还要买几本课外练习题。写完课内作业，她可以多做几道题。

三个多星期了。

夏枕低着头走路，脑袋有点儿放空。

她已经三个多星期没有见到江炽了。

从小到大，夏枕从来没有跟江炽分开这么久。江炽半个月前已经去北京上学了。两人除了打视频电话，没再见过面。

暑假两个人一直待在一起。夏枕一开始没想那么多，毕竟当时江炽在她身边。

等他一走，夏枕就发现这种想见又见不了的感觉有多让人烦闷。

夏枕也不知道自己在想什么，脑袋里一片空白。见马路对面的绿灯亮起，她便走下人行横道。

这个路口车不多，行人也寥寥无几。夏枕开始过马路。

她刚走到中间，忽然耳边响起一阵急促的车铃声，伴随着一道低沉又不耐烦的声音："让开！"

这个声音来得突然，夏枕当即被吓了一跳，完全没有反应过来，进也不是，退也不是。

还是骑车的人反应快一点儿，车把一转，车轮在粗粝的地面上划出一道尖锐的声音。

夏枕一抬头就看见一个穿着黑T恤的男生，长相有点儿痞。

"你是耳朵聋了吗？我喊了你半天你也不知道让开。"

夏枕被这突如其来的攻击惊得目瞪口呆。刚才明明是绿灯，这个人骑车骑得太快，还反过来说她。

就在夏枕一脸郁闷之色的时候，男生已经换了一副样子："哎。"

夏枕瞬间瞪大眼睛，警惕心顿起。

"行了，看你长得漂亮，我不跟你计较。"男生朝夏枕吹了声口哨儿，走之前意味深长地瞥了她一眼，笑了，“你跟小白兔似的。”

男生一下子又蹿了出去。夏枕收回目光，不能理解那个男生的一系列行为。

她也不想了，左右看看，确定路上没有车，这才过了马路。

现在不是刚开学那会儿，这会儿书店里人比较少，冷气很足。

白炽灯光打在地面上，书架上的书本被摆得整整齐齐。

夏枕绕到卖练习册的区域，拿起几本练习册翻看着。

挑完练习册，夏枕去看了看记英语单词的小本子。这些小本子有很多种类型，封面花花绿绿的，被分门别类地放在书架上。

夏枕翻开下面的几本书看，没看到想买的，抬头望了望，想踮脚去拿上面的书。

“看老子下次不整死他，这什么顾客？还要求给他拿书看。想陶冶情操也得找对地儿啊，就像个傻子似的。我给他买本儿童读物好了，这傻子可能连儿童读物都看不懂。”

身后突然传来骂骂咧咧的声音，夏枕下意识地望过去，忽然后背被路过的人一撞，一下子碰到了书架。好在书架高大且重，没动。

“我今天怎么事事不顺？”撞了夏枕的人皱眉骂道。

夏枕一回头，和刚才在马路上遇到的那个“碰瓷男”四目相对。

男生在看到夏枕的那一秒，停止了咒骂，笑了声：“又见面了啊。”

夏枕不管他，转身去拿自己想买的那本小册子。

男生收起手机，凑过来伸出手，先一步拿到了夏枕想要的那本书：“你要买这个？”

夏枕不喜欢跟陌生人说话，而且这个男生给她留下了不好的印象。她没理他，准备去拿另一本小册子。

后头的人笑了：“你还挺倔的。”

夏枕只想快点儿离开这个地方，拿到自己想要的东西后，就要绕过男生走开。

哪儿知下一秒男生往右一迈步，堵住了夏枕。

“你是学生吧？”男生的刘海儿略长，“给我个电话号码吧。”

夏枕只觉得气恼，不想说话，想绕开他，再次被他堵住。

夏枕生气了：“你！”

她瞪着眼，犹豫了一下，果断地骂道：“神经病啊！”

她的声音还是软糯糯的，但她已经生气了。

夏枕骂完人，转身愤愤地走了。

夏枕从小到大有江炽陪伴她，经常和江炽待在一起，也不觉得时间难熬。

现在江炽不在她的身边，夏枕觉得每天都很长，似乎不止二十四个小时。

她从来没有觉得时间这么难熬过。

江炽每天都会给夏枕打电话。秋去冬来，时间一晃而过。

夏枕明年就上高三了。

夏枕写好作业，课外练习题也做完了，这会儿没什么事做。江炽一般会在她睡前打来电话，现在可能在忙，夏枕便又开始画画。

高一那会儿，自己画手的身份被刘楚欧知道时，她着实被吓了一跳。更何况当时她和刘楚欧还不熟，只感到恐惧。她不喜欢自娱自乐的画被别人看到。

后来夏枕和许洛洛跟刘楚欧走得近了，那种恐惧感才消失，也不介意了。

有时候夏枕画了图还是会发到网上，这两年来“枕月亮睡觉觉”也收获了一些粉丝。

夏枕只当这是一方小天地，一般只是登上去记录一下，然后就退出了，有时候连评论和私信都忘了看。

灯光打在桌上，给她勾勒在纸上的少年侧脸打上一层柔光。

她画了一会儿，江炽的电话来了。

夏枕立马接听电话，把手机放在一旁，开了扬声器。

江炽每次选择这个时间点打过来，就是为了不打扰夏枕学习：“作业写好了没？”

夏枕听着江炽好听的嗓音，和那边隐隐传来的敲键盘的声音，觉得鼻子有点儿发酸。

他们好久没见面了。

江炽进了大学后也没有松懈。他成绩不错，在专业上又有天赋，自然会得到教授的赏识。他在教授的实验室里帮忙做项目，每天都很忙，连国庆长假都没能回家。

夏枕轻吸了下鼻子，不想让江炽听出异样：“写完了。”

“嗯。”那边的键盘声停了下来，他问，“在干吗？”

夏枕手上的动作还没停，“唰唰”地画着：“没事。”

“今天在学校遇到什么开心的事没？”江炽在那边笑了声。

他的声音透过听筒，有点儿哑。

夏枕今天午休时趴在教室桌上睡觉，梦到了江炽，醒来的时候反应过来江炽不在自己身边，那种失落感，涨潮般奔涌而来。

她忍太久了，一想他就控制不住自己。

“嗯？你怎么不说话？是不是遇到什么不开心的事了？”

一听到他的声音，夏枕就觉得眼眶发酸：“没有。”

她不开心的事，就是自己见不到他。

那边的江炽一下子就发现了她不对劲儿，声音微沉：“怎么了，谁欺负你了？”

这段时间以来，夏枕一直都很乖。

江炽没回家，她也没有无理取闹，两个人也从来没冷战过。

她能理解江炽，可是太想他了。

她用笔尖勾勒着少年好看的眼睛，落下最后一笔，那双眼睛瞬间直击夏枕的心脏。

她感到自己的心脏像顷刻间被砸开了个口。

“你，”她把气撒在江炽的身上，“是你欺负我。”

江炽哭笑不得：“怎么就我欺负你了？”

“就是你欺负我了。”

江炽：“想哥哥了？”

“鬼才想你。”

最后夏枕抱着手机躺在床上，聊着聊着就睡着了。

隔天起来夏枕一看通话记录，才发现江炽昨晚凌晨一点多才挂电话。

她昨晚大概十一点就睡过去了。

夏枕早上起来清醒了大半，这会儿看着几个小时的通话时长，心虚地抓抓耳朵，有点儿愧疚。

她给江炽发了条消息过去："早安，我昨晚睡过去了。"

发完这条消息夏枕就将手机放在一边，拿过椅子上被叠得整整齐齐的校服，准备换上校服。

她刚把衣服拿过来，手机屏幕就亮了下。

夏枕把手机拿过来看，是江炽的消息。

"嗯，我知道，你的心情好点儿没？"

现在才早上六点多，夏枕有点儿讶异。江炽居然起得这么早，昨晚还熬夜了。

"你怎么起得这么早？"

夏枕当然不知道江炽昨晚和她打过电话后一夜无眠。她难过，他也不好受。

夏枕睡过去后他没舍得挂断电话，听着她浅浅的呼吸声，到凌晨一点多。

没几秒，江炽的消息又过来了。

"实验室有点儿事，早上也有课，我不能睡太晚。"

夏枕小时候总听别人说上了大学就轻松了，现在一看江炽忙成这个样子，怀疑那是假话："以前我总听别人说毕业，上大学后会轻松一点儿。"

江炽虽然不常看手机，但只要看到夏枕的消息就会马上回复："上大学不轻松，就算是懒人，也有一大堆事要处理，那些不懒的学生就更忙了。”

江炽只是对大学生的现状做了个客观阐述，夏枕却盯着那句话若有所思。

她觉得江炽肯定是后面那种人。暑假那会儿夏枕就知道江炽已经着手学习大学课程了。这些知识对他来说不难——但暑假的时候，他还一边做游戏，一边打工赚钱，这就有点儿吃力。

以前江炽没跟江父断绝关系，江父每个月都会准时给江炽和江汐打一笔钱。江父虽然没怎么尽到父亲的责任，但在给钱上毫不吝啬，每个月给江炽和江汐打的钱够他们花很久。

现在江炽和江汐也存了不少钱。不过钱总有被花完的时候，江汐和江炽一直在赚钱。

夏枕还在想着，江炽又发了消息过来。

“快收拾一下去吃早饭，好好吃饭。”

夏枕这才反应过来，瞥了眼手机上的时间，惊觉自己还要上学，赶紧换衣服下楼吃早餐。

夏枕早上一到学校里就发现许洛洛气愤地拿着笔狂划草稿本。

平时这个时间许洛洛都会雷打不动地背文言文，这会儿不知道是受了什么刺激。

夏枕在座位上坐下来的时候，有点儿讶异地瞥了眼许洛洛的草稿本，只见上头一片凌乱……

“你怎么了，洛洛？”夏枕卸下自己的书包，问。

许洛洛转过头看夏枕：“我啊，想跟某人打架。”

夏枕一头雾水："什么打架？"

许洛洛愤愤地扎了下草稿本："刘楚欧啊！"

夏枕更蒙了："什么，你们怎么了？"

"我跟你说，我都气了一个晚上了，再不说我就要炸了。"许洛洛把笔放下，"昨晚刘楚欧不是心情不好吗？当时她发了条含义不明的朋友圈，我不过是好心，问她怎么了，想安慰一下她！她居然不分青红皂白冲我发火，说什么我不是好东西，气死我了！我把她当朋友才会去问她的，也不知道当时是谁绞尽脑汁地想跟我们做朋友，现在反过来骂人，真是脑子有病。"

夏枕顿时被许洛洛这一长串话砸得脑袋发晕："你们是不是有什么误会？"

"误会什么，我就问了她一句'你怎么了'，她就骂我了。"许洛洛被气得不行，"我都不知道我哪儿惹她了。什么仇什么怨啊，她上来就骂我。不知道的还以为我欺负他了。"

夏枕听完许洛洛这些牢骚，就知道是怎么一回事了："那你们现在怎么样了？"

"我和她怎么可能还有联系？"许洛洛对着天花板翻了个大大的白眼，"昨晚我们就闹翻了！她凭什么骂我？她骂了我，我肯定骂回去。她别以为是我的朋友，我就什么都要容忍她。哦，不对，可能我本来就没怎么把她当真正的朋友吧，才会对此计较。就她这样的人品，绝交就绝交，我一点儿都不觉得可惜，以后把她当普通的同学就行了。"

夏枕知道这事是刘楚欧不对，但也插不上话。许洛洛一生气就跟一架机关枪似的，骂人的话不停，措辞还十分有趣。

“算了，”许洛洛把被划得乱七八糟的本子扫到一边，抽出语文课本，“我还是背书好了，不管了。反正我也骂了她一晚上了，不亏。”

“对了，”许洛洛说着突然放下语文书看向夏枕，“你别劝我跟她和好啊，不可能的。这次就算你跟她好，我也不跟她好了，打死都不。”

夏枕“扑哧”一笑，说得很认真：“我不会强迫你跟她和好，这是你自己的事。”

许洛洛和夏枕很早就认识，两个人一直是朋友——她们之间就像形成了一个结界，别人进不来。

但高一那会儿，她们认识刘楚欧后，刘楚欧就挤进她们的世界里了。

“唉，你说我们当时怎么就跟刘楚欧成为朋友了呢？我自己都想不明白。”许洛洛翻了翻课本，却无心背诵。

高一那会儿许洛洛和夏枕还是整天黏在一起，一起上厕所，一起去小卖部，一起吃东西。有眼力见儿的人都不会故意插进她们这个牢不可破的小团体，因为进不去，还有可能受到排斥。

但刘楚欧似乎没有意识到这个问题，又或者是对此毫不在意。从此夏枕和许洛洛做什么事，身边都会多一个人。一开始许洛洛还有点儿排斥，但刘楚欧锲而不舍地找她们玩儿。久了，许洛洛和夏枕也就习惯了，把刘楚欧当朋友。

“我现在想起来，发现自己好像一直没把她当好朋友。”许洛洛叹了一口气。

“洛洛，别想了，开心点儿。”夏枕在一旁道。

许洛洛呼了一口气：“行，我不想了，背书！”

下课的时候，夏枕和许洛洛一起去上厕所，在走廊里遇见刘楚欧。

刘楚欧不仅没跟许洛洛打招呼，也没跟夏枕打招呼，冷淡地瞥了她们一眼，和她们擦肩而过。

“天啊。”许洛洛说，“我这是欠了她几百万块吗？还有，她这是什么意思？跟我吵架就算了，为什么还这样对你？”

夏枕也有点儿讶异，毕竟自己跟刘楚欧没有闹矛盾。不过夏枕一直以来最好的朋友就是许洛洛。虽然她也把刘楚欧当朋友，但在她的心里，许洛洛和刘楚欧是不一样的。

当许洛洛和刘楚欧摆在夏枕面前，夏枕会毫不犹豫地选择许洛洛。

夏枕这人很护短。其实早上许洛洛跟她讲刘楚欧的事时，她就已经默默地站到许洛洛这边了，只是自己没有意识到。

所以当刘楚欧没有跟她打招呼的时候，她虽然感到讶异，但不会难过。

不过她还是有一点儿低落的，毕竟刘楚欧和她们当了两年的朋友。

其实许洛洛也是在乎刘楚欧的，不然也不会一直念叨、记挂着这件事。

“算了，她也没多了不起，不打招呼就不打招呼，还真把自己当回事了。”许洛洛说。

夏枕也不知道说什么好，想了半天没说出一句话来。

早上这个小插曲过去后，夏枕和许洛洛也没想太多。许洛洛兴许是觉得无所谓了，也没再提起刘楚欧。

高二有电脑课，老师会教一些很基础的东西。上午第四节是电脑课，大课间后，夏枕就和同学们一起到五楼的电脑室里上课了。

电脑室里，厚厚的窗帘把教室遮得严严实实。

夏枕坐在教室里最后一排处，靠着窗。

同学们都戴着耳机，老师坐在讲台上正在进行广播教学。学生们操纵不了电脑，也就坐着静静地听着。

老师讲的这些知识很浅显，其实学生都会。夏枕以前就学过这些东西了，听着听着就开始走神儿。

老师的声音通过耳机传进夏枕的耳朵里，伴随着轻微的电流声。

“这些东西很基础，我相信大家都会，也就不多说了，接下来给大家布置个作业。”

虽然是作业，但基本上学生们用三四分钟就能完成。老师也不严格，讲完了该讲的内容，也就没管学生。

夏枕上电脑课有大把时间可以玩儿。她带了手机过来，想见缝插针跟江炽聊天儿。

但江炽估计一整个早上都很忙，夏枕没有收到他的消息。

“枕枕。”坐在夏枕旁边的许洛洛正握着鼠标“咔嗒咔嗒”地按着，正在做老师布置的任务，“赶紧，做完作业来打游戏。我快做完了。”

夏枕这才把目光从桌上的手机收了回来，像一个上课不认真的小孩被抓到了：“玩儿什么啊？”

学校这网速许洛洛实在不敢恭维：“快，打 4399 小游戏，学校这网虽破，打4399小游戏还是可以的。你不是最喜欢玩儿这种小游戏吗？”

许洛洛很清楚夏枕不喜欢玩儿网络游戏，只喜欢玩儿这种益智类小游戏。

“好，我马上做。”

许洛洛：“快点儿。”

两分钟后，夏枕还在做老师布置的作业，手机屏幕忽然亮了下。

夏枕用余光感应到一丝光亮，就望了过去，屏幕上是江炽发过来的消息。

她离手机有点儿远，就俯身凑过去看了一眼。

“想见我吗？”

这四个字被夏枕看在眼里——她一怔。

夏枕放在鼠标上的手忽然不动了，心被他这句话挠得痒痒的，心跳加快了。

耳根有点儿发热，夏枕转头看了眼电脑屏幕上还没完成的作业，然后又看了眼手机。

几秒后，夏枕把手从鼠标上收回来，心虚地抓了下耳朵，果断地放弃了继续做电脑作业。

她抿了下唇，拿起手机给江炽回了一个字过去：“想。”

夏枕看了眼电脑屏幕。

下一秒，她的心脏被狠狠地击中，整个人顿时愣住了，心跳骤然加快。

屏幕里，江炽懒懒地倚在电脑椅上，眉眼英俊不羁。他把两手懒散地搭在电脑桌上，目光直直地落在夏枕脸上。

夏枕紧紧地盯着他。

他轻启薄唇，好听的声音透过耳机，沉沉地钻进她的耳朵："你不是想我了吗？"

夏枕从教室里出来时还有点儿蒙，感觉刚才就跟做了一场梦一样。

江炽就是想看夏枕一眼，并没有为所欲为。他看了夏枕一眼后就关了视频。

夏枕也看到他了，在这短短的十几秒内，她的眼睛仿佛在屏幕上生根了一般，移都移不开。

夏枕和许洛洛准备下楼回教室。

许洛洛凑到夏枕的身边："太刺激了。"

刚才在电脑教室里，夏枕旁边就坐着许洛洛一个人。许洛洛当然也看到了夏枕电脑屏幕上的江炽。

夏枕有点儿不好意思，问："什么刺激？"

许洛洛用手肘轻碰了夏枕一下，用一种"你装什么傻？我什么都知道了"的目光看着夏枕。

"害什么羞呢？这件事天知、地知、你知、我知，别人不知道。哦，不对。"许洛洛说，"学长也知道。"

许洛洛说完笑了笑。

夏枕的小脸发热。

许洛洛又继续小声说道："学长也太会了吧。"

夏枕被许洛洛调侃到想挖个洞钻进去："别乱说。"

"哪儿乱说啦？我这人诚实得很，从来不说假话，说的都是真话。”许洛洛“哈哈”大笑，“不过你肯定很想你哥哥吧？你和学长一南一北呢，离得这么远。”

因为刚才跟江炽见了一面，夏枕明显处于兴奋状态，在许洛洛的面前放得比较开。她瞥了眼走廊外的天空：“不过能和他在电脑里见面已经很好了。”

许洛洛笑了笑，抬手搂过夏枕的肩膀：“是啊，今天是我们夏枕开心的一天。”

日子过得快，烈日、强风、暴雨相互交替，海上潮起潮落。

年少的光阴非常珍贵，即便如此，夏枕仍旧希望时间过得快点儿，寒假马上就到了。

冬天了，树木枯黄。夏枕走在路上，仰起头，只见堆积在天边的晚霞被光秃秃的枝杈剪得七零八落的。

正值下班高峰期，马路上水泄不通。夏枕走在人行道上，耳边是源源不断的鸣笛声。

路边摊很热闹，卖煎饼、糖炒栗子的小摊都挤在一起，发出缥缈的热气。

中午夏枕是在学校食堂吃的饭。一个下午没吃东西，她觉得肚子有点儿饿，闻着这香气就更饿了。

她瞥了眼冒气的葱饼，纠结了几秒后，走了过去。

她刚走了两步，忽然见一个矿泉水瓶骨碌到了脚边。

夏枕低头看了眼那个矿泉水瓶，一抬头，就看见了在路边花坛上蹲着的人。

夏枕顿时沉下脸来——是上次那个在路上骑车骑得很快差点儿撞到她还骂她的人。

男生蹲在那里，也没正形，双臂懒懒地搭在膝盖上，唇角噙着笑意，看着夏枕。

夏枕不看他，东西都不想吃了，转身就走。

男生在后头喊她："不买吃的东西了？你不是肚子饿吗？还是你想让我给你买啊？"

夏枕皱起眉头，骤然加快脚步，理都不理他，倔强地不回头。

这男的有病！夏枕咬着唇愤愤地想。她跟他一点儿都不熟，而且这个男生也给她留下了不好的印象。

夏枕过了马路，绕进一条小巷里。老居民区巷子纵横交错，她可以抄近路回家。

以前上高一的时候，她经常跟江炽走这条路。

江炽去上大学以后，夏枕还是会走这条路，不知不觉养成习惯了。

"你别走那么快啊，我跟不上你了。"

突然一道声音从她的背后传来，夏枕整个人一僵，顿时像被冷水从头浇到了脚。

夏枕早已经忘了刚才在路上遇到的那个男生，不知道他跟在自己的身后。

夏枕往后一望，下一秒，撒腿跑了起来。

"你跑什么？我就为了跟你说说话。你骂我也行啊，怎么连开口都不肯？"

夏枕顿时像被踩到了尾巴，跑得更快了。

但到底她跑不过这个男生，没一会儿就被他追上了。

夏枕奋力甩开那个男生大呼："放开！"

下一秒，她眼前一暗，一道人影一闪而过。

紧接着夏枕听到拳头击打在肉体上的声音，伴随着那个男生发出的呻吟声。

一道低沉得像冰一样的声音在她耳畔响起："滚远点儿，听到没有？"

下一秒夏枕猛地撞进一个人的怀里。她一抬头，就看见了江炽。

他下颌紧绷，拳头紧紧地握着，眼神冰冷。

夏枕有点儿恍惚。她太久没见江炽了，感觉有点儿不真实。

他的头发比上次离开前短了一点儿，修剪得干净利落，衬得脸部的线条更加分明。

跟了夏枕一路的男生抬手揩了下唇角，倒是没有生气，看了眼夏枕："男朋友？"

江炽声音里满是冷意："你听不懂人话吗？我叫你干什么？"

男生知道自己打不过江炽，耸了下肩膀，痞里痞气地说："有男朋友你早说啊，我知道了就不缠着你了。"

江炽冷冷地看着那个男生，迈步上前，攥住男生的衣领，一字一顿愤怒地说："别再缠着夏枕。"

夏枕站在后面，听不到他们在说什么。

夏枕一向不让他打架，但这会儿她也没了主意。她讨厌面前这个男生，很讨厌他。

她甚至想跟江炽一起打他，但又怕江炽受伤。

几秒后夏枕就见不远处的男生从江炽的手里挣脱。那个男生知道自己打不过江炽，痞里痞气地道："我都说了我不会缠着她了，你别弄死我，行不？"

江炽手一松，推开这个男生，冷冷地说："滚。"

夏枕突然有点儿后怕。要是刚才江炽没有出现，她该怎么办，又会发生些什么？

江炽转身，没有说话，走过来直接牵过夏枕的手，往前走。

夏枕抬头看江炽的侧脸，他的唇紧抿成一条线。

夏枕很想问江炽怎么回来了，但看他的神色，暂时问不出口。

两个人肩并着肩，一起走过这条走了无数遍的回家的路，一时无话。

到大门口时，江炽不由分说地将夏枕带进了自己的家。

夏枕不知道江炽要做什么。他进了门，直接把她带到房间里，然后径直进了浴室。

她能感觉到江炽很生气，却也不敢问什么。

过了十几秒，夏枕还待在门廊处。浴室里的水声停了，江炽打开浴室门走了出来。

夏枕看了眼他骨感的手，水珠沿着他修长干净的手指往下滚。原来他洗手去了。

夏枕正想抬头去看他，下一秒，眼前一黑。

她好久没见哥哥了。眼前的人是江炽，夏枕脑子里只剩下这个念头。

夏枕细皮嫩肉的。有时候稍微不注意，他拉她用力一点儿，她的皮肤立马就红了。

江炽用拇指摩挲着她发红的手腕，有些懊恼自己刚才没轻重。他又抬起手摸了摸她的后脑勺儿。

“很疼吗？”他说，“对不起。”

夏枕在他的怀里点点头：“疼。”

说完，她忽然侧头在他的手臂上一咬。

江炽“嘶”了一声，虽然有点儿疼，但没松开她，手仍放在她的唇边，让她用牙齿咬着自己。

他无奈地笑了下：“属狗呢小丫头。”

夏枕也没真用力咬他。她真咬的话，他得痛死。她仰头去看江炽：“你刚才也弄疼我了。”说完，她怕江炽不信，抬手指了指自己微微发红的手腕，“你看这里。”

江炽笑了：“我惹下的错，得让你解气不是？”说完，他凑过去逗她，“来，脸给你咬。”

夏枕别过头去。

但同时她又觉鼻子一酸。这会儿冷静下来，她才反应过来他真的回来了。在她面前的人是活生生的江炽，不是在屏幕那端的她摸不着的江炽。

夏枕想到这里，转过头。

江炽轻叹了一声，摸了摸她的脑袋。

夏枕讲话的声音闷闷的：“你是什么时候回来的？你不是下个星期才能回来吗？”

“大学考试早，我考完试留在那儿没事做，就回来了。”

从小到大，夏枕还没跟江炽分开这么久过。现在他们面对面地说话，夏枕都能从中感觉到乐趣。

“刚回来？”

“嗯。”

他的声音很好听。

“你还没回家，我就来接你了。”

所以他才会在路上碰到让他失去控制的一幕。

“我今天在教室里写作业，就回来得晚了。”她说，“我以后不这样了，会早点儿回家的。”

江炽沉默了一下，依然不放心，咬牙切齿地说：“以后你买个防狼棒，遇到那种人，往死里电。”

夏枕听着江炽充满仇恨的话，没忍住，“扑哧”一笑。

江炽一听她笑，捏了下她的鼻子：“笑，你还笑。”

他说完食指弯曲，又顺势刮了下她的鼻子。

时间总是过得快，刚放假的时候他觉得假期很长，但日子就在不知不觉中溜走了，快得让人猝不及防。

寒假一过，江炽就回去了。

日复一日，夏枕把时间几乎都花在题海里，每天学习最大的动力就是考上江炽所在的学校。

高二学年结束，夏枕将要进入节奏紧张的高三，她的成绩一直稳定在年级前五名。

江炽也格外忙。闲下来，他会从北京回来陪夏枕一两天。但他很少有空，所以除了寒暑假，平时他俩见不了几面。

他们的盼头在暑假里。

江炽上了大学，并不轻松。他课业忙，实验也忙，期末考试结束后没办法立马回来，还留在学校里处理事情。

周日一大早，夏枕陪夏母去了趟亲戚家，回来的时候已经是下午。

亲戚家有两个小孩。夏枕被他们缠着玩儿了一整天，有点儿累。

一回家夏枕便躺在沙发上。

夏母在厨房里切了水果放在茶几上："起来吃点儿葡萄，这葡萄是你爸早上特意让助理送过来的。我刚才吃了一颗葡萄，挺好吃的。你赶紧吃，不然葡萄坏了就不好吃了。"

夏枕中午没睡，现在有点儿困，无精打采地坐起来："妈，你不吃吗？"

夏母正准备去厨房准备晚餐："吃啊，我先去做饭。"

茶几上的透明玻璃碗里，一颗颗紫葡萄饱满圆润，堆在一起，水蜿蜒而下，还挺好看的。

夏枕拿了颗葡萄放进嘴里，就见江汐从门外走了进来。

夏枕咬着葡萄，跟江汐打了声招呼："姐姐。"

"嗯，吃水果呢？"

夏枕点了点头，朝江汐招招手："快过来一起吃。"

江汐已经大学毕业，在一家颇有名气的艺术工作室工作，平时还会在网上发表作品。她在网上的名气已经很高了。她很受粉丝喜欢，赚的钱自然不少。

最近她休假，回来待几天。

她在夏枕旁边坐下，把蛋糕放到茶几上：“我刚出去逛街，发现附近新开了家蛋糕店，做的蛋糕还挺好吃的，就给你和夏姨带了一些。”

“谢谢姐姐。”夏枕伸手去拿蛋糕。

江汐也算是看着夏枕长大的，知道夏枕有礼貌，经常把“谢谢”挂在嘴边。江汐说了多少遍让夏枕别谢她，夏枕愣是改不过来。后来江汐也就不去纠正夏枕了。

江汐又拿了颗葡萄：“这葡萄挺甜的。”

夏枕舀了口蛋糕送进嘴里：“这蛋糕也很甜。”

江汐笑了下，突然说：“你明天晚上别等江炽了，他估计得很晚才回来。”

江炽早上打电话来，说明天能把学校的事处理好，晚上才上飞机，估计得很晚才到家。

夏枕又吃了口蛋糕，十分诚实地说：“没事。”

江汐一秒知道了夏枕的想法：“哎，你要等他呢。”江汐笑了笑，“江炽这小子听见了，得高兴死。”

夏枕耳朵一红。

这时江汐的手机铃声响了起来。她把手机从包里拿出来，看了眼来电显示。

只一秒钟，江汐就干脆利落地挂断了电话，用手指在屏幕上拨弄：“什么骚扰电话？我要把你拉黑。”

旁观一切的夏枕没说话，猜到了被江汐拉黑的人是谁。

江汐又拨弄了会儿手机，抬头问夏枕："对了枕枕，你有当画手的想法吗？"

这话题转移得太快，夏枕一时没反应过来："什么？"

"以前我不是看过你的画吗？你画得挺好的。"江汐朝夏枕挥了挥手里的手机，"我认识的平台编辑让我介绍几个画手给她，她想和一些有潜力的画手签约，我觉得你可以试试。"

夏枕只把画画当乐趣。她喜欢记录她和江炽的日常生活，没有别的想法。

现在她因为这些画吸引了一些粉丝，但从来不为了讨好粉丝画画。她每次想记录自己和江炽的点滴就会画画，画完就将画发到网上。

"我没想过呢。"夏枕说，"而且我也没有时间。"

其实夏枕有自己的目标，考虑过自己以后的工作方向。搞科研工作是夏枕的第一选择。

"那好吧，这样也好，以后上大学你也能好好学习。我先回家了啊。"江汐从沙发上站起来，伸了个懒腰，"我还得去赶稿，累死我了。"

现在是暑假，但即将升高三的学生明天还得继续上课。

江炽今晚就回来了，夏枕一整天心情都处于亢奋状态，连坐在旁边的许洛洛都察觉到了她高涨的情绪。

许洛洛吸着牛奶，别过头看着夏枕，拖长声音道："枕枕，心要荡漾出来了——"

夏枕被许洛洛一提醒，连忙正色道："什么？"

“说你啊。”许洛洛笑了笑，“一看你就真的……啧啧，我说不下去了，牙疼。”

这会儿已经放学了，班里的同学陆陆续续地离开，打扫教室的同学正挪动桌椅，四周一片嘈杂。

许洛洛收拾好了东西：“枕枕，待会儿陪我去玩会儿吧。我现在真的太惨了，因为要上高三了，爸妈都不让我玩儿电脑。我拼死拼活才说服他们继续让我用手机。”

夏枕现在放学都是和许洛洛一起回家。

许洛洛高三这一年没再住校了。她爸妈抓学习抓得严，想到许洛洛喜欢玩儿，就不放心让她住校。于是她爸妈退掉了宿舍，让她回家里住，方便看着她学习。

夏枕也不急着回家，就答应了：“好，不过你回家晚了，爸妈不会怀疑吗？”

许洛洛“嘿嘿”笑了一声：“咱们去玩儿了再说，就今天玩儿一会儿。”

夏枕把书包拉链拉上，一本正经地道：“我给你打掩护。”

许洛洛“哈哈”大笑：“你学会讲冷笑话了。”

许洛洛的爸妈平时虽然挺好说话的，但严格起来也是真严格。许洛洛虽然嘴上说玩儿了再说，但还是有点儿怕被爸妈抓包。

“这是什么欢迎语？陈子，你最好立马给我取消掉，不然我打爆你的狗头。”

夏枕觉得这声音有点儿熟悉，但一时也想不起来对方是谁。

直到抬头那一刻，她看到坐在前台处的人，顿时一愣。

上次的骚扰事件给夏枕留下了一点儿阴影。

旁边的许洛洛走了两步，发现夏枕没跟上来，倒退回来：“怎么啦？”

她的声音不小，那个坐在前台处的人望了过来。

一开始他把眼光落在许洛洛的身上，后来看到夏枕，就挑起了眉毛。

夏枕觉得心烦，冷冷地转过头，和许洛洛一起到里面去了。

许洛洛也察觉到气氛不太正常，凑到夏枕耳边：“你认识那个男的啊？”

那个男生长得还是挺好看的，就是社会气息太重，让人感觉不舒服。

夏枕：“不认识。”

两个人随便找了座位坐下。店里有电脑，可是经过刚才的事件，夏枕也没了玩儿电脑的心情。

夏枕倒是不怕那个男生。半年前她在小巷被这个人骚扰后，江炽给她买了防狼的东西。

而夏枕也很听话，一直把东西放在书包里。

她才不怕呢，一想到江炽，就更不怕了。

夏枕坐着无聊，从书包里拿出手机，想跟江炽聊会儿天。夏枕刚把手机拿出来，就发现手机没电了，自动关机了。

旁边的许洛洛已经在开始玩儿游戏了。

夏枕问了声：“洛洛，你带充电宝了吗？”

“啊。”许洛洛的目光还黏在电脑屏幕上，她道。“我下午手机没电，把充电宝的电用完了。

“不过我带数据线了，在书包里。”

许洛洛把自己的书包扔过来：“你可以插在主机上充电。”

夏枕：“好。”

夏枕给手机连上数据线，弯腰把数据线插到主机里充电。

她闲着无事，百无聊赖地摆弄着手机。过了半个小时，许洛洛大概是吃坏了肚子，说肚子疼，跑厕所里去了。

夏枕最烦的事情还是来了——那个男生来到了她的桌边。

夏枕一愣。

那个男生倚在电脑桌上：“好久不见啊。”

夏枕面无表情。

男生微微弯腰：“怎么？你还这么怕我？”见面前的女孩子还是冷着脸不理自己，男生笑着说，“你和半年前我见到的那个男的闹掰了？”

听到这句话，夏枕犹如被踩了一下脚，愤愤地瞪了男生一眼：“没有！”

男生嗤笑了一声，直起身子：“你还挺长情的。那人不是你的男朋友，是你哥吧？”

夏枕不理他。

男生被她忽视也不恼，朝旁边抬了下下巴：“傅野，你呢？”

夏枕不理他。

那个叫傅野的男生等了几秒，没听见答复，笑得意味深长，一字一顿地道："夏枕，是吧？"

夏枕一惊，眼里全是惊讶之意。

"你还是是明廉中学的，是吧？"傅野又笑了下，"傅岚、傅晓，你认识吗？"

夏枕怎么可能不认识。

傅岚是以前的校花，长得漂亮，成绩好，性格挺直率的，敢爱敢恨。以前她还让夏枕帮忙把江炽的外套还给他，夏枕和江炽还因为这件事闹了点儿别扭。

傅晓以前跟夏枕是同班同学，是傅岚的妹妹。

夏枕警惕地问："你干什么？"

傅野耸了下肩："不干什么啊，就是想跟你说，她们是我的表妹而已。"

夏枕不知道这个男生的意图是什么，还以为这个男生是从傅岚姐妹俩那里知道自己的名字的。

她转过头不说话。

"还有啊，我的执念很深，这次是你自己撞上来的。"

这话里的深意夏枕并没有接收到，只想在心里骂他一万遍。

傅野忽然离开桌沿，俯身下来，把手搭上夏枕的椅背。

夏枕顿时一惊，想往旁边躲开。

然而下一秒傅野的话却让她浑身僵住了，从头冷到了脚。

"你看门口，他怎么来得那么是时候？每次都是呢。"

夏枕的这个位置正好对着门口。江炽站在那儿，夏枕被他眼神里的冷意镇得浑身动弹不得。

她已经完全失去了思考能力，连江炽为什么会出现在这里，为什么会提前回来这些问题都问不出来了。

“你这么乖的小孩，居然会跑出来玩儿。”傅野笑了下，“难道别人不会觉得你是为了来见我？”

夏枕看着江炽冷冷的眼神，心里有点儿发凉。

她没有看到身后的傅野把目光落在门口的江炽身上，也没有听到傅野对着江炽轻声念出来的名字——

“Len。”

Len，是编程界这几年无人不知的“大神”。他狠厉、果断。

“Len”正是江炽业内的名字。

江炽蹙了下眉。

而后，他瞥了眼没动静的夏枕，脸色瞬间变得阴沉。

夏枕看见江炽的脸色又沉了一分，这才从他那冷森森的眼神里反应过来。

她连忙站起身子，撞开傅野的手臂，抓起自己的书包就朝江炽跑去。

跑到半路，夏枕想起自己的手机还连着数据线插在主机上充电，又跑了回去，把手机拔了出来。

傅野就站在旁边抱着手，看着她意味深长地笑。夏枕抱着书包，第一次恶狠狠地瞪了一眼傅野。

瞪完，夏枕又朝门口的江炽跑去。她就是这样，对不喜欢的人肯定会划清界限。

江炽自然不会误会夏枕。夏枕是怎样的人，他恐怕比她自己更清楚。

就是看到别的男生觊觎她，他会忍不住生气。

见夏枕跑过来，江炽朝她伸手："过来。"

她赶紧把手放到江炽的手里，被他拽到了身边。

江炽冷冷地直视着不远处的傅野，却没说话。

这时去完厕所的许洛洛刚好回来，一进来就看到这剑拔弩张的一幕。

夏枕看到许洛洛，赶紧朝许洛洛招招手："洛洛，回去了，快过来。"

许洛洛不知道发生了什么，经过傅野的身边，去拿自己放在座位上的书包："发生什么了？"

还不等夏枕回答，旁边的傅野倒是开口了："你的朋友被我欺负了。"

傅野这人就是嘴欠。

许洛洛闻言回头："你说什么？"

"你不是听到了吗？"

许洛洛指了指夏枕："你欺负她？"

还没等傅野回答，她就将手里的书包挥了出去。

书包里装着很多书，沉甸甸的。书包砸在傅野的身上，发出沉闷的响声，旁人听着都感觉到疼。

傅野"嘶"了一声。

"我说怎么进来的时候就感觉你看她的眼神不太对劲儿，你到底要干吗？你想欺负她，问过我的意见了吗？"许洛洛这张嘴本来就厉害，生气的时候更是一骂就停不下来。她又将书包挥了过去。

傅野这人虽然浑，但不跟女生打架，往旁边躲开许洛洛的攻击："姐，你书包里这么多书，我被砸到很疼好吗？你悠着点儿。"

许洛洛咬牙切齿地又砸了几下："我砸死你！"

站在门口的夏枕看到这一幕，想跑过去帮许洛洛。其实她也有点儿想打这个看起来很讨厌的男生。

江炽低头瞥了一眼夏枕，猜出了她在想什么，低头凑到她的耳边："想打他？"

夏枕看了眼直起身子的江炽，犹豫了一下，点头如捣蒜。

江炽笑了声："去吧。"

确定那个男的不会欺负女生，江炽这才放心让夏枕过去。

这是在别人的地盘上，许洛洛撒泼完，见好就收，拎着书包朝夏枕那边跑去。

夏枕还没来得及过去，许洛洛已经结束了战斗，要拉着夏枕一起跑。

夏枕有点儿不甘心，仗着江炽在这里，就为所欲为，跑过去也甩了一下书包，打在傅野的身上。

江炽在那边看笑了："行了，回来吧。"

夏枕本来就是乖小孩，从小几乎没打过人。

被她打过的人可能只有江炽。夏枕小时候也会恃宠而骄，欺负哥哥。

她听江炽喊她回去，却没有立即回去，又打了一下对方，才跑开。

许洛洛一看到江炽就有点儿心虚，毕竟是自己把夏枕带出来玩儿的。要不是因为她，夏枕肯定不会过来。

这个学长估计现在想撕了她。

许洛洛没想到会发生这种事，也觉得对不起夏枕。

不过江炽似乎没计较，只是跟夏枕说："回家了。"

夏枕拍拍许洛洛的肩膀："洛洛，我要回家了。"

许洛洛："啊，那我也回去了。"

许洛洛有点儿怕江炽，说完便急着走，背起书包朝夏枕挥手："再见啊。"

说完，许洛洛就不见人影了。

江炽带夏枕回家。

"以后你在外面，手机别插在主机上充电。"江炽忽然开口。

"啊？什么？"夏枕有点儿蒙，"这样不可以吗？"

江炽直视着前面，微点了下头："不可以。还有，你也不准再自己跑出来玩儿。"

听完江炽的话，夏枕终于知道为什么江炽会出现在这里了。

夏枕脑子里灵光一闪，想：江炽这么适时地出现在这里，是不是跟他刚才说的话有关？

夏枕边想边拉了下江炽的手："我的手机插在主机上充电，是出现什么问题了吗？"

江炽知道夏枕肯定会问他为什么会出现在这里。他本就打算跟她解释一下，但没想到夏枕不用他说，便察觉到了问题出在哪儿。

江炽侧头瞥了眼夏枕，微点了下头："嗯。"

夏枕沉默了一秒，反应过来后有点儿惊讶："难道，那个人也是……"

夏枕怕自己说错话会误导江炽，就没继续说下去。

江炽知道她想说什么，又给了她肯定的回答：“嗯，没错，你继续说。”

“啊？”得到江炽肯定的回答，夏枕更惊讶了，“他也是编程高手？！”

江炽不置可否。这个人敌意太大，且知道“Len”是谁。

这人还有可能跟江炽交过手。

“他是不是入侵了我的手机，给你发了什么消息？”夏枕问。

那人知道她的名字，可能是从手机里看到的。夏枕忽然很懊恼，自己怎么能这么大意把手机插在主机上面？

“是啊。”江炽回答的声音很懒散，“他直接给我发了个地址。”

“等等，你不是应该在北京吗？怎么能这么快赶过来？”

江炽转头看了眼夏枕，垂下睫毛。

夏枕抬头看他，总觉得自己下一秒就要被他那双幽深的眼睛吸进去。

“我本来想给你个惊喜，故意说凌晨才回来。”江炽说，“其实回到家后我给你打过电话，发过短信了，不过你的手机关机了。”

夏枕愤愤地道：“那个人肯定看到你给我发的短信，才把你叫过来的。”

“哦，你还知道啊。”江炽讲话的语气淡淡的，“你下次不准不打招呼就出来玩儿。”

“知道啦。”夏枕心满意足地蹭到江炽的身边。

江炽这几天在家，夏枕才知道江炽的生活简直是日夜颠倒。他在电脑前一坐就是几个小时，三更半夜才睡觉，次日中午才起来。

夏枕很难想象江炽在学校的作息。他就是夜猫子，总那么晚睡，次日有课的话还要早起。

那天夏枕跟江汐说起这事，江汐随口问了句：“心疼了？”

江汐就是调侃她。然而夏枕是真的有点儿在意，总觉得江炽整个人绷得很紧。

这天江炽仍旧中午起来，醒来的时候见夏枕已经来到他的房间里了。她坐在他的书桌前安安静静地写作业。

江炽回来后，夏枕早上会来他的房间里写作业，也不吵他，等他醒来。

江炽睁眼就先找夏枕的身影，迷迷糊糊地下床，走过去站着直接把夏枕按到怀里胡乱地揉了一把。

“你醒啦。”夏枕被他抱在怀里，声音闷闷的。

江炽“嗯”了声，干净利落的短发有点儿蓬松、凌乱，眉眼间满是慵懒之色。

“我先去刷牙洗脸。”江炽扔下一句话，“等我。”

“知道了。”夏枕看着他进浴室，又转回身子写作业去了。

昨天明廉中学高三学生补课才结束，夏枕正式放假。但并不是放了假学生就轻松了，学校发了一大堆试卷和练习题。高三还要提前开学，这对高三学生来说简直就是个噩耗。

他们放假了，作业反而比平时上学时的还要多。

夏枕倒觉得还行——毕竟她不认为做题是一种折磨。她是个理科生，除了语文、英语，做的题都是理科的习题，有时候乐在其中。

几分钟后江炽从浴室里出来，肩膀上还搭着条毛巾。他随意抓起毛巾擦了把脸，走到夏枕的桌边。

江炽身上穿着短T恤，夏枕侧头就见他的衣服下摆被溅上了几滴水，水印明显。

夏枕："你的衣服湿了，不换吗？"

"换啊。"江炽懒洋洋地道，把手搭在夏枕的椅背上，凑到她的眼前，"怎么，你要看我换衣服吗？"

夏枕被噎住了，几秒后把头转了回去，立马捡起笔在草稿本上写写画画："没有。"

江炽一见她这个样子就觉得好玩儿。不对，她什么样子他都觉得好玩儿。

他把搭在她椅背上的手收了回来，直起身子，笑着把肩上的毛巾抽下来扔在旁边的椅子上。

夏枕刚才本来写作业写得挺认真的，这会儿倒是有点儿心不在焉了。

她用耳朵捕捉到江炽拉开衣柜门的声音，想象着他换衣服的画面。

打住，夏枕轻咳了下，用笔尖在纸上用力地划来划去。

过一会儿江炽走过来，低头就看见夏枕在草稿本上写着好多个打住。

江炽正准备把短袖T恤往身上套，看到她这几个字，不穿了，稍稍拉长声音："打住——"

他低沉的嗓音骤然在身后响起，夏枕觉得脑袋嗡嗡作响。

江炽瞧着她这正襟危坐的背影，顿时更乐了，说："打住，什么打住？你脑子里在想什么？"

夏枕急了，转身就想狡辩："我什么都没……"

接下来的话在她转身看到江炽腹肌的那一刻被尽数吞回了肚子里。

少年肌肤白皙，腹肌线条流畅。

夏枕全身仿佛冻住了，嘴还微微地张着，忘了合上嘴。

几秒后，她无所适从地移开目光，闪躲着："那个……我……"

她紧张到连要说什么都忘了。

江炽其实也就是想逗逗她，笑了笑，把衣服往上身一套，没再闹她了。

这些天来江炽和江汐都在家，要把夏母高兴坏了。

以前总是在孩子们寒暑假的时候，一家人才能凑齐。江汐和江炽上了大学后，家里就经常空荡荡的，只剩夏枕一个小孩。

所以这些天来夏母总变着花样做菜，还总做各种各样的甜品。

中午江汐进门看着桌上那一大堆卖相很好的饭菜，忍不住开玩笑："夏姨，你是把我们当猪崽养了吗？我最近真的被你养胖了。"

夏母正在盛饭，看到江汐进来，笑道："胖有什么不好？胖起来才有气色，才好看。"

"可别，"江汐走进厨房，帮夏母收拾筷子，"太胖了我买的那堆衣服都没法儿穿了。"

夏母和这些孩子关系好，说话时也毫无长辈的包袱，笑着对江汐说："行行行，那你就别吃我做的饭了，保准你瘦到风一吹就能上天。”

江汐洗好手后正在碗橱那儿数筷子，听完笑着说：“我叛变了。夏姨做的饭菜我可爱吃了，而且要比谁都多吃，不嫁人就不嫁呗。”

夏母笑着捏了下江汐的脸颊：“胡说，我们江汐长得这么漂亮，怎么可能嫁不出去？”

两人从厨房里出来的时候，江炽和夏枕正好进来，江汐在旁边意味深长地“哎”了一声。

夏母一看夏枕，就唤她：“去楼上书房喊你爸下来吃饭。”

“我爸爸回来了？他不是还在外地出差吗？”

“他回来了，刚下飞机就立刻回家里吃饭了。待会儿他吃完饭还要回公司。”夏母说。

夏母话音刚落，夏父就从楼梯上下来了：“来了，我跟客户打完电话了。”

夏母瞬间变了脸色：“你最好快点儿给我下来，不然待会儿一粒米都没有。”

“哦。”江汐一脸看好戏的模样，朝从楼上下来的夏父笑道，“叔，你是不是惹老婆不高兴了？你看夏姨都火冒三丈了。”

夏枕站在江汐的旁边，小声地告状：“我爸昨天晚上没接我妈的电话，早上被我妈骂惨了。”

江汐“扑哧”一笑，江炽也弯了弯唇角。

夏父：“我昨天一整天都在开会，手机就静音了，忘了调回来，这才没听见电话。”

夏母不满地说：“哦，你还有理了。”

“不不不，我没理。我错了。”

这么多年来，江汐、江炽和夏枕一直旁观着夏父、夏母的恩爱状态。他们这根本不是吵架，是老夫老妻“秀恩爱”。

江汐“啧啧”两声：“哎，这‘狗粮’能让我胖三斤。”说完她拉开椅子，坐了下来，“吃饭啦。”

“你都有男朋友了，还怕吃什么‘狗粮’？”夏母指了指江炽和夏枕，“要吃也是这两条‘单身狗’吃。”

正准备拉开椅子坐下来的江炽和夏枕没说话。江汐不置可否地轻咳了两声，夹起一筷子肉送进嘴里。

已经在桌边坐下的夏父说：“江炽都上大学了，可以找女朋友了。”

江炽只愣了一秒，又恢复了自然，从容地拉开椅子坐了下来，声音慵懒：“是啊，我到年纪了。”

在江炽旁边坐下来的夏枕心里突然有种不好的预感。

对面的夏母一听到江炽这话，就立马来了兴致：“哦？难不成你这小子已经有喜欢的人了？”

江炽靠在椅背上，把手懒懒地搭在桌上把玩着盛冷饮的玻璃杯，用指尖在玻璃杯壁上敲了几下，收回目光。

他淡淡一笑，散漫地说：“是啊。”

夏枕顿时紧张起来，心跳骤然加速。

“交女朋友了？你这孩子说的是真的还是假的？”夏母有点儿激动。

江炽把骨节分明的手指覆在透明的杯壁上，微转了转杯子，从容地说：“真的。”

夏母听到江炽谈恋爱了高兴得不行："那你怎么不把她带回来给我们看看？你这小子，谈恋爱了居然也不跟我们说一声。你要把媳妇带回来给我们看看啊！这个女孩子是哪个地方的？性格怎么样？"

一旁的江汐早就忍不住笑了："夏姨，我见过那个女孩子。我跟你说，那女孩子你一定喜欢得不行。我跟你保证，她肯定是你最满意的'儿媳妇'，根本不用担心婆媳关系。"

坐在一旁的夏枕没说话。将来夏枕长大了，还能不是夏母最满意的"儿媳妇"吗？婆媳关系向来是家庭关系中的大麻烦，女儿直接成了"儿媳妇"，夏母还能挑出什么毛病来？两个人简直是太和谐了。

夏母眼睛一亮："真的？快，江汐，你有没有照片？让我看一下。"

江汐正在剥虾，闻言抬眸道："夏姨，你急什么？人家可害羞了。"

"小年轻们的事你就别管了。"夏父对夏母道，"以后他总是要把人带回来给我们看的。"

闲闲地靠在椅背上听一家人说话的江炽微侧了下头，看着夏枕笑了。

夏枕咬了咬下唇，悄无声息地在桌下踢了江炽一下。

七月下旬全国的高校基本上都放假了。江炽的那群兄弟免不了又聚在一起。这几天人凑齐了，林希芋把大家约了出来。

灯光绚烂，他们像是陷入了一个光怪陆离的世界。

他们更成熟了，但仍旧有种少年蓬勃的感觉。

江炽也在打牌，夏枕就坐在他的身边。

“炽哥你真牛。没想到我们中看起来最会玩儿的人，居然是最长情的。”林希芋开玩笑道，“你是痴情种，没跑儿了！”

旁边有人附和：“真的，我当时还跟卢冉打赌，炽哥会不会过了一周就变心，赌注两百块钱。我输了。”

江炽笑骂：“去你的。”

夏枕脸颊一热。

一旁的卢冉被当事人提醒了有赌注这件事，大声嚷嚷：“你倒是提醒我了，快给钱，给我两百块钱！”

现场顿时爆发出笑声。

林希芋哀叹了一声：“唉，炽哥学业、感情双丰收，我们这些‘单身狗’啥时候‘脱非入欧’？”

旁边一个跟林希芋在同一个大学读书的人说：“林希芋，你在演戏呢？系里那么多追你的女孩子，你一个都不要，在这儿抱怨啥呢？我们‘单身狗’是无人追求的‘单身贵族’。你这种有人追的人，我们不承认你是其中一员。”

林希芋：“你不说话会死吗？”

“沈辰怎么没来？”

当年林希芋和沈辰可以说是整天形影不离，大家看到林希芋难免会想到沈辰。

江炽漫不经心地说道：“嗯，沈辰怎么没来？”

林希芋满不在乎地说：“我没邀请他呗。”

江炽抬眸看了林希芋一眼，没说什么。

包间里其他人也不知道说什么，看到林希芋如今对沈辰的态度，才想起高三那一年林希芋和沈辰的关系似乎不是很好。

后面他俩几乎连话都不说了，也没当同桌。

他们可能闹掰了。

就在这时，门突然被人推开。

里头的人纷纷转头看过去。

来人是一个身材颀长，气质冷漠、干净的男生，五官长得极清秀。

林希芋惊叹一声："苏岸！"他赶忙站了起来，"你快进来快进来，我还以为你不来了。"

苏岸把门关上："不好意思，我有事耽误了。"

坐在沙发上的江炽和苏岸略点了下头，算是打过招呼了。

除了林希芋和江炽，其他人都跟苏岸不熟，也对苏岸没什么印象。

苏岸这人虽然温柔，但不是特别喜欢跟人说话，长大了以后，有了点儿冷漠的气质。

很多人想不通苏岸为什么会来参加这个聚会。这人来了不说话，就坐在沙发上，仿佛和别人之间有"结界"。

过了半个小时，夏枕有点儿困，正想抬手揉揉眼睛，小挎包里的手机振动起来。

夏枕摸出手机，屏幕上显示的是一个陌生的号码。

她在看到短信内容的那一刻，皱起眉头。

"你好啊，夏枕小妹妹，猜猜我是谁？"

能说出这么令人作呕的话的人还能是谁？

果不其然，没几秒，一条短信又进来了。

"傅野。"

夏枕已经不奇怪为什么傅野会知道自己的手机号码了。肯定是那天她把手机插在电脑主机上充电，导致傅野通过提前设置的程序连自己的手机号码都知道了。

夏枕眼不见为净，直接把手机放回包里。

夏枕抬眼的时候，正好看到刚来不久的那个叫苏岸的男生走出去接电话。

她耳边响起“八卦”的声音。

有一个女生说：“我记得这个男生。”

林希芋笑道：“苏岸长得这么好看，大家一见他肯定忘不了。”

“不是。”女生否认，一提起这事就特别起劲儿：“我问你们，你们还记不记得我们学校的那个女生——易胭？”

林希芋：“她是我朋友。”

听到“易胭”这个名字的时候，夏枕也是一愣。

这么多年了，她一直记得易胭，那个长得很漂亮的姐姐。

女生赶忙打哈哈，打破这种尴尬的气氛：“高三那年，有一次我放学后看见这个男生在楼梯间里向易胭示好。”

刚才那个男生那么安静，居然会这么主动？这种事一听就很带感，包间里顿时有好几个人开始“八褂”。

林希芋的注意力明显也被转移了，他道：“不是吧，苏岸向易胭示好？怎么可能？！易胭仰慕他还差不多！”

“你居然不信！我跟易胭是一个班的同学。隔天她来上课的时候，还很高兴地跟我们分享。”女生说，“不过后来不知道为什么易胭退学了，连个人影都没有，这个男生还天天来学校找她。”

“那最后他找到她了吗？”

“怎么可能？”女生撇撇嘴，“易胭再也没出现过。”

林希芋忽然像醒过来一般：“我就说苏岸怎么会来参加聚会，他……不会是来找易胭的吧？”

毕竟易胭和他们这群人在那会儿有来往。

突然一片安静，你看看我，我看看你。

夏枕也听呆了。她和易胭有三面之缘，一直记得这个人。

现在她从别人嘴里听到易胭的故事，感觉有点儿奇妙，也有点儿压抑。

这时，夏枕小挎包里的手机再次振动起来。

见夏枕没注意到，江炽挠了下她的下巴，示意她打开小挎包：“手机响了。”

她这才反应过来，去掏小挎包里的手机——一个陌生的来电。

夏枕的记忆力好，她记得这一串号码是傅野的电话号码。

她不想理傅野，正想把手机放回包里，手机屏幕又是一亮。

夏枕再怎么好脾气，被这么打扰也不开心。然而下一秒，她瞥了眼屏幕，瞬间怔住了。

“我来跟你道个歉，我的老板……盗取了你的信息，将你的信息放在了不良网站上，这是违法的，他会受到法律制裁。”

夏枕打开了短信，短信里附带着一个网址。

然而夏枕还没点进去，手机就被旁边的江炽一把抢了过去。

江炽的面色阴沉得可怕，他径直点开了那个链接。

几秒后，一个不良网站跳了出来，上头贴着江炽再熟悉不过的人的照片。

瞬间，江炽额角青筋立现。

黑夜沉沉，云层稀薄。风一吹，云层就缓慢移动，露出后头的银色月牙儿。

现在接近凌晨，马路上车辆渐少，霓虹灯也熄了一大半，世界像被抽走了一部分生气。

夏枕站在江炽的身旁，莫名不敢出气。

她身旁的江炽脸色阴沉得可怕。自从在包间里用手机打开那个网页后，他整个人周身便笼罩着沉静到可怖的气场，夏枕也不自觉地跟着噤声了。

夏枕看到那个网页的时候也生气。看到别人盗用了自己端端正正的一寸照放在不良网站上，她心里也不好受。脾气很好的她在那一刻也压抑不住自己的情绪，心里腾起一股怒火。

大家还在聚会，江炽一言不发地带着夏枕先一步离开。他先通过合法途径把那个不良网站举报了。

夏枕也不知道江炽要做什么，只是跟在他的身边，上了出租车。

车窗外，树影快速地往后掠去，暗夜里的建筑仿佛带着危险的气息。

江炽靠在车座里，侧头看着窗外，在想着什么，唇绷成一条线。

夏枕虽然不知道江炽在想什么，但能感觉到他不开心。他的一个眼神、一个动作都仿佛充满压抑之情。

车厢里安安静静的，气氛有点儿沉闷。

过了很久，夏枕伸手，覆上江炽的手背。

正看着窗外的江炽感受到她温暖柔软的掌心覆上自己的手背，手一翻，扣住了她的手，头转了回来。

“想要我做什么？”

即使压低了声音，他那好听的嗓音在逼仄的车厢里依旧格外清晰。

方才她一直弄不懂江炽在想什么，脑子里仿佛缠着一团乱线。

但在江炽把这句话问出口的那一刻，她突然就明白了，脑子里的线也被厘清了。

从小到大，夏枕知道江炽一向说到做到。他虽然看着不正经，但说过的话，就一定会办到。

夏枕想起了半年前江炽在小巷里对傅野咬牙切齿地说过的那句话。

路灯的光照在车厢里，光影、黑暗快速地交替。

夏枕微微抬头，看着江炽明明灭灭的眼睛，感到揪心。

她说话的声音有点儿发抖：“你别乱来。”

江炽低眸看着夏枕：“不会乱来。”

过了几秒，他低沉的声音再次响起：“有合理的解决方式。”

“我没事的，可是你……”

夏枕话还没说完，江炽就把她的话打断了。他知道她在想什么。

“我不会有事的。”

江炽语气强硬，不容拒绝。他侧过头再次看向窗外，紧紧握着夏枕。

双方僵持不下，车正好到达目的地。

即使夜色很浓，周围没有路灯，借着夜色，夏枕瞥到了那些模糊的建筑，就知道这里是哪个地方了。

江炽让司机直接送夏枕回家，刚要下车时，忽又转过头来。

夏枕执拗地看着江炽，不松手。

现在已经很晚了，她一个女孩子在外面不安全。

他最终还是不放心她。

江炽转头去看司机："不用送她了，我们就在这里下。"

夏枕其实也不想走，想待在他的身边。而且现在这个时候把她扔下，江炽的确放心不下。

两个人下车后，路边的车绝尘而去。

江炽带着夏枕往前走，目视前方："接下来发生什么，你都别怕。我答应过你，我不会有事。"

夏枕听到江炽说话，侧头去看他。他一直直视前方，没有看她。

夏枕忍了再忍，还是开口了："你答应过我再也不会打架。"

她话音刚落，江炽停下脚步。夏枕也跟着停下来。

周围树影摇晃，蝉鸣声声。两个人沉默了一会儿，江炽转过头。

下一秒，跟以往任何一次他拿她没办法的时候一样——江炽抬手揉了揉她的头发。

只是这次江炽没再随她的意。

江炽说："对不起。"

路灯伫立，树杈剪碎灯光，昏黄斑驳了一地。

夏枕听见江炽说——

"我尽量不违约。"

夏枕忽然觉得鼻子有点儿发酸。从小到大她都非常害怕江炽打架。

她依稀记得上幼儿园小班的时候，有一个大班的长得胖胖的男生一直欺负她。小时候的江炽和长大后的江炽一样，一直把夏枕护在身边，谁欺负她都不行。那时江炽也是上大班的小孩，奈何个头儿比那个小胖子小，打不过小胖子。

其实有些事夏枕都不记得了，但是有一点扔记得清清楚楚，长大了以后也一直忘不掉。

那天放学后，两个小孩背着书包牵着手回家。夏枕记得那天江炽哭了，虽然没哭出声，但一直在抹眼睛。

那时候他们还小，童言无忌，什么话都说得出口。他边抹眼泪边跟身边的妹妹说对不起，说以后会保护好她。

上幼儿园的夏枕那会儿也小，对这些话没有深切的认识，自然也不会当真。

她不知道身边的人一生都会把这句话当真。他一直在认真地履行这个承诺，从未忘却。

在后来的日子里，除了江母因为火灾去世的那晚，夏枕没再见到江炽哭过，也没再见到江炽打架打输过。

在别人的眼里，他就是一个十分擅长打架的人。他还和社会上的小混混儿打架，把小混混儿打进了医院里。但那次江炽也没讨到好处，当然也受伤了。那天晚上，夏家三口和江汐都去医院了。

从那天开始，夏枕才意识到江炽也不是铁打的，他也会受伤。

就是因为担心他打架，所以她连自己的糟心事都顾不上了。

夏枕还没从回忆里回过神来，江炽已经握住她的肩膀。

他俯身平视着她的眼睛。

“不管发生什么，我都会保护你。”说到这里，江炽笑了声，带着少年独有的狂妄气，“我怕我把别人‘虐’得太惨，吓着你。”

夏枕突然就被江炽逗笑了。

很快，江炽就放开了她：“在这儿等我。”

说完，他不等她说话，转身就走。

前一秒他还翘起了唇角，现在突然脸上失去了笑意，表情阴沉，径直朝店里走去。

里面吵吵嚷嚷的，还有人窝在一起嬉笑。

江炽正想进去，下一刻收起长腿，侧头瞥了眼不知是谁放在墙边的长柄伞。

江炽冷冷地看了一眼，嗤笑了一声，把插兜里的手拿出来，懒懒地拿过雨伞。

里头鱼龙混杂，傅野被老板打发出来买东西。

傅野刚要走出来，就和要进门的江炽撞了正着。

一看江炽的脸色，傅野就知道大事不妙：“我去……”

说完，傅野转身就想跑。

下一秒，傅野只觉得腰脊快碎掉了——江炽用手里的雨伞狠狠地砸在了他的背上。

傅野长得瘦，浑身没什么肌肉，闷哼一声，单腿跪在了地上。

江炽蹲了下来，猛地擒住傅野的衣领，往后一拽。

傅野被迫昂起头颅。

“还记不记得我说过的话？”江炽讲话的嗓音散漫不羁。

傅野怎么可能不记得?

半年前，在那条小巷里，江炽警告过他。

“别再缠着夏枕。”

江炽眼神冷淡至极：“你活腻了是吧？”

店里一团乱。他们个儿个儿站起来往这边望，看热闹不嫌事大。

连店老板都被惊动了，拨开人群：“这大晚上的，你们吵什么？！”

老板长得尖嘴猴腮，皮肤偏黑，说话尖酸刻薄。他看向来人。

傅野被江炽打了一拳，吼了一声：“这不是我干的！我不是已经跟你们说了，是老板弄的！他自己搞了个不良网站，看你女朋友长得漂亮，就把她的照片放上去了！”

傅野的声音大，走过来的老板一下子就听到了他的话。

老板本来不怕来闹事的人，但看到傅野被眼前的这个男生揍成这个鬼样子，忽然感到慌张。

“傅野，你乱讲什么？”老板支支吾吾地说，心虚地挺着脖子，“我什么时候建不良网站了？你别胡言乱语！”

人们“叽叽喳喳”地说话。老板的声音宛如一支坏了的笛子发出的声音，破了音，令人听在耳里感到一阵不舒服。

江炽正拎着傅野的衣襟，闻言，停下拳头，懒懒地转了下头，淡淡地看着老板。

老板被这目光刺得浑身发抖，立刻噤声。

江炽收回目光，转过头看了眼傅野，脸色阴沉。

下一秒，江炽毫不犹豫地蓄力，用拳头“砰”的一下砸在傅野脸上。

傅野闷哼一声——江炽这拳头和半年前一样毫不留情，迅速狠绝。

傅野奋力想挣脱开江炽。

然而不等傅野过多挣扎，江炽就松了手，狠狠一掷。

而后江炽抬头，再次看了眼站在不远处的老板。

江炽冷笑了声，目光冷得可怕。

周围的人谁都不想蹚这趟浑水，不明不白地卷入这场纷争。况且刚才从这几个人的只言片语里，他们多多少少能拼凑出事实。这件事似乎是老板不对。

刚才有人看两人在打架，已经试图拉过架。但后来拉不开，大家也就放弃了，不想把自己糊里糊涂地搭进去，那可就倒大霉了。

江炽觉得长时间敲打键盘的手腕有点儿发酸，用左手握住右手手腕，从容地转了转。

越是这种平静的画面，越是让人心里发怵。

老板也不自觉地后退了几步，谨慎地看着慢悠悠地走过来的江炽，心里发凉。

夏枕站在店外头，晚上的风有点儿凉，刺激得她的小腿发冷，但她还是控制不住自己，往那边望去。

屋里的白炽灯光照出来，在水泥地面上投下一方亮光。但她看不见里头的景象，只能隐隐听见里头人声嘈杂。

夏枕心里宛如有一团火在燃烧，越烧越烈。最后她待不下去了，抬脚往里奔去。

她进门的时候，里头一片混乱。人群宛如一堵人墙，牢牢地挡住了夏枕的目光。

一阵哀号的声音从中间传来。突然，围在旁边的人作鸟兽散，好像发生了什么。

一个男人用尖锐的声音破口大骂："你怎么不早点儿过来？！我要被揍死了，你才带人过来！"

"我这不为了给你多找点儿人吗？"

人群退开，夏枕就看到从后门拥进来好几个人。

夏枕打了个冷战。

江炽还拽着那个老板。

那个老板也是个不怕事的人，现在一有自己的人过来撑场子，就想豁出去了。

几分钟前还求饶的老板此刻开始骂骂咧咧："把这个人给我往死里揍！"

傅野已经退到了前台后面，脸上青一块紫一块的。

夏枕什么都顾不上了，心里急得要命。

几个人拥上来，将中间的江炽围住。

江炽虽然很会打架，但终究寡不敌众。虽然他没有落败，但也没有占上风。

夏枕看着这一团乱的场面。每次江炽的腰背被椅子砸上，她心里都跟着狠狠地一痛。

她手心冒出了汗，急得找不到东西南北。

夏枕慌乱地移开目光，没再去看江炽，环视四周，似乎在寻找一个能让自己安心的东西。

在看到前台柜上的酒瓶的那一刻，夏枕仿佛被兜头浇下了一盆冷水，瞬间清醒了。

她慌忙地跑过去，要抓酒瓶。

这时在前台站着的傅野手疾眼快地压住了酒瓶："你干什么？疯了吗？"

夏枕看着傅野，声音颤抖着说："你放开我。"

傅野皱着眉头，唇角还有一点儿血迹："你是个女生，那边全是大老爷们儿。你冲上去是想找死吗？"

夏枕已经懒得跟傅野再说话了，用力抢酒瓶。

她什么都不想考虑了。她不能让别人这样对江炽。

这时门口忽然一阵骚乱，有一群人浩浩荡荡地闯了进来。

傅野往门边一看，转回头看着夏枕："有人来了，你放手。"

夏枕闻言一转头，就看到了林希芋他们。

林希芋骂骂咧咧地跑进来，随便逮住一个人就揍："你要不要脸？！这么多人打一个人！"

他后面的人一拥而上。

江炽也是一愣，跟林希芋对上了目光。林希芋瞬间知道了江炽在想什么。

"我们收到了一条陌生号码发来的短信，就过来了。"林希芋边说边打架。他虽然白白净净、细皮嫩肉的，但是打起架来毫不手软："这群孙子，脸都丢到太平洋去了吧！这么多人打一个人就够无耻了，还这么菜，居然打不过你。"

旁边的卢冉说："林希芋，你就不能闭嘴吗？打个架话还那么多。"

夏枕站在前台那儿，完全是蒙的，但还紧紧地握着酒瓶，处于戒备状态。

忽然，她身旁的傅野开口了："江炽挺猛的。"

夏枕其实能听到傅野说的话，但目光黏在江炽的身上，一秒都不敢移开目光。

"那个……"傅野开口道，"对不起，今晚这事我跟你道歉。"

虽然她被发到不良网站上的只是一张证件照，但这样的事对一个女孩子来说终究是不好的。

"我一开始对你有兴趣，后来知道'Len'是你的……"后面的话没再说下去了，他知道夏枕一点儿也不想听。

傅野跟江炽的确在网上交过手。而且，傅野被"虐"得体无完肤。

这次要不是因为傅野盯上夏枕了，老板也不会打夏枕的主意。

老板是几个月前才换的。有一次，这个老板看上的女生喜欢傅野，女生还跟傅野交往了一阵子。从此，这个老板就盯上傅野了。只要被傅野看上的女生，老板都会插手捣乱。

傅野对夏枕没有多大的兴趣，不是非和她交往不可。傅野和江炽分胜负的欲望明显更强。

当初和江炽交手时，自己一败涂地，傅野一直没放下这件事。

片刻后，老板这帮人全被江炽他们揍倒在地。

少年们年轻气盛，打起架来手脚有力。老板这伙男人年纪大了，吃不消。

江炽看都没有看地上的人一眼，径直走到了电脑前，将椅子踢开，然后坐了下来。

江炽的目光还是很冷漠，他盯着电脑屏幕，把双手搭上键盘，用骨节分明的手指快速地敲击着。

旁边的林希芋笑了声："这帮孙子完蛋了。"

跟林希芋勾肩搭背的卢冉也笑："他们要'凉了'。"

还没到两分钟，店里的其他电脑设备出现异样，屏幕上只剩快速滚动的字母。

店里顿时响起一阵议论声。

江炽把这个黑店的所有信息匿名发送到了警局的邮箱里。

做完这一切的江炽脸色依旧阴冷。他推开键盘，站了起来，转身径直朝夏枕走去。

其实刚才夏枕进来的那一刻，他就注意到了。只要跟她处在同一个空间里，他就算是用余光也能准确地捕捉到她的身影。

夏枕还没有意识到自己仍旧紧紧地握着酒瓶，像抓着救命稻草一般，指尖都白了。

江炽停在她的面前，瞥了眼她发白的手指，知道她在想什么。

江炽很难想象要是当时林希芋他们没有过来，夏枕会出什么事。

这丫头真的很勇敢，勇敢到江炽有点儿愧疚。他凭什么让她这么义无反顾地维护他？

江炽看进她的眼睛里，抬手掰开了她的手指。

夏枕这才反应过来，松开手。

下一秒，夏枕的手被江炽抓住了，她听见他开口说——

"别抓酒瓶了，"他声音有点儿颤抖，"你抓着我的手。"

这件事过去之后，夏枕的生活风平浪静，她再也没遇到什么糟心事。

夏枕从小就没什么特别大的志向，只想好好生活。她在被爱的过程中也学会爱，无论家人、喜欢的人还是朋友，大家之间的感情纯粹又温柔。

高二年级的暑假一眨眼就过去了。夏日，暑气正盛，高三年级在一片蝉鸣声中提前上课了。

这天江炽醒来的时候习惯性地朝书桌那个位置瞥了过去。上个星期夏枕还每天早早地坐在那儿写作业，等他醒过来，现在那个位置空荡荡的。

江炽起身，倚在床头，睡眼惺忪。昨晚他熬夜太晚了，到现在只睡了三四个小时，还没清醒过来。

“江炽！”江炽的房门突然被江汐猛地打开。

江炽伸着一条腿，蜷着一条腿，把手臂懒懒地搭在床头，侧头望了过去。

“快给我醒醒！”江汐走了过来。

江炽早上刚醒，这会儿实在不太愿意说话，任由江汐猛地一巴掌拍在他的背上。

“快点儿，我现在需要你帮我一个忙。”

江炽抬手胡乱地揉了把头发：“知道了。”

他说着掀开被子，下床走到衣柜那边拉开柜门，随手拿了件T恤出来。

江炽将衣服往身上一套，听江汐在后头不满地嘀咕——

“今天我本来休假。结果公司一个电话打过来，让我到城西那边的一家合作公司里谈合同，唉。夏叔把车停在楼下，我跟他说过了，你开他的车送我。”

“行，我先去刷牙洗脸。”江炽往浴室里走去，嗓音还带着慵懒之意，“你赶紧去化妆，不然待会儿我又要等你很久。”

“知道了。”江汐说着赶紧朝房间外走去，“让你老姐给你展示一下如何十分钟搞定出门妆。”

江汐化妆很熟练，很快就化好一个日常妆。

江炽开车把她送到了城西。从城西这个地方坐车回家不方便，江炽把车停在楼下，想在楼下等江汐谈完关于合同的事，再和她一起走。

“行吧。”江汐拎着包准备下车，“那我尽快谈完，中午我们一起吃饭。昨晚你不是很晚才睡吗？你可以在车上睡会儿。”

“知道了。”江炽用手按着脖子，转了转头。

江炽从家里出来的时候，就想到要等江汐谈完事一起回家，带了笔记本电脑，不过没让江汐知道。

要是江汐知道了，又得念叨他一顿。这个暑假，江炽一直被江汐批评。江汐让他不要太卖力，让他小心英年早逝。所以刚才江汐让他在车上睡会儿，他也没反驳。

实际上江炽没留在车上，找了间冷饮店坐着，忙着敲代码。

然而他才坐了十几分钟，就有人打电话过来。

江炽正看着电脑屏幕，一只手停在鼠标上，另一只手握着玻璃杯。

手机振动起来，在桌面上“嗡嗡”地响，他把目光从电脑屏幕上移开，瞥了眼手机。

江汐。

江炽皱起眉，江汐谈合同谈得这么快？

他放下手里的玻璃杯，伸手拿过手机，放到耳边。

江炽还没开口，就听见江汐有点儿不快地说——

“你去哪儿了？快点儿过来接我回家。”

一听江汐这语气，江炽就知道她应该是遇上什么事了，谈合同没这么快。

但他也没问为什么，从容地将笔记本电脑关上，起了身：“等我过去。”

出了冷饮店来到停车场的时候，江炽一看车边的两个人，就知道江汐刚才在电话里的语气为什么那么不悦了。

陆南渡正拽着江汐的手臂。

江汐一进办公室就遇到了陆南渡。他西装革履的，装得倒挺像那么一回事。

江汐按捺住心里的不安，坐下来好好地跟他说话。哪儿知陆南渡问的全和她的私人问题有关，最后气得她忍不下去了。

“陆南渡。”江汐深吸了一口气，声音带上了沉重，“我已经跟你说过了，我们真的不可能。”

陆南渡明显脸色也不好，但没对江汐发过脾气。他一直是这样，从没舍得对江汐发脾气。

“姐——”陆南渡话说到一半又改口了，意识到这样不太好，“江汐。”

江汐听见这声戛然而止的“姐”，心一疼。陆南渡最喜欢叫她姐姐，跟她撒娇。

还不等陆南渡说话，江汐便转头去找江炽的身影。

她像是怕跌入什么万劫不复的深渊似的，只想逃离这里，想要江炽来拉她一把。

她不想再被陆南渡骗下去了，也不想重蹈覆辙。

下午的屿城，热气未消，夏枕坐在教室里。即使教室里开着冷气，但她一看到外头那热辣的阳光，依旧觉得浑身闷热。

这节课是最后一节课，数学老师在讲一道复杂的题目。

夏枕把这道题解到半路，也陷入了死胡同。她一边低头做笔记，一边听老师讲题。

老师给火箭班的学生讲题，一般只讲难题，容易的题大家都会，一节课就在讲解这一两道难题中结束了。

铃声一响，周围的学生开始“叽叽喳喳”，椅子和桌子在地上滑动，发出尖锐的声响。

夏枕待在座位上没动，仍低着头认认真真地做笔记。

过了一会儿，教室内有一点儿骚乱，夏枕依旧无动于衷。

思路一清晰，她就由左至右快速地把解答步骤写上，完全没有注意到教室里的吵闹。

夏枕以前就是一个学习很用心的人，在学习上，智商高固然重要，但努力也不容小觑。这两年来她学习比以前卖力得多，唯恐追不上江炽，不能成为跟他一样好的人。

忽然，夏枕发现左手旁有人搁了一杯奶茶。

奶茶套着塑料袋，是冰冻的，塑料袋里有水珠。

夏枕仍旧写着题目："洛洛，我在写错题呢，怎么啦？"

今年她升上高三，学校早早就分好了班。这次夏枕和许洛洛没有那么幸运了，两个人不在同一个班级。

但她们还是经常会去找对方。许洛洛是个"吃货"，经常会买东西拿给夏枕吃。

许洛洛最后一节课是体育课，夏枕估计她应该去小卖部买了奶茶，回教室的时候顺便拿过来给自己。

没听见许洛洛说话，夏枕终于停下笔，正想抬头。

下一秒，她感到脸颊忽然被人捏了捏。

"是我。"

夏枕顿时一愣，抬头就看到了江炽，有点儿惊讶："你今天怎么这么早就过来了？"

这几天江炽都会来接她回家，但一般会晚点儿。他也有事要忙。

班里有人明显认出了江炽。就算是不认识江炽的人，一看有个男生长得这么好看，也看了过来。

江炽将手从夏枕的脸上移开："急着接你啊。"

夏枕的脸发热。

"不过，"江炽垂眸看她，"你刚认错人了，找亲吗？"

即使耳边的声音不大，夏枕仍旧下意识地摇了摇头。

"不行？"江炽笑了声，"那你说我怎么罚你？"

“炽哥，明天出来打球啊。”

送夏枕回家后，江炽一打开手机就看到林希芋的消息。

林希芋一直没等到江炽回消息，又连续发了几条消息过来。

“我给你打电话，你怎么没接?

“哥，你咋不见了？去网上跟人约啥了？叫上我啊。”

江炽懒懒地靠在电脑椅里，握着手机，按了按，回了消息，又将手机扔在一旁。

“知道了，明天出去打球的时候，你给我打个电话。”

电脑的屏幕发出幽幽的光，江炽抬手懒懒地搔了下颈处，转了转脖颈儿，投入到工作中。

江炽身边不乏聪明人，和林希芋他们这帮人认识，也是因为兴趣。他们每个人在电脑这方面都有天赋，进了大学依然如此。

江炽最近和实验室里的学生接了个项目，暑假也没能闲下来，可能还得提前回校。

在电脑前一坐，江炽就忙了三个小时，等到停下来的那一刻才觉得手腕发酸。不过他也没怎么在意，稍微转了转手腕，就推开键盘站起身。

江炽出了房间，准备去倒杯水喝，一打开门就和准备出门的江汐撞了个正着。

江汐一怔，没想到这么巧撞上了江炽。

江炽的手停在门把上，他瞥了眼墙上的挂钟，现在已是凌晨。

他收回目光，也没问她什么，只是淡淡地提醒了她一句：“很晚了。”

江汐没有化妆，素面朝天，但还是很漂亮，大波浪长发铺在身后。

她可能有急事。

“嗯，我知道。”江汐穿好鞋站起身子，“我有事出去一趟，马上回来。”

今天中午江炽还是把江汐送回来了。江炽本来想让她好好跟陆南渡谈一下。他们复合也好，断干净也好，说清便行。

但江汐执意不肯跟陆南渡说话。江炽也就没再说什么，直接把她送回来了。

毕竟他们是相依为命的亲姐弟，很容易就能猜到对方的心思。

这会儿江炽知道江汐要去见谁。

江汐：“真的，我今晚肯定还会回来。你就不用担心我了，滚去睡觉。”

江炽无奈地叹气：“我送你过去，太晚了，不安全。”

“哦，我真有些不好意思了，你今天不是没睡好吗？”江汐装模作样地道。

江炽无语地看着江汐演戏，十分配合地耸了下肩，就要进屋：“那行，我去睡了。”

“死小子，你给我站住。”江汐冲过来拉住了江炽，“你不是说时间太晚了吗？那你赶快送我过去啊，待会儿也好帮我的忙。你那个好兄弟喝醉了。”

江炽没说话。

“快点儿，待会儿我肯定没办法把他扛到车里，这个艰巨的任务就交给你了。”江汐拍了拍江炽的肩。

江炽也就是开个玩笑。这大晚上的，让他姐一个人出去，他肯定不敢。他直接转身，也不再问江汐什么问题：“走吧。”

这时后面的江汐反倒垂头丧气："我今晚会跟他撇清关系，不会再跟他见面了。"

江炽脚步一顿。他从来不过问江汐感情上的事，只要她喜欢、她愿意就行。他只负责不让人欺负她。

说完这句话，江汐没等江炽回话，就振作起来了，径直走到江炽面前："走吧。"

江炽手插兜，看着江汐的背影。

过了半晌，他淡淡地瞥了眼客厅阳台外浓重的夜色，又把目光收了回来。

他知道江汐做不到。

江汐看似强硬——在这个世界上最容易对陆南渡心软的人，就是她。

她对陆南渡的感情就像日升月落，谁都掌控不了，抵挡不住。

过了几天江炽因为实验室有事，提前回学校了。

即使夏枕每天都给自己心理暗示，要收好消极的情绪，但总在一些不经意的瞬间感到落寞。

好在高三的学业繁重，夏枕也没那么多时间闲下来发呆。

秋去冬来，春天又到了。

高三下学期，夏枕在年级里的排名稳定在前三名。

夏枕一点儿也不敢松懈，总是怕稍微不注意，就追不上江炽了。

这天早上，她连上了两节课，坐在座位上没动，觉得眼睛有点儿累。正好许洛洛来班里，叫她一起去上厕所，她便起身和许洛洛出去了。

高三年级有两个火箭班，夏枕在一班，许洛洛在二班。两个人的教室离得近，很方便她们去找对方。

“好困啊。”许洛洛打着哈欠，“我上高三以来，哦不对，是从高二上火箭班以来，就真的变成国宝了。”

许洛洛指指自己的黑眼圈：“你看你看，我这黑眼圈是真的没救了。我一困，就喝咖啡，黑眼圈这辈子还能不能消掉啊？”

夏枕笑：“少熬夜，你能做到吗？”

许洛洛：“算了，不熬夜，我简直失去了人生乐趣。我最喜欢晚上熬夜的那段时间，自己玩儿手机不被人打扰，这种感觉可太爽了。”

夏枕闻言笑了笑，正想回许洛洛的话，下一秒，感到肩膀忽然被撞了下。

紧接着，有人用冒着热气的水朝夏枕的手背上浇。

“嘶——”夏枕瞬间被烫得整张脸皱起来，整个人往后一退。

夏枕还没反应过来，就听见旁边许洛洛开口大骂——

“刘楚欧，你是没长眼睛吗？！”

一年多前，刘楚欧跟许洛洛吵架后，她们就再也没跟刘楚欧说过话。

刘楚欧冷淡地看了她们一眼：“我这不是不小心撞到你们了吗？”

许洛洛：“谎话精，走廊这么宽你非往这边走，你是眼瞎了还是屁股太大了？整条走廊都塞不下你？”

许洛洛一骂起人来就滔滔不绝，什么话都能说出来。

刘楚欧立刻被气得瞪大眼睛：“没素质！”

“哦，你有素质，还这样跟你爹说话？有没有礼貌？”

刘楚欧被气得张了张嘴，不知道回什么了，转身就要走。

“哎！”许洛洛一把拽住了她的袖子，“你爹我还没让你走呢！

给夏枕道歉！”

夏枕的手背红了，那些水刚煮沸，一浇下来，夏枕就疼到不会说话了。

许洛洛骂刘楚欧的时候，夏枕也没出声，没制止许洛洛。

“我凭什么要向夏枕道歉？”刘楚欧道，“我又不是故意的。再说了，是你们撞上来的。”

许洛洛不敢相信地看着刘楚欧：“你的脸皮怎么这么厚？几秒前是谁说自己不小心撞到我们的？”

刘楚欧不回答，想甩掉许洛洛的手赶紧离开。

下一刻，夏枕伸出手，紧紧地拽住了刘楚欧。她疼得眼睛里已经起了一片水雾，但没哭。

“刘楚欧，道歉。”

她的好脾气不是让那些坏人拿来践踏的。

“我真的服了，刘楚欧这人有病吧？”许洛洛陪着夏枕去医务室上药，到了医务室里还气得不行，“刚才她要敢不道歉，我分分钟撕了她！气死我了。”

夏枕疼得眼眶泛红，紧抿着唇，任由旁边的许洛洛骂刘楚欧。

“真的不知道这人每天都在想些什么，我真的想‘穿越’回去戳瞎自己的双眼，怎么当初就跟她成为朋友了呢？我现在跟吞了耗子药一样难受。”

旁边年轻的医生姐姐正在给夏枕上药，听许洛洛这样说，笑了下，道：“那你可是有福气，吞了耗子药，现在还能好好的。这是件好事啊，你别生气了啊，消消火。”

许洛洛：“可不是吗？我俩肯定是人品太好了，刘楚欧这一剂强效耗子药都没把我们毒死。”

夏枕瞬间也被逗笑了，一笑手就跟着动。

医生姐姐正握着夏枕的手腕给她上药，抬眸看了她一眼：“不错啊小姑娘，还能笑。”

医生拿棉签轻碰了碰夏枕涂了一层药膏的右手背：“还挺疼的吧？”

夏枕的确很疼，点了点头，眼眶还是红的。

“你的手都成这样了，那水估计挺烫的。”医生转身拿桌上的药水。

许洛洛说：“那水肯定烫，刘楚欧肯定是故意在水房里打了热水。这大热天，我都能看到水在冒气。”

医生刚大学毕业，亲和、善谈。她边低头仔细地给夏枕上药，边跟夏枕说：“你这手背估计得疼几天。你是疤痕体质吗？”

夏枕细皮嫩肉的，从小稍微磕碰到就会留疤。好在夏枕小时候也不怎么闹腾，所以身上留下来的疤痕不多。

许洛洛：“她细皮嫩肉的，被轻轻一掐，手就会红，应该是疤痕体质。”

夏枕点头：“嗯，是。”

医生稍稍蹙了下眉头：“那我不清楚你会不会留疤，到时候再看吧。我现在已经给你消过毒了。你这几天好好上药，要是伤得不这么严重，应该不会留疤。”

夏枕点头：“好。”

“最近几天，你尽量别去动右手了。我估计你想写字也写不了，手会疼。”医生把棉签扔进旁边的小垃圾桶里，起身去玻璃柜那里拿药。

许洛洛看着夏枕发红的手背，咬牙切齿地说：“刚才我们就应该以牙还牙，也拿杯热水淋她，让她感受一下是什么滋味。对付这种人，就不能手软。”许洛洛越说越气，“你看她刚才那态度，她是道歉吗？她说对不起的时候，就差翻白眼了。”

夏枕也不知道该说什么。事已至此，她已经不把刘楚欧当朋友了。

她实在想不通刘楚欧为什么对自己的敌意这么大。以前刘楚欧和她们待在一起的时候，完全不是这副模样。

许洛洛在一旁担心得不行：“你不能写作业怎么办啊？上课连笔记都做不了了。”

夏枕倒是没过多担心：“没事，我上课认真听讲就行了。”

医生已经帮夏枕取好了药，走过来将药放在夏枕的面前：“你把药拿回去涂，不要吃辛辣的食物，多吃点儿清淡的。”

夏枕用左手接过药物：“谢谢。”

“行了，你回去上课吧，这几天要是还有其他不适的感觉，可以来找我。”

“好。”

高三学期过了大半，“百日誓师”也已经过去了一个多月。

高三的教室位于学校的四、五层。这两层楼的气氛和楼下形成了鲜明的对比。高三的班级里萦绕着严肃沉重的气氛，高一、高二的学生则每天过得肆意潇洒，有活力地吵闹。

学校每个周一的第一节课是班会课，高三的各位班主任早已不组织开班会了，一般会让学生自习。每个高三班级里都静悄悄的。

高一和高二年级的学生正吵吵闹闹地开班会，欢笑声隐隐地飘进了高三年级的窗户里。

临近夏天，天气越来越闷热，树越发葱郁。但这会儿还不是开冷气的时候，教室里的窗户都大敞着通风。

外头天蓝云白，不远处的海微波荡漾，海风漾进教室里。

夏枕正低头写作业，这几天来夏枕的手已经恢复得差不多了，而且没留疤。

自习课上，老师不在教室里。夏枕正写着试卷，中途班主任进教室到讲台上敲了敲桌子。

“同学们，学校刚下来个通知。”

夏枕升高三后换了班主任，以前的那个严肃的班主任去高一带新生了。当时夏枕得知换了班主任，着实松了口气。

夏枕的新班主任正好是当初江炽上高三时的班主任——高老师，一个和蔼幽默的大叔。平时他虽然好说话，但在成绩上抓得很严，很有带高三的经验。

“是这样的，我们学校每年都会邀请优秀校友过来给你们进行考前辅导，让他们讲讲经验。其实这也不是一件严肃的事，就是他们跟你们谈谈。你们想问什么都可以问，就当聊聊天儿。”

“好了，说正事。这次跟以前差不多，学校邀请回来的学长、学姐都是那几个上名校的学生。学校已经事先联系好了。这里面也有我以前的学生，你们多跟他们学学。以后啊，你们也考个好大学。”

“什么时候啊？”有人问。

“就安排在下个星期一的班会课，让你们放松放松。”

底下的学生瞬间发出一片哀怨声。

班主任笑道："就知道你们会这样，是想着把哪个老师的课调给你们放松吧？孩子们，距离高考剩几天了？你们要抓紧时间学习啊。"

周围的同学还在小声地抱怨，然而夏枕听完老师讲的话之后，心里隐隐躁动起来。

江炽是班主任以前出色的学生，也上了名校。他会不会过来？

但是班主任说，学校已经联系好讲课的校友了。江炽是不是没空过来，所以拒绝了学校的邀请，才什么都没跟她说？

夏枕几秒前那颗悬得高高的心已经落了下来。也是，江炽那么忙，暑假还得提前回学校，怎么可能有时间赶回来给学弟、学妹讲课？

夏枕在不知不觉中叹了口气，心情已经平静下来。

下课铃声恰好打响，周围瞬间嘈杂起来。

夏枕还没坐一会儿，许洛洛就从隔壁班跑了进来，开心得不行。

夏枕的前桌刚好去上厕所了。许洛洛一屁股在夏枕前桌的座位上坐了下来，兴奋地拍了拍夏枕的课桌。

"枕枕。"许洛洛忍不住笑道，"你猜我刚才做了什么？不行了，我要笑死了。"

夏枕一脸蒙地看着许洛洛："你怎么了洛洛，发生什么了？"

许洛洛笑够了，凑近夏枕，朝夏枕招招手："过来，我跟你说。"

夏枕也朝许洛洛凑近了。

许洛洛把手遮在嘴边跟她道："我刚从十五班那边过来，就是刘楚欧他们班。"

听到"刘楚欧"这个名字，夏枕就觉得脑子疼。

"她把热水浇你手上这事，你不想跟她计较，但我不行。她凭什么无缘无故地欺负你？惹到我了。"

夏枕一听许洛洛这么说，立马反应过来许洛洛应该是做了什么事，所以这会儿她才这么高兴。

夏枕看着许洛洛：“你难道找刘楚欧……”

许洛洛笑了：“这次我们枕枕很聪明啊，这么快就反应过来了。是啊，我找刘楚欧去了。”许洛洛挑眉，“你还记得吗？刘楚欧最怕蟑螂了。”

夏枕当然记得这件事。刘楚欧以前跟她们还是朋友的时候，一见到蟑螂就尖叫。

许洛洛说：“我买了几只仿真蟑螂扔她桌肚里了。”

夏枕听到这里，虽然觉得许洛洛捉弄人不好，但一时没忍住，也笑了出来。

要说那天她被刘楚欧欺负不生气，肯定是假的。她再怎么好脾气也会生气，无缘无故被人泼热水，谁能不生气？

但刘楚欧不讲理。夏枕知道这人肯定不会好好地道歉，也不想再跟刘楚欧多计较了，更不想理刘楚欧。

许洛洛就不一样，爱恨分明，开朗活泼。只要是朋友，许洛洛都拿一万分真心对待，特别护短。但要是那些不讲理的人得罪许洛洛了，她能骂到对方找不到家。软的方法不行，她就用硬的方法。

“不怪我啊。”许洛洛撇撇嘴，“我没去盛一杯热水泼到她手上已经很好了，今天只是吓吓她而已，而且还没用真蟑螂。”

说到这里，许洛洛“啧”了一声，一本正经地道：“我怎么感觉刘楚欧还得过来感谢我的好心呢？我真是个好人。”

夏枕再次被许洛洛逗笑了。

她能遇见许洛洛这样一个真心待她的好朋友，真的很幸运。

这天一大早，夏枕从被窝儿里爬起来，洗漱好后背着书包揣着单词本就下楼了。

夏天天亮得早。家里安安静静的，夏父、夏母还没起床。

夏枕从高二起就养成了早起的习惯，每天都很早起来背英语单词和文言文。

早餐她在外面买豆浆和包子，如果人不多，也会坐在路边摊的桌椅旁吃碗热汤面或者粥。

其实每天过着这样的生活，夏枕也没觉得孤独。她本来就是个不喜热闹的人。

只是她经常会想起江炽。有时候有空，她就给他打个电话或者发条消息。江炽也总在第一时间接听电话，回她消息。

许洛洛总跟夏枕说，特别羡慕他们之间的关系，很积极，充满正能量。他们都在为了对方，让自己成为更好的人，并且一直在努力。跟夏枕待在一起久了，许洛洛也难免被夏枕影响，和不在同一个学校上学的男朋友——杨雨也很少吵架。两个人早就约好了一起考哪所大学。

高三，每个人都铆足了劲儿学习。夏枕到教室里的时候，班里已经有不少人了。大部分是住校生，他们的读书声跟蚊子声似的。现在很早，大家很自觉，没大声朗读。

夏枕在座位上坐下，收起单词本，换了本语文书。

今天是星期一，要不是早上班主任进教室提醒说今天有学长、学姐来跟大家聊天儿，夏枕都忘了这件事。

班主任推了推鼻梁上的眼镜，用手有力地敲了两下讲台："今天第一节自习课有学长和学姐过来讲课，你们别忘了啊。你们多跟他们取下经，特别是那些考前心理素质不太行的同学，看看别人是怎么调节心理压力的。还真别说，这调节考前心态，是真的很重要。”

班主任一开口就停不下来：“我以前教过一个学生，心理素质不太行。按照平时成绩，他能上很好的大学，但高考那会儿分数才勉强过了升级线。后来这学生复读，平时月考的成绩比以前还要好，但第二次高考还是没考好。他上学期间看过心理医生，就是心理素质不行。这学生真的挺可惜的。”

班主任是个惜才的人，说到这里，还意犹未尽地叹了一口气。

夏枕记得这件事班主任讲过好多次。

“老师。”班长刚从楼下上来，敲了敲教室门，“学长和学姐们到你的办公室了。”

“啊，他们来了啊。”班主任赶忙离开教室。

夏枕其实对学长和学姐过来讲课没太大的兴趣，她的心理素质一向不差，就当是休息一下。

不久班主任就带人过来了。第一个讲课的是考上北大的学姐，谈吐幽默，跟底下的学弟、学妹聊得很欢。

一节课也就四十分钟，第二个学长讲完的时候，只剩下不到十分钟了。

“还有最后一个学长来讲课。”班主任说，“马上就要下课了，你们挑重要的问题问啊。”

讲完课的两位学长、学姐在外面走廊里凑在一起说话。夏枕望出去，没看到最后一个讲课的学长。

“夏枕。”同桌是一个扎着马尾辫的小姑娘，没怎么听学长、学姐说话，一直在做作业。她碰了碰夏枕的手肘，问：“这道题要怎么做？我解不出来。”

“我看一下。”夏枕侧头，将女生的习题本接了过来。

夏枕低头看题，拿过自己放在桌上的笔，在草稿纸上算着。

“接下来，让学长跟你们聊聊。”班主任话音一落，班里一阵骚动。

夏枕在解题时从不分心，在草稿纸上“唰唰”地计算着。

夏天的阳光很刺眼，光点铺满了海面，教室里窗明几净。

随着一道好听又沉稳的声音在教室里响起，夏枕停住笔，心跳停了一秒。

她慢慢地抬头，朝讲台上望了过去。

今天回来讲课的学长、学姐穿着校服，讲台上的那个学长也是如此——白衬衫、领带、黑西裤……

夏枕一望过去，就对上了那个人的目光。

“很荣幸，我今天来到这里给大家讲课。”江炽把目光从夏枕的脸上移开，淡淡地环视四周，“我是江炽。”

他退去了稚气，更沉稳了，她却仍旧能窥见他年少时意气风发的模样。他耀眼得让人移不开眼。

夏枕完全傻眼了。虽然她刚才隐隐抱有期待，但当江炽真的出现在这里，他给她带来的冲击力还是太大了。

何况上次她问江炽忙不忙，江炽跟她说忙。

她以为他不会过来。

即使他是班主任教出来的最优秀的学生之一，夏枕猜测他也不会过来。

江炽站在讲台上，少了丝慵懒之意，多了分正经，讲课有条不紊。

他站在讲台上，认真地解答底下学弟、学妹们的提问。

直到这一刻，夏枕才清晰地意识到，江炽真的成熟了不少。

平时他在私底下吊儿郎当的，就喜欢逗她。

上次江炽回家，夏母说江炽成熟了不少，夏枕还哼了一声：“他可幼稚了。”

于是当晚她就被江炽拎到房间里训话。他笑着说：“我只在你面前幼稚。怎么，你还想顺杆儿往上爬？”

夏枕坐在教室里，听着江炽说话。

时间一分一秒地过去，夏枕不愿意错过他说的每句话。

“学长，你高三的时候有没有很明确的目标啊？”底下有人抓紧时间问道。

江炽毫不犹豫地说：“有，但这个目标并不是高三才有的。”

“就是说你从小就有很多个目标，在不同的阶段，目标不同？”

“不是。”江炽笑了下，那股懒散劲儿回来了，“从小到大，我就只有一个目标。”

夏枕不知道是不是自己的错觉，感觉他说这话的时候，似乎瞥了自己一眼，心跳顿时加快。

她再定睛去看他的时候，却捕捉不到他的目光。

“什么目标啊？”底下有人感到好奇。

这一次，夏枕明确地捕捉到了江炽的目光。他淡淡地看了她一眼。

紧接着，夏枕就听见江炽的声音通过空气钻入耳朵。

“其实挺俗的。”他微低脑袋笑了下，“就是赚更多的钱，娶喜欢的人回家。”

他说出的意义非凡的每个字都敲在夏枕的心上，拨动她的心弦。

这时下课铃响了，班里难得有如此热闹的时候，有人觉得好玩儿，明知故问："学长，你的女朋友是谁啊？"

这会儿刚才有事情离开的班主任回来了，一听这话，说："你们这群孩子问的都是些什么奇奇怪怪的问题？我之前都说了你们不要问这种问题。恋爱这种事情你们上大学后再做，现在啊，你们最主要的任务是好好地学习。"

江炽笑了下，手指微微弯曲，在桌上懒懒地敲了几下："你们现在首先要考虑的是学习成绩啊。"

班主任："听见没？你们都给我努力点儿！"

江炽在计算机这方面的确是天才，但也少不了后天努力。

江炽从小打架一类的事没少做，那会儿一直把夏枕护得好好的。别人一欺负她，他能要了别人的命。

在学习方面，这个"问题少年"却从来不含糊，就算调皮捣蛋，转天也能准时交作业，而且作业做得很认真。

江炽从小就很自律。

夏枕是他的例外。

他们参与过对方从小到大的那些珍贵难忘的时刻，记得对方的每一次喜怒哀乐的时刻，共同经历彼此重要的成长旅程。

他们有千万旁人不知的浪漫时刻，漫长的未来因为对方早早被确定。

夏枕是世界上最有意思的人，也是他最喜欢的人。

高考结束，那年夏天，夏枕如愿考上了江炽的学校。

他们所有的努力，最后得到了回报。

第十章
童 话

夜幕低垂，风吹过，树影摇曳。

十月的天气，早晨和夜晚稍凉。

夏枕来北京已经一个多月了。在这个人生地不熟的地方，还好有江炽，她也就逐渐习惯了。

宿舍里灯火通明。舍友纪盒端着洗脸盆从阳台上过来，脸上还敷着面膜，一进门就看到了坐在桌前的夏枕。

“哦？夏枕，你不是出去了吗？怎么回来了？”

夏枕正坐在桌前拨弄手机，是在等谁的消息，闻言抬头：“啊，回来了。”

纪盒敷着面膜，用手在脸上轻轻地点了点：“我还以为你找学长去了呢，看来不是，不然不可能这么早回来。”

开学那会儿，夏枕是和江炽一起来宿舍办理入住手续的。那天纪盒她们已经到宿舍了。

这个宿舍里只有夏枕和老三有男朋友。但老三的男朋友在南方上大学，没跟老三一起来北京。

当时一看到江炽，纪盒她们就感慨有男朋友真好，行李不用自己拿，还有人陪。而且，夏枕的男朋友长得还帅。

后来她们才知道江炽是她们的学长。

听了纪盒的话，夏枕并没有说什么，慢吞吞地将手机放到了桌上。

她的确去找江炽了，但江炽太忙。夏枕去的时候，他抽空出来了一下，话都来不及多说几句，便让她早点儿回宿舍休息，还递了个小蛋糕给她。

实验室里有一个女生，跟江炽是同届，长得很漂亮，看起来知性又聪慧。

那个学姐对江炽的喜欢毫不掩饰。江炽果真到哪儿都不缺小姑娘的喜欢。

夏枕被江炽带去见过实验室的那一帮人。大家聚在烧烤摊边，有人开江炽和那个学姐的玩笑，被江炽骂回去了。

“我只有一个女朋友，就在这儿呢。你们把调侃的话给我收回去。”

桌上放着一小盒蛋糕，包装精致。

一帮男生谁能想得这么细？能给他们买蛋糕的，除了学姐，还能是谁？

夏枕盯了蛋糕几秒，拿了过来："盒子，这个蛋糕给你。"

纪盒正坐桌前"噼里啪啦"地打字，闻言转过头来："什么？"

夏枕起身走过来将蛋糕放在纪盒桌上："蛋糕给你。"

纪盒看向夏枕："怎么不自己吃？你晚上吃东西也不会胖啊。"

"吃不下。"夏枕找了个理由，"我今晚吃多了。"

"老幺。"纪盒开玩笑道，"你没觉得我是咱们宿舍的'垃圾桶'吗？你们仨有啥东西都往我肚子里塞。"

纪盒话音刚落，正躺床上玩儿手机的老三从床帘后探出头来，笑道："盒子，你不是'垃圾桶'，是'精华桶'。咱们宿舍这么爱你，我男朋友都没有这种待遇。"

纪盒："行吧，你们说什么就是什么。"

夏枕也笑了。宿舍快熄灯了，她准备去刷牙洗脸，然后睡觉。

隔天是周六，夏枕早上去了图书馆，中午和纪盒一起在宿舍里吃外卖。

中午外头热得人待不住。

她打开手机看了眼。早上起床的时候江炽给她发了消息，问她早上要做什么。

夏枕一想到昨晚那个蛋糕就来气，没回消息。

江炽也就真的没给她发消息了。夏枕盯着手机屏幕，愤愤地哼了一声，放下了手机。

纪盒正边吃东西边看微博，忽然问："对了，夏枕，你有用过这个软件吗？"

夏枕往嘴里送了一口饭，闻言拿过手机："有啊，不过我很少用。"

"这个软件简直是快乐源泉，你居然不常用？"

社交软件夏枕一般不怎么用，上次用这个软件应该还是暑假的时候。她画了图，把图发到自己的主页上。

她的那个账号，知道的人只有许洛洛和刘楚欧，不过刘楚欧早就取消关注了。

夏枕习惯性地轻咬了下筷子："我不常用社交软件。"

纪盒一开始觉得讶异，这会儿想想倒觉得没什么好奇怪的："也是，你一看就是不常用社交软件的那种人。"

纪盒说完又低头玩儿手机去了。

经纪盒这么一说，夏枕想起来自己很久没登录账号了，就打开了软件。

这一登录，私信栏的消息让夏枕一愣。夏枕的账号虽然有人关注，但平时她很少收到这么多私信。

夏枕不明就里地点开最上面一条私信。

这一看，夏枕顿时一蒙。

"小姐姐，你的画被人盗用了。有人把你画的人物换成了另一个女生的形象。我上次在漫画软件上看漫画的时候，发现这人把你的画放在软件上连载了。

“这是那个盗图人的账号，你快去看看！”

她眉头一蹙，点开上面的那张照片。

看文字的时候，受到的冲击力还没那么大，当点开图片的那一刻，夏枕感觉心脏猛地一缩。

在她笔下惟妙惟肖的人物，男生没变，但旁边的女生头像被人明目张胆地换掉了。而且，那个被换掉后的女生长相，分明就是刘楚欧。

盗用夏枕的图的人就是刘楚欧。

刘楚欧在自己账号里说，这是她和男朋友的日常，她把它们画出来了。

夏枕看着那些被盗用的图片，和刘楚欧说的话，瞬间被气得呼吸都不顺畅了。

她所有的情绪最后只剩下恶心。

夏枕从来没碰见过这么恶心的事。让夏枕生气的不是刘楚欧这样对待自己，而是刘楚欧把自己最珍贵的东西玷污了。刘楚欧用这种手段毁了夏枕和江炽之间最珍贵的东西。

夏枕感到胸腔里像燃烧着一团火，很难受。

她直接给刘楚欧发了私信，开门见山，态度强硬地说：“把所有的图片删掉。”

夏枕打下这几个字发送的时候，手都在微微发抖。

当初她们还是朋友的时候，刘楚欧加了夏枕和许洛洛的好友。但她们闹翻之后，刘楚欧就删了好友。

夏枕原本以为刘楚欧不会那么快回复，谁知刘楚欧似乎正守在手机前。

几秒后她就回了私信：“凭什么你说删我就删？”

夏枕没退出私信界面。当消息进来的那一刻，她简直不敢相信自己的眼睛。

刘楚欧完全没有感到害怕和羞愧，反而理直气壮，对她满是敌意。

还没等夏枕继续质问，刘楚欧将消息再次发了过来。

“夏枕，你装什么装？我不怕跟你撕破脸皮。你还记得吧，你在初三那年见过我。我想你还记得我当时就喜欢江炽吧。”

一看到刘楚欧这条消息，夏枕觉得脑子“嗡嗡”作响。

之前她不明白为什么刘楚欧总是对自己有敌意，在这一刻终于明白了。

“我从来就没想真的跟你做朋友。我就是为了接近你，让你对我消除戒备。夏枕，我真的嫉妒你。”

此时此刻，看到这些消息的夏枕突然感到有点儿无力。

“既然今天撕破脸皮，那我就告诉你吧。之前我告诉你学长被清华录取是故意的。我从来就没把你当朋友，只是想挑拨你跟江炽的关系而已。还有，跟班主任举报你俩的人也是我。你想怎么说我都行。反正我就是这种人，看不得你好。”

如今刘楚欧和夏枕撕破脸，之前那些夏枕不理解的事终于真相大白。

夏枕抬手捏了捏眉心，这会儿什么都不想回了，充满无力感。

刘楚欧又发了一条消息过来，但不似前几条有那般大的火气，字里行间全是失落："可是，我没有一次成功过。我比你们还清楚，三年多来，你们从没被我影响过。那些图片，你别想让我删掉。"

天亮得早，昏黄的日光洒在校道上。

夏枕一下午没怎么说话。纪盒担心她闷坏了，等天不那么热的时候，把她拉到楼下散步。

纪盒一见夏枕这个样子，猜到夏枕和学长闹矛盾了，就拉着夏枕说话，东拉西扯，但不敢扯到学长身上。

夏枕倒是会做出回应，就是话不多。

两人在操场里逛了一会儿。纪盒拉着夏枕去了趟超市，想买点儿零食回宿舍吃。

纪盒穿梭在货架间，"搜刮"了一大堆零食。

夏枕没什么想吃的，最后就拿了瓶水。

两个人要去结账。夏枕刚转到货架后，一眼就看到了此刻正在超市门口的江炽。

江炽斜倚在超市门上，双手插兜，正微偏着头听身旁的人说话。

他们在讨论实验室的事。他听得很认真，眉头微蹙。

夏枕一下午都想着刘楚欧发的那些私信，此刻看清江炽身旁的那个人，心情彻底变坏。

江炽旁边就是那个学姐。她留着一头长发，长相艳丽，还抱着本书。

夏枕顿住脚步。

与此同时，江炽抬眸，目光和夏枕的目光对上了。

夏枕的目光在江炽脸上停留了一秒，随后她移开了目光。

门口的江炽没说话。

超市的两个收银台前都排着长龙，夏枕跟了上去。

陪夏枕来超市的纪盒明显也看到江炽了，很想一巴掌把自己拍晕，本来想带夏枕出来散心，结果怎么这么糟心，撞进修罗场了？

夏枕没说话，随着队伍往前移。

江炽倚在超市门上，自从看见夏枕的那一刻就没移开过目光。

夏枕随着队伍往前走，等离门口近一点儿了，才发现江炽不是单独和学姐来超市的，实验室里其他人也来了。只不过刚才其他人站的地方有点儿偏，她没看到。

即使如此，夏枕也不想理江炽，一想到昨晚那个蛋糕就生气。

随着夏枕离门口越来越近，江炽微使了下力，站直身子，迈步走进超市。

实验室有同学去买水了，所以其他人才在外面等着。学姐以为江炽要进去找同学，就跟了进来。

直到看到夏枕，那个学姐笑了下："哎，是你的女朋友啊？"

江炽点了点头，示意道："你继续。"

他没有朝夏枕走去，而是靠在收银台旁边的柱子上，等着夏枕过来。

学姐便也不客气了，继续向他汇报这几天实验室的工作进程。

学姐还没讲几句话，夏枕就过来了。她面无表情，跟完全不认识江炽似的。

学姐说着说着就笑了：“老大，你的小女友在吃醋吗？她怎么连我的醋都吃？是不是吃错了？”

江炽还是盯着夏枕，不置可否地道：“把工作上的事说完再闲聊。”

“哦，是。”

夏枕把自己手里的水递过去。店员接了水，说了下价格。

夏枕正要把校卡递过去付款，从旁边突然伸出一只手。

江炽拿着校卡在收银器上刷了一下。

后头还有一大堆人在排队，夏枕也不看江炽，拿着水就要走。

学姐还在跟江炽讲工作上的事情，正说到关键处，江炽微微侧过头去和她讨论。他知道夏枕要走，就伸出手拉住了夏枕，将夏枕搂入怀中。

夏枕蒙了一秒，准备挣脱出来。

超市里排成长龙的队伍微微骚动。

其实大家一上大学，就对谈恋爱的男女习惯了。奈何江炽和夏枕长得很好看，大家的注意力瞬间被他们吸引了过去。

江炽对周围的一切仿佛没什么反应，还在和学姐讨论实验室的事。夏枕想从江炽的怀里挣脱出来，但江炽就是不让她走。

“我要说的话差不多就是这些，昨天晚上出的问题我也反馈给教授了。”学姐看了眼江炽怀里的夏枕，笑道，“那我就先走了啊，不打扰你们了。”

“行。”江炽懒懒地点了下头，下一秒松开夏枕，直接拉着她的手腕往外走。

实验室的一帮人刚才都看到了那一幕。这会儿江炽一出来，他们就起哄。

“老大，在公开场合里要流氓不行啊。”

“你欺负我们‘单身狗’，今晚不准进实验室。”

“谁敢挑衅老大，我揍他。”

一帮大男孩在那儿“哈哈”大笑。

夏枕觉得脸一热，觉得自己真是不争气。

这时她听到一道带着笑意的女声。

夏枕闻声抬眸望过去，只见刚才那个跟江炽说话的学姐正牵着一个戴眼镜的男生的手朝夏枕笑。

“学妹，你是不是误会了啊？”学姐牵着男朋友的手，“这才是我喜欢的人。其实我们实验室里的人都欣赏江炽，但没别的意思。他还真不是我喜欢的类型。”

“对啊，嫂子。”不知道是谁突然来了这么一句，夏枕的脸顿时更红了。

“多关爱我们老大，给我们这些理科男‘单身狗’一丝相信爱情的希望。”

江炽懒懒地勾了下唇，把夏枕护住，笑骂：“滚。”

江炽没跟他们一起回去。纪盒出来后也不打扰夏枕，先回去了。

江炽直接把夏枕带到一个人烟稀少的地方。他手插兜里，低头看着她："下午怎么没回消息？"

夏枕一愣，抬头："你给我发消息了？"

江炽挑眉："你这是一下午没看手机？"

夏枕微低下头。

江炽忽然弯腰凑近夏枕："吃醋了？"

夏枕别过头："才没有。"

"没有，你在这儿跟我倔什么？"

夏枕自知理亏，没说话。

现在也到了吃晚饭的时间了，江炽抬眸瞥了眼昏黄的天幕，直起身子："想吃什么？"

夏枕本来就是个不太藏得住心事的人，听江炽这么问，下意识地答："我不吃蛋糕。"

江炽一开始还没反应过来她是什么意思，抓过她的手："行，不吃蛋糕。"

然而走了两步后，江炽猛地反应过来。

啧，她这话里怎么满是酸味？

"你这孩子，"江炽再次松开夏枕的手，转身面对着她，一副教训小孩的模样，"每天脑子里都在想什么？"

夏枕没说话。

其实谈恋爱的小姑娘都是这样的，恃宠而骄不是没有道理的，有人宠着，就难免会矫情。

恋爱中的女生矫情是常态，正是因为在乎对方，才会吃醋，起很多小心思。

夏枕已经算乖的女生了，会好好听江炽说话，也很少矫情。

夏枕是自家的小姑娘，江炽说什么都要宠着，也没跟她生气。可能是最近实验室太忙，他没太多时间陪她，让她没有安全感了。

江炽微微俯身，将夏枕搂进了怀里。

男生的胸膛很温暖，手臂很有力量。夏枕一回到这个怀抱里，心里就安稳。

江炽偏过头，把唇贴在她的耳郭上，轻碰了碰她："昨晚项目出了点儿问题，大家都在实验室里待到凌晨两三点才回去，我很忙。"

夏枕很乖。谈恋爱这三年多来，两个人养成了一个习惯，对方解释的时候另一个人就乖乖地听着，不打断对方的话。

"那蛋糕，不是我从什么地方随便拿过来塞给你的，是特地去蛋糕店给你买的。你是不是想多了？"

江炽的声音传到了她心里。

夏枕不否认了，把头埋在了江炽的肩膀上："嗯。"

"你要有安全感一点儿。"江炽跟她说，"我可不讨人喜欢，这世界上不喜欢我的女生多了去了。

"再说，她们对我有兴趣也没用——毕竟她们都不是你。"

江炽的声音再次传进夏枕的耳朵里，夏枕感觉自己又被他往怀里搂了搂。

从小到大，江炽还真的没给过夏枕以外的女生一个眼神。他从来都是冷漠直接地和别的女生划清界限，心思一直都在夏枕这儿。

“你还吃醋吗？”

其实夏枕特别好哄。她也知道这次是她理亏，摇了摇头。

她一摇头，耳朵就擦了擦江炽的唇。在她还没意识到的时候，江炽已经狠狠地在她的耳朵上亲了一下。

“不吃醋了，那跟我讲讲你为什么这么不开心。来，说说。”

江炽话音一落，夏枕怔住了：“什么？”

江炽松开她的手，捏了捏她的脸：“你还打算瞒着我呢？”

刚才看到夏枕的第一眼，江炽就知道她不开心了，而且，不开心的原因不止是她吃醋。

江炽对夏枕的了解简直到了变态的地步。

夏枕眨了下眼：“我……”

江炽稍稍挑眉：“嗯？”

其实夏枕偷偷地把两个人的日常画成画，这事一直没跟江炽说过。因为她的脸皮是真薄，还因为她觉得自己画画就是记录一下心事，并不想告诉别人。

每一个女生在少女时期写下来的春心荡漾的秘密日记，都会被珍藏起来。

她支吾了半天不知道怎么说，脸红了起来。被刘楚欧搞得一下午不开心，这会儿她觉得心情开始转好。

夕阳照得夏枕本就粉嫩的脸颊更红了。

江炽将目光定在她的脸上，又想逗她了：“脸这么红，想亲我啊？”

夏枕还在发愁该怎么跟江炽说，压根儿没注意到他在说什么，抬头应了一声。

江炽笑了声："我不给你，你说完再让你亲。"

这下夏枕知道江炽刚才是在说什么了，想反驳他。但一想到可以亲江炽，她莫名有点儿……心动。

她都快一天没亲到他了……

于是夏枕重新闭上了嘴，想了想，拿出了手机，打开自己的主页，递给了江炽。

夏枕的主页上是那些画，江炽在看到画的那一刻，心脏忽然像被一把小锤子敲了一下。

他感到震惊、意外，随后心里满是温柔之意。

夏枕抬手抓了抓耳朵："这……这是我从以前暑假开始画的……"

然而她话还没说完，下一刻就被江炽圈进怀里。紧接着夏枕被江炽狠狠地亲了一口。

"夏枕，你……"

江炽呼出的热气喷在夏枕的嘴唇上。

她真是要了他的命了。

夏枕整个人是蒙的："我……"

她话没说完，再次被江炽堵住了唇。好在江炽还有一丝理智，亲完就退开了。

下一秒，他说出口的话再次令夏枕感到震惊："是不是有人动了你的这些画？"

他的声音冷得可怕，夏枕的心脏莫名一颤。

如果不是刘楚欧不愿意删掉盗图，夏枕也不会生一下午气。

这些画是属于她和江炽的，她把它们看成珍宝。本来她还想跟刘楚欧说，让刘楚欧赶紧删掉，但刘楚欧把她的微博拉黑了，这让她感到惊讶。

夏枕躺在床上，想起四个小时前江炽说的话。

“对于这种人，你讲理没用，粗暴地去解决问题最有用。”

当时江炽看到那些被“换头”的夏枕的画，脸色阴沉得仿佛风雨欲来。他毫不犹豫地想办法封了刘楚欧的微博号和刘楚欧在漫画平台上的连载。

江炽的性格很硬，他平时懒懒散散的，没正形，看似对什么都不上心，其实真要做一件事，就比谁都认真。

对于夏枕，他更是上心了十几年。他的温柔全给了夏枕，别人分不到一杯羹。

对于其他喜欢他的女生，他一向绝情，甚至是冷漠。

夏枕再次收到了很多私信。

夏枕和另一个舍友睡得早，大家互相体谅，只要有人睡了，就不会吵闹，躺在床上安安静静地玩儿手机。

夏枕侧躺着，随意打开了几条私信看。

“开心！那个叫楚楚的‘盗图狗’终于不见了，哈哈哈哈！”

“你不要难过，其实‘盗图狗’就跟‘盗文狗’一样恶心，跟他们讲理没用。他们听不懂人话，封了他们的账号是最直接的解决方法。”

夏枕没跟那些关注她的粉丝说是谁封了刘楚欧的账号，但有些人一看就知道了。

夏枕对于刘楚欧账号被封这件事一点儿都不感到愧疚。刘楚欧盗了她的图，就得付出代价。

这是她和江炽的记忆。

她曾想过温柔地对待刘楚欧，不想把事情弄得这么难看，但刘楚欧拒绝了。

夏枕微叹了口气，关了手机，仰面躺着。

她想起下午刘楚欧说的话。刘楚欧讨厌她和江炽那么好，甚至连许洛洛和她好都嫉妒。许洛洛在刘楚欧桌肚里放假蟑螂的事，刘楚欧也一直记着。

刘楚欧这样活着真的不累吗?

这个世界上，每个人的性格都不完美，但这完全不妨碍被他人爱上。千万个人有千万种特别的性格。

如果一个人顾影自怜，不懂得如何去爱，只会失去被别人爱上的机会。

时间已经不早，夏枕轻翻了个身，倒扣在床垫上的手机屏幕亮了下，白光从缝隙中漏了出来。

夏枕伸手将手机拿了过来。

江炽发来了微信语音。夏枕摸到床头的小柜子，拉开浅粉色的小抽屉，从里头拿出耳机插上。

那条语音只有短短几秒，江炽好听的声音随着电流声钻进夏枕的耳朵里。

“早点儿睡。”

夏枕从小就很喜欢听江炽的声音。他的嗓音像夜色里散开的冷雾，还总带着股慵懒劲儿。

他的声音挠得她心痒痒。宿舍现在有人睡了，不方便发语音，夏枕就发了文字消息过去：“晚安。”

大学生有各种各样的社团要参加，有多项学习任务要完成，人人都忙得焦头烂额，但时常不知道自己到底在忙什么。

夏枕倒是没加入什么社团——她对社团活动没兴趣。

她学的是数学专业。上大学以来，夏枕在专业上下的功夫比较多。

有些性格缺陷是天生的，夏枕从小就不热衷搞人际关系。

她的家境很好，这是一项优势，允许她可以不为那些人际关系烦恼。而江炽也宠她——她想做什么他都支持，其他的事他来扛。

这一年来，夏枕一心扑在自己的专业上，闲暇时打打那些小游戏，这个爱好一直没变。

夏枕的生日是九月四日。大二新学期开始，她的生日也到了。

江炽是狮子座，暑假刚过完生日，而夏枕则是今天过生日。

今天刚好是回校的时间，夏枕和江炽下飞机后取了行李打车去学校。夏枕这几天容易犯困，靠在江炽的身上就睡着了。

江炽低头瞧了她一眼，将她往自己身上揽了揽。

夏枕睡得沉，快下车的时候，江炽才抬起手轻捏了捏她的耳垂：“醒醒，到了。”

夏枕压在江炽的肩膀上，双手牵着江炽的右手。被他这么一捏耳垂，夏枕才悠悠醒转。

长睫颤了几下，她睁开眼：“这么快啊。”她刚睡醒声音有点儿含混，“可我还是好困。”

江炽咧开嘴笑了声，揉了揉她的脑袋：“行了，起来吧，回家再睡。”

夏枕前几天在家里熬夜了，这几天作息没调整过来，一直很困，江炽说了什么她都没仔细去想。

直到推开车门下车，夏枕站在旁边才发现周围有点儿陌生，很蒙。

江炽正弯腰把行李箱从后备厢里拎出来。

行李箱的轮子在水泥地面上碰撞，发出一声清脆的响声。江炽长手一伸，“砰”的一声关上后备厢，他的T恤下摆被提了起来，露出了线条紧实流畅的肌肉。

直到江炽推着两只行李箱走过来的时候，夏枕还站在那儿左望望右望望。

周围树木茂盛，天蓝如洗。

虽然天气还很闷热，但她站在这里，感觉宁静。

这里不喧嚣也不拥挤。

“这是哪儿啊？”夏枕抬头去看江炽。

江炽停在她的身侧，用骨节分明的手指懒懒地在行李箱上敲了敲，然后侧头看了她一眼。

夏枕："这里不是学校啊，你带我来这里干吗？"

江炽："想知道？"

夏枕点头。她完全是迷糊的状态，江炽什么都没跟她说。

江炽笑了声："我要拐卖你啊。"

夏枕看江炽这么不正经，道："虽然我已经是成年人了，但拐卖成年人也是犯法的。"

江炽挑眉："那你跟不跟我走？"

夏枕笑嘻嘻地凑了过来："走啊。"

夏枕一路上都在问江炽这里是哪儿。然而任她怎么缠着他撒娇，他就是不肯说。

直到他们停在一栋复式房子前。夏枕本来还在说着话，江炽停下脚步的那刻，她的话被打断了。

"到了。"

夏枕听见江炽说。

她不明就里地转过身，看着这栋带院子的复式楼。

她还没反应过来，江炽就贴上她的后背，伸过手臂，将她搂进怀里。

夏枕的心跳骤快。她张了张唇，却找不到合适的言语，最后磕磕巴巴地说了一句不着边际的话："你……你把我拐到哪儿了？"

身后的江炽侧头用唇微碰了碰她的脸颊，热气钻入她的耳朵。

他慵懒地说："这里是我们的家啊。"

江炽话音刚落，夏枕在心上放起了烟花，呼吸急促，这下是真的什么都说不出来了。

夏枕从小就一直跟江炽待在一起。大学他们虽然在同一所学校就读，但因为她住宿舍，江炽太忙，两个人待在一起的时间并不多。

“你不是说想跟我多待一会儿吗？”江炽把下巴搁在她的肩膀上。

这里也适合她学习。江炽知道夏枕就喜欢一个人待着研究数学，但学校的宿舍或者图书馆都给不了她这种条件。

在这座城市里买房不容易，江炽筹备了整整三年。通过这几年做的实验室项目和实习，他赚了不少钱。

在这种应该高兴的时候，夏枕却感到鼻子一酸。

“江炽……”夏枕吸了吸鼻子，“我现在也有存款，你跟我说啊，我跟你一起买它。”

江炽狠狠地亲了下她的脸颊：“说什么呢？买房子当然要用我攒的老婆本，房产证上面是你的名字。”

江炽说完也笑了。年少时他意气风发，为了她什么都敢拼。所幸他在喜欢的事业上靠着一腔热血一路顺遂，如今才能给她这一切。但这些话江炽都不会跟夏枕说，更不会让她难过。

夏枕忽然转身，钻进了江炽的怀里。

她禁不起煽情，本来就容易哭，这下眼泪全憋不住了。

她有什么值得他对她这么好？

“生日快乐。”江炽笑了，摸了摸她的脑袋，“你又长大一岁了。”

一年前的冬天，CX 公司在国内成立，是一家有关信息安全的互联网公司，研发的一系列安全软件颇受好评。

CX 团队成员是一群二十几岁的人，公司的经营方式大胆却有序，氛围轻松，这一年多来吸引了不少人才入职。

夏枕坐在屋里写论文，正写得疲倦，往窗外望了眼。

外头的天灰蒙蒙的，没有阳光，院墙外的枝杈干枯了。这地方很清静，大冷天，楼下一个行人都没有。

夏枕把目光收了回来，刚想继续写论文，电脑右下方突然弹出一个小提示框。

安全软件提醒该电脑用户清理垃圾。

“CX。”

看着这两个英文字母，夏枕心里突然一暖。

她想起江炽了。

CX 的创始人是江炽——她的男朋友。

CX 成立一年多了。其实在此之前，江炽已经筹备了很久，资金、关系网……这一切耗费了他很多心血。

他这一路也是夏枕看着走过来的。他下决心去做的事，谁都拦不住他。

在计算机这方面，江炽是天才。但他并没有认为这有多值得骄傲，也没有把自己的优势用在不正当的事务上。国内政府向江炽抛过橄榄枝，但江炽最终没有接受，选择和林希芋他们一起创立了 CX 安全互联网公司。现在他隔三岔五还得飞到国外去交流学习，忙得脚不沾地。

CX 的总部在屿城。屿城也是一个发达的城市，把公司总部设立在这里利大于弊，所以江炽经常两座城市来回跑。

这一年多来，两个人有时在这栋房子里，待在一起的时间比以前多。但因为江炽和夏枕都忙，两个人真正待在一起的时间似乎也不算特别长。

夏枕忙着考研，跟着导师研究项目。

今天江炽从国外回来。夏枕早上起床的时候，收到了江炽上飞机前给她发过来的消息。

现在已经是下午了，江炽可能还没下飞机，还没给她发短信。

夏枕把目光从院墙外枯萎的枝杈上收回来，吸了一口气，一头扎进论文里。

夏枕下午回了趟学校，和导师交流问题，回来的时候正是黄昏。

街道两旁商铺繁多，临近新年，周围的气氛喜庆、热闹。

路旁的草木、枝杈却枯萎了。它们用枝杈剪碎天上的霞光。路边一棵棵行道树上挂着红色的小灯笼。

冷风“呼呼”地吹着，刮得人脸上生疼。夏枕低头把脸埋进围巾里，一个人穿过街道。

夏枕走在人行道上，闲着无聊，数起人行道上的方砖小格子。

每经过一家商铺，她耳边的乐曲就要变一次。不同的店铺播放的音乐不同，有流行的、喜庆的、民族的……

天气太冷，夏枕实在不想把脸从围巾里露出来。

况且现在快晚上了，人行道上的人不多。她不怕撞到人，就更安心地缩在围巾里了。

一下午她都没收到江炽的消息，等人的感觉果然让人很焦灼，更别说等的那个人是自己的男朋友。

光是想到他，她就觉得心“怦怦”直跳。

夏枕在走神儿，根本没注意到前方出现的身影。

等到她反应过来的时候，人差点儿撞上去。

在这种情况下，人的第一反应是躲开，而不是立刻去看对方。

然而夏枕刚往左跨出一步，前面的人也往左跨了一步，两个人又差点儿撞上。

情急之下夏枕往右迈了一步，然而还是和前面的人撞上了。

夏枕没说话。这一切发生在瞬息之间，低着头的她根本来不及看清前面的人，干脆不动了。

下一秒，她的脑袋被人按在了胸膛前。

夏枕整个人身体一僵，挣扎着要退出来，但又停止了动作。这熟悉的感觉突然让她想起了初三那年的教室门口。

那时的她也是这样，差点儿和对面的江炽撞上，最后被他搂在了胸前。

夏枕还没拉回思绪，就听到冷风里传来一道好听的声音。

“怎么不动了？”

他的嗓音低沉中有一丝慵懒之意，让人听了感觉一阵战栗。

这是她熟悉的人，熟悉的声音，熟悉的怀抱……

夏枕听了他的话，不闹了，紧紧地将他抱住了。

周围行人来往，夜色渐浓，霞光渐暗。

江炽笑了声，用骨节分明的手指捋了捋她的头发："想我了没？"

夏枕抱着他的腰，很乖、很诚实地点点头。

即使和江炽在一起这么久，夏枕在外面做亲密一点儿的动作依旧会害羞。但她即使害羞，还是硬着头皮抱了他。

夏枕的脸还埋在围巾里。江炽忽然抬手，拉下她的围巾，吊儿郎当地说："这么久没见了，让我看一眼。"

江炽戴着口罩，夏枕一抬头就看到江炽英气的眉眼。

他这张脸，夏枕从小看到大，却依旧心动。

夏枕出神地看着江炽。下一秒，江炽抬手摘下口罩，笑了下："来，亲一口。"

紧接着江炽就低下身子。夏枕感觉到他温柔地在自己唇上亲了一口。

夏枕刚才一路上一直把脸埋在围巾里，但还是吹到了不少冷风，鼻子被冻得通红。

夏枕下意识地吸了下鼻子。江炽抬手给她戴上口罩，把她的脸遮严实了。

夏枕的短发长了点儿，到肩膀了，但她整体的样子跟以前差不多，发型乖巧，刘海儿下的一双大眼睛水灵灵的。

"你不冷吗？"

江炽晃了下脑袋："不冷。"

夏枕自言自语："肯定冷。"说完，她又埋到江炽的怀里，抱着他的腰，"我抱着你，感觉你的腰更细了。你太瘦了。"

其实江炽一直很瘦，只是可能最近太累了，又瘦了。

她话音刚落，江炽眉梢一挑。

一秒后，江炽低头凑到了她的耳边，顽劣地说："我瘦了，但依然有的是力气抱住你。"

他的话像弹珠一样一个字一个字地跳进夏枕的耳朵里，她的脸瞬间通红。

夏枕羞得再次埋进了江炽的怀里。

寒假两个人一起回家。屿城的空气比北方要潮湿许多，一下飞机夏枕就感觉迎面而来的都是水汽。

吸入一口空气，夏枕突然感觉很踏实，终于回到自己的家乡了。

夏枕和江炽决定在屿城定居——公司在这边，他们的家人也在这边。

因为他们两个今天晚上会回来，夏母早早就在厨房里忙活起来了。夏父是公司的高层，平常总是工作到很晚，知道今天俩孩子回来，特意早点儿下班，然而刚到家就被夏母抓进厨房帮忙。

夏母正炒菜，把蒜末和菜放在滚烫的油里爆炒，散发出一股香味，"噼里啪啦"地响。

其实令夏母这般紧张和高兴的原因不只是两个孩子要回来了，还有个原因是江炽说要带女朋友来。

夏父和夏母一听都高兴得不行。

这一等，夏母、夏父就等了五年。江炽从昔日的少年变成了顶天立地的男人，有了自己的公司和团队，也赚到了钱。

这次江炽终于打电话跟他们说要带女朋友回来了，他们高兴得昨天晚上一整夜没睡好。

“你说江炽带回来的小姑娘得有多好啊。”夏母边做饭边说，“他把这个女孩宝贝成这样，两个人在一起这么久了。而且，虽然江炽这孩子嘴上不说，但行动上一直在拼，等到现在有钱、有能力了，才把女朋友带回家，这真的是……唉，他把这女孩宝贝得不行，估计他们要谈婚论嫁了。”

夏父：“江炽这小子眼光应该不错，你就不用担心了。”

夏母根本抑制不住嘴角的笑：“十几年前，这些孩子还那么小，现在居然都长大了，带着各自的男朋友、女朋友回来了——就差夏枕没男朋友了。看着他们长大的感觉，还真是奇妙。”

夏父正在切东西，闻言停下手中的动作，抬起头来：“你是不是糊涂了？江汐早就跟陈凛分手了。待会儿江汐过来，你可别说漏嘴了，免得她伤心。”

夏母叹了口气，觉得很可惜：“唉，陈凛是多好的一个孩子啊，家世好、性格好，还宠江汐。”

夏父：“他俩这不是看不对眼吗？这是孩子们的事，他们自己开心就行了。”

“夏叔！夏姨！”

江汐的声音忽然在厨房门口传来。

夏父和夏母回头就看到江汐笑着朝他们走了过来。

“你们呀，就别操心我了。我不急，结什么婚啊？”江汐从后面抱着夏母，“结婚了，我可就不能常常跟你们待在一起了。”

夏母闻言抬手拍了下江汐的手，笑道：“你这孩子说什么呢？什么不结婚？你这么好，大家急着抢都来不及。”

江汐笑了笑，没说话。

这时江汐放在兜里的手机振动起来。江汐松开搂着夏母的手，拿出手机看了眼：“江炽和夏枕要到了。我刚给他们发了消息，他们现在在路口了。”

夏父和夏母听说后立马撂下手里的活儿，出了门。

江炽和夏枕已经到了路口。江汐站在夏父、夏母旁边，挽着夏母的手：“夏姨，待会儿可别太高兴了。江炽给你带回来的这个小姑娘，我保证你一定喜欢得不得了。不可能有别的小姑娘让你这么喜欢了。”

夏母一听江汐这么说，更高兴了：“真的假的？”

“肯定啊。”

“不过也是。”夏母说，“江炽喜欢的女孩子阿姨也喜欢。”

江汐本来还在一本正经地说话，这会儿有点儿憋不住了，笑了起来。

“他俩刚才说到路口了？”夏父问。

江汐回答：“对啊，他们应该快到了。”

屿城这个地方的居民区里，巷子纵横交错，建筑物都特别有地方特色，全是陡坡、小巷、小别墅，爬山虎蜿蜒着爬满墙壁。

冬天，天黑得早，这会儿暮色渐起，空中一片旖旎的云霞。

没一会儿，巷口出现了两道人影。

陡坡的地面上铺着粗粝的水泥，上面有沉淀下来的颗粒物。

夏母朝陡坡望下去："咦，怎么只有两个人？江炽旁边的人是枕枕吧？他不是说好带女朋友回来的吗？怎么没带回来？"

江汐这会儿倒是没说什么了，仍是憨着笑。

行李箱的轮子在地面上滚动，发出响声。

江炽和夏枕走过来，夏父和夏母忙迎上去。

夏母还没走到江炽身边就问："昨晚你不是打电话跟我说这次要带女朋友回来给我们看看吗？怎么小姑娘没有和你一起回来？"

旁边的夏枕一听夏母这样问，顿时一颤。

她本来没那么紧张，被妈妈这么一问，紧张了起来。

跟在夏母身边的夏父也问："是啊，你怎么没有带女朋友回来？你阿姨从昨天晚上起就高兴得睡不着觉了。"

江炽和夏枕过来的时候特意没有牵着手，就是为了不吓着夏父和夏母。

要是他们牵手来到夏父和夏母面前，这对长辈来说不是惊喜，而是惊吓。

江炽穿着长风衣，衬得身形格外颀长，手搭在行李箱的拉杆上。

"我把女朋友带回来了啊。"

他说这话的时候，语气一如既往地懒散。他勾起唇角，吊儿郎当的。

"带回来了？"夏母很惊讶，探头去看江炽的身后，想再看看巷口那边有没有人过来。

夏父也探头去看。

这时旁边的江炽忽然伸手，拉住了夏枕的手。

夏枕的心“怦怦”直跳。

这一刻的江炽没了半分吊儿郎当的神态，紧紧地握着夏枕的手。

“这是我的女朋友。”他很认真地跟两位长辈交代，“我把女朋友带回来了。”

在他事业有成的时候，再把女朋友带回来，这才能让两位长辈放心地把女儿交给他。

他的掌心很烫，夏枕很紧张。

夏父和夏母忽然怔住了，不可置信地看着眼前的这一幕。

江汐则把双手抱在胸前，嘴角噙着笑，悠闲地靠在院门上看着他们。

足足过了好几秒，夏母才找到自己的声音。她看看江炽和夏枕紧紧牵着的手，似乎不太确定刚才自己听到的话，又把目光从他们的手上移开，看向了江炽。

“你刚……说什么来着？”

旁边的夏父已经震惊得一句话都说不出来了。

夏枕看夏母和夏父这种反应，心里越发紧张。

“爸、妈……”夏枕竟然觉得有点儿口干舌燥，握紧了江炽的手，“这是我的男朋友。”

夏枕说完，夏父和夏母更惊讶了。

夏枕从小就很容易害羞，他们从来想象不出这孩子牵着男朋友的手向他们介绍男朋友的模样。

这两个孩子给他们带来的冲击力太强了。

其实夏枕和江炽也之前一直没摸透夏父和夏母的明确态度。

因为他们从小关系好，所以谈恋爱后，即便走得很近，夏父和夏母也没往别的方面想。

夏父和夏母疼江炽。但夏枕一直摸不透他们对自己和江炽谈恋爱会是什么态度，这会儿紧张得手心出汗。

江炽这人一向从容淡定，很少有紧张的时候，办事向来有条不紊。

但此刻，面对夏父、夏母，他罕见地紧张了起来。

日落前的霞光温柔地照在他们的身上，但目前四个人之间的空气是紧绷的。

江炽打破了这一刻的安静气氛。他有点儿不自在地清了下嗓子："夏叔、夏姨，我从小就喜欢夏枕，是我主动的。你们要打要骂，冲我来就行。"

说这话的时候，江炽还下意识地将夏枕往自己身后拉。

下一秒，夏母突然哭了。

她不是悲伤地哭泣，而是激动得语无伦次地哭泣。

江炽和夏枕都惊了。

夏父忙去揽住夏母："你怎么还哭了？不哭了，不哭了。"

夏母朝前走了一步，看着江炽和夏枕，鼻子发酸，但高兴地笑了："你们这俩孩子，怎么不早点儿跟我说？这几年来，你们都瞒着我们。

你们早点儿说，我可以多高兴几年。

“我和你夏叔昨晚还在讨论枕枕以后会交一个什么样的男朋友……其实我一直觉得你俩可以结个娃娃亲，可又怕你们没这种想法，就从来没提。”

听了夏母这番话，江炽和夏枕顿时愣住了。

江汐走了上来，拍拍夏母的肩：“夏姨，我就跟你说，这将是你最满意最喜欢的儿媳妇了，对吧？”

“对对对。”夏母破涕为笑，忙点头道。

夏父无奈地摇摇头，指了指江炽：“江炽，你这小子原来早就把我的女儿拐走了。”

江炽笑了。

夏枕的耳朵一热。

夏母握了握这两个孩子的手：“怕什么我们不同意呢？阿姨高兴都来不及。这下更好了，肥水不流外人田，我家的两棵白菜都有主儿了，我真的……”夏母实在是太高兴了，激动得快说不出话来了，“这是我做梦都想不到的好事，要高兴死了。”

江炽握住夏母的手。他一向不喜欢这种煽情的场面，这会儿又不正经起来了。

江炽说到这儿笑了一声：“夏姨，你怎么不果断一点儿？你要是让我俩结娃娃亲了……”

“枕枕太难开窍了。”夏母破涕为笑，“我还以为她很难谈恋爱呢。”

夏枕没说话。

夏母又说："不过你们是什么时候正式确定关系的啊？"

夏枕本来就害羞，一听夏母这么问，脸一热。

情急之下她拉着江炽就要进门："我……我好饿，我们都去吃饭吧。"

江炽任她拉着自己走，来到门边的时候，俯下身子，在她的耳边，问："害羞了？"

夏枕的耳朵被他的气息吹得发痒，要命的是此刻在后面关注着两个人动向的夏母和江汐还在起哄。

夏母："这对年轻人谈恋爱这么甜蜜。"

江汐笑道："谁说不是呢？看得我都想谈恋爱了。"

一顿饭吃下来，夏枕没少被夏父、夏母盯着。自从自己和江炽恋爱的事被他们知道后，夏枕每次看到他们，总觉得他们的目光不对劲儿。他们真的就像在看小年轻谈恋爱似的。

夏枕被看得不好意思，吃完饭就躲到楼上去了。在楼上洗好澡后，夏枕想过去找江炽，但又不好意思。

她试图下楼偷偷地溜走，但一下楼，夏父和夏母就开始调侃她："要去找江炽了啊？"

夏枕立马否认："没有，我……我去喝牛奶。"

说完，她真的去厨房里喝了杯牛奶，又重新上楼了。

楼上的房间里，两个人的窗户开着，江炽懒懒地倚在窗户旁，看着夏枕双手支着下巴、愁得小脸皱起的样子。

他觉得心痒痒。

“不过来？”江炽拿过桌上的魔方，迅速打乱。

夏枕抬眸看江炽，点点头，又摇摇头。

江炽低头转着魔方，眼角带笑：“不过来，我就过去了啊。”

夏枕的眼睛一亮。

但江炽忽然“啧”了一声：“好像不行。”

他在丈母娘的家里调皮，好像不太好。

夏枕好像也意识到这点了，皱起眉。

两个人大学总在一起。夏枕现在都习惯得搂着江炽了，现在回家了当然不行，但还是想过去跟他待一会儿。

江炽通过夏枕一个眼神就知道夏枕在想什么，微微勾了下唇角。

他修长的手指翻得飞快，手里的魔方没几下就转好了。

夏枕微微仰头看着江炽，见他一副不紧不慢的从容样，心里忽然有点儿气愤。怎么她在这里愁成这样，他却是不慌不忙的，看起来一点儿不上心？

其实明明只要他说一句话，她就服软了。

夏枕气得牙痒痒：“我不过去了。”

江炽抬眸瞥了眼夏枕，把魔方在手里抛了抛，然后随意将魔方往桌上一扔。

他刚才是逗她玩儿的，实则心痒得不行，也想她赶紧过来。

他把双手扶在窗台上，朝对面的她抬了下下巴，语气跟教训小孩似的：“说什么呢？快点儿，过来让我亲亲。”

番外01

小江枳

9月2日，夏枕的生日，也是在这一天，夏枕和江炽迎来了他们的女儿——江枳。

“枳”字，取江炽的炽字“只”，取夏枕的枕字“木”。

小宝贝刚出生喜欢睡觉，小小的，蜷着两个小拳头，每天小嘴巴嘟嘟喝奶，喝完后眼睛都不怎么睁开又睡了。

来江家帮忙照顾小宝贝的夏母说小孩这副模样像极了夏枕小时候——吃完了睡，睡完了吃，不吵也不闹。

大家都说这孩子长大肯定像夏枕，又乖又听话。

然而等到孩子三岁那年，大家才发现江枳这小孩性格根本不像妈妈，而是像极了爸爸，而且比爸爸小时候闹腾了许多。

小丫头整天手脚不安分，喜欢捣鼓东西，还“叽里呱啦”说一大堆话，很喜欢笑，但也喜欢哭。

这天江炽在公司里忙回来得晚。他们最近在研发一个新软件，这个程序新颖、有创意，还没被推出就已经备受公众期待。

江炽亲力亲为——近几个月江炽和公司的技术人员都没日没夜地忙。

虽然这么忙，江炽每天晚上七点这个时间还是会抽空回家，陪夏枕和女儿吃晚饭，吃完等小江枳和夏枕睡着了，又回公司忙到半夜才回家。

夏枕在怀孕后就辞职了，安心养胎。后来小江枳来到这个世界上后，江炽的一个朋友邀请她入职了他们的公司。

这个人跟江炽关系好，是诚心邀情夏枕过去的。毕竟夏枕从生完宝宝后外界很多公司就一直邀请她过去，热手得很。

但夏枕为了陪小江枳，一概拒绝。后来江炽的这个朋友让夏枕在家里工作，不用到公司里去忙，夏枕才开始工作。

小江枳每天都有妈妈陪着。在准备要孩子前，夏枕和江炽都做了大量的功课——都是夏枕在认真地做功课，江炽则只拣自己满意的看，格外溺爱女儿。

父女二人一个是不靠谱儿的爹，一个是不靠谱儿的女儿。

这天江炽晚上回来得晚了一点儿，刚进门，蹲在门口处等爸爸的小江枳就黏了上来。

她一把抱住了爸爸的腿。

现在是冬天，江炽一身长风衣带着寒气。三岁的小江枳打了个寒战，呆呆地掀起爸爸的一边风衣，钻了进去，抱住爸爸穿着西裤的大长腿。

整个小小的身体一下子被盖住了，她开心道："嘻嘻，不冷啦。"

江炽："小丫头，干吗呢？"

小江枳听到爸爸跟她说话，小脸从爸爸的风衣下钻了出来，抬头看爸爸，眼弯弯，唇也弯弯："我等爸爸回来呀！"

小江枳的眼睛长得像妈妈的眼睛，水灵灵的，但比妈妈多了几分调皮的意味。

江炽笑，弯腰一把将她抱了起来。小江枳一把搂住爸爸的脖子，挂在爸爸的身上，刚才还笑嘻嘻的，这会儿可能想到了什么一下子翻脸了，一张小脸上都是不高兴的表情。

她说："爸比！你今天迟

到了！"

江炽一听就知道这小丫头怪他今天没有准时回来吃晚饭呢。

她一张小脸表情还正经得不行。

江炽从进门后脸上的笑就没停下来过。他逗她："我没有迟到，是你太早来门口等我了。"

小江枳不高兴的情绪一下子没了，小脸上全是疑惑。几秒后她歪着脑袋挠了挠头，皱着小脸十分认真地问："我的错吗？"

江炽一下子被逗笑了，也不逗女儿了，赶紧纠正道："是爸爸错了。爸爸迟到了，跟你道歉。"

小江枳用一双大眼睛十分真诚地看着江炽："那爸比就得说对不起。"

江炽把小江枳举高高："对不起！"

小江枳高兴得"咯咯"笑。

不靠谱儿的爹和不靠谱儿的女儿每天都很欢乐。

江炽抱着她往厨房走去："走，找妈妈去。"

夏枕自从生宝宝后对做饭有了兴趣，整天变着花样做菜。夏母把幼年时的她照顾得特别好，又十分宠爱，做饭这种事根本不会让夏枕做。倒是夏枕自己结婚后琢磨出了一些新花样的饭菜。

夏枕喜欢的事，江炽就由着她来。虽然一开始江炽不舍得让她做这些事，但夏枕除了工作，好像就对这些事感兴趣。

他们进厨房，小火上的羹汤泛着袅袅的热气。

夏枕戴着条围裙，拿着瓷勺轻轻地搅了搅汤。

她背对着厨房门口。小江枳和爸爸看了对方一眼，不约而同地伸出食指放在唇边“嘘”了一声。

小江枳被爸爸抱着靠近妈妈。

在夏枕尝了下羹汤的味道后放下瓷勺转过身的时候，小江枳扑过去一把搂住了妈妈的脖子。

“妈咪！抓到啦！”小江枳说，人小小的，声音倒是不小，笑声稚嫩清亮。

夏枕一开始被吓了一跳，一看是自己的女儿，眉眼弯弯，凑过去亲了小江枳的小脸蛋儿一口：“妈妈被小宝贝抓到啦。”

江炽还抱着小江枳，小江枳的上身都歪着窝在夏枕的怀里。江炽看着这母女俩，低头凑近夏枕。

夏枕以为江炽要吻她，把脸凑了过去。

哪儿知江炽往后退了一下，夏枕诧异了一下，抬头看他，就发现他一脸坏坏的表情。

他恍如年少时的模样。

江炽勾唇：“叫老公。”

夏枕觉得江炽就是一个大坏蛋。他每次都磨着她让她叫老公。她发现江炽很喜欢她这样叫他。

简简单单的两个字，却无比温馨、甜蜜。

夏枕虽然还脸皮薄，但相比以前主动了不少，对江炽的喜欢也不藏着掖着了。

她耳朵有点儿红，不知是在厨房里待久了的原因，还是听了江炽的话。

江炽得逞，笑了声，凑过来在她的唇上亲了一口。

旁边的小江枳毫无电灯泡的自知之明，睁着大眼睛，十分好奇地看着爸爸和妈妈。

等爸爸亲了妈妈后，她觉得好玩儿，眨巴眨巴眼睛。

“妈咪！叫枳枳！枳枳就亲妈咪。”

夏枕和江炽一听这话都笑了。

江炽还伸手摸了摸小江枳的脑袋：“还挺聪明的，学你爸套路你妈啊。”

小江枳才不管套不套路呢，已经缠到夏枕的身上了，小手搂着妈妈道：“妈妈，妈妈，快叫我啊。”

夏枕笑道：“枳枳啊。”

小江枳十分开心地应了一声，靠过来在妈妈的脸上声音响亮地“吧唧”亲了一口。

小江枳的性子虽然闹腾，但爸爸和妈妈忙的时候她都很乖，不吵爸爸和妈妈。

夏枕吃完饭还有工作要处理，江炽在厨房里洗碗。

她已经帮小江枳洗完澡了。小江枳洗完澡，一小团乖乖地搬着腿坐在沙发上看动画片。

小江枳才三岁，其实对动画片里的东西是看不懂的——她喜欢看宝宝儿歌。

小江枳盯着屏幕上的看不懂的动画片，再盯了十几秒，最后小小的一团背过身子，两条小短腿蹬了几下，从沙发上溜了下来。

小江枳离开客厅跑到厨房里，凑到门口，探出小脑袋："爸比。"

江炽正用烘碗机，听到女儿的声音，按下按钮，走过来把她抱了起来："找爸爸做什么？"

小江枳伸手指着客厅的方向："我要听歌。"

江炽把她抱到客厅里，给她找了她喜欢的儿歌集。

小江枳高兴了，坐在沙发上乐呵呵地看着，还跟着迟钝地手舞足蹈，嘴里"叽里呱啦"地说话。

小江枳年纪虽小，却是个小夜猫，刚被生出来那会儿整天睡觉，现在长大了一些天天晚睡。

妈妈处理完了工作，到浴室里洗澡，爸爸也不知道去做什么了。

小江枳待在爸爸和妈妈的主卧里，自己在地上玩儿玩具。

两人回到房间里的时候，小江枳自己还在那儿十分开心地玩儿。

夏枕过去把女儿抱起来："不早啦，宝贝要睡觉了。"

小江枳很听话，每天最喜欢的事情就是和爸爸、妈妈一起睡觉了，立马扔了手里的玩具，搂住妈妈的脖子："睡觉觉啦。"

夏枕笑了笑，把小江枳抱到床上。

小江枳在床上蹦啊蹦。

江炽和夏枕躺在床上看着女儿笑。

等跳够了，小江枳小小的一团往床上"扑通"一躺，挤在了爸爸和妈妈中间。

又闹腾了一会儿后，小江枳困了。

"爸比。"小江枳抬着打架的眼皮侧过身抱了爸爸一下。

"妈咪。"她再侧身抱住妈妈，钻进妈妈的怀里，"晚安。"

番外02
失　眠

跟夏枕的父母打完电话的当晚，江炽失眠了。

他从小跟计算机打交道，熬夜码代码是家常便饭，对凌晨的黑夜一点儿都不陌生。但今天的凌晨不一样，时间不是在他敲打键盘的声音中流逝，黑夜被燃烧的烟草的红光烫成了白昼。

下午江炽给夏枕的父母打了电话，说明天带女朋友回去跟他们见面。

听他说带女朋友回家，夏父和夏母在电话那头极其高兴，一个劲儿地问东问西，问他女朋友叫什么、长什么样、喜欢吃什么、有没有忌口。他们准备明天张罗一桌子饭菜，兴奋得恨不得江炽立马带女朋友回去。

他们问的这些关于他女朋友的问题，江炽一个都没答上来。

因为江炽的女朋友是他们的女儿。

江炽年轻气盛，想给他们惊喜的同时，又有些紧张。

是女婿面对岳父和岳母的那种紧张，即使明白夏父和夏母把他当亲儿子对待，虽然他也清楚夏父和夏母会替自己和夏枕高兴，夏父和夏母会祝福自己和夏枕，但江炽还是紧张。

反倒是夏枕看起来不紧张，很早睡觉，窝在他的怀里不出十分钟就睡着了。

江炽等她睡着以后揣上抽屉里的烟和打火机，打开露台门到外面透气。

正值寒冬，天寒地冻，冷风扑面而来。

江炽跟感觉不到冷一样，将一件黑色的兜帽卫衣随意地套在身上，头发被风吹得凌乱又蓬松，黑色的眼睛里压着一股烦躁感。

香烟明灭的红光映在他的眼睛里，安静地炙烤着那点儿不耐。

被他夹在指间的烟，最后灰烬散进风里，也没能驱赶走烦躁。

江炽抓了把头发，碎发在指间支棱了一瞬间。他起身把烟按灭在烟灰缸里，转身进屋。

电脑还在无声地运作，他走过去打开屏幕，坐在电脑椅上。

他“咔嚓咔嚓”地按了几下鼠标，打开一个文档，开始敲敲打打。不是一堆字母的代码，而是中文，而且他进行得颇为艰难，打下几个字，又删减。

江炽这辈子没写过这么难写的东西，但在这种让人恼火的打字进度下，他的脸上不再有烦躁的表情，而是很沉稳、认真。

历时两个小时，凌晨五点，江炽终于完事了。

他前前后后地看了一遍，微拧着眉，把文档丢进他姐江汐的对话框。

江汐也不知道是没睡，还是醒了，一个问号怼过来。

她对她弟表示不解：“发错了吧，编程这玩意儿我帮不了你。”

又跳了条消息出来，她改发语音：“明天不是要带夏枕回家见夏叔和夏姨吗？你不早点儿睡觉养精蓄锐后面对明天的严刑拷打，大晚上的折腾什么呢？”

说是这么说，她还是接收了文件。

江炽告诉她："不是代码，你帮我看看。"

江汐接收了文件。他用两个小时搞完的文档，江汐十几秒就看完了。

很快，她回复："这是什么？写给夏叔和夏姨的信？怎么还标序号？"

江炽敲了几下键盘："不是，明天带她回家，打算跟他们说的话。"

江汐："怕表现不好？怕在他们面前出错？你不会要把这个稿子背下来吧？"

江汐："平时跩得二五八万似的，仗着夏叔和夏姨把你当亲儿子，你没少近水楼台，现在担心明天被他们知道你背地里跟夏枕谈恋爱，有身为女婿的紧张了？"

他还跟写论文似的，一个口头稿，句句逻辑清晰，层次递进，不愧是理科生写出来的东西。最主要的是，江汐从这些句子里感到了真诚。

她平时吊儿郎当、遇事优哉游哉的弟弟，对于明天去见女朋友父母这件事格外认真和真诚。

江炽任他姐调侃，没回嘴，只问了一句："明天我这么说，能不能让他们稍微放点儿心把她交给我？"

江汐没再跟他贫，发了条文字消息过来："让他们放心把女儿交给你，不是口头说说就能让他们安心的，你得行动上对夏枕好才能让他们真正地放心。"

江炽一字不落地看完："我知道，会的。"

江汐发的语音跳进对话框："但是你做得挺好的。夏叔和夏姨从我们小就把我们当自己的孩子。你要让夏枕成为你的女朋友，就得拿出十成的诚意出来。"

姐弟俩从小贫惯了，正经不了太久。江炽还没回复，江汐已经又一条语音发过来："你明天带夏枕回来，叔叔和阿姨知道你的女朋友就是夏枕，他们高兴都来不及。"

江汐在家里，明天会帮夏姨准备饭菜。她透露了点儿夏父和夏母的态度，想让江炽稍微放松点儿："阿姨听你说要带女朋友回来，高兴得饭都多吃了一碗，还拉着我问我见没见过你的女朋友，还把我们三个人小时候的相册翻出来看了。”

江炽窝在电脑椅里，看见这句话，时不时敲在电脑桌上的指节顿了下，而后轻而缓地笑了下。

夏父和夏母对他们来说是恩人，亦是父母。

江汐让他去睡觉:“失眠了一整晚，是吗？下午的飞机，赶紧去睡，别晚上你顶着俩大黑眼圈，多丢我的脸。”

江炽扫了眼电脑屏幕右下角的时间。

时间差不多了，他本来也打算这个点回床上的，再拖延，夏枕的生物钟就要“响”了。她起床如果看到他醒着，肯定知道他通宵没睡。

他不想让她担心。

江炽也催江汐睡觉：“你也去睡。别我回去你还没醒，还得我去你的房间拽你。”

江汐回了个揍他的表情包。

江炽又赶江汐去睡，确认她没再回消息睡了，才关电脑回卧室。

卧室里窗帘被拉紧，漆黑如夜，江炽往上拽沾了烟味的卫衣，又嗅了嗅，确认自己的身上没烟味，才回床上睡下。

他特意挑在她睡醒前回来，不想让她发觉自己通宵没睡好，想把她往怀里带，又不想把她吵醒，于是作罢，一只手臂绕上她的腰，从她的背后轻轻地将她往怀里带了带。

夏枕仿佛对他的身体有记忆，在他的臂弯里稍微动了动，然后一翻身钻进他的怀里。她还睡着，眼睛都没睁一下，完全是无意识的行为，对他的拥抱熟悉到毫无防备心。

江炽将下巴在她的头发上轻轻地蹭了下，手臂紧了紧，用身体给她当暖炉，虽然知道睡不着了，但仍闭上了眼睛。

江炽半夜准备好见岳父和岳母时说的话，并没有派上用场。

他不是紧张，也不是说不出口，只因再多的漂亮话都不如行动实际。他对夏枕好，不需要用誓言去承诺，而是在当下的每时每刻。

得知他们两个人谈恋爱，夏父和夏母很震惊，但更多的还是惊喜。

夏父和夏母万万没想到江炽要带回来的女朋友就是自己的女儿。

江炽是他们看着长大的，不是亲儿子胜似亲儿子。夏枕的男朋友是江炽，他们既满意又高兴。

家里的两个小孩突然在一起了，惊喜来得突然，餐桌上其乐融融，调侃声不断。江炽脸皮厚，面不改色，还能贫几句。夏枕则不太招架得住，红了脸，热了耳朵。

长辈一高兴，好像有说不完的话，这顿饭吃到很晚。

饭后他们想帮忙收拾碗筷。夏母把他们赶出厨房，让他们小孩玩儿去。江汐闲得发慌，也不想夏母太劳累，又溜进去帮忙。

两个人洗着碗，有一搭没一搭地聊天儿，话题自然在江炽和夏枕的身上。聊着聊着，江炽昨晚彻夜没睡的事就被江汐抖搂出来了。

那些他真挚又坚定的心里话便也热灼地被晾晒在了明亮的月光下。

那些文字被手都没擦干的夏母来回看了很多很多遍。

1. 阿姨、叔叔，我跟夏枕谈恋爱了，已经在一起挺长一段时间了。

2. 我喜欢她很久了，从小没想过跟别的女生谈恋爱，只想着等我们长大，让她成为我的女朋友。

3. 跟她谈恋爱以来，除了早上因为第一次要以女婿的身份跟你们见面有点儿紧张没睡好，抽了半根烟，其余的时间没再抽过，我已经戒烟了。她不喜欢酒味，酒我也戒得差不多了。除了平时应酬需要，私底下我不会沾酒。这些是我要向你们交代的事——除此之外，我没有不良嗜好。

4. 上一次我惹她生气，是因为给她做饭放了她不喜欢的姜，以后一定不会出错，不会再让她生气。我目前已经学会五道她喜欢的菜了，以后会继续学做更多她喜欢吃的东西。

5、我会认真地对待这段感情，凡事以她为先，一直跟她并肩，珍重她，陪伴她，照顾她，保护好她，毫无保留地爱她。

6、虽然我可能还不够成熟，但我会努力，努力变得更稳重，努力做得更好，努力在事业上有更大的进步，努力让你们更放心她跟我在一起。

这些被江汐保存在手机里的文字，字字真挚又滚烫。